Claudia Platz

Die falschen Caesaren

Ein historischer Krimi aus dem römischen Mainz

LEINPFAD
VERLAG

Umschlag: kosa-design, Ingelheim
Layout: Leinpfad Verlag, Ingelheim
Druck: Druckerei Wolf, Ingelheim
Leinpfad Verlag, Leinpfad 5, 55218 Ingelheim,
Tel. 06132/8369, Fax: 896951
E-Mail: info@leinpfadverlag.de
www.leinpfad-verlag.de

ISBN 978-3-937782-65-2

Inhalt

Denar, 36/37 n. Chr. in Rom geprägt

Zeigt Tiberius (Regierungszeit 14-37 n. Chr.), dessen Kopf mit Lorbeer bekränzt ist und nach rechts sieht.

Die Inschrift lautet: TI CAESAR AUG F AUGUSTUS und bedeutet: Tiberius Caesar Augusti Filius Augustus: Tiberius Caesar, Sohn des Augustus, Augustus

Der Fundort ist unbekannt, das Material ist Silber, die wissenschaftliche Bestimmung lautet RIC 30.

Namensregister der Personen

(In der Reihenfolge ihres Auftretens; die Rufnamen sind hervorgehoben:)

Marcellus: Legionär gallischer Herkunft, dient in der Legion XIV Gemina

Sepius: Legionär spanischer Herkunft, dient in der Legion XIV Gemina

Crassus: ehemaliger Legionär, nun Bürger des Lagerdorfs um das Castellum Mattiacorum

Servius: römischer Legionär, dient in der Legion XIV Gemina

Tiberius Claudius Nero: *16. Nov. 42 v. Chr., †16. März 37 n. Chr., römischer Kaiser, regierte von 14 n. Chr. – 37 n. Chr.

Appius **Claudius** Etruscus: Generalbaumeister Roms, erhält den Auftrag, die Rheinbrücke zu bauen

Publius **Marius** Vitulus: junger Architekt, steht Claudius beim Brückenbau zur Seite

Theodosios: griechischer Diener des Claudius

Titus Naevus Merula: Delikatessenhändler

Aulus **Cornelius** Lentulus: Kommandant der Garnison in Mogontiacum

Nero Claudius **Drusus** (auch Drusus der Ältere genannt):
*14. Januar 38 v. Chr., †September 9 v. Chr., Statthalter der drei gallischen Provinzen und römischer General, Bruder des Kaisers Tiberius

Blussus: Kelte aus dem Stamm der Treverer, Reeder und Bootsführer aus Mogontiacum

Primus: Sohn des Blussus

Sextus **Tullius** Blasio: Vermessungsingenieur und Offizier der Legion XIV Gemina,

Lydia: Keltin, Wirtschafterin der Villa urbana, in der Claudius und Marius wohnen

Decimus **Crispus** Asiaticus: Legionskommandeur der Legion XIV Gemina

Vilsius **Maximus** Laenas: Legionskommandeur der Legion XVI Gallica,

Numerius Arminius Noctua: Militärtribun

Gnaeus Juventus Gallus: Militärtribun

Lucius Nepius Nero: römischer Procurator aus Augusta Treverorum

Serena: Lucius Nepius‘ Frau

Julia: Tochter von Lucius Nepius‘ und Serena

Vibius **Philomenus** Creticus: Beauftragter des Kaisers, fungiert als eine Art römischer Ermittler

Gesima: Keltin aus dem Stamm der Treverer, ‚Adoptivschwester‘ des Primus

Scota: Kelte aus dem Stamm der Treverer, bietet seine Dienste gegen Bezahlung an

Caius: Bademeister in der Therme

Menimane: Keltin aus dem Stamm der Treverer, Frau des Blussus

Tertius: Zahlmeister der Legion XIV Gemina

Vincius: Zahlmeister der Legion XIV Gemina

Rufus: römischer Legionär

Porcius: römischer Legionär

Agio: keltischer Informant von Philomenus

Pontius Pilatus: römischer Statthalter der Provinz Judäa, verwaltete sie von 26 n.Chr. – 36 n.Chr.

I: Drei Tage vor den Drususfestspielen, nachts, unweit von Mogontiacum am Ufer des Rhenus

Die laue Spätsommernacht war wolkenverhangen. Nur ab und zu leuchtete die schmale Sichel des zunehmenden Mondes durch und tauchte den Rhenus für kurze Momente in silbriges Licht. Die Bedingungen für die bevorstehende Transaktion konnten kaum günstiger sein. Zwei Männer in der Kleidung der ortsansässigen Fischer harrten im Schutze einer Trauerweide aus, deren herabhängende Äste ihnen als Tarnung dienten. Sie warteten darauf, dass das nächtliche Patrouillenboot diesen Flussabschnitt passieren würde, damit sie unbemerkt übersetzen konnten.

Der ältere, Marcellus, war seiner Herkunft nach Gallier. Eine blasse, breite Narbe, die aus einem früheren Gefecht stammte, zog sich von seinem linken Wangenknochen bis zum Mundwinkel. Der Jüngere stammte aus Hispanien und wurde Sepius genannt. Bereits ihre Väter hatten in der Legion gedient und ihre Söhne setzten diese Tradition fort. Beide gehörten der Legion XIV Gemina an und waren in Mogontiacum stationiert.

In regelmäßigen Abständen setzten sie mehrmals pro Jahr über den Fluss und bisher hatte es nie Probleme gegeben. Doch heute schlich sich ein leichter Misston ein.

„Deine Entscheidung ist endgültig?“, fragte der Jüngere.

Marcellus nickte bestimmt. „Ja. Bisher standen wir unter dem Schutz Merkurs, aber die Anzeichen, dass Rom die Angelegenheit untersuchen wird, mehren sich. Und die römischen Agenten sind für ihre Ausdauer und ihren Erfolg bekannt.“

„Alles nur Gerüchte. Du hast nicht mehr lange zu dienen, doch in dieser Zeit könntest du den Gewinn noch vermehren.“

„Wo Rauch ist, ist Feuer. Heute ist es das letzte Mal. Aber du weißt, dass ihr euch auf mich verlassen könnt. Niemand wird jemals hierüber etwas aus meinem Munde erfahren“, versicherte er mit fester Stimme.

Schließlich hörten sie das Platschen von Rudern, die in regelmäßigem Rhythmus ins Wasser eintauchten. Kaum war das Patrouillenboot in sicherer Entfernung, sendeten sie mit einer Laterne das verabredete Zeichen und erhielten sofort eine Antwort. Daraufhin stießen sie ihren kleinen Nachen vom Ufer ab, sprangen hinein und ruderten los. Ihr Ziel war eine bestimmte Stelle, die einige Meilen flussaufwärts des Castellum Mattiacorum lag.

Diese Überfahrten waren inzwischen längst zur Gewohnheit geworden und sie kannten die Tücken des Rhenus. Im Frühjahr, wenn die Schneeschmelze in den Alpen einsetzte, mussten sie gegen die starke Strömung ankämpfen. Doch der trockene Sommer hatte den Strom gezähmt und sie kamen rasch voran. Sie achteten darauf, möglichst wenig Lärm zu verursachen, denn ihr Vorhaben war keineswegs ungefährlich. Würden sie entdeckt, war ihnen der Tod gewiss. Rom kannte in dieser Beziehung keine Gnade.

Zur Tarnung hatten sie Angelruten, ein Netz, Reusen und Köcher dabei und konnten notfalls behaupten, sie seien Fischer, die ihrer Tätigkeit nachgingen. Wieder wurde am rechten Ufer die Fackel geschwenkt und wies ihnen den Weg. Wenig später erreichten sie den verabredeten Treffpunkt. Der Hispanier sprang behände aus dem Boot und watete vorsichtig durch das seichte Wasser auf den Fackelschwenker zu.

„Salve, Crassus!", grüßte Sepius.

Der andere erwiderte den Gruß. Marcellus blieb sitzen und verfolgte vom Boot aus, wie seinem Begleiter ein prallgefüllter Lederbeutel ausgehändigt wurde. Sepius griff hinein, holte etwas heraus und prüfte es. Schließlich nickte er zufrieden, ließ den Inhalt wieder hineinfallen und verschnürte den Beutel. Dabei bemerkte keiner der drei, wie etwas zu Boden fiel.

„Dieselbe Menge wie immer?", hörte er Sepius fragen.

„Ja. Wann bringt Ihr Euren Teil?"

„Drei Tage nach den Festlichkeiten. Es gab gewisse Verzögerungen und wir sollten abwarten, bis die offiziellen Vertreter der Provinzen Mogontiacum verlassen haben und Ruhe eingekehrt ist."

„Gut, einverstanden. Wir treffen uns dann wieder hier zur gewohnten Stunde."

Unvermittelt senkten sie ihre Stimmen, so dass der Gallier sie nicht mehr verstehen konnte. Für einen kurzen Moment verspürte er Unbehagen. Wahrscheinlich sprachen sie jetzt über ihn und seine Absicht, sich aus dem Geschäft zurückzuziehen. Crassus schenkte ihm einen kurzen, argwöhnischen Blick, zuckte dann aber ergeben mit den Schultern und winkte ihm verbindlich zu. Er hatte seine Entscheidung wohl akzeptiert.

Sepius kam zurück und warf seinem Kumpan vom Wasser aus den Beutel zu. Doch der Wurf misslang. Er entglitt Marcellus' Händen und plumpste auf den Boden des Nachens. Dabei löste sich die Verschnürung und Teile des Inhalts kullerten heraus. Leise fluchend machten sich beide daran, wieder alles zusammenzuklauben.

„Gab es Probleme?", vergewisserte sich Marcellus, nachdem sie fertig waren.

„Nein. Er bedauert nur deinen Entschluss. Er fragte, ob du nicht doch noch einmal bereitstehst. Es wäre das letzte Mal in diesem Jahr."

„Ich ändere meine Meinung nicht und Ihr habt in Servius einen guten Ersatz für mich."

Der andere seufzte nur, blickte Richtung Ufer und schüttelte den Kopf. Daraufhin erlosch die Fackel und Crassus verschwand lautlos wie ein Geist in der Dunkelheit.

„Du lässt dich definitiv nicht mehr umstimmen?"

„Nein. Mir wird es zu gefährlich."

Einige Zeit später erreichten sie ihre ursprüngliche Ausgangsposition, wobei ihnen die Lichter der keltischen Handwerkersiedlung, die sich in einiger Entfernung von ihrem Bootsversteck befand, als Orientierung dienten. Rasch holten sie den Nachen an Land, suchten ihre Tuniken, Gürtel, Sandalen und Schwerter zusammen und zogen sich um. Danach verstauten sie die Fischerkleidung, die Ruder und die übrigen Gerätschaften im Boot und verbargen alles unter mehreren Planken, die sie extra für diesen Zweck hierher gebracht hatten. Zum Abschluss deckten sie das Ganze mit Ästen und Gras ab. Bisher war der kleine Kahn unentdeckt geblieben. Und selbst wenn ihn jemand fände, bliebe das ohne Folgen. Niemand konnte eine Verbindung zu ihnen herstellen und Schmuggelei war in Mogontiacum nicht unüblich. Notfalls würden sie sich eine andere Stelle suchen und ein neues Boot besorgen.

Sie legten ihre Gürtel an und steckten die Kurzschwerter hinein. Der Hispanier war zuerst fertig. Ein Riemen von Marcellus' Sandalen hatte sich wieder gelöst und er kniete nieder, um ihn zu schnüren. Er wandte seinem Begleiter arglos den Rücken zu und so entging ihm, wie dieser einen schweren Stein aufhob. Erst als Sepius neben ihn trat und dort regungslos stehenblieb, hielt der Gallier überrascht inne und drehte seinen Kopf. Er erblickte die Waffe in der Hand des Hispaniers, erkannte die Gefahr, in der er schwebte und wollte aufspringen, um den Angriff abwehren, doch seine Reaktion kam zu spät. Ein gezielter Schlag zertrümmerte seine rechte Schläfe und streckte ihn nieder. Ungelenk fiel er auf die linke Seite und schlug mit seinem Schädel hart auf dem Boden auf.

Augenblicklich verlor er das Bewusstsein. Er spürte nicht mehr, wie er an den Füßen in das Gewässer gezogen und sein Kopf solange unter Wasser gedrückt wurde, bis sämtliche Luft aus seinen Lungen entwichen war. Der Hispanier versetzte dem

Toten einen festen Stoß und die Strömung des Flusses nahm ihn mit sich. Dann watete er zurück ans Ufer, ergriff den Lederbeutel, verbarg ihn unter seiner Kleidung und kehrte zurück zum Legionslager.

Unterdessen trieb der Tote noch einige Zeit an der Wasseroberfläche, bis er schließlich auf den Grund des Rhenus sank, wo er zwischen Steinen und Wasserpflanzen sein nasses Grab fand.

II: An den Kalenden des Monats August, Aufbruch aus Rom

Mehrere Wochen zuvor hatte Kaiser Tiberius im 13. Jahr seiner Regierungszeit und 780 Jahre nach der Gründung Roms in Absprache mit dem römischen Senat den Befehl erlassen, eine feste Brücke bei Mogontiacum über den Rhenus zu bauen. Die Militärsiedlung war in den letzten 30 Jahren unaufhaltsam gewachsen und die provisorische Pfahljochbrücke, über die der stetig zunehmende Waren- und Personenverkehr zwischen der römischen Provinz und dem unbesetzten Teil Germaniens abgewickelt wurde, genügte den Ansprüchen längst nicht mehr.

Tiberius beauftragte Appius Claudius Etruscus, einen der wenigen Generalbaumeister Roms, mit diesem Unterfangen. Ihm wurde der junge Architekt Publius Marius Vitulus, Sohn eines guten Freundes, zur Seite gestellt. Marius, der gerade erst seine Studien beendet hatte, sollte beim Bau der Brücke erste Erfahrungen sammeln.

Auf Geheiß des Kaisers verließen sie an den Kalenden des Monats August Rom und begaben sich auf die Reise in das obergermanische Militärterritorium. Begleitet wurden sie von Theodosios, dem griechischen Diener des Claudius. Er lenkte den Wagen mit den Vermessungsinstrumenten und ihrer persönlichen Habe.

Zu ihrer Sicherheit wurden sie von einer Abordnung der kaiserlichen Garde eskortiert. Der Elitetrupp diente ihnen allerdings nicht nur als Geleitschutz, sondern erfüllte noch eine andere, weitaus wichtigere Aufgabe. Er brachte den Sold eines ganzen Jahres zu den 6000 Soldaten der Legion XIV Gemina direkt aus der Prägestätte in Rom nach Mogontiacum. Der Sold belief sich auf einen Wert von über einer Million Denare. Maultiere und Esel transportierten die verplombten Säcke und versiegelten Kisten, die zu jeder Stunde des Tages sorgfältig bewacht wurden. Die Plomben und Siegel würden erst am Tag der Soldauszahlung in

Anwesenheit des Garnisonskommandanten und der Signifer der Legion XIV Gemina erbrochen werden.

Ein Negotiator namens Titus, dessen Ziel ebenfalls Mogontiacum war, schloss sich ihnen an. Er handelte mit Weihrauch aus dem Süden Arabiens, teuren, römischen Devotionalien zur Götterverehrung, kostbaren Parfümen, angenehm duftenden Badeölen, Rohstoffen zur Medikamentenherstellung und Delikatessen, die er auf Bestellung lieferte. Ein Teil seiner Waren war für den Kommandanten Aulus Cornelius Lentulus bestimmt, der die Garnison in Mogontiacum befehligte und als Feinschmecker einen nicht unerheblichen Ruf genoss.

Titus entpuppte sich rasch als wortkarger Sonderling. Tagsüber saß er mürrisch auf seinem Kutschbock, abends zog er sich bei Einbruch der Dämmerung auf sein Fuhrwerk zurück, um dort auf den harten Bohlen inmitten seiner Waren zu nächtigen. Die Mahlzeiten nahm er alleine ein und so beschränkte sich der Kontakt zwischen ihm und seinen Gefährten auf ein „Salve" am Morgen und ein „Ave" am Abend.

Die Götter waren ihnen wohlgesonnen und ihre Reise verlief ohne größere Zwischenfälle. Das Wetter blieb stabil, die Wege waren ohne Einschränkung passierbar und kein Straßenräuber wagte es, sie angesichts der imposanten soldatischen Abordnung zu behelligen. In überraschend kurzer Zeit überwanden sie das mächtige, noch schneelose Gebirgsmassiv der Alpen und durchquerten das Land der Helvetier. Am vierten Tag des Monats September überschritten sie die Grenze zu dem obergermanischen Militärbezirk, genau zehn Tage bevor die Drususfestspiele beginnen würden.

Die Glücksgöttin war ihnen auch diesseits der Alpen gewogen, denn wenige Tagesreisen von Mogontiacum entfernt trafen sie in einer Militärversorgungsstation, die gleichzeitig als Handelskontor fungierte und am Ufer des Rhenus lag, auf Blussus, einen keltischen Bootsführer und angesehenen Händler aus Mogontiacum. Er lag mit zwei seiner Flachschiffe, den sogenannten Prahmen, vor Anker und hatte umfangreiche Ladung aufgenommen. Sie bestand aus Amphoren mit hispanischem Olivenöl, griechischen Oliven, italischem Wein, eingelegten Meeresfrüchten und Garum – der unausweichlichen, römischen Fischsoße – , Gefäßen mit ägyptischen Datteln, Säcken mit Hirse, und lebenden Tieren, die an den bevorstehenden Feierlichkeiten den Göttern geopfert oder den Weg in die Mägen der Menschen finden würden.

Blussus pflegte enge geschäftliche Beziehungen zur Garnison, vor allem mit dem Garnisonskommandanten Cornelius, dessen Vertrauen er genoss. Dieser hatte ihn beauftragt, neben der Lieferung für die Festtage auch die beiden Architekten und ihren Begleiter Theodosios nach Mogontiacum zu bringen. Auch ihrem Begleittrupp und Titus hatte er zwei Militärboote geschickt, damit der Sold und die bestellten Delikatessen pünktlich eintrafen. So setzten sie ihre Reise zwar getrennt fort, steuerten aber dennoch die gleichen Übernachtungsplätze an.

Die Tatsache, den Rest des Weges auf dem Wasser zurückzulegen, kam Claudius nicht ungelegen. Marius wäre gerne weitergeritten, bedeutete doch die Reise auf einem Boot eine gewisse Einschränkung seiner Bewegungsfreiheit. Aber Claudius, der die Fünfzig bereits überschritten hatte, wusste das komfortablere Transportmittel zu schätzen. Seine Muskeln hatten sich während der Reise immer mehr verhärtet und seit Tagen plagte ihn ein stechender Rückenschmerz, der sich mehr und mehr verstärkte. Auch wenn Theodosios ihn abends massierte und versuchte, die Verkrampfungen durch Einreibungen mit relaxierendem Öl zu lösen, stellte sich keine Besserung ein. Auf dem sanft dahingleitenden Boot hoffte er, etwas Entspannung für seinen malträtierten Körper zu finden. Er und Marius wurden auf dem Prahm untergebracht, der von Blussus und seinem Sohn Primus gesteuert wurde, Theodosios und das kleine Fuhrwerk fanden auf dem anderen Platz. Die Pferde ließen sie an der Versorgungsstation zurück, in Mogontiacum würden sie im Austausch neue erhalten.

Kaum befanden sie sich an Bord, erkannten die Architekten die geniale Konstruktion des Schiffes. Hier gingen keltische und römische Bauelemente eine optimale Verbindung ein. Sein Boden war breit und flach, so dass es selbst bei Niedrigwasser voll beladen auslaufen konnte. An den Seiten gab es Halterungen für Amphoren, in der Mitte lagerten die sperrigeren Güter. Im leicht erhöhten Heck stand der Steuermann, der mit einem langen Steuer das Boot auf Kurs hielt. Ein Segel unterstützte bei günstigem Wind die Fahrt und Ruderer sorgten dafür, dass es bei Flaute und stromaufwärts vorankam.

Zudem war Blussus ein geschickter Bootsführer und manövrierte sie sicher durch alle Untiefen. Er schien eins mit dem Fluss zu sein, ahnte, wann der Strom missgestimmt oder wohlgelaunt war. Solange sie sich auf dem Wasser aufhielten, erteilte Blussus Befehle, hüllte sich aber ansonsten in Schweigen. Wenn sie dagegen Land betraten und das Schiff fest vertaut an einem Anleger ruhte, fiel seine Schweigsamkeit von ihm ab. Dann war er ein anderer Mann und er begann lebhaft zu erzählen. Erfreulicherweise beherrschten er sowie sein Sohn die Sprache der Machthaber, auch wenn sie stark in ihrem keltischen Dialekt eingefärbt war und sich die Ohren der Architekten erst daran gewöhnen mussten. In Claudius fand Blussus einen interessierten Gesprächspartner und gemeinsam philosophierten sie über Politik, das Imperium, den Kaiser und die Götter.

Marius waren diese Gespräche zu ernst, er suchte stattdessen den Kontakt zu dem nur wenig älteren Primus. Rein äußerlich hätten die jungen Männer kaum unterschiedlicher sein können. Die hochgewachsene, muskulöse Statur des jungen Römers, seine braunen, leicht gewellten Haare, der olivfarbene Teint, seine bernsteinfarbenen Augen, vor allem aber sein römisches Profil ließen sofort seine adlige Herkunft erkennen. Er trug eine schlichte, aber teure, weiße Tunika und Sandalen aus weichem Leder. An seinem breiten Gürtel waren sein Dolch und seine Börse befestigt.

Dagegen nahm sich Primus beinah plump aus. Sein Körperbau war gedrungen, die Schultern breit, die Arme sehnig und die Beine stämmig. Feuerrotes, widerspenstiges Haar umrahmte ein breites Gesicht, Myriaden von Sommersprossen überzogen seine blasse Haut. Seine hellblauen Augen blickten herausfordernd und eine gewisse Streitlust war darin zu erkennen. In seinem linken Ohr steckte ein goldener Ohrring, ein breiter Schmuckreif, ein Torques, zierte seinen Hals. Er trug lange, rotkarierte Hosen, die auf Höhe der Knöchel zusammengebunden waren, ein dichtgewebtes rotes Leinenhemd und einen einfarbigen, hellen Umhang, der mit einer Spange auf Höhe der Brust zusammengehalten wurde. Sein Gürtel bestand aus einzelnen Metallgliedern, an denen er eine Geldbörse, einen Dolch und einen Lederbeutel mit Zunder und Feuerstein befestigt hatte.

Doch Marius ließ sich nicht von Primus‘ Erscheinungsbild beirren und binnen kurzem freundeten sie sich an. In langen Unterhaltungen erfuhr der junge Römer einiges über die Familie von Primus, die dem keltischen Stamm der Treverer angehörten.

„Woher hat Mogontiacum überhaupt seinen Namen?“, fragte Marius ihn am zweiten Abend ihrer Reise.

„Wir Kelten verehren Mogon, den Gott des Lichtes, und huldigen ihm in einer Kultstätte. Sie befindet sich in der Nähe der Zivilsiedlung, die sich um das Garnisonslager ausbreitet. Zu bestimmten Zeiten erstrahlt der Landstrich in einem orange-goldenen Licht. Das sind Momente voller Magie, in denen es uns erscheint, als verweile der Gott hier. Aber ob er der Namenspatron ist und Mogontiacum deshalb diesen Namen trägt, vermag ich nicht zu behaupten."

Nun war Marius' Neugier vollends geweckt. „Bitte, erzähle mir mehr."

„Die Leute meines Stammes leben in einem kleinen, handwerklich geprägten Vicus am Ufer des Rhenus, er liegt ein gutes Stück flussaufwärts von Mogontiacum. Die Zivilsiedlung selbst ist voller Leben und seit die beiden Legionen und die Hilfstruppen stationiert wurden, wächst sie kontinuierlich. In ihr leben Angehörige der Soldaten, Handwerker, Händler und allerlei Geschäftemacher ganz unterschiedlicher Völker. Anfangs gestaltete sich das Zusammenleben zwischen den neuen Machthabern und den Einheimischen schwierig. Einzelne begehrten auf und zettelten sogar einen Aufstand an. Aber die Legionen schlugen ihn erbarmungslos nieder. Unsere Verluste waren erheblich, aber seitdem herrscht Ruhe und wir haben inzwischen erkannt, dass die römische Herrschaft mehr Vor- als Nachteile für uns birgt."

„Wie meinst du das?", fragte Marius interessiert.

„Durch die Okkupation kam es zu gewissen Veränderungen, aber die waren nicht so gravierend, wie es zunächst schien. Jeder Einwohner konnte sein Handwerk wie gewohnt ausüben, manche der Ansässigen erlernten bei den Besatzern bis dato unbekannte Handwerke. Selbst unsere Religion blieb weitgehend unangetastet – bis auf die Stellung der Druiden. Wie du sicher weißt, geht Kaiser Tiberius gegen die weisen Männer vor und lässt sie verfolgen."

„Ich hörte vor meiner Abreise aus Rom davon, aber Genaues weiß ich nicht."

„Der Kaiser glaubt, dass sie Menschen opfern und dem Schädelkult frönen."

„Und stimmt das?"

Primus wich der Frage aus. „Ich selbst habe noch kein Menschenopfer erlebt und sicherlich vermischt sich hier Wahrheit mit Dichtung. Aber wie dem auch sei, wir beten weiterhin zu den alten Göttern, es haben sich lediglich einige neue hinzugesellt. Aber auch im profanen Leben gibt es neue Entwicklungen. So wird die römische Bauweise zunehmend übernommen und statt unserer alten Häuser, die aus Holzbalken und lehmverputztem Flechtwerk bestehen, bauen wir nun steinerne nach römischem

Vorbild. Früher waren wir allein auf unsere Brunnen und auf das Wasser aus dem Rhenus angewiesen. Nun verfügen Teile unserer Siedlung dank des Aquäduktes, das die Legionen bauten, sogar über fließendes Wasser. Und diejenigen Hausbesitzer, die es sich leisten können, haben sogar ein Hypocaustum."

„Ihr besitzt bestimmt auch eine solche Heizung, die den Boden erwärmt?"

„Ja", erwiderte Primus mit gewissem Stolz. „Die Winter hier können ziemlich frostig werden und es herrscht klirrende Kälte."

„Meine Mutter scheint das gewusst zu haben. Sie gab mir wollene Beinkleider mit."

„Das war vorausschauend von ihr, auch wenn in den Augen mancher Römer nur Schwächlinge Hosen tragen."

Marius war nicht sonderlich erpicht darauf, dieses Kleidungsstück anzuziehen. Aber wenn die Wetterbedingungen es erforderten – und das schien laut Primus gelegentlich der Fall zu sein –, würde er es wohl oder übel tun müssen. Unabhängig davon, was andere darüber dachten. „Welche Bauten gibt es noch?"

„Eine Therme, einige Tempel und ein Forum mit schönen Häusern römischer Bauart und Geschäften. Eure Legionäre sind dabei, die sumpfigen Areale in den tiefergelegenen Bereichen der Siedlung trockenzulegen. Die wichtigsten Straßen, allen voran diejenige, die vom großen Hafen zum Legionslager führt, sind bereits gepflastert. Ein Großteil der Abwässer wird durch unterirdische Kloaken abgeleitet. In diesen Vierteln ist die Luft rein und frei von schlechten Dünsten. Und nicht zu vergessen das große Bühnentheater!", meinte er mit einer gewissen Ehrfurcht in der Stimme. „Ich bin gespannt, was du dazu sagst. Du wirst es ja bald kennen lernen, denn dort wird das Schauspiel während des Drususfestes gegeben. Der Bau war ursprünglich aus Holz, doch in den letzten Monaten wurde damit begonnen, die Front durch Stein zu ersetzen."

„Mogontiacum scheint wohl nicht so provinziell, wie ich befürchtete."

„Oh, nein, ganz sicher nicht. Zwar dominiert das Militär, aber dennoch verstehen wir zu leben."

III: Drei Tage vor den Drususfestspielen, Buconica

Den letzten Abend vor ihrer Ankunft verbrachten sie in Buconica, das nur eine halbe Tagesreise von ihrem Bestimmungsort entfernt lag. Es war eine Straßenstation, die auf einer kleine Kuppe an der Römerstraße oberhalb des Rhenus lag. Blussus zeigte sich angesichts der bevorstehenden Ankunft spendierfreudig und öffnete eine Amphore Wein. Dazu aßen sie Dinkelbrot, Käse, getrocknetes Fleisch und Oliven.

Claudius hatte sich deutlich erholt und war glänzender Laune. Während er die kleine Gesellschaft mit Anekdoten unterhielt, wurde Marius immer nachdenklicher. Die Vorfreude des heutigen Nachmittags war verflogen. Plötzlich erfasste ihn Wehmut. Er befand sich an einem Wendepunkt, denn bald begann ein neuer Abschnitt in seinem Leben. Seine Familie und Freunde weilten weit weg in Rom, während er sich fern seiner Vaterstadt seiner ersten großen Herausforderung stellen musste. Zweifel überfielen ihn. Er hatte kaum praktische Erfahrung, bisher war sein Wissen eher theoretischer Natur gewesen. War er der Aufgabe überhaupt gewachsen?

Erst vor wenigen Wochen hatte er seine Studien beendet und seine Lehrer prophezeiten ihm bei seinem Abschied eine glorreiche Zukunft. Der Bau der Brücke war ein ehrgeiziges Projekt, dem sich jeder Architekt sicher gern gestellt hätte. Doch ausgerechnet ihm, einem unerfahrenen Neuling, übertrug der Kaiser diese wichtige Aufgabe. Zwar lag die Aufsicht und somit auch die gesamte Verantwortung bei Claudius, aber Marius musste beweisen, dass er Tiberius‘ Vertrauen verdiente. Diese Brücke war für das gesamte Imperium und dessen Expansionspläne von hoher strategischer Bedeutung. Wenn er versagte, war das nicht nur für seine Zukunft als Architekt ein schlechtes Omen.

Seine Begleiter waren in Feierlaune und bemerkten nicht, was in Marius vorging. Als sie sich früh schlafen legten, blieb er noch einige Zeit sitzen. Seine Unruhe wurde immer größer und er verspürte den Drang sich zu bewegen. Das war sein bewährtes Allheilmittel, um Ordnung in seine Gedanken zu bringen. Die Station erschien ihm auf einmal zu eng, er musste raus. Hinaus an den Rhenus, dem er während der kommenden Monate die Stirn bieten würde. Ihm schien, als riefe ihn der Flussgott persönlich.

Marius glaubte sich unbemerkt davon geschlichen zu haben und suchte sich einen lauschigen Platz am Ufer. Die Dämmerung wich allmählich der Dunkelheit und mit ihr die Schwärme der lästigen Stechmücken, die Marius immer noch traktierten. Zwar hatte er Zedernöl zum Schutze aufgetragen, aber der Duft wehrte die lästigen Insekten kaum ab. Doch das nahm er nicht richtig wahr, denn er war zu sehr in seine Gedanken vertieft. Diese

Nacht hielt ihn gefangen, denn sie hatte etwas Mystisches, dem er sich nicht entziehen konnte. Er setzte sich auf einen großen, flachen Stein, der die Wärme des Tages gespeichert hatte und diese nun langsam freigab.

Marius betrachtete den Sternenhimmel, der sich im träge dahinfließenden Wasser widerspiegelte. Hier schienen die Gestirne intensiver zu leuchten, als über der verschmutzten Luft Roms. Im diffusen Licht machte er die kleinen, dicht bewaldeten Inseln aus, die verstreut inmitten des Stromes lagen und hielt unvermittelt stille Zwiesprache mit dem Flussgott. Rhenus war ein mächtiger Herrscher, den schon Gaius Julius Caesar verehrt hatte, und der dessen goldenes Abbild während der Schlachten vor seinen Legionen hertragen ließ. Er war sich nur allzu bewusst, dass der Brückenbau nur gelingen konnte, wenn Rhenus nicht grollte und Marius hoffte inständig, dass er seinen Segen nicht verwehrte.

Momentan wirkte das Gewässer friedlich. Doch er wusste aus Erzählungen, dass dieses Idyll trügerisch war, denn der Flussgott hatte viele Gesichter. Je nach Jahreszeit zeigte er sich launisch oder wohlgesonnen. So schwoll er im Frühjahr zu einem gefräßigen Strom an, der über die Ufer treten konnte und dann alles mit sich riss, was sich ihm in den Weg stellte. Im Sommer dagegen schrumpfte er bis auf ein schmales Band zusammen und gab tückische Sandbänke frei, die manches Schiff in Not brachten, während er im germanischen Winter zufror und alles Leben in sich erstarren ließ.

Vor Marius‘ innerem Auge entstand Stück für Stück die Brücke. Claudius hatte bereits vor Monaten Berechnungen angestellt und Konstruktionspläne gezeichnet, die inzwischen längst in Mogontiacum eingetroffen waren. Soweit er wusste, waren die Vermessungen inzwischen sogar abgeschlossen, so dass sie, wenn es keine großen Abweichungen zu Claudius‘ Plänen gab, sofort mit den Arbeiten an den Pfeilerfundamenten beginnen konnten. Je länger er darüber nachdachte, umso gelassener wurde er. Plötzlich fasste er Vertrauen zu sich und seinem Können und wusste, dass er diese Aufgabe meistern konnte, egal wie viel Zeit sie in Anspruch nehmen würde. Ihm schien, als hätte ihm der Flussgott soeben sein Placet erteilt. Voller Zuversicht erhob er sich und ging Richtung Station davon.

Er hatte erst wenige Schritte zurückgelegt, als er einen Zweig hinter sich knacken hörte. Marius blieb stehen, hielt den Atem an und schaute sich um. Er fasste an seine Seite, doch sein Griff ging ins Leere. Seinen Dolch, den er während der Reise stets bei sich trug, hatte er leichtsinnigerweise in seiner Unterkunft zurückgelassen. Er lauschte noch einen Augenblick, aber alles blieb ruhig und er ging weiter, beschleunigte aber seine Schritte.

Auf einmal erschien ihm diese Nacht nicht mehr friedlich, er spürte einen kalten Hauch, der vom Fluss herüberwehte. Der heisere Schrei eines Kauzes ließ ihn zusammenzucken. War der Vogel nicht Vorbote nahenden Unheils, Kündbote des Todes? Er versuchte den Aberglauben abzuschütteln, denn es gab keinen Grund zur Beunruhigung. Dennoch wurde er das Gefühl, verfolgt zu werden, nicht los. Der Rückweg kam ihm auf einmal unendlich lang vor. Endlich sah er die Umrisse der Station und wähnte sich schon in Sicherheit, als sich unvermittelt eine Hand auf seine Schulter legte und ihn festhielt. Eine Stimme zischte ihm zu, dass ihm keine Gefahr drohe. Doch Marius wehrte die Hand reflexartig ab, drehte sich blitzschnell um und ballte die Hände zu Fäusten. Kampflos würde er sich nicht ergeben.

„Marius, ich bin es doch!“, sagte ein Mann und erst jetzt erkannte er Titus.

Was um alles in der Welt tat er hier draußen? Spionierte er ihm nach oder war ihr Zusammentreffen reiner Zufall? Während ihrer Reise war er immer wieder an den unterschiedlichsten Stellen aufgetaucht, wobei er sich auffallend oft in der Umgebung ihres soldatischen Begleittrupps aufhielt. Deshalb erstaunte es Marius, dass er sich nun so weit entfernt von ihm befand. Er hegte schon länger den Verdacht, dass der Mann sie alle täuschte und etwas Arges im Schilde führte. Denn je mehr sie sich ihrem Ziel näherten, umso absonderlicher verhielt er sich. Sein Gebaren verleitete Marius zu den wildesten Spekulationen. Mal glaubte er, Titus sei ein Spion, der einen Putsch gegen den Kaiser plane. Mal nahm er an, dass dieser sich nur als Händler tarne, um in Wirklichkeit Schmugglergeschäften nachzugehen und Waffen aus dem römischen Hoheitsbereich hinüber ins freie Germanien zu schaffen, um die Feinde Roms zu stärken und in ihren Umsturzbemühungen zu unterstützen.

Titus trat jetzt dicht an ihn heran und fragte ihn mit leiser, aber fordernder Stimme: „Wohin des Weges?“

Der junge Römer fühlte sich wie bei einem Verhör. Warum wollte er das wissen? Eigentlich ging ihn das gar nichts an. Er war ein freier Mann und konnte tun und lassen, was er wollte.

Seine Abneigung unterdrückend antwortete er ihm trotzig: „Ich konnte keinen Schlaf finden und suchte Ablenkung. Immerzu denke ich an den Brückenbau.“

Marius registrierte verwundert, wie ein kurzes Lächeln über das Gesicht des anderen huschte. Bisher hatte er Titus immer nur mit mürrischer Miene erlebt.

„Ich kann Euch gut verstehen. Aber Ihr werdet den Anforderungen bestimmt gerecht. Dessen bin ich mir sicher. Warum sonst hätte Tiberius Euch auswählen sollen? Der Kaiser ist ein Mann mit Verstand und Voraussicht."

„Denkt Ihr wirklich, dass der Bau gelingt?"

„Ohne Zweifel. Ich wollte, ich könnte genauso zuversichtlich meiner Zukunft entgegen sehen", meinte Titus ungewohnt offenherzig.

Marius, erstaunt über die plötzliche Wandlung seines Gesprächspartners, fragte, ob ihn Sorgen plagten.

„Nein, nein, junger Marius, keine Sorgen. Ich komme nur meiner Pflicht nach. Aber ich bin froh, wenn meine Geschäfte bald erledigt sind. Und nun Vale!", verabschiedete er sich und verließ ihn so plötzlich wie er erschienen war.

Das Lebewohl kam etwas abrupt, aber es passte zu Titus' sonstigem Verhalten. Auf dem Weg zurück überlegte Marius, was wohl der Grund für diese anscheinend absichtlich herbeigeführte Begegnung gewesen sein könnte. Aber er fand keine Antwort, Titus blieb nach wie vor undurchschaubar. Als er jedoch wenig später auf seinem Lager ruhte, übermannte ihn augenblicklich der Schlaf. Die Erinnerung an die nächtliche Unterredung verlor sich in seinen Träumen.

IV: Zwei Tage vor den Drususfestspielen, Ankunft in Mogontiacum

Am nächsten Morgen wurde Marius von den Rufen der Eskorte geweckt. Sie hatten bereits die Leinen gelöst und brachen gerade auf, als er aus dem Zelt trat. Claudius nahm seine Morgenmahlzeit ein und nachdem Marius sich frisch gemacht hatte, gesellte er sich zu ihm. Er aß rasch etwas von dem mit Honig gesüßten Gerstenbrei und trank klares Wasser, bevor sie an Bord gingen. Blussus und Primus befanden sich bereits auf dem Prahm und kontrollierten die Ladung. Theodosios war mitsamt dem Fuhrwerk auf dem anderen Boot vorausgefahren, denn er würde in einem anderen Hafen landen als sie. Dieser lag ein Stück flussaufwärts von Mogontiacum nahe der keltischen Siedlung. Dort würde er neue Pferde bekommen, die er mit ins Legionslager bringen würde, wo sie sich treffen wollten.

An diesem Morgen herrschte eine frische Brise, die die Segel blähte. Blussus lenkte das Schiff mit gewohnt sicherer Routine, vorbei an Untiefen und den versprengten Inseln, von denen die Schreie wilder Vögel zu ihnen herüberdrangen. Marius und Claudius saßen in der Mitte und genossen den Anblick. An beiden Ufern gab es breite Riedstreifen aus Schilf und dichte Auwälder, die nur selten einen Blick auf das dahinterliegende Land freigaben. Doch allmählich lichteten sich die Bäume auf der linken Seite und ein Höhenzug ragte aus der Ebene empor. Entlang des Ufers zog sich die Römerstraße, auf der trotz der frühen Stunde schon reger Verkehr herrschte. War der Boden eben noch erdbraun gewesen, erstrahlte er nun in sattem, dunklen Rot. Versprengte Landgüter schmiegten sich an die Hügel. Ihre stattlichen Fronten waren allesamt auf den Fluss gerichtet. Viele dieser Villae rusticae besaßen weitläufige Felder oder Obstwiesen, manche kultivierten sogar Weinstöcke. Einige hatten sich auf Viehzucht spezialisiert, was an den großen, eingezäunten Koppeln zu erkennen war.

Die Erhebungen rückten in den Hintergrund und am Fuße der Hügel erstreckten sich grüne Weiden, auf denen Schafe, Ziegen und Rinder ästen und kleine, kräftige Pferde ausgelassen umhertollten. Ein Stück flussabwärts verschwanden die Hänge schließlich ganz und die tiefrote Farbe des Erdbodens wandelte sich wieder in gewöhnliches Braun. So weit das Auge reichte, erstreckten sich plane Flächen, auf denen Getreide angebaut wurde. Die schweren Ähren des reifen, goldgelben Korns neigten sich zu Boden, bereit, geerntet zu werden.

Primus stand am Bug und lotete den Wasserstand aus. In regelmäßigen Abständen gab er dessen Tiefe bekannt und meldete dicht unter der Oberfläche liegende Sandbänke, während Blussus mit aller Sorgfalt den Prahm steuerte. Am späten Vormittag ließ der Wind nach und die Segel hingen schlaff herab. Jetzt legten sich die Ruderer kräftig ins Zeug.

„Gleich sind wir am Ziel“, sagte Claudius zu seinem Schützling, als der Fluss eine langgezogene Biegung machte.

„Warst du schon einmal hier?“

„Ja, vor einigen Jahren mit meiner Frau. Wir besuchten die Drususfestspiele. Ich erlebe sie also schon zum zweiten Mal. Marius, es wird dir hier gefallen.“

„Das meinte Primus auch schon.“

„Und er hat Recht. In den letzten Tagen warst du gedankenverloren, aber du brauchst dich nicht zu sorgen. Der Bau wird gelingen und du wirst dich beweisen“, versicherte ihm Claudius.

Demnach war seinem väterlichen Freund nicht entgangen, was ihn während des letzten Abschnittes ihrer Reise beschäftigt hatte. Marius schwieg verlegen.

Für ihre Ankunft hätten sie keinen besseren Tag wählen können. Die Sonne stand hinter ihrem Rücken und ihre Strahlen brachen sich auf der Oberfläche des Wassers und tauchten alles in goldenes Licht. Während am rechten Ufer dichtes Dickicht eine natürliche Grenze bildete, herrschte auf der linken Seite geschäftiger Betrieb. Auf der gepflasterten Römerstraße folgte Pilger auf Pilger. Soldaten in leichter Uniform mit schwerem Marschgepäck, prachtvolle Kutschen vornehmer römischer Bürger und vollbeladene Fuhrwerke geschäftstüchtiger Händler und Bauern, die Vieh vor sich hertrieben, machten sich den Platz auf ihr streitig.

Einige der Wanderer hatten die Straße verlassen, um dem Gedränge zu entfliehen und nahmen einen Trampelpfad unmittelbar am Ufer. Der lange, regenarme Sommer hatte dem Fluss viel von seiner mächtigen Breite genommen. Das ansonsten morastige Ufer war ausgetrocknet und die Erde fest gebacken. Doch Tausende Füße zermahlten die oberste Schicht zu feinem Staub, der aufstieg und die Konturen von Menschen und Landschaft verwischte.

Auf dem Strom selbst reihten sich schwerbeladene Lastkähne, Ruderboote der Garnison und die kleineren Boote der Einheimischen wie Perlen auf einer Schnur auf. Der Wind kam aus südöstlicher Richtung und trug die Geräusche vom Wasser weg, so dass es hier in der Fahrrinne im Verhältnis zur hektischen Betriebsamkeit am Ufer ruhiger war. Ein mystischer Zauber schien über allem zu ruhen und der ganzen Szenerie haftete etwas Überirdisches an. Ehrfürchtig erhob sich Marius und trat an die Reling. Ihm schien, als lockten die Götter die Menschen aus der gesamten Region herbei, damit sie dem glorreichen Drusus huldigten. Und die Menschen erlagen dem Lockruf und pilgerten in Heerscharen nach Mogontiacum. Die Siedlung würde während der kommenden Tage ein vielbesuchter Wallfahrtsort sein, an dem Soldaten wie Zivilisten gleichermaßen des Helden gedachten.

Obwohl sie hier weit weg von Rom waren, demonstrierte das Imperium seine ungebrochene Stärke. Gestern noch war es Marius bei dem Gedanken an seine neue Heimat bange geworden. Nun hatte sich dieses Gefühl verflüchtigt. Hier an dieser Stelle, wo der Moenus in den Rhenus mündete, schien ein zweites, wenn auch viel kleineres Rom entstanden zu sein.

Marius konnte eine weitere Straße erkennen. Sie zweigte von der Uferstraße ab, schlängelte sich einen Hang hinauf und zielte direkt auf ein imposantes Ehrenmal. Dort schwenkte sie in einem leichten Winkel nach Nordwesten ab. Marius schätzte ihre Länge auf ungefähr zwei Meilen.

Primus trat zu seinem Freund und erklärte ihm die Topographie. „Dort am Ufer, in diesem Vicus leben wir“, meinte er und deutete auf eine Ansiedlung, die am Fuße des Hügels lag. „Siehst du auch den Steinbruch, ein Stück flussaufwärts?“, fragte er Marius, der zustimmend nickte.

„Er ist erst vor wenigen Monaten eröffnet worden. In seiner Nähe befindet sich das Hilfstruppenlager samt Exerzierplatz“, bemerkte er und deutete auf eine große Fläche, auf der momentan eine Zeltstadt aufgebaut war. „Während der Feierlichkeiten wird er umfunktioniert. Dann campieren dort die Abgesandten der 60 gallischen Delegationen. In Mogontiacum gibt es zwar einige Herbergen, aber sie sind bereits seit Tagen überfüllt.“

Zeltstadt und keltischer Vicus schienen aus dieser Distanz ineinander überzugehen. „Ich wusste nicht, dass es so viele Menschen hierher zieht.“

„Drusus wird eben über alle Maßen verehrt. Auf der Anhöhe befindet sich der Kenotaph des Drusus. Seine Außenhaut besteht aus hellem Marmor. An dieser Stelle endet die sogenannte Gräberstraße. An ihr werden Offiziere, Soldaten, römische Bürger, aber auch Einheimische beigesetzt. Hier ist übrigens das Theatrum Mogontiacensium“, merkte Primus an.

Sowohl das hellschimmernde Ehrenmal wie auch die eindrucksvolle Spielstätte waren nicht zu übersehen. Auch wenn Marius aus der Entfernung nicht jedes Detail erkennen konnte, bemerkte er doch das große Gerüst an der Front der Schauspielstätte. Schließlich rückte das hölzerne Garnisonslager ins Blickfeld. Zwei Legionen zu je 6000 Mann waren hier dauerhaft stationiert, die Legion XIV Gemina und die Legion XVI Gallica. Das Lager thronte auf dem höchsten Punkt des Geländes und beherrschte die Landschaft wie eine Akropolis. Seine beeindruckende Größe ließ es unantastbar erscheinen und keinen Zweifel aufkommen, wer die wahren Herrscher dieser Region waren.

Schließlich passierten sie eine Schiffswerft. „Hier werden unsere Schiffe gebaut und repariert“, stellte Primus fest. Blussus steuerte nun den Hafen an und manövrierte das Boot vorsichtig an seinen festen Liegeplatz. Holzbohlen reichten von der Anlandung bis auf die gepflasterte Uferstraße, so dass Mensch und Vieh sauberen Fußes an Land gelangten. Unweit dieser Anlegestelle lagen dichtgedrängt die Kontore und Lagerhallen der Kaufleute, bereit, die angelieferten Waren aufzunehmen. Kaum hatten sie geankert, entluden Arbeiter die Fracht und deponierten sie unter Zeltdächern aus Tierhaut. Dabei wurden sie von Zollbeamten kontrolliert, die Art und Menge der Waren genau auflisteten, um die anfallende Steuer zu errechnen.

Nun hieß es Abschied nehmen. Blussus versicherte den Architekten, dass sie immer gern gesehene Gäste in seinem Haus seien. Marius legte Primus die Hand auf die Schulter und drückte ihn freundschaftlich. Dann schulterten sie ihr Gepäck und machten sich auf zum Legionslager.

V: Derselbe Tag, Mogontiacum

Der Hafenbereich pulsierte vor Leben. Lautes Hämmern drang von den abseits gelegenen Bootswerften herüber und vermischte sich mit dem Lärm der Metallwerkstätten und Tischlereien. Aus den Keramikmanufakturen strömte die stickige Hitze der Brennöfen hinaus ins Freie. Das Viertel der Gerber lag weiter nördlich. Obwohl sie es nicht betraten, verfolgte sie der stechende Uringeruch schon geraume Zeit.

Marius registrierte alles begierig und hätte sich gern noch länger hier aufgehalten, denn das hektische Treiben bot Abwechslung und faszinierte ihn nach der langen anstrengenden Reise. Fremde in exotischen Gewändern und Einheimische in ihrer ortsüblichen Tracht hasteten an ihnen vorbei, wobei nicht selten ein Ellenbogen in ihren Rippen landete. Fliegende Händler boten an Verkaufsständen allerlei Waren feil und lockten das Völkergemisch in vielsprachigem Kauderwelsch. Marius fing einige Brocken seiner Muttersprache auf, verstand jedoch nicht alles, da die Worte in den unterschiedlichen Landessprachen eingefärbt waren. Ihn störte das Gedränge und Geschiebe nicht, aber Claudius, dem große Menschenansammlungen unangenehm waren und den dieses Erlebnis weniger beeindruckte, drängte zur Eile.

Sie kamen an den Stuben der Geldwechsler vorbei, die in diesen Tagen besonders gut besucht waren. Aus ihnen erklang ebenfalls ein buntes Sprachengewirr. Er vernahm den Zungenschlag der Einheimischen, aber auch germanische Dialekte, Griechisch, Aramäisch und Kelt-Iberisch. Das lag nicht nur daran, dass die Festtage bevorstanden und die Menschen aus vielen Teilen des

Imperiums nach Mogontiacum drängten, sondern daran dass das ganze Jahr über verschiedene Nationen hier beheimatet waren.

Sie erreichten eine breite Straße, die sie direkt zum Legionslager führte. Auch hier war die Rastlosigkeit beinah so groß wie im Hafen. Plötzlich wankte Claudius und verlangsamte seine Schritte, bis er schließlich wie erstarrt stehen blieb. Sein Gepäck entglitt seinen kraftlos gewordenen Händen und fiel zu Boden. Mit seiner Rechten fasste er sich an die linke Seite seines Brustkorbs. Alle Farbe wich aus seinem Gesicht und eine wächserne Blässe breitete sich aus. Auf seiner Stirn bildete sich eine Schicht feiner Schweißtröpfchen, sein Brustkorb hob und senkte sich immer schneller und seine Lippen waren trocken und fingerbreit geöffnet.

Marius deutete die Anzeichen richtig, Ähnliches hatte sich während ihrer Reise bereits zwei Mal ereignet. Claudius durchlebte in diesem Moment eine seiner gefürchteten Angstattacken. Er hatte ihm berichtet, was in einem solchen Augenblick mit ihm geschah. Sein Herz begann zu rasen und schlug ihm bis zum Hals, die Konturen verschwammen vor seinen Augen und alles um ihn herum drehte sich, erst langsam, dann immer schneller. Er verspürte eine Beklemmung, die ihm suggerierte, dass sein Tod unmittelbar bevorstand. Nur mit Mühe konnte er sich in solchen Augenblicken auf den Beinen halten.

Seit dem Tod seiner Frau lösten größere Menschenansammlungen eine regelrechte Panik in ihm aus. Claudius hatte in diesen Momenten weder Kontrolle über seinen Körper noch über seinen Geist. Normalerweise stand Theodosios mit einem Beruhigungstrunk bereit. Doch heute morgen, als sich ihre Wege trennten, hatten sie vergessen, die Medizin an sich zu nehmen. Sie befand sich auf dem Fuhrwerk und war somit außer Reichweite.

Marius legte sein Gepäck ab, stellte sich vor Claudius, stützte ihn und redete beruhigend auf ihn ein. Schließlich legte er eine Hand auf dessen Bauch und forderte ihn auf, tief und regelmäßig zu atmen. Claudius schien ihn nicht zu hören, denn er rang immer heftiger nach Luft und lief aufgrund der Atemnot rot an. Als Marius merkte, dass seine Worte keine Wirkung zeigten, packte er ihn an seinen Schultern und schüttelte ihn heftig. Einige Passanten blieben stehen und schauten den jungen Römer misstrauisch an, doch er ließ sich nicht beirren. Endlich gelang es ihm, zu dem Älteren durchzudringen und den Teufelskreis der Angst zu durchbrechen. Claudius' Atem regulierte sich langsam und sein Körper entspannte sich zusehends. Nun hieß es so schnell wie möglich die belebte Straße zu verlassen. Marius ergriff ihrer beider Gepäck, fasste mit seiner freien Hand Claudius am Arm und führte ihn aus dem gröbsten Trubel.

Das gestaltete sich schwierig, denn das Gepäck war schwer und Claudius Bewegungen steif. Trotzdem gelang es ihm unter großen Mühen Claudius in eine Taberna zu bugsieren. Der stickige Schankraum war gutbesucht und Marius fürchtete schon, den Ort wieder verlassen zu müssen. Doch der Wirt erfasste mit einem Blick die Situation und deutete an, dass es hinter dem Gebäude noch einen Hof gab. Hier hielten sich nur wenige Gäste auf und sie fanden einen ruhigen Platz im Schatten eines Baumes. Marius ging in den Schankraum und kehrte mit zwei Krügen zurück. Der eine enthielt Wein, der andere Wasser. Er mischte die Getränke in einem Becher und reichte ihn Claudius. Mit zittrigen Händen ergriff er das Gefäß und leerte es in wenigen Zügen. Der Wein entfaltete rasch seine Wirkung. Die Blässe und das Zittern verschwanden allmählich und sein Gesicht bekam wieder eine gesunde Farbe. Claudius war der Vorfall sichtlich unangenehm. Für einen Mann seines Alters und seiner exponierten Stellung gehörten sich solche Angstattacken nicht. Er wollte sich entschuldigen, doch Marius wiegelte ab. Seine Sorge galt vielmehr Claudius' Gesundheit.

„Sobald die Feierlichkeiten vorüber sind, musst du einen Medicus aufsuchen."

„Ich brauche keinen Medicus. Theodosios kann mich kurieren, er kennt sich in der Medikamentenherstellung aus und bisher hatte jede seiner Arzneien gewirkt. Die meisten Ärzte, erst recht die einer Legion, verstehen sich eher auf das Verbinden von Wunden oder das Abschneiden von Gliedmaßen als auf das Kurieren mit Drogen."

Seine Ausflüchte kannte Marius zur Genüge. Claudius verdrängte gern seinen Gemütszustand, aber da er eine Respektsperson war, wagte er nicht, zu widersprechen. „Es ist deine Entscheidung. Aber willst du die Ursache nicht herausfinden?"

Bevor er eine Antwort erhielt, kam eine Magd und brachte ihnen nach heimischer Art geräucherten Aal, Brot und Käse. Sie kosteten zunächst nur einen Happen, fanden den fremdartigen Geschmack ansprechend und verspeisten schließlich den Fisch mit Appetit. Eine Stunde später, als Claudius sich wieder besser fühlte, setzten sie ihren Weg fort.

Die Siedlung änderte stetig ihr Gesicht. Marius entdeckte die Entwässerungsgräben, von denen Primus erzählt hatte. Dort, wo das sumpfige Gelände bereits trockengelegt war, standen neu erbaute Häuser, in deren unteren Etagen sich Geschäfte befanden. In einem der gutbesuchten Läden kauften sie Kräuter, Weihrauch und Wein, die sie als Opfer darbringen wollten. Angesichts der Festtage war der Preis horrend, aber sie wollten den Göttern für die glücklich überstandene Reise danken.

Ihr Weg führte sie an einem großen Platz vorbei. Heute war anscheinend Markttag, denn Bauern boten Getreide, Obst, Gemüse, Eier und Vieh zum Kauf an. Der Geräuschpegel war beinah so hoch wie am Fluss und Claudius beschleunigte seine Schritte. Schließlich gelangten sie in ein ruhigeres Viertel, in dem sich fast nur Wohnhäuser befanden. Die meisten Gebäude waren denen in Rom vergleichbar und erst wenige Jahre alt. Neben den Hauseingängen standen irdene Töpfe mit diversen Kräutern, die in der warmen Spätsommerluft ihre ätherischen Düfte freisetzten. Marius betrachtete alles voller Neugier. Einige Häuser hatten kunstvoll angelegte Vorhöfe, die von Skulpturen und Brunnen geziert wurden und an mancher Innenmauer leuchtete eine farbenfrohe Malerei. In den Höfen hielten sich Frauen und Kinder auf. Die Frauen unterschiedlichen Alters saßen in Grüppchen zusammen und unterhielten sich. Dabei beaufsichtigten sie ihre Kinder, putzten Gemüse, erledigten Flickarbeiten oder spannen mit Hilfe einer hölzernen Spindel Wolle. Jungen spielten sich Lederbälle zu oder fochten mit hölzernen Schwertern imaginäre Kämpfe aus. Ab und zu erklang ein ärgerlicher Ruf, wenn ein Spiel verloren ging oder der triumphale Schrei eines Siegers, wenn er die Schlacht für sich entscheiden konnte. Kleine Mädchen ergingen sich in Hüpfspielen oder liebkosten hölzerne Puppen; die älteren unter ihnen halfen ihren Müttern und lernten so für die Zukunft.

Die Jungen trugen knielange Hemden aus brauner oder beiger Wolle, die in der Taille von einem Gürtel gehalten wurden und festes Schuhwerk. Die Mädchen und Frauen hatten ihre langen Haare zu einem Schwanz oder zwei Zöpfen gebunden. Sie waren in lange, buntgemusterte, zweilagige Gewänder gehüllt und ihre Füße steckten in Sandalen. Auch ihre Taillen zierten Gürtel, allerdings waren sie kunstvoller gearbeitet als die der Jungen. Einige trugen Ketten und Armreifen aus Bronze, die beim Hantieren leise gegeneinander schlugen. Marius mutete dieser Kontrast seltsam an. Die Häuser hätten in Rom stehen könne, ihre Bewohner waren aber Einheimische.

Schließlich standen sie am Fuße des Hügels, auf dessen Plateau sich das Garnisonslager befand. Claudius atmete erleichtert auf. „Endlich.“

Bevor sie die Umfriedung des Lagers erreichten, entdeckten sie einen kleinen Tempel. Sie betraten die angenehm kühle Gebetsstätte, um ihr Dankopfer darzubringen. Ihre Augen passten sich rasch den dämmrigen Lichtverhältnissen an. Zwei Altäre, die Mars und Jupiter geweiht waren, befanden sich an der Stirnseite des rechteckigen Raumes. Vor den Götterbildern loderten Feuer in Dreifüßen, die die Gottheiten in warmes Licht tauchten. Ein Priester begrüßte sie, zeigte ihnen Wasserschalen, damit sie sich die Hände reinigen konnten und führte sie an die Feuerstellen, wo sie die Kulthandlung vollzogen. In einer Schale brachte er Pinienzapfen zum Brennen und zog sich dann zurück. Danach sprachen Marius und Claudius ein stilles Gebet und legten die Kräuter und den Weihrauch auf die Flammen. Sofort verbreitete sich das würzige Aroma und feiner Rauch umhüllte die Altäre. Sie verharrten in stiller Andacht und warteten, bis die Götter ihr Opfer annahmen. Der Priester trat zu ihnen und löschte zum richtigen Zeitpunkt das Brandopfer mit Wein. Claudius und Marius verweilten noch etwas und verließen innerlich gestärkt den weihevolle Ort.

Kurz darauf überquerten sie die massive Holzbrücke, die sich über den künstlich angelegten Graben spannte, der das gesamte Lager umgab. Hohe Holzpalisaden umzäunten das Areal, um es vor unliebsamen Eindringlingen zu schützen. Der Torbogen der Porta Praetoria war ebenfalls aus Holz und mehrere Fuß hoch. Auf zwei Bannern leuchteten in satten Violett- und Gelbtönen zwei Fabelwesen, die sich anschauten. Ihre Vorderleiber entsprachen denen von Steinböcken, während ihre Hinterleiber Fischschwänze darstellten. Die mächtigen Holztore aus dunkler Eiche blieben tagsüber geöffnet, wurden aber mit Einbruch der Dunkelheit geschlossen. Schwere Fuhrwerke, die das Haupttor tagtäglich zu Hunderten passierten, hatten tiefe Spurrinnen in den Steinplatten eingegraben.

Acht Soldaten bewachten den Zugang und überprüften die Passierscheine jedes Ankommenden. Der Andrang war groß und Claudius und Marius, die sich dieser Prozedur ebenfalls unterziehen mussten, warteten lange. Nachdem sich die Neuankömmlingen ausgewiesen hatten, wurde ihnen Einlass gewährt. Sie folgten der Via Praetoria, die so breit war, dass zwei Fuhrwerke aneinander vorbeifahren konnten und kamen an den langgestreckten Holzbaracken vorbei, in denen sich die Soldatenunterkünfte befanden. Am nördlichem Ende entdeckte Marius eine kleine Fabrica, aus deren Schlot dunkler Rauch stieg und Hammerschläge erklangen. Dies war wohl die Schmiede des Legionslagers.

Sie setzten ihren Weg fort und stießen schließlich im Zentrum auf die Principia, das Stabsgebäude, in dem außer dem Garnisonskommandanten alle Offiziere untergebracht waren. Direkt daneben lag das Praetorium, in dem sich sowohl die Dienstzimmer wie auch die Privaträume des Praefectus castrorum befanden. Vor den beiden steinernen Gebäuden erstreckte sich ein größerer, freier Platz, das Forum. In einer Ecke war auf dem Boden eine große Sonnenuhr mit einem Bronzezeiger und aufgemalten Ziffern angebracht. Links, neben dem Praetorium gab es das Horreum, den mehrstöckigen Kornspeicher, in dem Getreidevorräte und landwirtschaftliche Gerätschaften lagerten. Daneben stand eine weitere Fabrica, deren Bedeutung Marius nicht erraten konnte. Auf dem Forum hatten sich heute die Soldaten der Legion XIV Gemina versammelt. Nach Centurien geordnet standen sie in Zweierreihen.

„Ah, die Soldauszahlung hat begonnen“, stellte Claudius fest.

Marius rief sich ein Gespräch mit dem Hauptmann der Eskorte ins Gedächtnis, das er während der Reise mit ihm geführt hatte. Dieser hatte ihm erklärt, dass der Sold eines einfachen Soldaten 225 Denare pro Jahr betrug. Nach römischem Gesetz wurde jedem Soldat aber nur ein bestimmter Betrag ausgehändigt und zwar in drei Raten über das Jahr verteilt. Der Rest wurde für jeden einzelnen sicher verwahrt und ihm nach Ablauf seiner 25-jährigen Dienstzeit als Rente ausgezahlt. So sorgte Rom dafür, dass die Legionäre nach ihrem Ausscheiden aus der Armee versorgt waren und später kein Leben in Armut fristeten.

Mit Interesse folgte er dem Ablauf. Nach und nach wurden die Männer in alphabetischer Reihenfolge aufgerufen und traten an ein Schreibpult vor. Zwei Zahlmeister zählten Geld auf die Tischoberfläche, händigten es aus und ließen sich den Empfang durch die Legionäre bestätigten. Überwacht wurde der Vorgang durch die Signifer der Kohorten, da ihnen die Verwaltung der Soldatengehälter oblag. Des Weiteren war der Legionskommandeur anwesend, der überprüfte, dass alles ordnungsgemäß ablief. Er schien über diese ungewohnte Aufgabe nicht sonderlich erfreut, was an seiner angespannten Miene abzulesen war. Nach der Auszahlung würden die Signifer die Kasse im Tresor des Fahnenheiligtums verschließen.

Erstaunt bemerkte Marius das Fuhrwerk von Titus, das neben dem Kommandantenbau stand. Wieso war der Händler zuerst hierher gekommen, anstatt seine Waren im Hafen oder auf dem Marktplatz feilzubieten? Dort hätte er doch die besten Absatzmöglichkeiten. Aber dann erinnerte er sich daran, dass Titus eine größere Bestellung für den Kommandanten abzuliefern hatte. Trotzdem verhielt er sich wie so oft rätselhaft. Anstatt die Waren zu entladen, saß er auf dem Fuhrwerk und verfolgte die Soldauszahlung. Marius stutzte. Warum dieses ungewöhnliche Interesse?

Nun entdeckte auch Titus den jungen Römer und ihre Augen trafen sich. In diesem Augenblick trat ein Mann aus dem Praetorium, der von zwei Legionären eskortiert wurde. Anhand seiner Kleidung schlussfolgerte Marius, dass es Aulus Cornelius Lentulus, der Praefectus castrorum, sein musste. Er ging zu Titus und verhandelte mit ihm. Dann gab er einigen Legionären ein Zeichen und sie begannen Amphoren und Kisten abzuladen. Titus öffnete die Tonkrüge und Cornelius kostete von allem. Auf seinem Gesicht zeichnete sich Entzücken ab, demnach schienen die Delikatessen seinen Ansprüchen zu genügen. Titus verschloss die Behältnisse wieder und die Legionäre brachten sie hinter das Gebäude, wo Marius einen Lagerraum vermutete.

Auch Claudius hatte diese Szene beobachtet. „Dort drüben ist der Garnisonskommandant, lass uns zu ihm gehen. Er erwartet uns sicher schon."

„Salve, Aulus Cornelius Lentulus!", begrüßte Claudius den Praefectus, der gerade dabei war, Titus zu bezahlen.

„Salve, Appius Claudius Etruscus", antwortete der Kommandant erfreut. „Ihr seid wohl Publius Marius Vitulus!", meinte er zu Marius.

„Salve, Praefectus castrorum, so ist es."

„Ich kenne Euren Vater, Ihr seid ihm ähnlich. Wie geht es Eurer Mutter?"

„Als ich Rom verließ, waren alle wohlauf."

„Kommt, folgt mir in meine Räumlichkeiten, es gibt Einiges zu bereden."

Sie durchquerten eine hohe, mit Steinplatten ausgelegte Vorhalle, von der mehrere Türen abgingen. Cornelius ging durch die größte, die in sein Dienstzimmer führte. Der Raum war soldatisch nüchtern eingerichtet. Er enthielt einen Schreibtisch, einen Stuhl mit halbrunder, steiler Lehne, weitere Sitzgelegenheiten und zwei Beistelltische. Auf einem von ihnen standen Becher mit Posca, dem erfrischenden Soldatentrunk. Demnach hatte Cornelius sie wohl bereits erwartet. Er hieß sie Platz zu nehmen, reichte jedem einen Becher und ließ sich am Schreibtisch nieder. Marius schaute sich um. An der Wand hinter Cornelius Lentulus war der Adler der Legion XIV Gemina abgebildet. Die übrigen Wände schmückten Motive aus Flora und Fauna. Des Weiteren gab es einige Wandlampen, die aber nicht brannten. Auf dem Arbeitstisch des Kommandanten lagen Schreibutensilien und mehrere Akten.

Während sie tranken, erkundigte er sich nach ihrer Reise. „Gab es Komplikationen?"

„Nein. Und da Ihr uns ja freundlicherweise Blussus mit seinen Booten geschickt habt, war der letzte Rest des Weges sogar recht komfortabel", bedankte sich Claudius.

„Ich wollte doch, dass Ihr möglichst rasch Euer Ziel erreicht. So bleibt Euch noch etwas Zeit, bevor die Festspiele beginnen."

Zunächst richtete Cornelius das Wort an Marius und erkundigte sich nach dem Abschluss seines Studiums. Dann kam er auf den Bau der Brücke zu sprechen.

„Claudius, basierend auf Euren Konstruktionsplänen wurden die Vermessungsarbeiten bereits abgeschlossen. Centurio Sextus Tullius Blasio ist ein äußerst qualifizierter Vermessungsingenieur und wird mit Euch zusammenarbeiten. Wenn die bisherigen Vermessungen keinen Grund zur Beanstandung geben, könnt Ihr bald mit den Bauarbeiten beginnen. Allerdings erst nach den Feierlichkeiten. Im Augenblick herrscht zuviel Betrieb, was Ihr bei Eurer Ankunft sicherlich bemerkt habt. Am besten nutzt Ihr die verbleibende Zeit, um Euch mit Eurer neuen Umgebung etwas vertraut zu machen."

„Seit ich das letzte Mal hier war, hat sich viel verändert", stellte Claudius fest.

„Mogontiacum wandelt beinah täglich sein Antlitz und Rom hat ein gestrenges Auge darauf", bemerkte Cornelius mit gewissem Stolz. „Übrigens seid Ihr während des Drususfestes selbstverständlich meine Gäste."

„Die Einladung nehmen wir gern an."

Cornelius erhob sich. „Aber nun müsst Ihr mich entschuldigen, es warten noch dringende Pflichten auf mich. In den nächsten beiden Tagen gibt es noch viel vorzubereiten. Theodosios ist bereits in der Villa urbana, die Ihr während Eurer Anwesenheit bewohnen werdet. Ein Legionär wird Euch dort hinführen. Wir sehen uns dann in zwei Tagen, eine Stunde vor Sonnenaufgang." Mit einem schnellen „Valete" entließ er die Architekten.

Beim Verlassen des Gebäudes stellte Marius fest, dass Titus

immer noch anwesend war, obwohl alle Waren abgeladen waren. Er saß wieder auf seinem Fuhrwerk, machte aber keine Anstalten, das Lager zu verlassen, sondern verfolgte weiterhin die Soldauszahlung. Doch Marius konnte sich nicht lange aufhalten, denn der Soldat schritt zügig voran. Sie verließen das Lager durch die Porta Praetoria, liefen den Hügel wieder hinab und erreichten wenig später ihr Haus. Dort verabschiedete sich der Legionär und kehrte zurück.

Das eingeschossige Anwesen wirkte auf den ersten Blick behaglich. Es war mit einer mannshohen Ziegelmauer umgeben, die nicht nur lästige Eindringlinge, sondern auch die Geräusche des naheliegenden Forums fernhielt. Hinter dem Tor stießen sie auf einen gepflasterten Vorhof, in dessen Mitte ein römischer Brunnen munter vor sich hin plätscherte. Rechts neben dem Haus lag ein Stall, in dem bereits ihre neuen Pferde und der Wagen untergestellt waren. Daneben befanden sich zwei Lagerräume, einer für Lebensmittel, der andere für Gerätschaften. Bevor sie die Eingangstüre erreichten, wurde diese von einer Frau mittleren Alters geöffnet, die freundlich lächelte.

„Willkommen. Mein Name ist Lydia und ich bin die Wirtschafterin", begrüßte sie die Gäste.

Lydia war von mittelgroßer, stämmiger Statur. Feine, silberne Strähnen durchzogen ihr tiefschwarzes Haar, um ihre Augen hatten sich bereits Fältchen gebildet. Marius schätzte sie auf etwa vierzig Jahre. An ihren Händen war abzulesen, dass sie körperliche Arbeit gewöhnt war. Die Wirtschafterin führte sie durch das Innere des gepflegten Hauses. Im Zentrum befand sich das Triclinium, der repräsentative Speiseraum und Ort gesellschaftlicher Begegnung. Der Raum war elegant ausgestattet, für Marius' Geschmack beinah zu luxuriös. Ein Mosaik mit Dionysos-Motiv schmückte den Fußboden und zeigte den lebensfrohen Gott, wie er inmitten eines Haines ein rauschendes Fest mit seinem ausgelassenen Gefolge feierte. An der Stirnseite waren drei gepolsterte Klinen und zwei elegante Sessel um zwei große Tisch gruppiert. Wandlampen rundeten die Einrichtung ab. Eine Heizung gehörte zum Standard und erwärmte während der kalten Monate nicht nur die Fußböden, sondern auch die Zimmerwände.

Für die Architekten war der wichtigste Raum allerdings das Arbeitszimmer. Es hatte große Fenster, die nach Südosten gingen und war somit den größten Teil des Tages lichtdurchflutet. Eine Hintertür führte in den rückwärtigen Teil des Gartens. Möbliert war es mit mehreren Stühlen, einem niedrigen Arbeitstisch, einem hohem Zeichentisch, der direkt unter dem Fenster stand und über dem mehrere künstliche Lichtquellen befestigt waren. An den Wänden befanden sich Borde, auf denen diverse Pergamentrollen lagerten. Theodosios hatte bereits Zeichenutensilien, Lineale, Winkelmesser, Senkbleie verschiedener Größen, Werkzeuge und Material für den Bau des Brückenmodells auf dem Werktisch ausgebreitet.

Die Küche, die durch einen Flur vom Triclinium getrennt war, zeigte nach Norden und wurde von einer großen Feuerstelle mit einem rauchgeschwärzten Abzug dominiert. Bronzenes Kochgeschirr hing an Haken von der Decke herab oder stand ordentlich aufgereiht auf Wandborden. Über einem Becken aus Marmor ragte ein Rohr aus der Wand, das momentan verschlossen war, bei Bedarf aber geöffnet werden konnte und fließendes Wasser spendete. Marius vermutete in Lydia eine gute Köchin, denn er entdeckte eine Vielzahl an Gewürzen, die in ordentlich beschrifteten Gefäßen lagerten und Amphoren mit Garum, der würzigen Fischsoße, die bei fast jedem Rezept Verwendung fand. Auf dem schweren Eichenküchentisch erblickte er eine Schrift des Apicius, dem wohl bekanntesten Feinschmecker und Koch Roms. Lydia hatte bereits einige Speisen für die Abendmahlzeit vorbereitet und den Männern lief bei deren Anblick regelrecht das Wasser im Munde zusammen.

Die Schlafgemächer lagen im rechten Flügel und waren nur durch die Ankleidezimmer zu betreten. In einem von ihnen trafen sie auf Theodosios, der Claudius‘ Kleidung in den Truhen verstaute. Beide Zimmer waren funktionell eingerichtet. Ein Bett, ein Stuhl, zwei Truhen, ein kleiner Tisch und mehrere Öllampen. Die Wände waren in einem sanften Ockerton gestrichen. Theodosios‘ Kammer, die deutlich kleiner war, befand sich neben dem Ankleidezimmer von Claudius.

Das Badezimmer war am Ende des Flurs und wurde jedem Anspruch gerecht. Eine große Wanne aus rötlichem Mörtel, dem Opus signium, dominierte den Raum. Die Wand dahinter zierte ein blauschimmerndes Fresco mit spielenden Delphinen und Meernixen, argwöhnisch beobachtet von Neptun. Am Kopfende hingen über einer langen Holzstange leinene Handtücher in verschiedenen Größen. In Reichweite der Wanne befand sich ein Sims, auf dem diverse Bürsten, angeraute Massagelappen, Seifenstücke, Schaber und andere Utensilien lagen, die man zur Körperpflege benötigte. Auf dem breiten Wannenrand selbst standen Amphoren mit verschiedenfarbigen Badeessenzen. Das zarte Aroma von getrocknetem Lavendel und Rosmarin hing in der Luft. Der Wanne gegenüber war ein großes Waschbecken samt Wasserrohr angebracht, darüber hing ein ordentlich polierter Spiegel.

Nebenan gab es noch einen separaten Raum mit einer Latrine. Im linken Gebäudetrakt waren die Gästezimmer sowie ein zusätzliches Bad und eine weitere Latrine untergebracht. Lydia selbst wohnte in einem Anbau hinter dem Haus. Um dorthin zu gelangen musste man den kleinen Garten durchqueren, in dem Gemüse und eine Vielzahl bunter Blumen wuchsen. Claudius und Marius zeigten sich mit ihrer Unterkunft mehr als zufrieden.

Lydia verschwand wieder in der Küche. „In einer Stunde werde ich die Abendmahlzeit servieren, wenn es Euch Recht ist."

Claudius wollte zuerst das Arbeitszimmer einer genaueren Betrachtung unterziehen und Marius nutzte die Zeit für ein Bad. Ein Hausdiener füllte die Wanne, prüfte mit der Hand die Wassertemperatur und träufelte eine Badeessenz hinein. Dann stieg Marius in die Wanne und tauchte zuerst ganz unter. Die Wärme und die Kräuteressenzen stimulierten seinen Körper und seine Sinne und er fühlte sich wunderbar leicht. Als das Wasser kalt zu werden begann, wusch er sein Haar, entfernte störende Körperhaare mit dem Schaber und ließ dann das Wasser ab. Mit einem Leinentuch trocknete er sich ab, wickelte ein anderes um seine Lende und rasierte sich vor dem Spiegel. Dann ging er in sein Zimmer, zog frische Kleidung an und kehrte zu Claudius zurück. Dieser hatte unterdessen die Regale des Arbeitszimmers durchforstet und einige interessante Entdeckungen gemacht. Mit großem Interesse begutachtete er Kopien von Bauplänen seiner Vorgänger.

„Was studierst du gerade?", fragte Marius.

Er verbreitete einen angenehmen Geruch von Melisse und Rosmarin und in seinem Haar hingen noch einige Wassertropfen.

„Das ist die unterirdische Wasserleitung, die das Legionslager versorgt. Sie führt von einer Quelle, hier als ad fontes bezeichnet, die sich mehrere Meilen westlich befindet, bis in das Auffangbecken des Lagers. Ein hölzernes Aquädukt transportiert das Wasser über ein Tal, das nur wenige Leugen entfernt liegt", sagte er begeistert, während er mit seinem Zeigefinger die akkurat gezeichneten Linien nachfuhr.

Marius zeigte sich deutlich weniger enthusiastisch als Claudius. „Wir haben sicherlich noch ausreichend Gelegenheit, das

Aquädukt in natura zu sehen. Willst du nicht auch baden? Heißes Wasser und Kräutertinkturen wirken wahre Wunder. Du fühlst dich anschließend wie neu geboren."

„Diese Jugend! Sie bekundet ihr Interesse nur für die profanen Dinge des Lebens!", seufzte Claudius. „Aber du hast ja Recht, ein Bad entspannt", stimmte er ihm zu und rollte das Pergament zusammen.

Marius quittierte Claudius' Äußerung mit einem Lacher. „Ich lege das für dich weg und dann schau ich mir den Garten genauer an", meinte Marius, nahm ihm die Rolle ab und verstaute sie im Regal, während Claudius sich zurückzog.

Die Außenanlage wirkte sehr gepflegt und er fragte sich, ob dies alles Lydias Werk war oder ob sie die Hilfe eines Gärtners in Anspruch nahm. Bordüren aus Malven, römischer Kamille und Blumen, die er nicht kannte, sowie verschiedene Kräuter säumten die Beete, in deren Mitte Salat und Bohnen wuchsen. In einem abgetrennten Teil standen einige Obstbäume mit Äpfeln und Birnen. Im Schutze einer Hausecke gedieh sogar eine Feige, an der bereits die Früchte für das kommende Jahr reiften.

Unmittelbar vor der Ziegelmauer lockte ihn eine kleine, berankte Laube. Die ersten Blätter der üppig wuchernden Pflanze begannen sich scharlachrot zu färben. Marius setzte sich auf eine steinerne Bank unter der Rebe. Wie aus dem Nichts tauchte eine kleine, graugetigerte Katze auf, die Marius schnurrend um die Waden strich. Doch als er sich bücken wollte, um sie zu liebkosen, nahm sie in wilden Bocksprüngen Reißaus. Marius lachte und schaute dem possierlichen Tierchen hinterher.

Die Sonne war inzwischen untergegangen und die Dämmerung brach herein. Marius verließ das lauschige Eckchen und ging in die Wohnhalle, wo bereits das Essen aufgetischt war. Claudius ruhte auf einer Kline und hielt eine irdene Schüssel in seinen Händen, aus der Dampf stieg. Lydia reichte Marius ebenfalls eine Schale aus Terra sigillata mit einer kräftigen Gemüsesuppe. Der verlockende Duft weckte seinen Appetit und er löffelte sie zügig aus. Er nahm noch eine zweite Schale, bevor er frisches, noch warmes Kräuterbrot in Olivenöl tauchte und dazu eingelegte Zwiebeln und Knoblauch, schwarze Olivenpaste, Ziegenkäse und marinierten Tintenfisch verzehrte. Marius' erster Eindruck über Lydias Kochkünste wurde bestätigt, denn alles mundete vorzüglich.

Zum Abschluss aßen sie Obst und tranken ein zweites Glas Wein. Theodosios gesellte sich zu ihnen und sie sprachen über den zurückliegenden Tag. Als sie spürten, wie die Müdigkeit sie übermannte, gingen sie zu Bett. In dieser Nacht schlief Marius sofort ein.

VI: Einen Tag vor den Drususfestspielen, Streifzug durch Mogontiacum

Am nächsten Morgen erwachte der junge Architekt ausgeruht. Nach der Morgentoilette ging er in die Küche, um dort zu frühstücken. Claudius, der morgens immer früh auf den Beinen war, saß bereits in der Laube und gab sich heute einmal ganz dem Nichtstun hin. Theodosios leistete ihm Gesellschaft und las aus einer griechischen Tragödie vor.

Marius hielt es nicht im Haus, er wollte die Siedlung erkunden. Gestern hatte er nur einen flüchtigen Überblick erhalten, den er heute vertiefen wollte. Dementsprechend hastig verschlang er seine Mahlzeit und fragte Lydia nach einem lohnenden Ziel.

Sie riet ihm, den Theaterbezirk aufzusuchen. „Dort haben seit einigen Tagen Gaukler und Akrobaten ihre Zelte aufgeschlagen und geben Vorstellungen. Wahrsager sagen die Zukunft voraus und Händler haben ihre Buden aufgebaut. Es wird Euch sicher gefallen."

Marius griff diesen Vorschlag gerne auf und machte sich auf den Weg. Erneut kam er an einem Marktplatz vorbei, wo auch heute wieder Bauern ihre Erzeugnisse feilboten. Schafe, Lämmer und Ziegen drängten sich dicht an dicht in kleinen Pferchen. In übereinander gestapelten Käfigen saßen flügelschlagend Hühner, Gänse und Enten. Ihr Geschnatter und Gegacker mischte sich mit dem Blöken und Meckern der Vierbeiner. Ab und zu blieb Marius an den Obst- und Gemüseständen stehen und begutachtete die ausgestellten Waren. Schließlich erstand er einen Apfel, den er im Gehen verspeiste.

Gedankenverloren schlenderte er vor sich hin, als er das Fuhrwerk von Titus entdeckte. Der Wagen war verwaist und die Planen heruntergelassen. Marius schüttelte missbilligend den Kopf, denn einmal mehr erwies sich der Händler als wenig geschäftstüchtig. Arglos setzte er seinen Weg fort und entdeckte schließlich Titus, der in eine angeregte Diskussion mit einem Fremden vertieft war. Marius hielt inne. Zwar erweckten beide den Eindruck, als tätigten sie ein Geschäft, aber irgendetwas im Verhalten der Männer weckte sein Misstrauen. Unbewusst suchte er Deckung hinter einem Marktstand, von wo aus er sie beobachten konnte, ohne selbst gesehen zu werden.

Der Mann, mit dem sich Titus unterhielt, gehörte allem Anschein nach dem Senatorenstand an. Seine Kleidung war teuer und an seiner Rechten trug er einen großen, goldenen Siegelring. Seine aufrechte Körperhaltung verriet großes Selbstbewusstsein und sein Blick war bohrend und kompromisslos. Titus hielt ihm stand, wirkte aber überaus besorgt. Immer wieder schüttelte er den Kopf und machte abwehrende Gesten mit seinen Händen. Doch der Fremde gab seine Bemühungen nicht auf. Er legte seine Rechte auf die linke Schulter des Händlers und redete unablässig auf ihn ein. Schließlich nickte Titus und der andere ließ die Hand sinken. Beide schauten sich verstohlen um und vergewisserten sich, ob jemand bislang Notiz von ihnen genommen hatte.

Marius ging noch weiter in Deckung, lugte aber trotzdem vorsichtig um die Ecke. In einem Moment, in dem sie sich unbeobachtet fühlten, zog der Fremde mit einer verstohlenen Bewegung eine kleine Pergamentrolle, die kaum größer als der mittlere Finger einer Männerhand war, aus den Falten seiner Toga hervor und drückte sie Titus rasch in die Hand. Ohne einen Blick darauf zu werfen, verbarg dieser sie mit einer geschickten Bewegung unter dem Gürtel seiner Tunika. Marius fragte sich, was das für eine Rolle war und warum sie so geheimnistuerisch taten? Wenn es sich um eine simple Bestellung handelte, war ihr Gebaren mehr als absonderlich. Oder verfolgten sie bestimmte Absichten? Diese Übergabe hatte eindeutig etwas Konspiratives an sich und die kummervolle Miene von Titus sprach Bände.

Der Fremde klopfte Titus nochmals auf die Schulter, dann ging er in entgegengesetzter Richtung davon. Der Händler schaute sich erneut nervös um, tastete seinen Gürtel ab, um sich zu vergewissern, dass das Pergament an Ort und Stelle war, bestieg sein Fuhrwerk und fuhr los.

Marius zögerte nicht und nahm die Verfolgung auf. Da der Wagen nur langsam vorankam, konnte er mit ihm Schritt halten. Er achtete nicht sonderlich auf seine Umgebung, seine ganze Aufmerksamkeit galt dem Fuhrwerk vor ihm. Zum wiederholten Male spekulierte Marius über Titus‘ seltsames Verhalten. Irgendetwas führte er im Schilde, dessen war er sich nun ganz sicher. Sollte er am Ende tatsächlich eine Verschwörung anzetteln und nutzte den Festtagstrubel, um alles ungestört vorbereiten zu können?

Während der Feierlichkeiten war die Garnison angreifbarer als zu anderen Zeiten. Sämtliche Legionäre – bis auf wenige Wachen – nahmen an den Feierlichkeiten teil und hielten sich außerhalb des Lagers auf, wo sie in nicht geringem Maße Wein und Cervisia konsumierten und deshalb nur schwerlich einsatzbereit waren. Kontrollen ließen sich wegen der vielen Menschen schwerer durchführen als gewöhnlich. Unzählige Versorgungstransporte kamen aus dem Hinterland, auf dem Rhenus oder aus dem freien Germanien herüber, wo der Herrschaftsbereich des Imperiums endete. Dort lebten wilde Stämme, die Rom nicht friedlich gesinnt waren. Über diese Völker kursierten unheimliche Geschichten. Angeblich schreckten sie vor keiner Grausamkeit zurück und da sie den Tod nicht fürchteten, scheuten sie sich auch nicht, gegen die neuen Machthaber zu kämpfen, falls sich eine günstige Gelegenheit bot. Wenn ein Angriff auf den hiesigen Militärposten geplant war, dann könnte dies der geeignete Zeitpunkt sein.

Je länger er aber darüber nachdachte, desto abstruser erschien Marius dieser Gedanke. Ein Angriff käme purem Selbstmord gleich. Die Anzahl der Legionäre inklusive der Hilfstruppen und der Abgesandten betrug mehr als 20 000 Mann. Ein Überraschungsangriff könnte vielleicht kurz für Verwirrung sorgen, aber letztendlich musste jede Attacke angesichts dieser Truppenstärke scheitern. Trotzdem blieb ihm Titus suspekt.

Sie erreichten den Theaterbezirk und der Wagen hielt. Titus bekam von einem Marktaufseher einen freien Platz zugewiesen. Dort öffnete er die Plane seines Fuhrwerkes und klappte eine Seite herunter, so dass eine Art Theke entstand. Auf ihr arrangierte er seine Waren und schon wenig später fanden sich die ersten Käufer ein. Die Schlange wuchs rasch und Titus machte gute Geschäfte. Das erste Mal verhielt er sich seinem Beruf entsprechend. Marius verspürte eine gewisse Erleichterung und sein Interesse an ihm erlosch für den Moment. Das Bild, das sich ihm jetzt bot, zerstreute seine wilden Verdächtigungen. Er überließ Titus sich selbst und seinen Verkäufen und stürzte sich in das bunte Treiben.

Erst jetzt bemerkte Marius, welch buntes Volk sich hier niedergelassen hatte. Auf den ersten Blick erschien alles chaotisch, doch bei näherer Betrachtung erkannte er eine gewisse Ordnung. So bildeten die Wagen und hölzernen Buden der Händler und manch windiger Geschäftemacher einen äußeren Ring, durch den die Besucher sich erst kämpfen mussten, um in das Zentrum zu gelangen, in dem sich die buntgemusterten Zelte der Barbiere, Gaukler, Astrologen und Wahrsager befanden. Süßwarenhändler lockten Kinder mit allerlei exotischem Naschwerk. Männer warteten geduldig auf ihre Frauen, die den Versuchungen der Kaufleute nicht widerstehen konnten. Sie inspizierten kritisch Haushaltswaren, bewunderten kunstvolle Geschmeide aus Gold, Silber oder Bernstein, schnupperten an teuren Duftessenzen und befühlten kostbare, feingewebte Stoffe. Hatten sie etwas entdeckt, das ihnen gefiel, feilschten sie beharrlich um den Preis und sobald ein akzeptabler Nachlass herausgehandelt war, riefen sie ihre Männer herbei, die den Einkauf bezahlten.

Gelangten die Besucher in die Mitte, so konnten sie die Kunststücke der Jongleure und Akrobaten bestaunen. Musikanten spielten exotische Melodien aus entlegenen Teilen des Reiches und junge, geschmeidige Frauen tanzten anmutig dazu. Der Lärm war beträchtlich. Ein Mischmasch aus Schreien, Freudenjauchzern und fremdländischen Musikklängen erfüllte den Platz.

Marius bummelte entspannt durch die Menschenmasse und sog die Eindrücke in sich auf. Alles strotzte vor Lebensfreude. Schließlich fand er sich vor dem mächtigen Bühnentheater wieder, das gerade umgebaut wurde. Doch heute und in den kommenden Tagen würden die Arbeiten ruhen. Auch wenn nur Teile der Front sichtbar waren, tat das der feudalen Ausstrahlung keinen Abbruch. Dort, wo die Fassade bereits aus Steinen bestand, erstrahlte sie in blendendem Weiß. Rote Fugenstriche und balkonartige Nischen gaben ihr Struktur. In einigen der Nischen befanden sich kunstvoll gestaltete Skulpturen von Apollo, Aphrodite und Dionysos, so wie der Kaiser Augustus und Tiberius und General Drusus. Über dem mächtigen Hauptportal prangte in roten Lettern eine große Inschrift.

Rechts und links des Hauptportals gab es zwei kleinere Eingänge. Neben dem linken Bogen erstreckten sich eingeschossige, langgezogene Ziegelbauten, die die Ankleiden der Schauspieler und die Lager für die Requisiten beherbergten. Rechts lagen mehrere Tabernae, in denen sich die Besucher vor und nach den Darbietungen stärken konnten. Sie waren gutbesucht und fröhliches Gelächter drang von dort herüber.

Morgen würde er die Spielstätte betreten, doch für heute hatte er genug gesehen. In einer kleinen Garküche kaufte er sich etwas zu essen, das er im Stehen verspeiste. Dann ging er wieder über den Vorplatz, um dort den Darbietungen der Akrobaten zuzuschauen. Er kam aber nicht weit. Als er an einem kleinen Zelt vorbeiging, lockte ihn eine weibliche Stimme.

„Tretet ein, ich sage Euch die Zukunft voraus."

Der Singsang hatte etwas Sirenenhaftes, dem Marius auf Anhieb verfiel. Eigentlich hielt er nichts von Wahrsagerei, für ihn war das Scharlatanerie. Er focht einen kurzen, inneren Kampf aus, doch da er sich in Feiertagsstimmung befand und sich noch nie etwas hatte weissagen lassen, gab er der Versuchung nach. Warum sollte er sich diesen harmlosen Spaß nicht gönnen? Er betrat das schummrige Zelt mit einer Mischung aus Neugier und Skepsis.

In der Mitte thronte in einem Sessel eine Frau, deren Alter Marius nicht bestimmen konnte. Lange, dunkelrote Haare fielen ihr in Locken auf die Schultern. Ihre Kleidung entsprach nicht der aktuellen Mode und sie war allem Anschein nach auch keine Römerin. Sie trug keinerlei Schmuck, war aber stark geschminkt und hatte lange, krallenartige Fingernägel. Rechts und links von ihr standen zwei Dreifüße mit Feuerschalen, in denen Flammen züngelten. Grüner Rauch stieg auf und verströmte einen einschläfernden Geruch, der ihm das Atmen erschwerte. Gegenüber der Frau befand sich ein freier Hocker und sie deutete mit einer Geste an, dass Marius sich setzen solle.

Obwohl das für Marius eigentlich nur Jux war, wurde er plötzlich unsicher. Die Frau fixierte ihn mit festem Blick, musterte ihn von oben bis unten und schürzte dann mit einer gewissen Anerkennung ihre Lippen.

„Ihr habt eine lange Reise hinter Euch und seid gerade erst in Mogontiacum eingetroffen."

Marius nickte erstaunt.

„Soll ich aus Eurer Hand lesen?", fragte sie mit fremdländischem Akzent, den er nicht zuordnen konnte. Ob sie wohl aus dem Orient stammte?

Der junge Römer zögerte. Bevor er verneinen konnte, hatte sie jedoch blitzschnell seine Hand ergriffen und umgedreht. Mit den Fingern ihrer Linken strich sie über die Innenfläche. Marius zuckte zusammen und schloss die Hand, denn diese Berührung brannte wie Feuer. Doch er konnte sie ihr nicht entziehen, denn die Frau hielt sie mit ungeheurer Kraft fest und drückte seine Finger auseinander. Sie fuhr mit ihrem spitzen Fingernagel die Linien der Handfläche entlang und murmelte dabei Unverständliches vor sich hin. Dann verharrte sie schweigend und starrte wie in Trancke darauf. Schließlich ließ sie Marius mit einem Seufzer los und lehnte sich erschöpft zurück.

Sofort zog er den Arm an und wischte die Hand verstohlen an seiner weißen Tunika ab. „Und was habt Ihr gesehen?"

„Dies und das, Gutes und Schlechtes, Erfolg und Scheitern."

Ihre Deutung war wenig aussagekräftig. Dafür hätte er keiner Wahrsagerin bedurft. „Das ist alles?"

„Ihr seid ungeduldig, junger Herr. Ich habe einen Mann gesehen, der für Euch von großer Bedeutung ist. Ihr werdet seinen Anweisungen nachkommen."

Marius' Aufmerksamkeit war geweckt. Vielleicht war sie doch keine Scharlatanin. Woher wusste sie von Kaiser Tiberius und seinem Auftrag?

„Wird es mir gelingen?"

„Das liegt bei Euch. Ich sehe Gefahr, vielleicht sogar den Tod. Ihr geratet in Bedrängnis", sagte sie abgehackt.

Nun wurde es Marius doch mulmig. Was fantasierte sie sich da zusammen? Der Bau der Brücke stellte eine große Herausforderung dar, aber es war nicht annähernd so gefährlich, wie sie es prophezeite.

„Was für eine Bedrängnis?"

„Das konnte ich nicht sehen. Ihr macht Euch Feinde, mächtige Feinde. Und Euch bleibt nicht viel Zeit."

„Wie meint Ihr das? Werde ich sterben?"

„Das lag im Nebel! Aber, dass Euch Gefahr droht, ist gewiss! Mehr kann ich dazu nicht sagen. Und nun geht."

Marius erhob sich. „Was bin ich Euch schuldig?"

„Was Ihr bereit seid zu geben."

Marius kramte in seiner Börse, fischte eine Münze heraus und gab sie ihr. Diese Entlohnung war reichlich, denn ihre Augen leuchteten auf, als er ihr das Geldstück in die Hand drückte.

„Ihr sorgt Euch um das Falsche", verabschiedete sie ihn mit einem geheimnisvollen Lächeln auf ihrem Gesicht.

Verwirrt trat Marius ins Freie. Es war kein guter Einfall gewesen, sich die Zukunft deuten zu lassen! In seinem Kopf ging es drunter und drüber. Als hätte er nicht schon Sorgen genug. Durch diese Prophezeiung wurden sie keineswegs geringer. Ihm war die Lust, den Gauklern zuzuschauen vergangen und er kehrte nach Hause zurück.

VII: Drususfestspiele, erster Tag, Ehrenmal des Feldherrn

Am Morgen der Drususfeierlichkeiten erwachte Mogontiacum lange vor dem ersten Hahnenschrei. Die Menschen machten sich mit aller Sorgfalt für diesen Dies festis bereit. Eine gewisse Anspannung lag in der Luft, denn mit diesem Tag waren hohe

Erwartungen verknüpft, denn heute gedachte das Imperium Drusus', einem Feldherrn von hoher Tugend und großem strategischem Geschick. Beinah jedem Kind in Rom wurde – kaum, dass es laufen lernte – die tragische Geschichte des Helden erzählt. Drusus war von Kaiser Augustus angenommen worden, als dieser dessen Mutter heiratete und in ihm seinen designierten Nachfolger sah. Er wurde ein angesehener General und sollte das noch nicht besetzte Germanien erobern. Tatsächlich drang er auch als erster Feldherr bis an den Fluss Alba vor, wobei er unter anderem das Land der Chatten und Sueven durchquerte.

Doch bei seiner Rückkehr stürzte er unglücklich vom Pferd und verletzte sich schwer am Bein. Als sein Bruder Tiberius davon erfuhr, machte er sich auf den Weg und erreichte in erstaunlich kurzer Zeit Mogontiacum. Aber er traf einen Sterbenden an. Drusus verschied 30 Tage nach seinem Sturz, im Alter von 29 Jahren im Monat September, von seinen Soldaten und dem Bruder tief betrauert. Der Sage nach sollen bei seinem Tode die Wölfe geheult, die Äther von einem Jammergeschrei weiblicher Stimmen erfüllt gewesen sein und die Sterne ihre Bahn geändert haben.

Tiberius wollte den Leichnam nach Rom bringen, aber er stieß mit diesem Vorhaben auf Widerstand bei den Truppen. Sie verlangten, dass der Verstorbene unter ihnen blieb und am Ort seines Todes bestattet wurde. Tiberius, dem Kaiser und seiner Vaterstadt verpflichtet, gab nicht nach. Doch er ließ eine aufwändige Zeremonie ausrichten, mit der die Soldaten sich von ihrem toten Feldherrn verabschieden konnten. Erst dann wurde Drusus überführt und im Mausoleum des Augustus in Rom beigesetzt.

Um sein Andenken zu wahren ließ sein Stiefvater ein Ehrenmal, den sogenannten Tumulus Drusi, errichten. Ab dann gedachte Rom in jährlichem Turnus des toten Generals und Mogontiacum wurde so zu einem politischen Wallfahrtsort. Für einige Tage befand sich die Siedlung dann im Ausnahmezustand und wuchs beinah auf das Doppelte an.

An diese Geschichte erinnerte sich Marius, als er fröstelnd mit Claudius und Theodosios eine Stunde vor Sonnenaufgang zum Legionslager aufbrach, um dort den Garnisonskommandanten Cornelius und seine Festgesellschaft zu treffen. Abgesandte des gallischen Landtages, Adlige, Senatoren, Ritter und Statthalter waren in Begleitung ihrer Frauen oder ihrer ganzen Familie aus den Provinzen Aquitanien, Gallia Narbonensis, Lugdunensis und Belgica angereist. Ihre gesellschaftliche Stellung war anhand ihrer

Kleidung zu erkennen. Während die Angehörigen der Ordo senatorius die Tunica laticlavia trugen, deren breiter Purpurstreifen sich ab der Mitte ihrer Brust bis hinunter zum Saum zog, hatten die Ritter die Tunica angusticlavia angelegt. Diese besaß statt des einen breiten Streifens zwei schmale. Entsprechend ihrer Ordo equester schmückten sie sich mit edlen Schwertern, die in reich verzierten Schwertscheiden steckten. Alle Männer trugen exklusive, zum Teil mit Goldfäden durchwirkte Togen. Die Damen waren nach der neuesten römischen Mode gekleidet, kunstvoll frisiert und geschminkt und stellten kostbare Geschmeide und Diademe zur Schau.

Cornelius rief die Architekten zu sich und stellte ihnen vier Männer vor. „Das sind die Kommandeure der beiden Legionen. Legatus legionis der Legion XIV Gemina, Decimus Crispus Asiaticus und Legatus legionis der Legion XVI Gallica, Vilsius Maximus Laenas. Und ihre Vertreter Tribunus militum Numerius Arminius Noctua und Tribunus militum Gnaeus Juventus Gallus."

Die Architekten nannten ihre Namen und die Offiziere entrichteten den militärischen Gruß. Danach setzte sich die Festgesellschaft in Bewegung. Angeführt wurde die kleine Prozession von Cornelius und den beiden Kommandeuren. Sie verließen das Lager gen Südosten durch das seitliche Tor, die Porta principalis dextra. Fackeln brannten entlang der gepflasterten Straße und wiesen ihnen den Weg zum Ehrenmal. Dabei durchquerten sie auch die Canabae legionis, deren Bewohner ebenfalls zu den Feierlichkeiten aufbrachen. Dieser Teil der Zivilsiedlung wirkte sauber und ordentlich. Marius vermutete, dass anlässlich des Festes die Wege gesäubert und aller Unrat fortgeschafft worden war.

Einige Zeit später erreichten sie schließlich ihren Bestimmungsort. Dort waren Tribünen für die Ehrengäste aufgebaut, von denen aus sie bequem die Zeremonie verfolgen konnten. Marius und Claudius bekamen einen Platz in der vierten Reihe zugewiesen, Theodosios saß weiter hinten, hatte aber Sichtkontakt zu ihnen. Seine Anwesenheit beruhigte Claudius, denn der Diener hatte die Medizin bei sich, die seinem Herrn helfen sollte, falls ihn eine erneute Panikattacke überfiel. Zwar hatte Claudius am Morgen eine Dosis des braunen, sirupartigen Mohnsaftes eingenommen, doch ob sie für den ganzen Tag ausreichte, war ungewiss.

Marius, der den Ehrengästen bisher wenig Aufmerksamkeit hatte angedeihen lassen, blickte sich neugierig um und entdeckte dabei den Mann, der gestern mit Titus auf dem Marktplatz verhandelt hatte. Er saß in der ersten Reihe, direkt neben dem Kommandanten. An seiner rechten Seite hatten allem Anschein nach seine Gattin und seine Tochter Platz genommen.

Schlagartig verflog Marius' Müdigkeit. „Claudius, kennst du den Mann, der neben Cornelius sitzt?"

„Das ist Lucius Nepius Nero, Procurator aus Augusta Treverorum. Meines Wissens ist er auf der Durchreise. Er kehrt mit seiner Familie nach Rom zurück."

In diesem Licht erschien die gestrige Übergabe der Pergamentrolle Marius nicht länger verdächtig. Was anderes konnte ein Finanzverwalter von einem Delikatessenhändler wie Titus wollen als eine Warenlieferung? Marius verschwendete keinen weiteren Gedanken an Lucius Nepius, sondern konzentrierte sich ganz auf das Geschehen.

Bisher hatte er immer nur von den Feierlichkeiten gehört, nun durfte er ihnen beiwohnen und mit ihm Tausend andere. Während der vergangenen Tage waren aus den nordwestlichen Provinzen Heerscharen von Menschen herbeigeströmt. Zeltstädte waren wie Pilze aus dem Boden geschossen. Manche befanden sich unweit des Lagers, andere in der Nähe der keltischen Siedlung oder an der Ausfallstraße Richtung Nordwesten.

Auf dem Gelände nahe des Denkmals hatte sich inzwischen eine riesige Menschenmenge versammelt, Marius schätzte die Zahl auf mehr als 20 000, die Soldaten nicht mitgerechnet. Trotzdem war es erstaunlich ruhig, lediglich ein leises Wispern war zu vernehmen, das an das Sirren eines ausrückenden Bienenschwarmes erinnerte.

Um das Ehrenmal selbst gab es eine Absperrung. Allein dem Opferherrn, sowie den Offizieren, verdienten Soldaten, die ihre Legion vertraten, und den Delegierten der Civitates war es gestattet, in den inneren Kreis zu treten. Alle warteten gespannt, dass die Sonne aufging und die Cornua erklangen. Die rundgebogenen Hörner wurden üblicherweise während einer Schlacht oder einer Leichenzeremonie geblasen, heute jedoch eröffneten sie die rituelle Opferung.

Kaum verklang der letzte Ton, erschien der Opferherr, der für den heutigen Tag von Rom auserkoren worden war. Zwei Priester, in festliches Weiß gekleidet, eskortierten ihn zu einem Altar, der gegen Osten ausgerichtet war. Zuerst reinigten sie ihre Hände über einer Schale mit frischem Wasser, das sie sich gegenseitig aus einer bronzenen Kanne über ihre Hände gossen. Danach entzündete einer der Priester ein Feuer in einer großen Opferschale und als es loderte, legte er Libum, das Opferbrot, und Kräuter hinein. Weißer Rauch stieg auf und erfüllte die Luft mit würzigem Duft.

Nun wurde ein stattlicher Stier an den Altar geführt, den die Priester nach vorbestimmtem Ritus vor aller Augen schlachteten. Sie schnitten dem Tier Leber, Herz und die Lungen heraus. Danach wurde der Kadaver fortgebracht und die Priester übergaben unter Gebeten die Organe dem Opferfeuer. Der Geruch verbrannten Fleisches verdrängte nun den Kräuterduft, aber das störte die Anwesenden nicht. Alle warteten gespannt, ob die Götter das Dankopfer annahmen. Als der Rauch schließlich senkrecht gen Himmel stieg und die Götter so ihr Wohlgefallen ausdrückten, jubelte die Menge.

Nachdem wieder Ruhe eingekehrt war, wurde die feierliche Handlung fortgesetzt. Jetzt trat der Opferherr in die Absperrung, breitete die Arme aus und trug mit lauter Stimme eine Ode vor, die Kaiser Augustus selbst verfasst und Drusus gewidmet hatte. Darin pries er nicht nur die Eroberungszüge des geschickten Feldherrn, sondern drückte auch seine Trauer über den viel zu frühen Tod des geliebten Sohnes aus. An dieser Stelle erhoben sich die Anwesenden, legten ihre rechte Hand auf das Herz wie beim Treueschwur auf den Kaiser und richteten ihre Blicke auf das Ehrenmal. So verharrten sie, bis das Gedicht endete. Im Anschluss verteilten Sklavinnen und Sklaven Opferbrot und gesüßten Wein unter den Gästen, damit sie sich stärken konnten.

Nun verließen Kommandant Cornelius sowie die anderen Offiziere die Tribüne und begaben sich zum Kenotaphen, wo sich Offiziere und Soldaten ihrem Rang und ihrer Kohorte gemäß formierten. Die Spitze bildeten die beiden ranghöchsten Feldzeichenträger der Legionen, die Aquilifer, die der 1. Kohorte angehörten. Jeder trug seinen Legionsadler, die Aquila, und sie führten gemeinsam die Prozession an. Ihre Häupter wurden von Bärenköpfen geziert, die über die Helme gestülpt waren. Der Pelz der Tiere bedeckte ihre Schultern und reichte bis in den Rücken. Ihnen folgten in Zweierreihen die ranghohen Offiziere, dann die rotgewandeten Centurionen und schließlich die Soldaten. Die einfachen Legionäre trugen weiße Tuniken, Kettenhemden oder Schienenpanzer, die Offiziere hatten ihre kostbaren Brustpanzer aus Messing angelegt. Die extra für diesen Anlass gefertigten Holzschilde leuchteten in satten Farben. Marius entdeckte eine Abordnung Bogenschützen, Beduinen vom Stamm der Ituräer, die für ihre Zielgenauigkeit berühmt und seit kurzem in der Garnison stationiert waren.

Die Soldaten umrundeten das Monument und schlugen im Takt ihrer Schritte mit ihren Gladii auf die hölzernen Schilde, während die Bogenschützen ihre Pfeile über den Kenotaphen in den Himmel schossen. So erneuerte jeder Legionär seinen Treueeid auf den Kaiser und Drusus. Die Phalanx aneinandergereihter Körper schien nicht enden zu wollen. Kaum verließen die Ersten den Kreis, rückten die Nächsten nach. Das rhythmische Klopfen der Schwerter übertrug sich auf die versammelte Menschenmenge und mancher fiel in Trance und wiegte sich im Takt. Nachdem sämtliche Militärangehörige dem Drusus gehuldigt hatten, folgten die Abgesandten der Provinzen ihrem Beispiel.

Fünf Stunden dauerte das Spektakel, aber für Marius verging die Zeit wie im Flug. Schließlich sammelten sich die Legionäre auf dem Exerzierplatz, wo sie Scheiterhaufen errichteten, die bei Einbruch der Dämmerung durch Priester entzündet werden sollten. Die Offiziere gesellten sich wieder zu den Ehrengästen, die die Tribünen verließen und zum Bühnentheater aufbrachen.

Bevor ihnen ein Schauspiel, das eigens für diesen Tag einstudiert worden war, gezeigt wurde, gab es in einer Taberna einen kleinen Imbiss. Nicht wenige nutzten die Zeit nach dem Essen für einen kurzen Schlaf und schreckten hoch, als um die neunte Stunde die Hörner ertönten und die Zuschauer auf ihre Plätze riefen.

Marius, dem die gewaltige Größe der Spielstätte imponierte, betrachtete beim Betreten staunend ihr Inneres. Dieses Bühnentheater stand denen von Rom in nichts nach und fasste bestimmt 10 000 Zuschauer. Den Durchmesser schätzte Marius auf 400 Fuß, seine Höhe auf 50 Fuß und die Breite der Bühne auf 140 Fuß.

Als einer der Letzten zog Kommandant Cornelius samt seinen Gästen mit allem erdenklichen Pomp ein. Die Standarten der Legionen führten den Aufmarsch an und unter den Klängen der Cornua schritt die illustre Festgesellschaft durch das Halbrund der Orchestra. Für den Kommandanten war in vorderster Reihe ein bequemer Sessel aufgestellt, neben dem sich die Fahnenträger rechts und links platzierten. Seine Gäste saßen entweder in Sesseln neben ihm oder fanden auf den hölzernen Rängen unmittelbar hinter ihm Platz, auf deren harten Sitzflächen weiche Kissen lagen, die einen gewissen Sitzkomfort garantierten. Große Sonnensegel beschatteten heute die Ränge und schützten die Zuschauer vor der prallen Sonne.

Das sensationslüsterne Publikum war bunt gemischt, denn nicht nur die Besucher aus den Provinzen wollten das Schauspiel sehen, auch viele Ortsansässige wohnten der Aufführung bei. Gerade die Einheimischen genossen den Anblick der Prominenz und registrierten gewissenhaft jede noch so kleine, mondäne Auffälligkeit, die gerade in Rom oder einer der großen Provinzen in Mode war, um sie später zu kopieren. Vor allem die Frauen schätzten im Stillen den Wert der Gewänder, Ringe und Geschmeide. Für sie war dieses Schaulaufen der eigentliche Prolog des Schauspiels.

Marius und Claudius bekamen Plätze in der Mitte zugewiesen und hatten gute Sicht auf die Bühne. Diese war so ausgerichtet, dass die Nachmittagssonne sie anstrahlte. Die hintere Bühnenwand war architektonisch ansprechend gestaltet. Es gab Reihen von Balkonen und Nischen mit den Büsten von Göttern, dem Kaiser, bekannten Feldherren und Dichtern. Je angesehener die Person war, desto höher befand sich ihr Abbild. Jede Etage war in einer bestimmten Farbe gehalten. Sie wechselte von sanftem Gelb in ein kräftiges Ocker. Die Wand als solche war nicht übermäßig hoch, so dass der Höhenzug des bewaldeten Mittelgebirges, der jenseits des Rhenus lag, als natürliche Kulisse diente.

Zum zweiten Male ertönten die Hörner und sorgten dafür, dass Ruhe einkehrte. Zunächst betrat ein auserwählter Priester die Scena und predigte lang und ausschweifend. Er redete den Menschen ins Gewissen, führte ihnen die Vergänglichkeit allen irdischen Seins am Beispiel des Drusus vor Augen und forderte sie zu verantwortungsvollem Handeln auf. Nach einiger Zeit wurden die Menschen unruhig und rutschten auf ihren Plätzen hin und her. Einige äußerten ihren Unmut über die Länge der Predigt durch lautes, langanhaltendes Husten.

Schließlich fand der Priester ein Ende und ein Abgesandter Roms erschien. Stimmgewaltig interpretierte er eine Hymne, die Cornelius selbst gedichtet hatte. Marius war überrascht, mit welcher Wortfülle der Kommandant ein Bild des Generals zeichnete. Nie hätte er vermutet, dass ein Mann des Krieges zu solch einfühlsamen Zeilen fähig war.

Beifall brandete auf, als die Ode endete und kostümierte Schauspieler – allesamt Männer – die Bühne betraten. Sofort zogen sie die Zuschauer in den Bann ihrer Kunst. Das Publikum hing an ihren Lippen und verfolgte jede ihrer kunstvollen Gesten mit sichtlichem Entzücken. Mit Einbruch der Dämmerung endete das Stück unter tosendem Applaus. Die Menschen strömten aus dem Theater, um rasch den großen Exerzierplatz aufzusuchen.

Die ersten Scheiterhaufen brannten bereits lichterloh. Soldaten übergaben unter Klagerufen die hölzernen Schilde dem lodernden Feuer. Durch den ständigen Nachschub an brennbarem Material schossen die Flammen hoch in die Luft und zerstoben in tausend Feuerfunken. Die Lohe nahm stetig zu und es entwickelte sich eine unglaubliche Hitze, die die Menschen auf Abstand hielt. Nur den Soldaten schien die hohe Temperatur nicht zuzusetzen, sie befanden sich im Zustand extremer Erregung. Ihre Wehklagen steigerten sich zu schauerlichem Geschrei. Die Männer johlten mit solcher Inbrunst, als könnten sie Drusus aus der Unterwelt befreien und ihn dem Totengott entreißen.

Die Legionäre würden, sofern sie keinen Wachdienst hatten, die heutige Nacht auf dem Exerzierplatz verbringen, sich um die Feuer scharen und unter dem Sternenhimmel weiterfeiern, bis der Morgen graute. Die Ersten ließen sich bereits auf dem staubigen Boden nieder und öffneten Amphoren mit Wein oder Fässer mit Cervisia und brutzelten Schweine und Ziegen an vielen kleinen Feuerstellen, die über den gesamten Exerzierplatz verstreut lagen. Am heutigen Abend würde keine Bucina sie zurück ins Lager rufen. An diesem einen Tag im Jahr gab es keine Sperrstunde.

Marius kehrte mit Claudius und den übrigen Ehrengästen zur Garnison zurück, um dort am Festmahl teilzunehmen. Theodosios, der von seinem Herrn freibekommen hatte, stürzte sich unterdessen ins Festgetümmel. Zuvor verabreichte er aber Claudius sicherheitshalber noch eine Dosis seiner Medizin.

VIII: Derselbe Tag, nachts, Castrum

Auf dem Forum vor dem Kommandantenbau war ein großes Festzelt errichtet. Die lange Tafel wurde von unzähligen kleinen Öllampen erhellt. Kostbare, farbige Gläser und mit Wein gefüllte Karaffen funkelten verlockend im Schein des warmen Lichtes. Marius war geblendet von der Fülle und Exklusivität der Gerichte. Er entdeckte eingelegte Austern, Garnelen, Muscheln, Kaviar und andere Fischspezialitäten, außerdem Braten von Wildschwein, Reh, Schaf und Ziege, getrockneten Schinken, Nachtigallenzungen, diverse Käsesorten, Oliven, Datteln, Trauben, eingelegte Feigen und andere Früchte. Cornelius Lentulus war für seine Festmahle berühmt und wurde auch heute wieder den Erwartungen aller gerecht.

Eine bestimmte Tischordnung gab es nicht, nur der Platz des Kommandanten und des Opferherrn war festgelegt. Die Männer lagen zu zweit auf einer Kline, während die Frauen sich in bequemere Sessel aus Korbgeflecht setzten. Claudius suchte mit Marius eine freie Kline am Kopfende der Tafel, um nicht inmitten der Gäste sein zu müssen. Zu Marius' Überraschung gesellte sich der Procurator Lucius Nepius samt seiner Frau Serena und seiner Tochter Julia zu ihnen. Nachdem sie sich offiziell bekannt gemacht hatten, verwickelte Lucius Nepius Claudius in ein kurzes Gespräch. Danach wechselte er einige Worte mit Marius und erkundigte sich nach dessen Familie. Ihr Gespräch wurde unterbrochen, als der Kommandant eine kurze Ansprache hielt und die Tafel eröffnete. Beim ersten Bissen spürte Marius, wie hungrig er war. Außer dem Opferbrot am Morgen und einer Gemüsesuppe am Mittag hatte er heute noch nichts zu sich genommen. Das Essen und der Wein waren vorzüglich und schon bald löste der Rebensaft die Zungen der Anwesenden.

Lucius Nepius zeigte großes Interesse an der Aufgabe der Architekten und betonte die strategische Wichtigkeit einer festen Brücke. Claudius pflichtete ihm bei und die Männer begannen über die weiteren Expansionspläne Roms zu sprechen. Eine Brücke an diesem strategisch günstigen Ort war Voraussetzung für die Eroberung des freien Germaniens.

Lucius Nepius' Frau Serena schien das weniger zu interessieren. Ihre Aufmerksamkeit galt uneingeschränkt dem Essen. „Die eingelegten Muscheln sind köstlich. Woher hat Cornelius diese Delikatesse?", fragte sie in die Runde.

Claudius antwortete ihr. „Ein Negotiator namens Titus hat sie geliefert. Er war übrigens unser Reisegefährte."

„Wir sollten uns den Namen merken. Wir brauchen einen guten Lieferanten, wenn wir wieder in Rom sind", meinte sie zu ihrem Mann.

Lucius Nepius nickte. „Was immer du wünschst. Ich erkundige mich bei Cornelius über ihn."

Marius horchte auf. Warum verschwieg Lucius Nepius seine Bekanntschaft mit Titus? Gestern noch hatte er mit ihm geredet, heute Abend leugnete er, ihn zu kennen. Marius' Verschwörungstheorie erhielt neue Nahrung. Argwöhnisch betrachtete er den Procurator und registrierte jede seiner weiteren Äußerungen genau. Er grübelte, welcher Art die Verbindung zwischen einem hohen Beamten Roms und einem einfachen Delikatessenhändler sein konnte. Insgeheim hoffte er, noch mehr zu erfahren, aber Lucius Nepius gab sich keine weitere Blöße und das Gespräch nahm seinen Fortgang.

Nach drei Stunden ausgiebigen Tafelns erhob sich Claudius und meinte, er müsse sich ausruhen. Er wirkte müde und war etwas blass, was angesichts des anstrengenden Tages auch nicht verwunderte. Marius wollte ihn nicht alleine nach Hause gehen lassen und stand ebenfalls auf. Sie verabschiedeten sich von Lucius Nepius, seiner Familie und den übrigen Gästen und dankten dem Kommandanten für dessen großzügige Gastfreundschaft.

Kaum hatten sie das Zelt verlassen, verspürte Claudius einen heftigen Harndrang und bevor sie den Heimweg antraten, suchten sie die Latrinen auf. Marius konnte seine Blase rasch entleeren, aber Claudius hatte aufgrund seines fortgeschrittenen Alters Probleme beim Wasserlassen. Er gab Marius zu verstehen, dass er draußen auf ihn warten solle.

Durch die nicht geringe Menge Wein, die Marius getrunken hatte, fühlte er sich wohlig leicht. Im Freien betrachtete er den Sternenhimmel und entdeckte eine Sternschnuppe, die für einen kurzen Augenblick hell aufleuchtete, während sie über das Firmament zog. Das gedämpfte Lachen der Festgesellschaft drang bis zu ihm herüber, und da die Soldaten immer noch auf dem Exerzierplatz feierten, waren ihre Baracken verwaist und alles wirkte friedlich.

Dieses Idyll wurde durch ein unheimliches Ächzen, das sich zwischen den Barackenwänden brach, jäh zerstört. Marius erschauerte, denn er konnte nicht ermitteln, ob der Laut tierischen oder menschlichen Ursprungs war. Um sich zu vergewissern, dass seine Sinne ihm keinen Streich spielten, hielt er den Atem an und lauschte. Erneut ertönte das Stöhnen und dieses Mal klang es noch gespenstischer. Sein Instinkt riet Marius wegzulaufen, seine Vernunft forderte ihn auf nachzuschauen. Er wurde unruhig und wäre gern gegangen, doch Claudius ließ auf sich warten. Das wohlige Gefühl von eben war mit einem Schlag weggewischt.

Marius trat unruhig auf der Stelle hin und her, horchte aber weiterhin angespannt. Nun herrschte Grabesstille, selbst das Lachen der Gäste war für den Moment verstummt. Schon glaubte er einer Halluzination erlegen zu sein, als er wiederum einen gequälten Seufzer vernahm.

Jetzt gab es keine Ausflucht mehr, jemand benötigte seine Hilfe. Marius fasste sich ein Herz, atmete tief durch und begab sich auf die Suche.

Langsam ging er in die Richtung, aus der der Laut gekommen war. Obwohl an den Wänden der Gebäude in gewissen Abständen Fackeln brannten, konnte er nicht viel erkennen. Schatten tanzten wie aus der Unterwelt entflohene Geister hin und her und trieben ihn an. Er erreichte das Ende einer Holzbaracke und verharrte dort einen kurzen Augenblick. Wieder erklang der seltsame Laut, nur dieses Mal viel näher. Er ging beherzt weiter, doch als er um die Ecke bog, stellte er erschrocken fest, dass das Areal in absoluter Dunkelheit lag. Alles Licht war verloschen und Marius fragte sich unwillkürlich, ob das Zufall oder Absicht war.

Er kehrte um, nahm eine brennende Fackel aus einer Halterung und lief zurück. Seine Hände waren schweißfeucht und sein Herz schlug bis zum Hals. Mit seiner linken Hand tastete er sich an der Wand entlang, in der rechten hielt er die Lichtquelle. Ein plötzlicher Windzug ließ die Fackel flackern und Marius fürchtete schon, sie würde ausgehen. Just in diesem Augenblick stieß er mit seinem Fuß gegen etwas Weiches. Er zuckte unvermittelt zurück, leuchtete dann auf den Boden und erblickte einen Mann in halbsitzender Position. Sein Oberkörper lehnte an der Barackenwand, die Beine hatte er weit von sich gestreckt. Ein Arm hing schlaff herab, der andere lag quer über seinem Bauch. Marius erkannte Titus sofort.

Erleichtert atmete er auf. „Ihr habt wohl dem Wein zu sehr zugesprochen?“, scherzte er.

Langsam hob Titus seinen Kopf. Sein Gesicht war aschfahl, seine Pupillen geweitet und auf seiner Stirn stand Schweiß. Er streckte seine rechte Hand aus, fasste Marius‘ Linke und zog ihn ganz dicht zu sich heran, so dass dieser seine Knie beugen musste. Zunächst brachte er nur ein röchelndes Gurgeln hervor, doch schließlich konnte er sich artikulieren und flüsterte dem jungen Mann zu: „Marius, ich bin kein Händler, sondern ein Quaestor Augusti und habe eine wichtige Aufgabe zu erfüllen.“

Titus machte eine kurze Pause und rang nach Luft. Diese Offenbarung überraschte Marius. Nun erklärte sich einiges, vor allem Titus‘ seltsames Verhalten während der Reise und des gestrigen Tages.

„Ihr müsst mir helfen. Sorgt dafür, dass ein bestimmtes Schreiben zum Kaiser gelangt. Cave, Marius! Ne credideris alicui!“

Titus verlor zusehends an Kraft, sein Atem verflachte. „Der Kaiser persönlich muss es erhalten! Es ist von ungeheurer Bedeutung. Ihr findet es in meinem Wagen, in dem Wagen mit dem Pferd, am Bühnentheater. Er wird bewacht, nennt die Parole ‚Verum falsum‘“, presste er mühsam hervor.

Marius wollte erst nicht glauben, was er da hörte. War Titus verrückt? Fantasierte er im Weinrausch? Das alles klang ziemlich seltsam und was er von ihm verlangte, schien geradezu absurd. In seinem Kopf schwirrten die Gedanken durcheinander. Warum verlangte Titus so nachhaltig von ihm, dass er keinem trauen solle? Am liebsten hätte er sich von ihm befreit, aber Titus' Finger hatten sich fest in seinen Überwurf verkrallt.

„Gebt mir Euer Ehrenwort!", flehte er mit brüchiger Stimme und schaute ihn mit gläsernem Blick an.

Marius wollte so schnell wie möglich dieser gespenstischen Szenerie entrinnen. „Ich verspreche es Euch!", sagte er deshalb leichtsinnigerweise, ohne zu ahnen, welche Konsequenzen sein Versprechen nach sich ziehen würde.

„Schwört bei Jupiter?"

„Das tue ich", entgegnete Marius beinah flehentlich.

„Gut", röchelte Titus. Seine Finger erschlafften und seine Hand glitt zu Boden. Plötzlich ging ein Zucken durch den sehnigen Körper, er murmelte noch: „Er ist schwarz", dann sackte er mit einem Seufzer in sich zusammen und sein Oberkörper kippte zur Seite.

Marius richtete sich auf. Er war verwirrt und konnte noch immer nicht ganz verstehen, was soeben geschehen war. Aber Titus brauchte Hilfe und er beschloss Claudius zu holen. Aufgewühlt hastete er mit der Fackel in der Hand zurück zu den Latrinen, wo Claudius ihn bereits ungeduldig erwartete. Er schien verärgert und fragte mit vorwurfsvoller Miene, wo er gewesen sei. Doch als sich sein Schützling näherte, stutzte er. „Du bist ja ganz blass. Hast du einen Geist gesehen?"

Marius stammelte etwas von „Titus" und „Hilfe" und deutete in die Richtung, aus der er gekommen war. Claudius hörte ihm gar nicht richtig zu. Mit ausgestrecktem Zeigefinger deutete er auf einen roten, schmierigen Fleck an Marius' Arm. „Bei allen Göttern, was ist passiert? Ist das etwa Blut?", fragte er erschrocken.

Marius blickte an sich herab und berührte die Stelle mit den Fingerspitzen. Sie war feucht und klebrig. Es war tatsächlich frisches Blut. Auf einmal kam ihm ein schrecklicher Gedanke: Titus war gar nicht betrunken gewesen, sondern schwer verletzt. Ihm wurde siedendheiß. Hatte er einem Sterbenden etwa einen Schwur geleistet? Er drückte Claudius die Fackel in die Hand, ließ ihn stehen und eilte zur Festgesellschaft zurück.

Außer Atem erreichte er das Zelt, wo sein ungestümer Auftritt die Gespräche schlagartig verstummen ließ. Doch Marius achtete nicht weiter darauf. Er trat an die Kline des Kommandanten und erklärte ihm leise, was gerade geschehen war. Cornelius erhob sich mit ernster Miene und gab dem Medicus, der ihm am nächsten saß, und den Legionskommandeuren ein Zeichen, mit ihm zu kommen. Mit fester Stimme teilte er seinen Gäste mit, dass er kurz die Gesellschaft verlassen müsse, aber bald zurückkehren würde. Dann rief er zwei wachhabende Soldaten herbei und ließ sich von Marius an die Stelle führen, an der er Titus zurückgelassen hatte.

Lucius Nepius, dem die Aufregung nicht entgangen war, schloss sich unaufgefordert dem kleinen Tross an. Aufgrund seiner Position hatte er uneingeschränkte Befugnis und niemand wagte es, ihm diese streitig zu machen. Als sie die Latrinen passierten, gesellte sich noch Claudius zu ihnen und hielt sich dicht bei seinem Schützling.

Kaum hatten sie den leblosen Körper des Händlers erreicht, kniete der Medicus nieder und untersuchte ihn, während ein Soldat ihm leuchtete. Sorgfältig tastete er den Hals ab, hob die Augenlider an und schaute in Titus' Augen. Dann legte er den linken Arm von Titus beiseite und erst jetzt zeigte sich eine klaffende Bauchwunde, aus der Blut sickerte. Zuletzt legte der Medicus seine Hand auf dessen Brust und erhob sich kurz später mit einem Kopfschütteln.

„Der Mann ist tot. Er wurde ermordet. Er hat einen Einstich im Bauch. Der Stoß erfolgte von vorne und könnte von einem Dolch oder einem Kurzschwert stammen, aber dazu muss ich ihn genauer untersuchen."

Marius zitterte. Obwohl er nichts mit diesem Verbrechen zu tun hatte, ahnte er, dass Schwierigkeiten auf ihn zukommen würden.

Cornelius wandte sich an den jungen Römer. „Wie konntet Ihr ihn überhaupt finden? Wart Ihr nicht auf dem Weg nach Hause? Da hättet Ihr überhaupt nicht hier vorbeikommen dürfen."

Marius erklärte, was ihn hierher geführt hatte. Obwohl ihn die Tatsache von Titus' Ermordung tief erschütterte, funktionierte sein Verstand einwandfrei. Ihm war klar, dass er ein Verdächtiger war. Titus' Worte „Traue keinem" kamen ihm in den Sinn. Galt das auch für den Kommandanten, die Kommandeure und den Procurator? Höchstwahrscheinlich, also beschloss er, zunächst nicht die ganze Wahrheit zu sagen. Er befand sich in einer prekäre Situation, denn einerseits musste er die Anwesenden von seiner Unschuld überzeugen, andererseits aber das Geheimnis von Titus hüten. Er hoffte inständig, dass ihm beides gelang. Um unliebsame Fragen zu vermeiden, beschloss er einfach zu behaupten, dass

Titus bereits tot gewesen war, als er ihn fand. Niemand konnte ihm das Gegenteil beweisen.

„Nun, wieso habt Ihr Euch von den Latrinen entfernt?“, wollte Cornelius wissen.

„Ich wartete im Freien auf Claudius, als ich plötzlich ein seltsames Stöhnen hörte. Erst dachte ich, es sei ein wildes Tier. Aber es verstummte nicht und ich wurde neugierig. Ich folgte dem Geräusch und fand schließlich Titus. Er saß in dieser Stellung auf dem Boden, nur lehnte sein Oberkörper da noch an der Wand. Ich dachte, er sei betrunken und nicht mehr in der Lage aufzustehen. Also beugte ich mich hinab und sprach ihn an. Aber er gab keine Antwort. Dann habe ich ihn angefasst und ihn geschüttelt, aber er reagierte immer noch nicht. Mir wurde es unheimlich und ich wollte Claudius um Hilfe bitten. Also kehrte ich zu den Latrinen zurück, wo er bereits auf mich wartete. Es dauerte nur kurz.“

Marius machte eine kurze Pause und Claudius ermunterte ihn weiterzureden.

„Claudius fiel der Fleck an meinem Arm auf. Ich selbst hatte ihn noch gar nicht bemerkt. Wahrscheinlich kam das Blut an meine Hand, als ich Titus anfasste und ich habe es dann unbewusst an meinem Arm abgewischt. Nachdem mir klar wurde, dass Titus verletzt sein musste, suchte ich Euch unverzüglich auf.“

Claudius bestätigte Marius‘ Aussage mit zustimmendem Kopfnicken. Doch der Kommandant gab sich noch nicht damit zufrieden und schwieg nachdenklich. Konnte er Marius‘ Geschichte glauben oder verheimlichte der junge Mann etwas? Skeptisch blickte er ihn an, aber er konnte weder Angst noch Verschlagenheit in seinem Gesicht erkennen. Sein Blick war offen und ehrlich.

Lucius Nepius mischte sich ein. Er hatte zunächst abseits gestanden und zugehört. Nun trat er aus dem Schatten heraus und fragte mit schneidender Stimme: „Hat Titus etwas zu Euch gesagt? Erinnert Euch genau, es könnte wichtig sein.“

Marius zuckte erschrocken zusammen. Er hatte den Procurator bisher nicht wahrgenommen. Lucius Nepius konnte ihm gefährlich werden, denn Marius war ihm gegenüber voreingenommen, da er von dessen Beziehung zu dem Toten wusste. Konnte er dieses Wissen vor ihm verbergen? Lucius Nepius musste bekannt sein, dass Titus einer der 20 Quaestoren war, die dem Kaiser dienten und er war bestimmt auch mit dessen Geheimauftrag vertraut. Marius war auf der Hut, nun galt es sich eine unerschütterliche Version zurechtzulegen, von der er auch in Zukunft nicht abweichen durfte.

„Nein, er konnte nichts mehr sagen. Er war weder in der Lage, sich zu bewegen noch zu sprechen. Titus brachte nur noch dieses grässliche Stöhnen heraus, das aber schon verstummt war, als ich ihn fand. Ich werde dieses Geräusch nicht so schnell vergessen können. Haltet Ihr mich etwa für seinen Mörder?“, ging er in die Offensive.

Lucius Nepius und Cornelius versicherten ihm, dass dem nicht so wäre. Dennoch fragte der Kommandant den Medicus, wie schnell der Tod eingetreten war. „Die Wunde ist groß. Er hat viel Blut verloren. Er war binnen kurzem tot.“

„Hättet Ihr dem Mörder dann nicht begegnen müssen?“, bedrängte Lucius Nepius den jungen Architekten erneut.

„Hier sind die Unterkünfte der Legionäre, es wäre ein Leichtes gewesen, in einer von ihnen zu verschwinden. Ich habe definitiv niemanden gesehen. Die Fackeln an dieser Seite des Gebäudes brannten nicht. Ich ging zurück und nahm eine aus der Halterung. Das könnt Ihr selbst überprüfen. Ich habe auch keine Schritte oder andere Geräusche gehört“, ereiferte sich Marius.

Cornelius nahm eine der Fackeln aus der Halterung. „Sie ist nicht heruntergebrannt. Jemand hat sie vorsätzlich gelöscht. Das muss schon vor längerem geschehen sein, denn sie ist fast ganz erkaltet. Es spricht wohl alles dafür, dass Titus in eine Falle gelockt wurde. Aber wer sollte einem einfachen Händler nach dem Leben trachten?“, sinnierte er und blickte Marius fragend an.

Dieser hob in einer hilflosen Geste die Schultern und warf einen Blick auf Lucius Nepius, dem dieser Gedanke anscheinend auch gerade gekommen war. „Wie lange wart Ihr und Marius getrennt?“, fragte er unvermittelt Claudius.

Der Generalbaumeister zeigte sich entrüstet. „Ihr denkt doch nicht, dass Marius etwas mit dieser Angelegenheit zu tun hat? Gerade eben noch habt Ihr anderes behauptet. Ich verbürge mich für ihn. Welchen Grund sollte er für eine solche Tat haben?“

„Wenn ich das wüsste, würde ich nicht fragen. Also wie viel Zeit verstrich?“

„Nur wenig. Wir waren zuerst gemeinsam bei den Latrinen, aber in meinem Alter geht das Wasserlassen nicht mehr so leicht“, sagte er entschuldigend und schaute den Medicus an, der wissend nickte. „Ich bat Marius aus verständlichen Gründen draußen zu warten.“

„War er außer Atem, als er zurückkehrte?", hakte Lucius Nepius nach.

„Etwas, aber nicht sonderlich. Er wirkte vielmehr apathisch, richtiggehend erschreckt. Ich fragte ihn scherzeshalber, ob er einen Geist gesehen habe. Und um Eurer nächsten Frage zuvorzukommen, außer diesem einen Blutfleck hatte er nirgends Blut und er hielt auch keinen Dolch in seiner Hand. Außerdem wurde auf der Strecke zwischen den Latrinen und hier keiner gefunden, so dass er ihn weggeworfen hatte, oder?"

Nun gab der Procurator einem Soldaten ein Zeichen. Er hob seine Fackel und leuchtete Marius an. Der junge Römer blieb ruhig stehen, als Lucius Nepius seine Kleidung, Hände, Arme und Gesicht auf Spuren prüfte.

„Es sieht nicht so aus, als wärt Ihr in einen Kampf verwickelt gewesen. Und da der Stoß von vorne kam, musste Titus seinem Mörder gegenübergestanden haben. Sicherlich hat er versucht sich zu wehren. Weist der Tote entsprechende Spuren auf?", fragte er den Arzt.

Dieser kniete sich wieder neben den Leichnam und öffnete vorsichtig dessen Hände, die sich im Todeskampf verkrampft hatten. Da die Leichenstarre noch nicht eingetreten war, ließen sich die Finger leicht aufbiegen. Und tatsächlich gab es eine Schnittwunde an der Innenseite der linken Hand und einen geröteten Abdruck von Fingerkuppen am rechten Handgelenk sowie am linken Oberarm. Jemand hatte den Händler festgehalten, damit er sich nicht wehren konnte. „Ich denke, es waren zwei Männer", schlussfolgerte der Arzt. „Einer hielt ihn fest, der andere stach zu. Vielleicht gibt es auf seinem Körper ja noch mehr Spuren, die meine Annahme bestätigen."

„Dann wäre doch Marius' Unschuld bewiesen!", ereiferte sich Claudius.

Lucius Nepius blickte argwöhnisch. „Glaubt Ihr? Ihr wart doch zu zweit. Vielleicht habt Ihr dieses Verbrechen gemeinsam begangen?"

„Das denkt Ihr doch nicht wirklich, oder? Ich bin viel zu alt und nicht mehr kräftig genug, um es mit einem Mann wie Titus aufzunehmen", erregte sich Claudius.

Lucius Nepius schien diese Erklärung für den Moment zu genügen. „Gut, wir werden es zunächst dabei belassen. Ihr könnt jetzt nach Hause gehen, aber Ihr werdet nochmals befragt. Haltet Euch bereit und wahrt vor allem Stillschweigen. Es ist besser, wenn so wenig Personen wie möglich davon erfahren. Das behindert nur die Nachforschungen. Sagt einfach, Ihr habt Titus gefunden, nachdem er einen Krampf erlitten hat und daran verstarb", schärfte er Marius ein.

Marius fügte sich, denn diese Erklärung für Titus' Ableben kam ihm nicht ganz ungelegen, auch wenn er sie nur widerstrebend akzeptierte. Außerdem befand er sich bereits zu sehr im Zentrum des Interesses, als dass er seinem Unmut lautstark Ausdruck verleihen konnte. Wenn er sein Versprechen erfüllen wollte, durfte er nicht noch mehr unnötige Aufmerksamkeit auf sich ziehen.

„Trotz dieses schrecklichen Verbrechens werden die Festspiele weitergehen. Die Soldaten verlangen es. Ich kann es nicht verantworten, dass Unruhe ausbricht. Morgen, um die Mittagszeit, finden die Reiterspiele statt. Ich bitte Euch bei der Decursio meine Gäste zu sein", sagte er zu den Architekten.

„Wie Ihr wünscht", meinte Claudius verbindlich.

Marius fragte sich, ob der Kommandant nicht eine andere Absicht verfolgte, nämlich die, ihn in seiner Nähe zu wissen und somit unter Kontrolle zu haben.

„Wir sehen uns dann zur sechsten Stunde", sagte Cornelius bestimmt.

Claudius und Marius verließen bedrückt den Ort der Bluttat, während die anderen noch einige Zeit am Ort des Verbrechens verweilten. Die Legionskommandeure hatten der Befragung schweigend beigewohnt. Sie hielten es beide für klüger, ihre Ansichten für sich zu behalten und sich nicht in die Befragung einzumischen. Zwar waren sie die ranghöchsten Offiziere und befehligten die beweglichen Truppen, aber verwaltungstechnisch unterstanden sie dem Praefectus castrorum, also Cornelius. Der Kommandant war nicht nur Leiter des Lagers mitsamt seinen Einrichtungen, sondern ein versierter Verwaltungsfachmann mit besten Beziehungen zu Rom. Es war klüger, sich seinen Anordnungen zu fügen, auch wenn dies hin und wieder zu unterschwelligen Rivalitäten führte. Erschwerend kam hinzu, dass die Beurteilung des Kommandanten mitbestimmend für den weiteren Karriereweg der Legionslegaten war.

Cornelius erinnerte sich wieder an die Kommandeure und erteilte sofort Anweisungen. „Lasst das Gelände vor allem die Strecke zwischen dieser Stelle und dem Festzelt nach der Mordwaffe und die Baracken nach Anwesenden absuchen. Außerdem benötige ich eine Liste der Legionäre, die heute Nacht entweder Dienst hatten oder sich im Lager aufhielten. Lasst mir eine anfertigen", ordnete er an, bevor er zu seinen Gästen ging.

Die Legionskommandeure gaben den Befehl weiter und kehrten ebenfalls zur Festtafel zurück.

IX: Dieselbe Nacht, Vorplatz des Theatrum mogontiacensium

Marius fühlte sich noch immer zittrig, aber sein Verstand arbeitete inzwischen wieder einwandfrei. Intensiv überlegte er, was als Nächstes zu tun war und gab sich entsprechend wortkarg. Viel Zeit blieb ihm nicht. Jetzt, wo wegen Mordes ermittelt wurde, veranlasste Cornelius sicherlich die Durchsuchung von Titus' Wagen. Er musste unbedingt als Erster dort sein, sonst hätte er keine Gelegenheit mehr nach dem zu suchen, was Titus ihm aufgetragen hatte. Dem Quaestor war es mit seiner Bitte mehr als ernst gewesen. Warum sonst hatte er sämtliche Vorsicht fahren lassen und ihn ins Vertrauen gezogen, wo er doch bisher jeden engeren Kontakt mit ihm gemieden hatte?

Marius rätselte noch immer, was er mit „dem Wagen und dem Pferd" gemeint hatte. War Titus zu diesem Zeitpunkt überhaupt noch bei klarem Verstand gewesen oder befand er sich schon im Delirium? Was war es genau, das unbedingt dem Kaiser übergeben werden musste? Er hatte es nicht mit aller Deutlichkeit gesagt und ließ ihm somit Spielraum für Spekulationen. Eine ungute Vorahnung beschlich ihn. Zum wiederholten Male griff in dieser Nacht eine kalte Hand nach seinem Herzen und ließ ihn erschauern. Er würde zu seinem Wort stehen und sein Versprechen erfüllen. Und er musste es sofort tun. Egal wie hoch sein Einsatz war. Hoffentlich fand er die Lösung auf Titus' Fuhrwerk.

Nun erschienen auch die Worte der Wahrsagerin in einem anderen Licht. Sie hatte gar nicht den Auftrag von Tiberius, sondern die eindringliche Aufforderung von Titus gemeint. Im Stillen leistete er ihr Abbitte. Ihr Abschiedsgruß hallte in seinem Kopf „Ihr sorgt Euch um das Falsche", und er verstand erst jetzt die wahre Bedeutung dieser Worte.

Marius suchte nach einem Vorwand, um sich von seinem Begleiter zu trennen, ohne dass dieser Verdacht schöpfte. Wie gern hätte er ihn eingeweiht und um Rat gefragt, aber das hatte Titus ihm strikt untersagt. Auch wenn Claudius mit hoher Wahrscheinlichkeit sein Vertrauen verdiente, hielt sich Marius doch an diese Anweisung.

„Claudius, ich bin zu verwirrt, um jetzt schlafen zu gehen.

Du weißt ja, dass ich mich am besten beruhigen kann, wenn ich umherlaufe."

„Tu, was immer dir nützt, aber übertreibe es nicht. Wir sehen uns dann morgen früh. Kann ich dir nicht doch helfen?", fragte er besorgt.

„Nein, nein. Aber vielen Dank."

Marius verabschiedete sich vor dem Haus und lief schnellen Schrittes in Richtung Theatervorplatz davon, darauf hoffend, dass Titus' Gefährt noch an derselben Stelle stand wie am Vortag. Immer wieder hielt er inne und vergewisserte sich, dass ihm niemand folgte. Doch seine Sorge war unbegründet, denn keiner nahm Notiz von ihm. Mogontiacum kam in dieser Nacht nicht zur Ruhe, was für sein Vorhaben von nicht unerheblichem Vorteil war. Niemand wunderte sich über einen jungen Mann, der um diese nachtschlafende Zeit allein umherstreifte.

Der Theatervorplatz lag da wie ausgestorben. Die Verkaufsstände der Händler waren geschlossen, sie schliefen in ihren Buden, um Kraft für einen weiteren anstrengenden Tag zu sammeln. Die Gaukler hatten ihre Aktivitäten auf den Exerzierplatz oder in die Canabae verlagert, da dort die Menschen weiterhin feierten und sich an ihren Kunststücken ergötzten. Marius hatte Glück, Titus' Fuhrwerk befand sich noch an Ort und Stelle. Er näherte sich ihm, doch plötzlich spürte er eine latente Gefahr. Irgendetwas warnte ihn und er verlangsamte seine Schritte. Vorsichtig pirschte er sich heran. Sein Instinkt hatte ihn nicht getrogen. Aus dem Innern drangen verdächtige Geräusche und das Gefährt schaukelte leicht. Krachend fiel etwas zu Boden und leises Fluchen drang heraus. Marius war hin- und hergerissen und zögerte. Was sollte er tun? War die Person dort drinnen etwa der Mann, der den Wagen bewachen sollte? Oder durchsuchte jemand anderes bereits das Fuhrwerk? Handelte es sich bei diesem Eindringling gar um den Mörder von Titus?

Lautlos schlich er um das Gefährt und machte an dessen Rückseite eine Entdeckung, die seinen Verdacht bestätigte. Die Plane war von oben bis unten aufgeschlitzt, es war tatsächlich jemand eingedrungen. Allerdings konnte Marius keine Details erkennen. Da er nicht wusste, was ihn erwartete, scheute er die Konfrontation mit einem unbekannten Gegner, dessen Kräfte er nicht einschätzen konnte. Sollte es tatsächlich der Mörder sein, hatte dieser nichts zu verlieren und würde Marius ohne Zögern töten, um seine Entdeckung zu verhindern.

Zum zweiten Mal in dieser Nacht wurde sein Mut gefordert.

Er brauchte freie Bahn, musste den Unbekannten vertreiben, bevor dieser fand, wonach er selbst suchte. Marius entfernte sich so weit, dass er das Fuhrwerk noch im Blick hatte, zerraufte seine Kleidung und Haare und schrie so laut er konnte: „Scher dich weg, du Dieb! Zu Hilfe!“

Sein Geschrei zeigte unvermittelt Wirkung. Marius beobachtete aus dem Augenwinkel, wie der Wagen stark ruckte und ein dunkler Schemen heraussprang. Er konnte den Mann nicht erkennen und seine Kleidung war unauffällig, allerdings hallten die genagelten Sohlen seiner Schuhe auf dem Pflaster wider, als er flüchtete. Durch die Schreie des jungen Römers aufgeschreckt eilten einige verschlafene Kaufleute herbei, um dem angeblich Gepeinigten zu Hilfe zu eilen. Marius spielte seine Rolle mit Überzeugung, auf seinem Gesicht spiegelten sich Entsetzten, Abscheu und Wut. Er kostete das kurze Schauspiel mit einer gewissen Genugtuung aus, beendete aber bald die Posse. Er versicherte, dass ihm kein ernsthaftes Leid widerfahren sei und der Dieb sich ohne Beute davongemacht habe. Schließlich legte sich die allgemeine Aufregung und seine Helfer zogen sich in ihre Nachtquartiere zurück. In Nächten wie dieser war ein versuchter Diebstahl nichts Ungewöhnliches. Räuber hatten oft leichtes Spiel, denn sie stießen bei ihren Opfern nur auf geringe Gegenwehr, da viele von ihnen betrunken waren.

Nachdem wieder Ruhe eingekehrt und Marius endlich allein war, kletterte er durch den Schlitz in der Plane. Im Innern des Wagens herrschte diffuses Licht, aber seine Augen passten sich rasch an. Der Schnitt in der Rückwand erwies sich als sehr praktisch. Marius schlug trotz eines gewissen Risikos die Plane weit auseinander, um besser sehen zu können. Zuerst entdeckte er den Körper eines leblosen Mannes, der auf dem Boden lag. Seine Hände und Füße waren mit Stricken gefesselt und in seinem Mund steckte ein Knebel. Das musste der Wächter sein, den Titus angeheuert hatte. Erschrocken beugte er sich nieder und tastete nach dem Puls des Gefesselten. Erleichtert stellte er fest, dass der Mann noch lebte. Ein Toter in einer Nacht war genug. Sobald er das gefunden hatte, wonach er suchte, würde er den Mann von seinen Fesseln befreien.

Marius‘ Blick schweifte umher und erfasste jede Einzelheit. Der Unbekannte hatte ein Chaos hinterlassen. Amphoren, Glasflakons, Öllampen lagen überall verstreut, ein Gefäß mit eingelegten Muscheln war zerbrochen und verströmte ein appetitanregendes Aroma. Körbe mit getrockneten Kräutern waren durcheinandergeworfen. Marius schaute in sämtliche Gefäße, fand aber nichts, worauf die Beschreibung von Titus gepasst hätte. Er öffnete die Kiste, in der Titus seine Kleidung aufbewahrte und durchsuchte sie, wurde aber auch hier nicht fündig. Leise klopfte er den Boden ab, um festzustellen, ob es ein Geheimversteck gab. Aber alles erwies sich als falsche Fährte. Auch das Dach des Wagens unterzog er einer eingehenden Prüfung. Den Kutschbock würde er sich vornehmen, wenn er hier drinnen keinen Erfolg haben sollte.

Eigentlich wusste er ja noch nicht einmal, wonach genau er suchen musste. Titus' letzte Worte hatten nur einen dürftigen Hinweis enthalten. „Ihr findet es im Wagen, dem Wagen mit dem Pferd." Warum erwähnte Titus den Wagen zwei Mal und vor allem das Pferd? Meinte er damit sein Gespann oder doch etwas anderes? Denn sein Pferd befand sich nicht hier, sondern war in irgendeinem Stall untergestellt. Musste er etwa dorthin, um das Gesuchte zu finden?

In der dunkelsten Ecke entdeckte er eine Sammlung kleiner Terracottastatuen, die von Titus als Weihegaben für die Götter extra für diesen Festtag aus Rom mitgebracht worden war. Bisher hatte er ihnen keine sonderliche Beachtung geschenkt, doch jetzt weckten sie sein Interesse. Marius nahm an, dass der Eindringling den Aufbewahrungskorb umgekippt hatte, weil er darin etwas vermutete. Er kniete nieder, sammelte alle Figuren zusammen und begutachtete jede einzelne ganz genau.

Es handelte sich um Statuen von Jupiter, Minerva, Venus und anderen römischen Gottheiten. Sie waren allesamt kunstvoll geformt und perfekt gebrannt. Ihm erschien nichts ungewöhnlich. Marius wollte sie schon beiseite legen, als er plötzlich auf eine Plastik stieß, die sich von den anderen unterschied. Sowohl Gewicht als auch Fertigung wichen deutlich von den anderen ab. Diese Gottheit war ihm unbekannt. Sie stellte eine Göttin dar, die keltische Kleidung trug und deren Haar ihr Haupt wie eine Strahlenkrone umhüllte. Sie saß im Damensitz auf einem Pferd, das einen Wagen zog. Die Erkenntnis durchzuckte ihn wie ein Blitz. Allem Anschein nach war dies der Wagen mit dem Pferd. Das sollte wirklich die Botschaft an den Kaiser sein? Das einzig Auffällige an der Figur war der ungewöhnlich dicke Sockel, der beinah ein Drittel der Gesamthöhe betrug. Da aber die Statuette keltischen Ursprungs zu sein schien, konnte dies auch landestypischer Usus sein. Marius zweifelte erneut, ob Titus noch bei klarem Verstand gewesen war. Trotzdem beschloss er, sie mitzunehmen.

Er war so in seine Überlegungen vertieft gewesen, dass er seiner Umgebung kaum Aufmerksamkeit geschenkt hatte. Erschrocken fuhr er auf, als der Mann am Boden einen Laut von sich gab und sich zu bewegen begann. Nun musste er gehen, bevor er erkannt wurde. Leise stand er auf und schlich zur Öffnung in der Plane. Und das keinen Augenblick zu früh, denn er vernahm nicht allzu weit entfernt das Klacken genagelter Sandalen. Cornelius hatte einen Trupp losgeschickt. Behände sprang er vom Fuhrwerk, wickelte die Statue in einen Stofflappen und verbarg sie unter seiner Kleidung.

Marius schaffte es rechtzeitig aus dem Sichtfeld der Legionäre zu verschwinden, hörte aber noch, wie jemand rief, dass in den Wagen eingebrochen worden sei. Im Davonlaufen fiel ihm ein Detail auf, dem er vorhin keine Beachtung geschenkt hatte. Als der Einbrecher flüchtete, hatten seine Schuhe das gleiche Geräusch verursacht, wie die sich nähernden Soldaten. Und nur Legionäre trugen Sandalen mit genagelten Sohlen. Der Mann, wer immer er auch war, gehörte demnach zur Legion, und diese Erkenntnis stimmte Marius nicht gerade zuversichtlich. Titus' Warnung war mehr als berechtigt gewesen.

X: Zweiter Tag der Drususfestspiele, Haus der Architekten

An diesem Morgen wurde Marius von Theodosios geweckt. „Es wünscht Euch jemand zu sprechen."

„Wer?", fragte er verschlafen und richtete sich langsam auf.

„Ein römischer Agent und der Procurator Lucius Nepius."

Marius war schlagartig wach. „Ein Frumentarius? Was will ein Angehöriger des kaiserlichen Sicherheitsdienstes von mir?"

„Das liegt wohl auf der Hand. Wappnet Euch, er hat etwas Lauerndes an sich."

„Ich bin gleich da", meinte Marius und sprang aus dem Bett.

Nachdem er sich zurechtgemacht hatte, ging er ins Triclinium, wo Lucius Nepius und der Agent ihn erwarteten. Er stellte sich als Vibius Philomenus Creticus vor und behauptete anlässlich der Festspiele aus der Provinz Gallia Lugdunensis angereist und Gast von Cornelius zu sein. Nach den Erfahrungen der letzten Nacht ließ Marius Vorsicht walten, denn einige Personen im Dunstkreis der Garnison nahmen es mit der Wahrheit nicht so genau. Der Agent war mittleren Alters, hatte eng beieinanderliegende Augen und eine Hakennase, die wie der Schnabel eines Adlers aus seinem Gesicht hervorstach. Sein Körper war schlank, beinah hager, und er verbreitete eine Autorität, die jeden unwillkürlich einschüchterte. Seine Physiognomie und sein Gebaren erinnerten Marius an einen Greifvogel, der bereit war, jeden Moment zuzustoßen.

„Kommandant Cornelius Lentulus hat mich als offiziellen Ermittler eingesetzt. Ich komme übrigens aus Lugdunum“, sagte er noch, bevor er dann ohne Umschweife mit der Befragung begann. „Bisher habe ich die Informationen über das Verbrechen nur aus zweiter Hand erhalten. Ich möchte es nun aus Eurem Mund hören. Erzählt der Reihe nach und lasst nichts aus!“, forderte er Marius auf und wandte sich dann rasch an Claudius. „Danach möchte ich Eure Version der Ereignisse hören. Verlasst solange den Raum. Ich rufe Euch, sobald ich Euch benötige“, verwies er den Hausherrn in einem Ton, der keinen Widerspruch duldete.

Claudius, der bereits seinen Beruhigungstrank zu sich genommen hatte und demzufolge gelassen war, fügte sich. Als er ging, lächelte er sogar, was in Philomenus eine gewisse Irritation auslöste. Üblicherweise bewirkte sein Erscheinen eher Entsetzen als Heiterkeit. Marius hatte sich inzwischen innerlich gewappnet und beschlossen, sich unter keinen Umständen einschüchtern lassen. Deshalb wählte er seine Worte mit Bedacht und schilderte das gestrige Erlebnis, ohne ins Stocken zu geraten. Dabei wich er nicht von seiner erfundenen Version ab.

Philomenus hörte aufmerksam zu und hakte nach, als Marius seinen Bericht beendete. „Ihr habt nichts Verdächtiges bemerkt, bevor oder nachdem Ihr Titus gefunden habt?“

„Nein, mir fiel nichts auf. Wie gesagt, Claudius und ich waren beide vom Wein angeheitert und mussten unsere Blase entleeren. So hat keiner von uns auf die Umgebung geachtet. Erst als ich vor den Latrinen auf ihn wartete, hörte ich dieses grässliche Ächzen. Bis dahin war alles ruhig, abgesehen von dem entfernten Lachen der Festgesellschaft.“

„Und er hat definitiv nichts zu Euch gesagt?“, bohrte er weiter.

„Nein. Es dauerte etwas, bis ich ihn fand. Und da sämtliche Fackeln am Ort des Verbrechens aus waren, musste ich nochmals umkehren, um eine brennende zu holen. Ehrlich gesagt, war es mir ziemlich unheimlich. Seine Schmerzenslaute brachen sich an den Barackenwänden und schienen von überall herzukommen. Dazu flackerte die Fackel und ich sah überall gespenstergleiche Schemen.“

Philomenus unterbrach ihn ungeduldig. Ihn interessierten die Ängste des jungen Mannes wenig. „Und er konnte sich wirklich nicht mehr äußern?", beharrte er.

„Das sagte ich doch bereits. Titus sackte in sich zusammen, bevor ich mich niederknien konnte. Zunächst dachte ich ja, er sei betrunken und gestürzt und wollte ihm aufhelfen. Doch als ich mich über ihn beugte, bemerkte ich, dass er nicht nach Wein roch. Ich schüttelte ihn vorsichtig und fasste schließlich seinen Arm."

Marius machte eine kurze Pause, die Philomenus ungeduldig unterbrach. „Redet weiter!"

„Titus hat mich gar nicht mehr wahrgenommen. Selbst in dem Moment, als ich ihn berührte, zeigte er keine entsprechende Reaktion. Das war wohl genau der Moment, indem er starb. Wenn ich jetzt daran denke, wird mir immer noch bange."

Der Untersuchungsbeamte fragte unbarmherzig weiter. „Ich will Fakten, keine Mutmaßungen! Fahrt fort."

„Ich sprang auf und kehrte zu den Latrinen zurück, um Claudius zu sagen, dass ich Hilfe holen müsse. Er bemerkte den Blutfleck an meinem Arm, was mir entgangen war. Erst da erfasste ich, was sich wirklich ereignet hatte. Ich lief zur Festgesellschaft zurück, um den Kommandanten zu informieren und den Medicus zu holen. Als wir schließlich wieder bei Titus waren, stellte der Medicus seinen Tod fest."

Marius war leichenblass geworden und zu seinem eigenen Erstaunen fingen seine Hände an zu zittern. Dieses schreckliche Erlebnis würde ihn sicherlich noch während der nächsten Wochen verfolgen. Aber ganz unpassend kam diese Gefühlsregung nicht, denn er wirkte sehr überzeugend.

Philomenus registrierte das Zittern, gönnte Marius aber keine Ruhe. „Ich erinnere Euch daran, dass ich in offizieller Mission hier bin. Sagt Ihr auch die Wahrheit?"

Marius nickte.

„Falls sich später herausstellen sollte, dass Ihr mir etwas verschwiegen habt, kann das schwerwiegende Konsequenzen nach sich ziehen", belehrte er den jungen Römer. „Ihr seid absolut sicher, dass er nichts mehr sagte? Nicht ein kurzes Wort oder eine Andeutung, deren Sinn Ihr nicht verstanden habt?"

Der Blick seiner schwarzen Augen durchbohrte den jungen Architekt regelrecht, doch Marius hielt ihm stand. „Nein, das habe ich Euch doch bereits versichert. Er konnte nur noch stöhnen und das auch nur sehr kurz."

Dann nahm er allen Mut zusammen. „Darf ich Euch etwas fragen?“

Dieses Ansinnen überraschte Philomenus. „Ja.“

„Wieso interessiert es Euch so sehr, ob ein einfacher Händler noch irgendetwas zu mir sagte? Was hätte er mir denn Wichtiges mitteilen sollen? Den Preis für eingelegte Austern?“, sagte er in einem Anflug von Zynismus. „Oder war er etwa gar kein Händler?“, fragte er im Wissen um die Wahrheit.

Doch obwohl Marius‘ Äußerung überaus provozierend war, zeigte Philomenus keine Regung. „Warum sollte er kein Händler gewesen sein? Ich hatte nur gehofft, er hätte seinen Mörder vielleicht erkannt und Euch noch dessen Namen nennen können“, erklärte er ruhig.

„Nein, da muss ich Euch enttäuschen.“

„Gut, damit endet die Befragung. Nun zu Claudius“, fuhr er fort.

Aber auch von ihm erfuhr er nichts Neues, seine Erzählung deckte sich mit der von Marius.

Philomenus wechselte seine Befragungstaktik und holte weiter aus. „Wie ich erfahren habe, war Titus Euer Reisegefährte auf der Reise von Rom nach Mogontiacum. Kanntet Ihr ihn näher?“

„Das ließ er nicht zu. Er wies jede Art von Kontaktaufnahme schroff zurück und machte nur allzu deutlich, dass er allein gelassen werden wolle. Außerdem benahm er sich seltsam. Er schlich oft während der Nacht umher und tauchte unvermutet auf. Sein Verhalten erweckte Misstrauen und nicht nur das unsere, sondern auch das der Soldaten. Marius und ich hegten sogar den Verdacht, dass er nur vorgab, ein Händler zu sein und eigentlich ganz andere Interessen verfolgte“, erklärte ihm Claudius offenherzig.

Philomenus zeigte das erste Mal Anzeichen echten Interesses. „Wie kommt Ihr zu dieser Vermutung?“

Claudius legte seine Stirn in Falten und trat dichter an Philomenus heran. „Er tat immer so verschwörerisch. Ich hielt ihn für einen Spion oder Waffenschmuggler.“

Diese ungeheure Mutmaßung verschlug dem Untersuchungsbeamten für einen kurzen Moment die Sprache. Die Andeutung eines Lächelns huschte über sein Gesicht. Die Annahme, Titus sei ein Verschwörer, wich so weit von der Realität ab, dass Philomenus den Gedanken gerne aufnahm.

„Das ist eine Spur, der wir nachgehen sollten. Aber für heute habe ich genug erfahren. Morgen wird es eine interne Befragung durch den Kommandanten geben. Eure Anwesenheit ist deshalb unbedingt erforderlich. Findet Euch zur zweiten Stunde im Praetorium ein. Valete", verabschiedete er sich und verließ gemeinsam mit Lucius Nepius das Haus.

Der Procurator hatte sich während der ganzen Zeit im Hintergrund gehalten und schweigend zugehört, aber während der Befragung Marius genau beobachtet. Ihm war keine seiner Gefühlsäußerungen entgangen und so hatte er bemerkt, dass der junge Mann erleichtert aufatmete, als Claudius seine Meinung über Titus darlegte und Philomenus' Gedanken in eine andere Richtung lenkte. Auch wenn Marius durchaus überzeugend gewirkt hatte und Lucius Nepius in ihm nicht den Täter sah, spürte er, dass der junge Römer etwas vor ihnen verheimlichte. Diese Vermutung äußerte er gegenüber Philomenus, als sie das Anwesen verlassen hatten.

Philomenus stimmte Lucius Nepius zu. „Es ist Euch also auch nicht entgangen! Sicherlich ist der junge Mann kein Mörder, aber er hat ein Geheimnis, das ich ergründen muss. Er kommt doch heute zur Decursio?"

„Der Kommandant hat beide eingeladen. Sie werden bestimmt erscheinen."

„Gut. Dann wird er ab heute Mittag überwacht. Vielleicht erfahren wir ja auf diesem Weg, was er verbirgt."

XI: Derselbe Tag, keltischer Vicus, Haus des Blussus

Lydia brachte Marius das verspätete Frühstück aus frisch gebackenem Brot und gebratenen Eiern, die nach römischer Art scharf gewürzt waren. Sie betrachtete ihn mit sorgenvoller Miene, wagte aber nicht, ihn auf die Ermordung von Titus anzusprechen.

„Du hast dich sehr besonnen verhalten", meinte Claudius. „Ich hoffe, dass die Untersuchungen bald ein Ende finden."

„Kennst du Philomenus?"

„Dem Namen nach. Ich möchte ihn nicht zum Feind haben. Ihm eilt ein gewisser Ruf voraus. Wenn er sich in eine Sache verbissen hat, lässt er nicht mehr locker. Er ist ein echter Bluthund", sagte er mit einem Gesichtsausdruck, der Marius nachdenklich stimmte. „Du solltest dich ihm gegenüber kooperativ zeigen, sonst kann er dir das Leben schwer machen."

Sein erster Eindruck von Philomenus war demnach richtig gewesen. „Ich bin doch kooperativ“, entrüstete sich Marius, ohne rot zu werden. „Ich habe die Wahrheit gesagt.“

Claudius schaute ihn nachdenklich an. „Gesagt vielleicht.“

„Wie meinst du das?“

„Ich kenne dich inzwischen recht gut und habe das Gefühl, dass du etwas verbirgst.“

Marius schluckte. Es beschämte ihn, seinem väterlichen Freund nicht die Wahrheit sagen zu dürfen, aber er hatte Titus diesen schrecklichen Eid geschworen, der ihn band. „Ich verschweige nichts!“, entgegnete er trotzig.

„Bei mir findest du immer ein offenes Ohr.“

„Das weiß ich zu schätzen, aber es gibt nichts, was ich dir mitzuteilen hätte.“

„In einer Stunde beginnen die Reiterspiele. Wir sollten bald aufbrechen.“

„Ich bin gleich soweit“, versicherte ihm Marius und ging in sein Zimmer.

Er öffnete seine Kleidertruhe, um die Statue herauszunehmen, die er letzte Nacht unter den wollenen Beinkleidern für den Winter versteckt hatte. Bisher war es ihm noch nicht möglich gewesen, sie bei Tageslicht zu betrachten. Nun untersuchte er sie genauer und war kurz vorm Verzweifeln. Wie auch immer die Botschaft an den Kaiser lautete, er vermochte sie nicht entziffern. Aus einer spontanen Eingebung heraus, beschloss er sie mitzunehmen. Obwohl niemand von seinem Fund wusste, hielt er diese Vorsichtsmaßnahme für angebracht. Er verstaute sie behutsam in einem Lederbeutel, der an seinem Gürtel hing und verbarg diesen so gut es ging unter seiner Toga. Dann kehrte er zurück ins Triclinium, wo Claudius und Theodosios warteten.

Heute würden sie nicht den Umweg über das Legionslager nehmen, sondern direkt zu den Ehrentribünen am Kenotaphen gehen. Theodosios schritt voran und bahnte ihnen den Weg, da das Gedränge mindestens genauso groß war wie am Tag zuvor. Die Menschen wollten den Reiterkunststücken zusehen, die die berittenen Truppen vollführten, während sie das Ehrenmal des Drusus umrundeten. Über Wochen hatten sie nur für diesen einen Tag geübt und warteten nun voller Anspannung auf das Signal für den Beginn. Marius folgte gedankenverloren seinen Gefährten und schaute weder nach rechts noch nach links. Als er unerwartet am Oberarm festgehalten wurde, wehrte Marius erschrocken die fremde Hand ab.

„Salve, Marius, ich bin es“, grüßte ihn eine bekannte Stimme.

Marius fühlte sich an die Begegnung mit Titus in Buconica erinnert, doch es war Primus, der seinen Freund in dem Getümmel entdeckt hatte. „Schaust du dir auch die Decursio an?“

Schnell hatte er den kurzen Schrecken überwunden. „Ich hatte es vor“, meinte er zögerlich und machte eine bekümmerte Miene.

„Er wird dir sicher gefallen, denn er ist immer wieder beeindruckend. Wie geht es dir nach gestern Nacht?“, fragte Primus und betrachtete ihn voller Sorge.

„Nicht sonderlich gut. Du hast bereits davon gehört?“

„Gerüchte machen immer schnell die Runde. Zumal der Mann, den Titus als Wächter angeheuert hatte, von unserem Stamm ist. Und außerdem ...“

Marius unterbrach ihn abrupt. „Wie hat er den Überfall auf das Fuhrwerk überstanden?“

Primus stutzte und blieb stehen. „Woher erfuhrst du so schnell davon? Ich habe es eben selbst erst gehört und du bist ein Fremder!“

Unbeabsichtigt hatte Marius sich verraten. Verärgert über seine Unbedachtheit wollte er den Schaden begrenzen, aber ihm fiel einfach keine passende Ausrede ein. Lange schaute er seinen Freund an und fasste schließlich einen folgenschweren Entschluss. Er brauchte dringend jemanden, mit dem er über den Mord reden konnte. Primus schien ihm ein geeigneter Kandidat zu sein. Er gehörte nicht der Legion an und war sicherlich nicht in die Vorgänge im Lager involviert. Außerdem kannte er sich bestens in Mogontiacum aus und verfügte über gute Kontakte. Marius war ein Neuling, dem es an Ortskenntnis und Verbindungen mangelte. Ob er wollte oder nicht, er war auf Hilfe von außen angewiesen.

Kurzerhand entschied er sich, seinen Freund einzuweihen. „Primus, willst du unbedingt die Reiterspiele sehen?“

Primus hatte sich das ganze Jahr auf dieses Ereignis gefreut. Die Decursio war sein heimlicher Favorit und er hatte bisher noch keine versäumt. Als er aber Marius‘ flehenden Blick sah, erkannte er dessen innere Not und stellte seine eigenen Ansprüche zurück.

„Nicht unbedingt“, meinte er halbherzig.

Marius war sichtlich erleichtert. „Ich brauche deinen Rat und das sofort.“

Primus enttäuschte ihn nicht. „Gut, dann lass uns gehen. Am besten zu mir. Dort sind wir ungestört und du lernst gleich mein Zuhause kennen.“

„Danke! Ich gebe nur rasch Claudius Bescheid. Warte bitte", sagte er und eilte davon.

Aber er brauchte nicht bis zur Ehrentribüne zu gehen, denn Theodosios hatte sich auf die Suche nach ihm begeben, als er bemerkte, dass sie ihn verloren hatten. Marius teilte dem Griechen mit, dass er den Nachmittag mit Primus verbringen wolle, er es aber außer Claudius niemandem erzählen dürfe.

Theodosios war zwar über den plötzlichen Sinneswandel erstaunt, enthielt sich aber jeden Kommentars und versprach, ihn bei ihrem Gastgeber zu entschuldigen. Daraufhin kehrte der junge Römer zu seinem wartenden Freund zurück.

„Wir gehen über die Gräberstraße, das ist die schnellste Verbindung", meinte er im Gehen.

Marius lief schweigend neben Primus her und grübelte, ob er ihm wirklich alles – also auch den Fund der Statuette – erzählen sollte. Deshalb schenkte er weder den Gräbern rechts und links der Straße noch seinem Freund Beachtung.

Schließlich brach Primus das Schweigen. „Du bist so geistesabwesend."

„Das tut mir Leid. Aber etwas beschäftigt mich."

„Der Mord an Titus?"

„Es steht damit in Zusammenhang."

„Bist du etwa verdächtig?"

„Ich fürchte ja, denn ich habe ihn doch gefunden."

„Das macht dich nicht zwingend zum Mörder."

„Zumindest bin ich ein wichtiger Zeuge und wurde bereits heute Morgen von einem Ermittlungsbeamten verhört."

„Heißt der Mann Philomenus?"

„Genau. Woher kennst du seinen Namen?"

„Das wollte ich dir vorhin sagen, aber du hast mich nicht ausreden lassen. Er suchte uns auf."

„Heute Morgen?", wunderte sich Marius. „Was wollte er?"

„Er verlangte Auskunft über Titus. Weder mein Vater noch ich haben verstanden, warum er uns nach ihm befragte, da wir ihn kaum kannten und keinerlei Kontakt zu ihm hatten."

Marius überlegte einen kurzen Augenblick. „Kann es sein, dass Philomenus etwas über mich in Erfahrung bringen wollte?"

„Ganz bestimmt, denn er erkundigte sich auch nach dir. Wir gaben aus der Unterwelt nicht allzu viel über dich preis, obwohl wir nur Gutes über dich zu berichten hatten. Was bedrückt dich so?" hakte Primus nach.

„Das erzähle ich dir, wenn wir bei dir Zuhause sind. Mir sind hier zu viele Menschen und zu viele Ohren", tat Marius geheimnisvoll.

Primus hielt diese Vorsichtsmaßnahme für etwas übertrieben, denn bisher hatte niemand besonderes Interesse an ihnen bekundet. Aber wenn Marius es so wollte, gab es sicher einen plausiblen Grund. „Gleich sind wir da", meinte Primus

Sie verließen die Gräberstraße und gingen auf einem Weg aus gestampfter Erde weiter, der den Hügel hinabführte. Kurz darauf erreichten sie das Dorf, das heute praktisch verwaist war. Im Vergleich zu Mogontiacum wirkte dieser Vicus deutlich ländlicher, dennoch war er sauber und gepflegt. Aus keinem der Häuser stieg Rauch auf. Männer, Frauen, Kinder und selbst die Alten hielten sich in Mogontiacum auf, um den Reiterspielen zuzuschauen. Die überwiegende Zahl der Häuser war noch in der traditionellen, keltischen Weise gebaut. Marius nahm an, dass es sich bei diesen um die kleineren Gehöfte von Bauern handelte. Hofhunde bewachten argwöhnisch die umzäunten Anwesen und bellten sie an, als sie vorübergingen. Katzen sonnten sich vor den Türen, in Verschlägen scharrte das Federvieh und aus den Ställen drang das Muhen, Wiehern und Blöken der Tiere, die heute ihre Behausung nicht verlassen durften.

Aber es gab bereits einige größere Steinhäuser im römischen Stil, die am Rand der ursprünglichen Niederlassung lagen. Wahrscheinlich waren dies die Villae der besserverdienenden Handwerker. Marius entdeckte die Werkstätten von Schmieden, Wagenmachern, Zimmerleuten, Seilmachern, Schmuck- und Keramikproduzenten. Vor allem die keltischen Wagenmacher genossen einen guten Ruf, hatten sie doch die Federung und Drehschemellenkung erfunden. Letztere erleichterte das Manövrieren von Fuhrwerken und Streitwagen erheblich. Sie gingen weiter und blieben vor der prächtigsten Villa stehen. Marius wusste, dass Blussus ein reicher Mann war, aber er hatte dessen Reichtum wohl unterschätzt.

Er ging voran und öffnete die Pforte. „Willkommen im Haus des Blussus!"

Im gepflasterten Vorhof befand sich ein rechteckiges Wasserbecken, in dem Fische schwammen. Primus führte seinen Gast geradewegs durch die Villa in einen großzügigen Garten. Marius registrierte im Vorübergehen, dass das Gebäude über eine Vielzahl von Zimmern verfügte, die geschmackvoll eingerichtet waren. Der Garten selbst war in mehrere Parzellen unterteilt, in denen getrennt voneinander verschiedene Nutz- und Schmuckpflanzen gediehen. Der gekieste Weg wurde von Steingefäßen gesäumt, in denen ebenfalls Pflanzen wucherten.

„Welche Pracht!“, stellte Marius erstaunt fest. „Viele von ihnen sind mir unbekannt.“

„Das sind die ‚Kinder‘ meiner Schwester. Sie liebt Pflanzen über alles und ist sehr geschickt im Umgang mit ihnen. Die meisten davon sind einheimische Gewächse, deshalb kennst du sie wahrscheinlich nicht. Gesima verwendet sie zum Kochen oder braut Tees aus ihnen.“

„Du hast eine Schwester?“, fragte Marius erstaunt.

„Sie ist nicht meine leibliche Schwester, auch wenn ich so für sie empfinde. Sie ist die Tochter meines Onkels, er war der Bruder meiner Mutter. Ihre Eltern kamen bei einem Unglück ums Leben, als sie noch ein kleines Mädchen war. Deshalb wurde sie von meinen Eltern aufgenommen.“

Primus brachte Marius zu einem Maulbeerbaum, unter dem eine steinerne Bank und ein großer Tisch standen, dessen Platte aus Eichenholz war. Vier Hunde unterschiedlicher Rassen kamen laut kläffend aus einem entlegenen Winkel herbeigestürmt und begrüßten die Männer ausgelassen. Primus erteilte ihnen einen Befehl in keltischer Sprache und sie ließen sich gehorsam unter dem Tisch und der Bank nieder.

„Ich lasse uns etwas zu trinken und zu essen bringen. Dann erzählst du mir endlich, was dich so bedrückt“, sagte Primus und verschwand wieder im Innern des Hauses.

Kurz darauf kehrte er zurück und hatte zwei Felle dabei, die er auf die Bank legte, so dass sie bequemer saßen. Marius betrachtete sie interessiert.

„Was sind das für Felle?“

„Sie stammen von Hunden.“

Marius zuckte innerlich zusammen, an einige keltische Bräuche würde er sich noch gewöhnen müssen. Sein mitleidiger Blick fiel auf die vierbeinigen Haustiere zu seinen Füßen und er fragte sich, ob sie irgendwann dasselbe Schicksal ereilen würde. Wenig später kam eine Dienstmagd, die einen Krug mit Cervisia und einen mit Wasser, getrockneten Wildschweinschinken, gebackenes Brot und salzigen Käse brachte. Sie schenkte den Männern ein, dann verschwand sie wieder. Während sie speisten, berichtete Marius, was sich in der vergangenen Nacht ereignet hatte. „Ich habe Titus geschworen, keinem zu trauen. Ich denke aber, seine Warnung bezog sich auf die Legionsangehörigen und gilt somit nicht für dich. Primus, ich betrachte dich als meinen Freund und brauche deine Hilfe.“

„Dies ehrt mich. Ich werde keinem etwas über dieses Gespräch erzählen“, versicherte er ihm.

„Das habe ich gehofft. Kannst du mir sagen, wen diese Figur darstellt?“, fragte Marius und kramte die Statue aus dem Lederbeutel. „Ich habe sie im Wagen gefunden. Es war das Einzige, was annähernd zu Titus‘ letzten Worten passte.“

Primus nahm die Figur in die Hand. „Das ist Epona, eine keltische Gottheit. Sie verkörpert die Fruchtbarkeit und ist die Göttin der Pferde. Deshalb wird sie auch von euren Soldaten als eine Art Kriegsgöttin verehrt. Auf den ersten Blick kann ich nichts Besonderes feststellen.“

„Ich habe auch nichts entdecken können und frage mich, wie die Botschaft lautet. Gibt es einen versteckten Hinweis?“

Primus drehte das Abbild prüfend hin und her und begutachtet den Sockel. „Der Stempel sagt mir, dass die Figur hier in unserem Vicus gefertigt wurde. Ich kenne sogar den Töpfer. Er ist für seine Geschicklichkeit berühmt und wohnt nicht weit entfernt.“

Diese Mitteilung ließ Marius aufhorchen. Bisher war er davon ausgegangen, dass Titus seine Ladung importiert hatte, aber diese Figur war demnach hier gefertigt worden.

„Ich muss unbedingt mit diesem Töpfer reden. Kannst du mich hinführen?“, fragte er aufgeregt.

„Heute, am Feiertag? Er wird nicht da sein. Das müssen wir auf morgen verschieben. Aber hast du keine Angst, dass du Verdacht erregen könntest, wenn du ihn auf Titus ansprichst?“

„Ja, schon. Aber wo soll ich sonst beginnen?“, antwortete er grüblerisch.

„Ich könnte das für dich tun und auch den Bewacher des Wagens befragen.“

„Das soll weniger verdächtig sein?“

„Sie kennen mich beide. Mir fällt schon eine Ausrede ein. Vertraue mir, unser Stamm hält zusammen.“

„Wenn du meinst. Aber gib dich arglos, damit sie nicht deine wahre Absicht erraten.“

„Keine Sorge, ich weiß, was ich zu tun habe. Aber warum lässt du die Sache nicht einfach auf sich beruhen? Titus hat ja nicht von dir verlangt, das Verbrechen an ihm aufzuklären. Er wollte nur, dass du dem Kaiser die Botschaft zukommen lässt. Mehr nicht“, stellte Primus fest.

„Das stimmt. Aber was ist, wenn ich mich irre und diese Figur nicht der entsprechende Hinweis ist? Ich will einfach Gewissheit haben. Stell dir vor, der Kaiser bekommt die Figur und versteht die Botschaft genauso wenig wie wir. Er denkt dann doch sicher, ich sei nicht ganz bei Verstand und hätte das Versprechen nicht erfüllt."

„Das Risiko musst du eben eingehen. Vielleicht kennt ja nur der Kaiser deren Bedeutung."

„Möglich. Es muss sich um etwas immens Wichtiges handeln. Du hättest dabei sein müssen, als mir Titus den Schwur abnahm. Es war ihm bitterernst. Seine letzte Bemerkung erscheint mir immer noch rätselhaft. Er sprach vom Wagen mit dem Pferd und sagte: „Er ist schwarz."."

„Nun, schwarz sind weder Wagen noch Pferd. Vielleicht war er zu diesem Zeitpunkt bereits verwirrt."

„Möglich. Aber mir erschien er eigentlich ganz klar."

Primus hielt die Tonfigur noch immer in seinen Händen. „Was wäre, wenn es nicht die Figur an sich ist?", fragte er unerwartet.

„Wie meinst du das?"

„Vielleicht steckt etwas in ihr. Der Sockel erscheint mir verdächtig dick."

Wieder prüften sie die Plastik, dieses Mal noch genauer.

„Schau, der Boden ist nicht gebrannt", stellte Primus überrascht fest. „Er ist nur getrocknet."

Marius nahm die Statuette. „Du hast Recht. Mal sehen, ob sich tatsächlich etwas in ihr befindet."

Kurzerhand schlug er die Figur auf die Tischkante. Der Boden zerbrach und aus dem Innern fielen zwei kleine, versiegelte Pergamentrollen und zwei Denare heraus.

Marius erkannte sofort, dass die eine der Schriftrollen diejenige war, die Lucius Nepius dem Quaestor übergeben hatte. Deshalb also hatte der Procurator seine Verbindung zu Titus geleugnet. Die beiden hatten wohl im Auftrag des Kaisers zusammengearbeitet und niemand sollte davon erfahren. Ihr Verlust bedeutete für ihn sicherlich eine Katastrophe.

Aber warum hatte Titus Marius nicht einfach aufgetragen, Lucius Nepius zu informieren? Immerhin war er der Überbringer gewesen und wusste von deren Existenz. Hatte sich in jener Nacht etwas ereignet, das Titus zu dieser Entscheidung zwang?

„Das Siegel des Procurators. Das verheißt nichts Gutes. Nun ist große Politik im Spiel", bemerkte Primus.

„Ich habe beobachtet, wie er diese Rolle Titus überreichte. Titus sträubte sich zunächst, nahm sie dann aber doch an. Nur verstehe ich das nicht. Lucius Nepius reist selbst nach Rom. Er hätte sie mitnehmen können. Warum drängte er sie Titus auf?"

„Sie könnte ein Duplikat sein. Er wusste wohl, dass ihr Besitz Gefahr bedeutet und fürchtete, sie könnte ihr Ziel nicht erreichen. Und zwei Überbringer sind zuverlässiger als einer."

„Wenn dem so ist, müsste er über den Mord noch mehr entsetzt sein, als die übrigen. Er könnte das nächste Opfer sein", äußerte Primus.

„Oder er hat ihn ermorden lassen, weil die Nachricht etwas enthielt, das ihm gefährlich werden konnte", bemerkte Primus.

„Warum hatte er sie dann Titus überhaupt gegeben? Das ist alles so verwirrend. Nun bin ich nochmals froh, dich eingeweiht zu haben."

„Lucius Nepius könnte selbst in dunkle Machenschaften verstrickt sein und versucht haben, Titus durch diese Aktion in Sicherheit zu wiegen. Doch er kam ihm auf die Spur und Lucius Nepius musste handeln."

Marius schaute seinen Freund skeptisch an. Er hatte wirklich eine ungeheure Fantasie. Aber Primus war von seiner eigenen These so angetan, dass Marius sie nicht entkräften wollte.

„Wir können das ja in Zukunft berücksichtigen. Noch ist es aber für Verdächtigungen zu früh."

„Da hast du Recht. Lass uns die Denare untersuchen", meinte der junge Kelte. „Schau, sie haben beide eine tiefe Kerbe", stellte er fest. „Das kann eigentlich nur eines bedeuten!"

„Was denn?", fragte Marius.

„Warte ab. Gleich wirst du es erfahren."

Primus hastete in das Haus und kam mit einer Geldwaage und Münzgewichten zurück. Er legte erst die eine Münze auf die Wagschale und wog sie und tat dann das Gleiche mit der nächsten. Marius beobachtete den Vorgang interessiert.

„Hast du es bemerkt? Weißt du, was das bedeutet?", fragte ihn Primus verschmitzt.

Marius schüttelte den Kopf.

„Beide Silbermünzen sind falsch, sie sind schwerer. Auf den ersten Blick ist das nicht zu erkennen. Der Fälscher versteht sein Handwerk, sie wirken täuschend echt. Titus muss das gewusst haben. Mit der Kerbe hat er sie auf Echtheit geprüft", sagte er und kratzte mit einem Messer die Oberfläche ab. „Der Kern ist nicht aus Silber, sondern aus Blei."

Marius wurde ganz aufgeregt. „Das ist also das Geheimnis. Ist hier in letzter Zeit Falschgeld aufgetaucht?"

„Mir ist nichts bekannt, aber die Feierlichkeiten wären ein günstiger Zeitpunkt, große Mengen unters Volk zu bringen.

In der Festtagslaune kontrollieren nur die wenigsten das Geld. Es würde mich nicht wundern, wenn es bald diesbezüglich Beschwerden gibt. Mein Vater hat die besseren Kontakte, ich werde ihn fragen."

Marius kam plötzlich ein Gedanke. „Jetzt weiß ich auch, warum sich Titus während unserer Reise so seltsam benommen hat. Er hielt sich immer in der Nähe der Geldsäcke und Kisten auf und er war auch auf dem gleichen Boot wie die Soldkasse. Ich weiß, dass das Geld noch in der Prägestätte in Behältnisse verpackt und verplombt oder versiegelt wird. Die Sicherheitsvorkehrungen dort sind enorm und ein Austausch praktisch unmöglich. Titus befürchtete wohl, dass während des Transportes ein Auswechseln stattfinden könnte."

„Das muss nicht zwingend so sein. Der Tausch könnte auch hier in Mogontiacum geschehen", bemerkte Primus.

„Richtig. Das stellte sich aber wohl erst während der Reise heraus. Am Tag unserer Ankunft wurde der Sold ausgezahlt und Titus war anwesend und beobachtete den Vorgang. Die Siegel werden erst im Beisein des Kommandanten, des Kommandeurs und des Signifers erbrochen."

„Aber wie könnte das vonstatten gehen? Während der Auszahlung? Das erscheint mir eigentlich unmöglich", ereiferte sich Primus.

„Titus anscheinend nicht. Nach der Auszahlung wird der Rest in den Tresor im Fahnenheiligtum gebracht und dort eingeschlossen. Zu dem Gebäude haben nur wenige zutritt."

„Du denkst, dass es auf diesem Weg geschieht?"

„Es wäre möglich, auch wenn einige Männer daran beteiligt sein müssten."

Beide schwiegen einen Moment und gingen weitere Möglichkeiten im Kopf durch, aber sie gelangten zu keinem tauglichen Ergebnis.

„Als Kaufmann weiß ich, dass große Mengen kursierenden Falschgeldes eine erhebliche Gefahr für das Imperium bedeuten können. Wenn die Währung instabil wird, rührt sich Unmut unter den Soldaten. Das kann bis hin zur Rebellion führen", gab Primus zu bedenken.

„Wahrscheinlich hat Kaiser Tiberius genau das befürchtet. Doch welche Rolle spielt Lucius Nepius dabei?"

„Als Finanzprüfer wusste er bestimmt Bescheid. Vielleicht hat er den Betrug sogar entdeckt und dem Kaiser gemeldet."

„Warum geschieht dies ausgerechnet in Mogontiacum?"

„Hier sind zwei Legionen und Hilfstruppen mit mehreren tausend Mann stationiert, alles zusammen wohl an die 18 000 Soldaten. Wenn sie sich erheben, könnte sich ein Flächenbrand entwickeln."

„Du denkst, dass das Falschgeld gezielt eingesetzt wird, um eine Revolte loszubrechen?"

„Vielleicht will sich ja jemand auch einfach nur bereichern, aber ausschließen können wir nichts. Marius, ich fürchte, du hast echte Probleme. Die wahren Ausmaße deines Versprechens sind nicht abzusehen."

Marius blickte den jungen Kelten nachdenklich an. Das ganze Unterfangen wurde zunehmend gefährlicher. Falls Titus' Ermordung etwas mit der Falschmünzerei zu tun hatte, und davon ging er fest aus, dann würden seine Mörder vor weiteren Verbrechen nicht zurückschrecken. Jetzt, da er Primus eingeweiht hatte, war nicht nur sein eigenes Leben bedroht, sondern auch das seines Freundes.

„Wir müssen sehr vorsichtig sein", mahnte er.

Unvermittelt dachte Marius an Philomenus. Er hatte behauptet, aus Lugdunum gekommen zu sein, wo sich die einzige Münzpräge außerhalb Roms befand. Hatte er dort bereits nach dem Falschgeld geforscht? Diesen Gedanken teilte er Primus allerdings nicht mit.

„Soll ich dennoch den Töpfer aufsuchen?", wollte Primus wissen.

„Nein, ich denke, das ist momentan nicht notwendig. Dann wird nur bekannt, dass du von dieser Figur weißt. Wir müssen uns auf uns selbst verlassen. Aber befrag den Mann, der für Titus arbeitete."

„Das mache ich schon morgen. Ich werde dir helfen, so weit es in meiner Macht steht", schwor Primus feierlich.

„Wenn ich nur wüsste, wie ich die Münzen und die Pergamentrolle zum Kaiser schaffen soll", überlegte Marius laut.

„Unsere Familie hat gute Handelsbeziehungen in fast alle Teile des Imperiums, vor allem nach Rom selbst. Sicherlich findet sich ein Weg."

Marius blickte seinen Freund überrascht an. „Ihr liefert Waren dorthin?"

Primus lachte. „Produkte der Region. Seifenkugeln der Mattiacer, die sind gut für das Haar. Nackenstützen aus Gänsefedern, die erleichtern den Schlaf, um nur einiges zu nennen."

„Das wäre natürlich die einfachste und beste Lösung. Ich kann

Mogontiacum nicht verlassen, immerhin bin ich hier, um eine Brücke zu bauen."

„Vertrau mir, wir finden eine Lösung."

„Ich danke dir, Primus, für dein offenes Ohr und deine Gastfreundschaft. Du bist wirklich ein guter Freund", stellte Marius fest.

Primus fühlte sich geschmeichelt, denn er empfand Marius gegenüber genauso. Bereits bei ihrer ersten Begegnung hatte er Sympathie für den Römer verspürt, aus der nun echte Freundschaft geworden war. Er hoffte inständig, dass sie diese Feuerprobe gemeinsam bestehen würden, ohne Schaden zu nehmen.

Marius erhob sich. „Es ist bereits spät. Ich muss gehen."

„Soll ich dir ein Pferd geben?"

„Nein, ich laufe lieber. Wer weiß, wem ich begegne. Wenn ich plötzlich ein Pferd habe, wäre das vielleicht verdächtig."

„Wirst du mir von der morgigen Untersuchung berichten?", fragte Primus.

„Ja, das tue ich. Komm doch morgen Abend zum Essen. Dann kannst du mir auch sagen, was deine Befragung ergeben hat."

„Gern. Soll ich dich zurückbegleiten?"

„Nein, das ist nicht nötig. Vale."

„Bis morgen und viel Erfolg."

XII: Derselbe Tag, Rückkehr nach Mogontiacum

Nun, da Marius sein Wissen mit jemandem teilte, fühlte er sich leichter. Auf dem Rückweg fand er sogar Muße, die Gräber, an denen er vorhin achtlos vorbeigelaufen war, genauer zu betrachten. Hier ruhten Soldaten und Menschen aus verschiedenen Teilen des Reiches neben Einheimischen. Die meisten Grabstätten waren schlicht und besaßen nur einen einfachen gemeißelten Sandstein. Andere dagegen präsentierten sich pompös und trugen Inschriften, die dokumentierten, welches Ansehen der oder die Bestattete genossen hatte. Besonders rührte Marius eine Grabinschrift über eine Frau und deren Sohn. Er blieb stehen, um sie zu lesen.

Den Manen der Rachel,
die aus Palästina stammte
und 33 Jahre, sieben Monate und sechs Tage alt wurde
über alles geliebte Ehefrau und Mutter,

die bei der Geburt ihres dritten Kindes verstarb
und ihrem Sohn Marcus,
der nur drei Tage lebte.
Mögen die Götter ihnen gnädig sein.
Sextus Maximius Germanicus, Ehemann und Vater,
dessen Schmerz unerträglich ist,
besorgte die Ausführung

Marius fragte sich, ob auch Titus hier seine letzte Ruhestätte finden und wer ihm den Grabstein setzen würde. Wenn er tatsächlich hier bestattet werden würde, wollte er ihm die letzte Ehre erweisen. Jetzt, da er den Grund für seine Verschrobenheit kannte, bedauerte Marius beinah, ihm Unrecht getan zu haben. Wer ein solches Geheimnis hütete, musste darauf achten, dass er sich nicht verriet. Und das ging am besten, wenn er Kontakte mit anderen auf ein Minimum reduzierte.

Als Marius Mogontiacum erreichte, waren die Reiterspiele bereits vorüber und die Menschen strömten vom Austragungsort am Kenotaphen auf die Straßen und Plätze, wo sie ausgelassen weiterfeierten. Claudius und Theodosios waren noch nicht in die Villa zurückgekehrt und Marius wollte die Zeit nutzen, um sich auszuruhen, da er während der letzten Nacht kaum Schlaf gefunden hatte.

Doch dazu sollte es nicht kommen. Als er sein Schlafzimmer betrat, bemerkte er sofort, dass jemand während seiner Abwesenheit hier gewesen sein musste und allem Anschein nach seine Sachen durchsucht hatte. Dabei war derjenige sehr geschickt vorgegangen, denn es gab nur wenige Hinweise. Der Schlüssel seiner Kleidertruhe war in einer anderen Stellung als üblich. Marius hatte die Angewohnheit, ihn immer so zu drehen, dass er gerade im Schloss steckte. Aber heute zeigte er zur Seite.

Er öffnete sie und erhielt endgültige Gewissheit. Die Kleidungsstücke waren zwar wieder ordentlich eingeräumt, aber nicht in der richtigen Reihenfolge geschichtet. Als er die Statue an diesem Morgen herausgenommen hatte, lagen die Beinkleider zu unterst. Nun befand sich ein Gürtel darunter. Wie gut, dass er auf seinen Instinkt gehört und die Figur mitgenommen hatte. Allem Anschein nach befand er sich in jemandes Visier und diese Tatsache bereitete ihm Sorge. Ob Lucius Nepius die Durchsuchung angeordnet hatte? Oder waren es die Mörder von Titus gewesen? Der letztere Gedanke gefiel im ganz und gar nicht. Da sie aber nicht fündig geworden waren, hoffte er, dass er sie hatte täuschen können und sie ihn in Zukunft in Ruhe ließen.

Jetzt musste er erst recht ein sicheres Versteck für die Pergamentrolle und die Münzen finden, denn nun konnte er es nicht länger riskieren, sie mit sich herumtragen. Seine Sachen waren durchsucht worden, nicht aber er selbst. Diejenigen, die das getan hatten, kamen vielleicht auf den Gedanken, es nachzuholen.

Er entnahm seiner Kleidertruhe das Klötzchen aus Pinienholz, das die Kleidermotten abwehrte, und ging damit ins Arbeitszimmer. Mit einem scharfen Messer ritzte er zwei Schlitze in eine Seite, in die er die Münzen steckte. Dann holte er Leim und verklebte mit den herausgebohrten Holzstückchen die Schlitze. Wenn das Klötzchen getrocknet war, würde er es abschleifen und dann wieder in die Kleidertruhe legen.

Danach suchte er ein Versteck für die Pergamentrolle. Als er die Regale durchforstete bemerkte er, dass auch hier gestöbert worden war. Marius erinnerte sich genau, wo er die Kopie der Aquäduktkonstruktion abgelegt hatte. Nun befand sie sich woanders. Er zog eine alte Bauzeichnung hervor, öffnete sie, wickelte die kleinere Rolle hinein und fixierte sie mit heißem Wachs. Dann versiegelte er die größere, legte sie zurück auf das Brett in der Hoffnung, dass niemand ein zweites Mal den Raum durchsuchen würde.

Inzwischen war der Leim einigermaßen angetrocknet und er bearbeitete das Holzstück vorsichtig, bevor er es zurück in die Truhe legte. Schließlich versuchte er sich auszuruhen, aber es war ihm unmöglich. In Gedanken kehrte er immer wieder zu Titus zurück und dachte an ihre nächtliche Begegnung in Buconica einen Tag vor ihrer Ankunft in Mogontiacum. Im Rückblick erhielt dieses Zusammentreffen eine gravierende Bedeutung. Jetzt erst verstand er die nachdenklichen Worte von Titus und wusste von welcher Belastung er gesprochen hatte. Diese Erinnerung war beinah schmerzlich, denn der ansonsten so barsche Mann hatte das erste Mal Gefühle gezeigt und Marius daran teilhaben lassen.

War dieses Zusammentreffen tatsächlich so zufällig gewesen, wie Titus es hatte erscheinen lassen? Oder hatten ihn die Vorahnungen über sein zukünftiges Schicksal heimgesucht und er hatte gehofft, in Marius einen geeigneten Verbündeten zu finden? Was auch immer Titus' Intention gewesen war, er würde es wohl nie erfahren Dies war eines der ungelösten Geheimnisse, die der Quaestor mit in sein Grab genommen hatte.

Claudius, Lydia und Theodosios kehrten beinah gleichzeitig zurück. Die Wirtschafterin verschwand sofort in der Küche, um das Essen zuzubereiten, während Claudius das Gespräch mit Marius suchte.

„Deine Abwesenheit bei den Reiterspielen hat für Verstimmung gesorgt. Cornelius Lentulus und Philomenus erkundigten sich eingehend nach dir. Es war ihnen deutlich anzumerken, dass ihnen deine Entscheidung missfiel", sagte er mit ernster Miene.

„Warum denn? Ich bin ihnen keine Rechenschaft schuldig. Oder denkst du, Cornelius hätte mich gern unter ‚Aufsicht' gehabt?"

„Mir erschien es beinah so."

„Haben du oder Theodosios gesagt, was ich vorhatte?", wollte er wissen.

„Nein, ich beschwichtigte sie und erzählte, dass du nach dem gestrigen Erlebnis noch nicht in der Stimmung für die Decursio seiest und bei einem Spaziergang Ablenkung suchst."

„Das entspricht sogar teilweise der Wahrheit. Claudius, ich habe nichts zu verbergen. Doch das scheint mir niemand zu glauben. Wenn sie wüssten, dass ich bei Primus gewesen bin, würde er auch noch in diese unheilvolle Angelegenheit mit hineingezogen. Und das will ich nicht. Er kommt übrigens morgen zum Abendessen."

Der Ältere seufzte ergeben. Auch wenn Marius alles von sich wies, war er sich sicher, dass der junge Mann etwas vor ihm verbarg. Wenn er aber nicht darüber reden wollte, war dies sein gutes Recht.

„Hoffentlich werden wir nach der Untersuchung morgen endlich in Ruhe gelassen. Ich habe Titus übrigens nie für einen Verschwörer oder Schmuggler gehalten. Das war nur ein Vorwand, den ich heute morgen vorbrachte, um dich vor weiteren Fragen von Philomenus zu verschonen. Aber ich halte diese Geschichte aufrecht", schmunzelte Claudius.

„Das habe ich vermutet. Vielen Dank dafür. Ich hatte selbst einmal Überlegungen in diese Richtung angestellt, zumindest bis kurz vor unserer Ankunft. Titus benahm sich so sonderbar, beobachtete alles und scharwenzelte um die Abordnung unserer Eskorte herum, als gälte es sie auszuspionieren."

„Das ist mir auch aufgefallen. Aber vielleicht hatte er ja einen guten Grund, die Soldaten nicht aus den Augen zu lassen. Immerhin waren sie für viel Geld verantwortlich!", stellte Claudius nüchtern fest.

„Aber er war doch nur ein Händler!"

Dafür erntete Marius einen spöttischen Blick. „Hinter seinem eigenartigen Verhalten verbirgt sich meiner Ansicht nach mehr. Aber solange wir nichts wissen, können wir nur mutmaßen. Eines steht für mich allerdings fest: Titus hatte ein Geheimnis. Deswegen wurde er ermordet."

„Da stimme ich dir zu!", pflichtete Marius ihm bei.

XIII: Erster Tag nach den Festspielen, Befragung im Castrum

Auf ihrem Weg zum Praetorium kamen Claudius und Marius am Fahnenheiligtum vorbei. Die Aquilifer brachten nach und nach die Fahnen der Legion zurück, wo sie bis zum nächsten Anlass sicher verwahrt wurden. Marius verlangsamte seine Schritte und blieb schließlich ganz stehen. Ihm bot sich eine günstige Gelegenheit, die er nicht ungenutzt lassen wollte. Zivilisten bekamen nur selten die Möglichkeit, einen Blick in das Innere zu erhaschen, und da die Türen weit offen standen, konnte er ungehindert hineinschauen.

Auch Claudius hielt inne. „Was tust du?"

„Ich war noch nie in einem Fahnenheiligtum. Ich will wissen, wie es darin aussieht", stellte er rasch fest und ging die Treppen hoch bis an die Schwelle.

Marius registrierte jede Einzelheit und prägte sich alles genau ein. An der Stirnseite zog sich in Brusthöhe ein Sims fast über die ganze Breite des Raumes. Auf ihm reihten sich kunstvoll gestaltete Skulpturen. Eine davon stellte den Kaiser dar, die anderen wichtige Götter. Darüber befanden sich die Halterungen für die Feldzeichen der beiden Legionen. An den Seitenwänden brannten Tag und Nacht Fackeln und sorgten dafür, dass es hier drinnen nie dunkel war.

Unterhalb des Simses schmückte ein Fresco die Wand. Darauf waren Mars, der Gott des zerstörerischen Krieges und Minerva, die Göttin der Weisheit und des strategischen Krieges, abgebildet. Vor der Malerei stand ein Dreifuß samt Opferschale. Außerdem entdeckte Marius verschiedene Trophäen, die von den unterschiedlichsten Kriegszügen aus allen Teilen des Imperiums als Beutestücke mitgebracht worden waren.

In der Mitte des Raumes gab es eine Versenkung, die mit einer festen Metallplatte abgedeckt und mit Ketten gesichert war. Dies war der Eingang zum Tresor, in dem die Rentengelder lagerten. Nur den Signifer, dem Garnisonskommandanten, den Legionskommandeuren, ihren Stellvertretern, den Militärtribunen und

Priestern wurde Zutritt zu dem Gebäude gewährt. Um sicher zu gehen, dass kein Unbefugter eindrang und das Heiligtum entweihte, hielten Soldaten zu jeder Stunde des Tages Wache davor.

Als Marius den Tresor erblickte, dachte er unwillkürlich an die falschen Denare. Auch wenn einige Offiziere die Erlaubnis zum Betreten hatten, besaßen doch nur der Kommandant und die Signifer den Schlüssel für den Tresor. Und angesichts dieser Vorsichtsmaßnahmen konnte er sich nicht vorstellen, wie hier ein Austausch erfolgen sollte, ohne dass jemand aus dem Offizierscorps darin verwickelt war. Wieder kamen ihm die mahnenden Worte des sterbenden Quaestors in den Sinn: „Traue keinem!" Er hatte keinen Zweifel daran gelassen, dass dies für alle Angehörigen der beiden Legionen galt.

Erst jetzt wurde Marius sich richtig bewusst, dass der Ort des Mordes nur wenige Schritte vom Fahnenheiligtum entfernt lag. Hatte Titus in jener Nacht beobachtet, wie jemand hier eindrang mit der Absicht, das Geld zu vertauschen? Waren deshalb die Fackeln gelöscht worden, um den oder die Eindringlinge vor Entdeckung zu schützen?

Es gab nur eine Möglichkeit herauszufinden, ob seine Mutmaßung richtig war. Der Inhalt der Kasse musste auf Falschmünzen überprüft werden. Für ihn war das allerdings unmöglich. Außerdem durfte er seinen Verdacht auch nicht äußern, sonst würde er sich selbst der Lüge überführen, was unliebsame Konsequenzen nach sich zöge. Besser, er schwieg und ließ den Dingen ihren Lauf. Cornelius und Philomenus mussten eben von alleine auf diesen Gedanken kommen.

Marius stieg die Stufen hinab, als der letzte Aquilifer das Gebäude verließ und sorgfältig die Tür verschloss. Er grüßte den jungen Architekten, aber seine Miene verriet nicht, was er von seinem allzu offenkundigen Interesse hielt.

Marius erwiderte den Gruß. „Die Feierlichkeiten waren beeindruckend. Ich habe das erste Mal daran teilgenommen."

„Für die Soldaten der nordwestlichen Provinzen sind diese Festtage immer wieder ein wichtiger Akt", meinte er.

„Das kann ich nachvollziehen. Wurden die Fahnen auch am ersten Abend wieder hierher gebracht?"

Falls diese Frage den Offizier erstaunte, ließ er es sich nicht anmerken. „Nein. Sie blieben bis zur Decursio im Praetorium. Warum fragt Ihr?"

Demnach hatten Feldzeichenträger am Abend von Titus' Ermordung keinen Anlass gehabt, das Heiligtum zu betreten.

„Es interessiert mich eben. Ich bin mit militärischen Bräuchen nicht sehr vertraut", meinte er entschuldigend.

Claudius drängte zum Weitergehen. „Marius, komm, wir müssen zum Kommandanten!", forderte er ihn auf.

Sie erreichten das Praetorium kurz darauf und wurden sofort in ein schmuckloses, nüchternes Zimmer geführt. Das Fenster zeigte nach Osten und die hellen Strahlen der Morgensonne fielen herein. Unmittelbar davor stand ein schmaler, langer Tisch, an dem der Kommandant, der Procurator und Philomenus auf Lehnstühlen saßen. Ihre Rücken waren dem Fenster zugewandt, so dass ihre Gesichter im Schatten lagen. Auf der anderen Seite des Tisches befanden sich drei Faltschemel. Auf einem hatte bereits der Medicus Platz genommen und Claudius und Marius setzten sich daneben. Ihre Sitzplätze lagen genau im Sonnenlicht und sie mussten die Augen zusammenkneifen, um überhaupt etwas erkennen zu können. Marius vermutete, dass dies beabsichtigt war. Während ihre Gegenüber jeden noch so geringen Anflug innerer Unsicherheit während der Befragung auf ihren Gesichtern ablesen konnten, blieben ihnen selbst die Reaktionen auf ihre Antworten weitestgehend verborgen.

Philomenus, der noch ehrfurchtgebietender wirkte als gestern, leitete die Befragung. Er verschränkte seine Arme auf dem Tisch und beugte seinen Oberkörper nach vorne in Richtung Marius, während Lucius Nepius und Cornelius sich in ihren Stühlen zurücklehnten. Ein Schreiber, der außerhalb des Sichtfeldes an einem Stehpult stand, protokollierte den genauen Wortlaut des Gespräches. Zur allgemeinen Überraschung stellte Philomenus seine erste Frage dem Kommandanten, wobei er seinen Kopf mit einer ruckartigen Bewegung zu Cornelius drehte. Erneut drängte sich dem jungen Römer der Vergleich mit einem Adler auf.

„Verging viel Zeit, bis Marius wieder zur Gesellschaft zurückkehrte?"

„Nein."

„Verhielt sich der junge Mann während der Feierlichkeiten ungewöhnlich?"

„Nein, er verfolgte die Ehrbezeugung mit Interesse und auch während des Festmahls bemerkte ich nichts. Er teilte sich eine Kline mit Claudius. Allerdings brachen beide als Erste auf."

Philomenus' Blick wanderte zu Lucius Nepius, der bestätigend nickte.

„Über was unterhieltet Ihr Euch?"

„Wir sprachen vor allem über den Bau der Brücke“, versicherte der Procurator.

Dann wandte sich der Ermittler wieder Cornelius zu. „Was geschah, als Marius zurückkehrte?“

„Er war außer Atem und wirkte aufgelöst, was den Anwesenden nicht verborgen blieb. An seinem linken Oberarm war Blut. Er kam zu mir und berichtete, dass es ein Unglück gegeben habe. Natürlich sorgte dieser Auftritt für eine gewisse Beunruhigung, vor allem unter den Frauen. Ich forderte die Gesellschaft auf, weiterzufeiern und folgte ihm gemeinsam mit den Kommandeuren, dem Medicus und einigen Soldaten. Lucius Nepius schloss sich uns an, später auch Claudius.“

Danach berichtete er über den Fundort, und dass Titus bereits tot war, als sie eintrafen.

„Was tatet Ihr dann?“, fragte Philomenus.

„Ich befragte Marius, der mir, soweit sein Zustand es zuließ, ohne Zögern antwortete. Im Anschluss hörte ich Claudius‘ Version. Sie wichen in den sich überschneidenden Teilen nicht voneinander ab. Schließlich entließ ich sie und gab Order, die Umgebung nach der Tatwaffe und die Baracken nach dem möglichen Täter abzusuchen. Aber niemand hielt sich dort auf, die Soldaten waren alle beim Feiern und wir haben auch keine Waffe gefunden.“

„Habt Ihr dem etwas hinzuzufügen?“, fragte Philomenus den Procurator.

„Nein, es war genau so, wie Cornelius es schilderte.“

Als nächstes wurde der Medicus befragt. Der Arzt erging sich in medizinischen Erklärungen, denen Philomenus mit großem Interesse lauschte. „Als ich Titus untersuchte, hatte er keinen Pulsschlag mehr und aufgehört zu atmen. Sein Oberkörper war zur Seite gekippt, die Beine hatte er von sich gestreckt. Ein Arm lag quer über seinem Bauch, so dass die Verletzung nicht sofort zu erkennen war. Erst als ich den Arm anhob, zeigte sich die Wunde. Meine Untersuchung im Valetudinarium hat ergeben, dass ein fingerbreiter, tiefer Stich im oberen Bauchraum binnen kurzem zum Tode führte. Wobei der Großteil des Blutes nicht nach außen drang, sondern in das Körperinnere floss. Deshalb gab es an der Fundstelle auch so wenig Blut.“

Philomenus unterbrach den Arzt. „Wie lange genau hat er noch gelebt?“

„Das ist schwer zu sagen. Ich schätze nur noch wenige Augenblicke.“

„Hätte er noch etwas sagen können?"

„Das kann ich nicht mit Sicherheit behaupten. Aber möglich wäre es. Dazu müsste er aber auch bei klarem Verstand gewesen sein. Bei einem solchen Blutverlust fallen Patienten oft ins Delirium."

Diese Antwort missfiel Philomenus eindeutig. Seine Stimme wurde schärfer. Wahrscheinlich hätte er gern gehört, dass Titus durchaus noch in der Lage gewesen war zu reden.

Der Medicus fuhr fort. „Titus hatte an seinen Händen Abwehrspuren und an seinen Oberarmen Druckstellen. Außerdem war seine Kleidung teilweise zerrissen. Ich denke, dass es ein gezielter Anschlag war. Er wurde von einer Person festgehalten, während eine andere mit einem Kurzschwert zustach. Vermutlich ist Titus an der Stelle des Attentats gestorben."

„Die Täter müssen demnach kräftig gewesen sein?", fragte Philomenus und sein Blick wanderte zwischen Marius und Claudius hin und her.

„Ganz sicher. Titus war in außerordentlich guter körperlicher Verfassung. Er hat sich gewehrt."

„Dann müsste zumindest einer der Angreifer Kampfspuren aufweisen?"

„Das ist anzunehmen."

„Gut, das wäre alles."

Nun kam Marius an die Reihe. „Ihr habt Eurer gestrigen Schilderung nichts hinzuzufügen?"

Marius schüttelte den Kopf. „Nein, es geschah alles so, wie ich es sagte."

„Habt Ihr mit Titus auf Eurer Reise jemals engeren Kontakt gehabt?"

„Nein, er lehnte das stets ab und machte jedem klar, dass er allein sein wolle. Er aß für sich, schlief auch immer auf seinem Wagen und zog sich bei jeder Gelegenheit von uns zurück."

Philomenus hakte nach. „Ihr habt niemals länger allein mit ihm gesprochen?"

„Außer einer kurzen Begrüßung am Morgen oder einem Nachtgruß, nein."

„Mir wurde anderes berichtet."

Bisher war die Befragung für Marius gut verlaufen, doch diese Wendung brachte ihn kurz aus dem Gleichgewicht und er kräuselte seine Stirn.

„Ich weiß nicht, was Ihr meint", entgegnete er zögerlich.

„Erinnert Euch an Buconica."

Marius überlegte einen kurzen Augenblick, dann entschied er sich, die Wahrheit zu sagen. „Das war mir entfallen", meinte er entschuldigend, wobei seine Stimme belegt klang. „Ich konnte in dieser Nacht schlecht schlafen und unternahm einen kurzen Spaziergang. Kurz bevor ich die Station wieder betrat, traf ich Titus, der mich ansprach. Für seine Verhältnisse war er ungewohnt freundlich und wollte wissen, ob ich mich auf Mogontiacum freue. Er meinte noch, dass die Drususfestspiele ihresgleichen suchten. Das Gespräch dauerte nur kurz."

„Das war alles?"

„Ja, und das war für Titus bereits viel. Ich war selbst überrascht, dass er, der sonst mit Worten geizte, aus freien Stücken mit mir redete."

„Hattet Ihr Grund zu der Annahme, dass er etwas verbarg?"

„An diesem Abend? Nein. Aber während der Reise schon. Er verhielt sich sonderbar, wirkte manchmal geradezu verschwörerisch und er war außergewöhnlich argwöhnisch. Mir erschien er nicht wie ein Negotiator"

Diese Bemerkung ließ Philomenus aufhorchen. „Inwiefern?"

„Nun, Händler wollen doch verkaufen und sind dementsprechend kontaktfreudig. Sie reden viel, preisen die Vorzüge ihrer Waren und scherzen, um Kunden für sich zu gewinnen. Und Titus tat das genaue Gegenteil. Er brüskierte jeden, der sich ihm näherte."

Philomenus blickte nun Claudius an. „Nun, Ihr wart keine potentielle Kundschaft."

„Das stimmt. Aber an einigen Plätzen, an denen wir rasteten, hätte er Geschäfte machen können. Doch er unternahm keinerlei Versuche."

„Ihr habt gestern etwas Ähnliches angedeutet", wandte sich Philomenus an Claudius. „Ich habe das inzwischen überprüft. Es gibt keinen Hinweis darauf, dass Titus eine Verschwörung plante oder irgendetwas schmuggelte. Wir haben sein Fuhrwerk genau inspiziert und nichts gefunden, was diese Annahme stützen würde. Titus war nichts anderes als ein Händler. Allem Anschein nach wurde er Opfer eines Raubes. Sein ganzes Geld ist verschwunden und das war nicht gerade wenig. Eine weitere Möglichkeit wäre, dass ein unzufriedener Kunde ihn auf diese Weise zur Rechenschaft zog, aber das erscheint mir nicht sehr wahrscheinlich", stellte Philomenus fest. „Hiermit schließe ich die Untersuchungen ab. Falls sich aber neue Hinweise ergeben sollten, werden die Ermittlungen wieder aufgenommen. Ihr habt doch nichts dagegen, Euch einer genaueren Untersuchung durch den Medicus zu unterziehen?", fragte er die Architekten.

„Warum? Ich denke, wir sind nicht verdächtig? Außerdem wurden wir schon in der Mordnacht untersucht", erboste sich Claudius.

„Nur um sicher zu gehen, dass Ihr wirklich keine Kampfspuren habt. Das ist doch auch in Eurem Sinne?"

„Natürlich. Wir haben nichts zu verbergen. Behandelt Ihr Eure Gäste immer so unfreundlich?", fragte er den Kommandanten.

Cornelius schüttelte bedauernd den Kopf. „Das ist die Ausnahme. Ich bitte um Euer Einsehen und hoffe, Ihr versteht das. Immerhin sind die Umstände ungewöhnlich."

„Trotzdem behandelt Ihr uns wie Verbrecher!", insistierte Claudius.

„Das tut mir Leid. In Zukunft wird das nicht wieder geschehen", versicherte Cornelius mit einem Seitenblick auf Philomenus.

Dieser zuckte nur mit den Achseln. Für ihn hatte die Aufklärung Vorrang, unabhängig davon, ob er seine Mitmenschen verärgerte.

„Wird Titus hier beigesetzt?", fragte Marius.

„Ja. Er hatte unseres Wissens keine Verwandten in Rom. Die Beisetzung ist heute um die neunte Stunde an der Gräberstraße."

„Ich werde kommen. Er war zwar zu Lebzeiten nicht besonders freundlich, aber ich will mich trotzdem von ihm verabschieden."

Philomenus schob seinen Stuhl zurück und signalisierte dem Schreiber, dass er die Aufzeichnungen zu sehen wünschte, bevor er ihn entließ. Claudius und Marius folgten dem Medicus ins Valetudinarium. Der Procurator, der Kommandant und Philomenus warteten, bis sie unter sich waren. Sie waren Verbündete wider Willen und die Verantwortung, die auf ihnen lastete, wog schwer. Schon seit längerem wusste Cornelius von der Existenz des Falschgeldes, doch als immer größere Mengen in Umlauf gelangten, hatte er den Procurator und den Kaiser informiert. Dies war alles unter strikter Geheimhaltung geschehen und nur wenige Eingeweihte hatten davon erfahren. Nachdem Kaiser Tiberius davon in Kenntnis gesetzt worden war, zögerte er nicht lange und schickte seinen loyalsten Quaestor, Titus, und Philomenus, der zuvor die Vorgänge in der Münzpräge in Lugdunum genau untersucht hatte, nach Mogontiacum. Tiberius hatte Cornelius unmissverständlich klargemacht, dass es seine Aufgabe war, den Fluss des Falschgeldes zu unterbrechen und die Verursacher zu verhaften. Selbst Lucius Nepius, der sich gedanklich bereits in Rom wähnte und seine Zeit in diesem Teil Germaniens schon innerlich abgeschlossen hatte, wurde aktiv. Sowohl der Procurator wie auch Philomenus gaben deshalb vor, anlässlich der Festspiele nach Mogontiacum gekommen zu sein, dabei war ihr erklärtes Ziel, die Angelegenheit gemeinsam mit Cornelius so schnell wie möglich zu bereinigen.

Sie alle hatten ihre Hoffnung in Titus gesetzt und sahen sich nun bitter enttäuscht. Nicht nur, weil sie ab jetzt ganz auf sich gestellt waren, sondern vor allem, weil der Quaestor einem feigen Mordanschlag zum Opfer gefallen war und die Täter im Dunkeln blieben. Um die Operation nicht zu gefährden, hatten sie beschlossen, über seinen Tod hinaus seine wahre Identität zu verschweigen. Und genau deshalb war es auch so wichtig für sie zu erfahren, ob Marius nicht doch etwas über den Quaestor wusste, das ihnen vielleicht weiterhalf.

„Habt Ihr die Pergamentrolle im Hause der Architekten gefunden?“, wollte Lucius Nepius wissen.

„Nein, meine Leute haben alles gründlich durchsucht. Falls Marius die Botschaft an den Kaiser haben sollte, trägt er sie wohl bei sich“, meinte Philomenus nachdenklich.

„Sie könnte sich aber auch im Besitz der Mörder befinden! Immerhin drang jemand direkt nach dem Mord in Titus‘ Wagen ein. Außerdem wissen wir nicht definitiv, ob der Mord tatsächlich mit dem Falschgeld zusammenhängt“, äußerte Cornelius.

„Gäbe es ein anderes Motiv? Meiner Ansicht nach nicht“, beantwortete Philomenus seine eigene Frage. „Doch nun, da die Mörder wissen, dass ihr Betrug entdeckt wurde und Rom ihnen auf den Fersen ist, stellen sie vielleicht ihr Treiben ein. Obwohl ich das nicht wirklich annehme. Die Versuchung schnelles Geld zu verdienen, ist zu verlockend. Ich hörte, es gibt einen vermissten Soldaten, einen Gallier. Lasst Ihr nach ihm suchen?“, fragte er den Kommandanten überraschend.

„Ihr seid gut informiert. Er ist seit fünf Tagen verschwunden“, entgegnete Cornelius.

„Könnte er desertiert sein?“

„Das denke ich nicht. Er muss nicht mehr lange dienen, dann erhält er seine Missio honesta. Für diese kurze Zeit riskiert keiner seine Rente.“

„Was wisst Ihr über ihn?“, hakte Philomenus nach.

„Wenig. Er hatte weder Frau noch Kinder. Seine Stubenkameraden wissen ebenfalls nichts, was uns voranbrächte“, seufzte Cornelius.

Offiziell duldete Rom nicht, dass seine Soldaten vor dem Ausscheiden aus dem Dienst heirateten. Dennoch lebten viele von ihnen in eheähnlichen Beziehungen und hatten Kinder. Um den soldatischen Frieden nicht zu gefährden, wurden diese Verhältnisse allerdings stillschweigend toleriert.

„Irgendwann werden wir ihn finden. Im Augenblick haben wir weit größere Probleme“, merkte Lucius Nepius an. „Was ist mit Centurio Tullius, dem Vermessungsingenieur. Können wir ihn für unsere Zwecke einsetzen? Ist er loyal?“

„Ja. Auf ihn ist Verlass“, versicherte Cornelius.

„Da er mit den Architekten zusammenarbeiten wird, wäre es wünschenswert, wenn er ein Auge auf Marius hat und uns über seine Schritte informiert. Ich traue dem jungen Mann nicht. Mein Instinkt sagt mir, dass er etwas zurückhält.“

„Ich gebe Tullius entsprechende Order. Aber weshalb sollte Marius das tun? Für ihn ist kein Vorteil ersichtlich“, fragte der Kommandant.

„Es könnte mehrere Gründe geben. Angst zum Beispiel. Oder er ist durch ein Versprechen gebunden. Titus war ein ungewöhnlicher Mann mit ungewöhnlichen Methoden. Nehmen wir einmal an, er wäre – entgegen den Beteuerungen von Marius – noch am Leben gewesen, dann hätte er ihm sehr wohl etwas mitteilen können.“

„Wenn er das tat, dann muss er dem jungen Mann eingeschärft haben, zu schweigen. Nur warum?“, sinnierte Lucius Nepius.

„Das ist eine gute Frage. Titus traute wohl keinem! Nicht einmal uns! Ob er fürchtete, eine ranghohe Persönlichkeit sei involviert, die das Ganze vertuschen könnte?“, äußerte Philomenus nüchtern.

Lucius Nepius und Cornelius wechselten vielsagende Blicke. Diese Mutmaßung war ungeheuerlich und wenn sie zutraf, nicht sonderlich beruhigend.

„Könnte diese Affäre das Imperium gefährden?“, wollte Cornelius von Lucius Nepius wissen.

„Noch hält sich der Schaden in Grenzen und Rom kann die finanziellen Verluste ausgleichen, den Sold weiterhin auszahlen und auch die Renten garantieren. Wenn der Zuwachs an Falschgeld aber nicht bald unterbunden wird, könnte es zu einer Währungsinstabilität kommen. Dann könnte auch die Lage eskalieren und unter den Soldaten Unruhe ausbrechen", meinte Lucius Nepius besorgt. „Titus verfolgte eine wichtige Spur, das äußerte er mir gegenüber am Tag vor seinem Tod. Er ging bei seinen Ermittlungen sehr umsichtig vor, leider weihte er auch keinen von uns ein. Oder hat er zu Euch etwas Entsprechendes gesagt?"

Beide Männer verneinten.

„Und das ist jetzt unser Dilemma. Ich frage mich, wieso ihm das zustoßen konnte. Er war stets auf der Hut und begab sich nicht unnötig in Gefahr. Könnte er verraten worden sein?"

„Aus den eigenen Reihen?", entsetzte sich Cornelius. „Nur wenige sind unterrichtet über das, was hier vor sich geht. Aber meine Überlegungen zielten auch schon in diese Richtung."

„Wenn es tatsächlich einen Verräter geben sollte und er Titus' Aufgabe kannte, fürchtete er wohl, enttarnt zu werden und kam deshalb Titus zuvor", stellte Philomenus fest.

„Ich werde die Angelegenheit intern mit Hilfe der Legionskommandeure und der Militärtribune untersuchen", sagte Cornelius entschieden.

„Das ist eine gute Entscheidung. Aber lasst nichts nach außen dringen und vermeidet vor allem interne Rivalitäten!"

Als ob Cornelius es darauf anlegte! Er war ein versierter und verwaltungstechnisch kompetenter Kommandant. Auch wenn die Kommandeure seine Meinung manchmal nicht teilten, fand sich immer ein tragbarer Kompromiss. Es verärgerte ihn, dass Philomenus sich als oberste Instanz sah und ihn dies bei jeder Gelegenheit spüren ließ. Aber er hatte um Hilfe ersucht und sie in Gestalt von Philomenus erhalten. Nun musste er mit ihm auskommen.

„Vielleicht war Titus aber einfach auch nur zur falschen Zeit am falschen Ort", versuchte Lucius Nepius zu beschwichtigen. „Eigentlich hatte ich gehofft, dass diese Angelegenheit bald geklärt ist und ich nach Rom zurückkehren kann", seufzte er. „Meiner Frau und meiner Tochter wird das nicht gefallen."

„Euch wird eine Villa mit allem Komfort bereitgestellt", versicherte ihm Cornelius. „Und nach dem Begräbnis rede ich mit den Kommandeuren", meinte er zu Philomenus.

„Ich will dabei sein", entgegnete der bestimmt.

„Ich ebenfalls", sagte Lucius Nepius.

Der Kommandant hatte gar nichts anderes erwartet. Auch wenn er die höchste Autorität war und die Obergewalt über die Garnison innehatte, schien das weder Philomenus noch den Procurator zu beeindrucken.

Sie trennten sich und Cornelius ging in sein Geschäftszimmer. Eigentlich warteten wichtige Amtsgeschäfte auf ihn, aber die „Affäre Titus“ nahm inzwischen unvorhergesehene Ausmaße an. Der Druck auf ihn wuchs mit jedem Tag. Anfangs war noch alles in geregelten Bahnen verlaufen, aber nun kämpfte er an mehreren Fronten. Er durfte weder den Kaiser enttäuschen noch seine eigenen Interessen über dem Ganzen vernachlässigen und erst recht nicht seinen Feinden eine Möglichkeit bieten, ihn auszuhebeln. Die Missgunst unter politischen Weggefährten war von jeher groß, jeder noch so kleine Fehler anderer wurde gnadenlos zum eigenen Vorteil ausgenutzt.

Während seiner achtzehnmonatigen Anwesenheit hatte es bisher keine schwerwiegenden Vorkommnisse gegeben. Im Gegenteil, er hatte reichlich profitiert. Aber nun kamen Probleme auf ihn zu, die es zu lösen galt. Er wusste, wenn er der Lage nicht bald Herr wurde, würde er vorzeitig abberufen und an das Ende des Imperiums versetzt werden. Das wiederum wäre für seine berufliche Laufbahn verheerend und würde seine beabsichtigte Karriere als Senator auf lange Zeit blockieren. Cornelius hatte sehr genaue Vorstellungen von seiner Zukunft und seinen Cursus honorum genau geplant. Sobald er wieder in Rom war, wollte er ein Amt anstreben, das ihm großes Ansehen und den von ihm so geliebten Luxus garantierte. Bislang war alles zu seiner Zufriedenheit verlaufen und das sollte auch in Zukunft so bleiben. Wenn er verhindern wollte, dass Mogontiacum zu seinem Stolperstein wurde, musste er handeln. Und zwar unverzüglich!

Cornelius ließ sich die Soldbücher bringen, um sie einer ersten Überprüfung zu unterziehen.

XIV Derselbe Tag, Valetudinarium

Claudius und Marius saßen unterdessen mit entblößtem Oberkörper in einem Untersuchungsraum des Valetudinariums. Der Arzt suchte Brustkorb und Arme nach Kampfspuren ab, fand aber erwartungsgemäß nichts. Er wollte die Männer entlassen, doch Claudius bat um ein Gespräch unter vier Augen. Marius hatte sich bereits angezogen und verließ das Gebäude. Er wollte im Freien auf Claudius warten.

Bevor der Medicus mit dem Architekten redete, schickte er einen Gehilfen zu Philomenus, damit dieser ihm das negative Untersuchungsergebnis mitteilte. Dann wandte er sich seinem Patienten zu.

„Habt Ihr gesundheitliche Probleme?“

„Ja, ich kann nur unter großen Schwierigkeiten Wasser lassen. Es wird noch schwieriger, wenn ich Alkohol getrunken habe. Nachts stehe ich fünf, sechs Mal auf.“

„Müsst Ihr lang und stark pressen?“

„Ja.“

„Wie viel Urin lasst Ihr?“

„Nicht so viel, wie ich meine, lassen zu müssen.“

„Habt Ihr dabei Schmerzen?“

„Nein.“

„Verspürt Ihr gerade Harndrang?“

„Ja.“

„Dann lasst bitte Wasser in dieses Glas“, forderte der Medicus ihn auf und wollte ihm das Gefäß reichen, doch Claudius zögerte.

„Da ist noch etwas. Ich bekomme in letzter Zeit Angstattacken, wenn ich mich in größeren Menschenansammlungen befinde.“

„Seit wann leidet Ihr darunter?“

„Seit dem Tod meiner Frau.“

„Schildert mir die Symptome.“

Claudius erklärte sie ihm ausführlich und berichtete von der letzten Attacke bei ihrer Ankunft.

Der Medicus neigte nachdenklich seinen Kopf zur Seite. „Zunächst muss ich Euch untersuchen. Legt Euch hin.“

Claudius tat wie geheißen. Der Medicus tastete seinen Bauch ab. Dann legte er sein Ohr auf dessen Brustkorb, überprüfte seine Atem- und Herzgeräusche und roch an seinem Atem. Er fühlte den Puls, der kräftig und regelmäßig schlug. Zuletzt begutachtete er die Iris seiner Augen, den Belag seiner Zunge und prüfte die Reflexe.

„Soweit ist alles in Ordnung. Jetzt lasst Wasser“, sagte er. „Kommt dann wieder her.“

Claudius streifte seine Kleidung über, nahm das Glas und kam dann zurück. Der Medicus hielt das Gefäß hoch und überprüfte Farbe und Trübung des Urins. Dann roch er daran, steckte einen Finger hinein und kostete.

„In erster Linie bin ich Vulnerarius, also Wundarzt, und verstehe mich gut in der Kunst der Chirurgie. Aber auch in anderen medizinischen Dingen bin ich nicht ganz unbewandert und deshalb mit Euren Beschwerden vertraut. Meine Diagnose lautet folgendermaßen: Eure Lunge, Niere, Leber und Herz sind gesund.

Die Probleme mit dem Wasserlassen haben häufig Männer in Eurem Alter. Das liegt an der Vorsteherdrüse, die sich mit zunehmendem Alter vergrößert und die Harnröhre einengt und so den Harnstrahl behindert. Ich mische Euch gegen diese Beschwerden einen Tee. Schickt mir nachher Euren Diener, dann werde ich ihm die Zubereitung erklären. Und nun zu Eurem anderen Problem, Eurer Angst. Wie habt Ihr überhaupt die Festspiele durchstehen können, wenn Ihr diese Angstanfälle bekommt?"

Claudius räusperte sich verlegen. „Dank Theodosios. Er gibt mir einen Trank, den er aus der Kapsel des Schlafmohns gewinnt. Er beruhigt mich und lässt mich gleichmütig werden."

„Woher beherrscht Theodosios denn die Kunst der Medikamentenherstellung?"

„Sein Vater ist Arzt und gab ihm seine Kenntnisse weiter."

„Warum übt er diesen Beruf nicht aus?"

„Sein Vater ist griechischer Abstammung. Ihr wisst doch selbst, dass die medizinische Heilkunst in Rom kein allzu großes Ansehen genießt und man griechischen Ärzten mit einem gewissen Argwohn begegnet. Theodosios hat seine Lehre daraus gezogen. Er ist auch vielmehr Philosoph als Heiler."

„Leider ist das so!", seufzte der Medicus. „Aber es ist gut zu wissen, dass es einen so fachkundigen Mann gibt. Ich werde mich nachher mit ihm austauschen. Aber nun wieder zu Euch. Habt Ihr Alpträume, seid Ihr schwermütig oder leidet Ihr unter Appetitlosigkeit?"

„Nein, nichts von all dem."

„Gut, dann bekommt Ihr von mir Pastillen, die Euch beruhigen."

Dann setzte er eine ernste Miene auf. „Ich muss Euch vor den Folgen des Schlafmohntrunks warnen. Regelmäßiger Konsum führt dazu, dass Ihr nicht mehr ohne ihn auskommt. Wenn dieser Fall eintritt, beginnt Ihr zu zittern, Ihr bekommt Schweißausbrüche und es wird Euch übel. Nehmt ihn deshalb nur bei absolut wichtigen Anlässen. Und keinesfalls mehr als einmal pro Woche."

„Theodosios achtet sehr darauf, dass ich den Mohntrunk nicht zu oft einnehme. Die Festspiele bildeten eine Ausnahme. Aber ohne ihn kann ich an großen Empfängen nicht teilnehmen oder mich an belebte Plätze begeben."

Der Arzt nickte. „Euer Diener scheint ein gewissenhafter Mann zu sein. Könnt Ihr denn überhaupt die Brücke bauen?"

„Das hoffe ich. Bisher lenkte mich meine Arbeit von der Umgebung ab. Ich konzentriere mich dann auf etwas anderes und nehme an, dass es auch hier so ist."

„Das will ich für Euch hoffen."

Claudius dankte dem Arzt und bezahlte ihn für seine Dienste. Zu Hause angekommen, schickte Claudius Theodosios umgehend zum Medicus. Dieser erwartete ihn bereits. Auf seinem Schreibtisch lagen zwei ordentlich beschriftete Leinensäckchen. Obwohl der Grieche nur den Rang eines Diener bekleidete, redete der Medicus ihn als Gleichgestellten an. „Das hier ist zerriebene Brennnesselwurzel und römische Kamille. Daraus kocht einen Sud, den Ihr Eurem Herrn morgens verabreicht. Eine Handvoll dieser Mischung wird mit heißem Wasser übergossen. Sobald sie eine satte Farbe angenommen hat, gießt die Kräuter ab und süßt das Getränk mit Honig", instruierte er den Griechen.

„Habt Ihr schon einmal etwas von Calluna gehört?"

Der Medicus schüttelte den Kopf.

„Es ist ein rosablühendes Kraut mit kleinen, harten Blättern und wächst im Norden Germaniens. Es hat ebenfalls harntreibende Wirkung. Aber die Beschaffung ist nicht einfach."

„Das klingt interessant. Ich werde mich mit dem Kommandanten bei Gelegenheit darüber unterhalten. Er findet sicher Mittel und Wege es zu besorgen. In Sachen Nahrungsbeschaffung ist er sehr einfallsreich", schmunzelte er. „Diese Pastillen bestehen aus getrocknetem Johanniskraut und wildem Hopfen", erklärte er weiter. „Reicht ihm eine bis zwei davon abends und lasst sie ihn mit angewärmten Wein trinken."

„Wenn Ihr mir die Zusammensetzung der Rezepturen verratet, kann ich die Mischungen selbst herstellen."

„Warum habt Ihr das bislang nicht getan?"

„Claudius hat mir das ganze Ausmaß seiner Krankheit bisher verschwiegen. Ich wusste zwar von seiner Angst und dachte, dass sie sich mit der Zeit legt. Doch dem ist leider nicht so. Das Problem mit dem Urinieren hat er kleingeredet. Außerdem verderben Drogen schnell und während unserer Reise mangelte es an Zeit für die Zubereitung und dem entsprechenden Instrumentarium. Deshalb hatte ich bisher nur den Mohntrunk parat. Aber jetzt lege ich mir einen Vorrat an Heilkräutern an."

„Das ist klug. Es gibt mehrere zuverlässige Lieferanten. Ihre Waren sind rein und nicht zu teuer", sagte er und nannte Theodosios einige Namen. „In zwei Wochen soll Euer Herr wieder vorstellig werden."

„Ich werde es ihm mitteilen", verabschiedete sich der Diener.

XV: Derselbe Tag, Gräberstrasse zur neunten Stunde

Marius, Claudius und Theodosios fanden sich pünktlich an der Begräbnisstätte ein. Cornelius, Philomenus, Lucius Nepius und ein Offizier, den Marius nicht kannte, waren bereits anwesend. Soldaten brachten den in Tüchern eingewickelten Leichnam herbei und legten ihn behutsam auf den vorbereiteten Scheiterhaufen. Mehrere Klageweiber standen etwas abseits und warteten auf ihren Einsatz. Sonst gab es keine weiteren Trauergäste.

Ein Priester, dessen Haupt verhüllt war, bereitete alles für das Opfer und die anschließende Beisetzung vor. Cornelius übernahm die Ansprache zu Ehren des Verstorbenen und lobte ihn als tüchtigen Negotiator und tapferen und klugen Mann, ohne aber Näheres über seine Person preiszugeben. Er schaute fragend in die Richtung von Claudius und Marius und wollte wissen, ob sie ebenfalls ein paar Worte sagen wollten, aber sie schüttelten die Köpfe.

Danach begann der Priester mit der eigentlichen Bestattungszeremonie. Er entzündete das Opferfeuer, verbrannte die Opfergaben und betete zu den Göttern, damit sie den Verstorbenen in die Unterwelt aufnahmen. Der Scheiterhaufen ging rasch in Flammen auf und die Anwesenden traten zurück. Schwarz-grauer Rauch stieg auf und der Geruch verbrannten Fleisches verbreitete sich. Claudius wurde von einem Hustenreiz gepackt und hielt sich zum Schutz ein Stück seiner Toga vor Augen und Mund. Nun erhoben die Klageweiber ihr Geschrei, das erst verstummen würde, wenn der Scheiterhaufen niedergebrannt war. Ihre Häupter waren ebenfalls verhüllt und sie trugen dunkle Kleidung. Im Takt ihrer Schreie wiegten sie ihre Oberkörper vor und zurück.

Die Urne, in die der Priester die abgekühlte Asche später einfüllen würde, stand schon bereit. Auch das Erdloch für die Beisetzung war bereits ausgehoben. In ihm lagen bereits Grabbeigaben, einige kleine Götterstatuen, die einst Titus gehörten, Datteln und Oliven. Als der Scheiterhaufen in sich zusammenbrach, löste sich die Trauergesellschaft auf. Ihre Anwesenheit war nun nicht mehr erforderlich. Der Priester würde die Zeremonie unter dem Gejammer der Klageweiber allein zu Ende bringen. Im Fortgehen legte Marius noch eine Münze als Lohn für den Fährmann Charon in die Urne, damit dieser den Verstorbenen sicher in das Totenreich geleitete.

Beim Anblick des Gefäßes bedauerte Marius, dass der Tote hier in Mogontiacum seine letzte Ruhestätte fand und nicht in Rom beigesetzt wurde. Auch wenn dies vielleicht die Götter erzürnt hätte, wäre das Aschengefäß das ideale Transportmittel für die Nachricht an den Kaiser gewesen. In ihm hätte er ohne Mühe die Münzen und die Pergamentrollen unterbringen können. Sicherlich hätte niemand gewagt, die Totenruhe zu stören und eine entsprechende Notiz an den Kaiser hätte ihm das Versteck offenbart.

Claudius ging langsamen Schrittes voran. Hin und wieder blieb er stehen und las eine Grabinschrift. Marius wartete ungeduldig auf ihn, denn für heute hatte er vom Tode genug. Seine Aufmerksamkeit galt den Lebenden. Er betrachtete die Menschen, die an ihnen vorüberkamen. Plötzlich stutzte er.

In der Menge entdeckte er einen Mann, der ihm bereits auf ihrem Weg zum Begräbnis aufgefallen war. Während der Zeremonie selbst hatte Marius ihn nicht bemerkt, doch nun war er wieder da. Zwar hielt er einen gewissem Abstand zu ihnen, aber sobald sie stehen blieben, verharrte er ebenfalls und tat so, als betrachte er ein besonders prächtiges Grabmal. Trotzdem entging Marius nicht, wie er ab und zu einen verstohlenen Blick in ihre Richtung warf.

„Siehst du den Mann dort vorne?“, fragte Marius.

„Ja, was ist mit ihm?“, wollte Claudius wissen.

„Ich glaube, er folgt uns.“

„Warum sollte er das tun?“

„Wegen des Mordes an Titus.“

„Du denkst, Philomenus hat einen seiner Männer auf uns angesetzt?“

„Wäre das so unwahrscheinlich?“

„Nein, aber unlogisch. Er war während der Zeremonie mit uns zusammen. Und es wäre ein überaus plumper Versuch, uns einen Schrecken einzujagen. Das ist nicht Philomenus‘ Handschrift“, stellte Claudius nüchtern fest.

„Wessen ist es dann?“, meinte Theodosios besorgt. „Ich gehe ihn fragen.“

„Nein, bleib. Soll er uns nur folgen. Wir haben nichts zu verbergen. Aber er kann ruhig wissen, dass wir ihn bemerkt haben“, hielt Marius ihn zurück.

Nun starrten sie unverhohlen den Mann an, der ihre Blicke allerdings ignorierte und gelassen blieb. Claudius verspürte keinerlei Muße mehr, sich weiterhin den Inschriften zu widmen und sie gingen geradewegs nach Hause. Obwohl Marius die Vorstellung, beobachtet zu werden, nicht behagte, versuchte er einen kühlen Kopf zu bewahren, was ihm nicht leicht fiel. Wenn Philomenus die Observation nicht veranlasst hatte, kamen eigentlich nur die Mörder von Titus in Betracht. Wollten sie ihn einschüchtern oder ihm verdeutlichen, dass sie ihn im Visier hatten?

Als sie jedoch die Gräberstraße verließen, bemerkten sie, dass der Mann im Straßengewirr der Canabae verschwand. Erleichtert atmete Marius auf, wahrscheinlich war es purer Zufall gewesen und er hatte aufgrund seiner angespannten Nerven die Situation falsch gedeutet.

XVI: Derselbe Tag, Castrum

Nachdenklich waren der Procurator, Philomenus und der Kommandant in das Praetorium zurückgekehrt. Lucius Nepius hatte angeordnet, dass Titus Naevus Merula, wie der Quaestor mit vollständigem Namen hieß, nicht in Mogontiacum beigesetzt wurde. Er selbst würde seine Urne mit nach Rom nehmen, wo Titus eine angemessene Ruhestätte finden würde. Außer ihnen war darüber nur der Priester informiert.

„Wer kannte Titus' wahre Identität und wusste, dass er hier war, um den Falschmünzern auf die Spur zu kommen?", fragte Lucius Nepius.

„Außer uns nur Kommandeur Crispus und Kommandeur Maximus und eventuell ihre Stellvertreter", stellte Cornelius fest.

„Das schränkt den Kreis der Verdächtigen erheblich ein", sagte Lucius Nepius.

„Ihr habt eines außer Acht gelassen. Ein Angehöriger der Legion könnte Titus von Dienst wegen kennen. Derjenige musste dann nur noch die Fakten zusammenzählen", gab Cornelius zu bedenken. „Allerdings weiß ich nicht, wie wir das herausfinden sollten."

„Lasst das meine Sorge sein. Ich habe entsprechende Verbindungen. Allerdings wird es einige Zeit in Anspruch nehmen, da Rom weit weg ist", behauptete Philomenus selbstsicher.

„Und genau die haben wir nicht", belehrte ihn Lucius Nepius.

„Die erste Überprüfung der Soldlisten hat bisher keinen Hinweis auf Manipulation erbracht", meinte Cornelius. „Ich werde mich in den nächsten Tagen intensiver damit beschäftigen und auch den Inhalt der Soldkasse persönlich kontrollieren."

In diesem Moment klopfte es an der Tür und die Kommandeure traten ein. Cornelius, der mit Philomenus hinter seinem Schreibtisch saß, wies ihnen zwei Stühle zu. Philomenus erklärte ihnen, ohne viele Worte zu verlieren, den Grund dieses Zusammentreffens und äußerte offen den Verdacht, dass Titus aus den eigenen Reihen verraten worden sein könnte. Sowohl Crispus wie auch Maximus waren über diese Vermutung sehr erbost und wiesen sie entrüstet von sich.

„Ihr verdächtig einen von uns? Warum sollten wir das tun? Der Quaestor handelte doch in unser aller Interesse", sagte Maximus mit zornrotem Kopf.

„Wir verdächtigen niemanden. Aber diese Möglichkeit ist nicht von der Hand zu weisen. Vor allem, wenn jemand mit den Falschmünzern gemeinsame Sache macht! Ich muss alles in Betracht ziehen.

„Das ist eine infame Unterstellung", sagte Crispus verärgert.

Auch Maximus zeigte sich empört. „Ich habe weder etwas mit dem Mord noch mit dem Moneta falsa zu tun. Crispus und ich waren zum Zeitpunkt des Verbrechens gemeinsam mit euch beim Festmahl, vergesst das nicht."

„Der Mord könnte in Auftrag gegeben worden sein", spekulierte Philomenus.

„Dann käme genauso gut einer von Euch in Betracht", ereiferte sich Maximus.

Philomenus nickte unmerklich. Lucius Nepius und Cornelius ignorierten diese Mutmaßung.

„Niemand steht hier unter konkretem Verdacht und ich will auch keinen Keil zwischen uns treiben", versicherte Cornelius. „Wir alle dienen derselben Sache. Aber die Lage ist ernst und wir müssen sichergehen, dass kein Verräter unter uns weilt, sonst brauchen wir die Ermittlungen nicht fortzuführen, weil wir zu keinem Ergebnis gelangen und die ganze Arbeit wäre vergebens."

Maximus und Crispus beruhigten sich und beteuerten nochmals, dass sie nichts über die anstehende Inspektion durch den Quaestor hatten verlauten lassen. Selbst ihre Stellvertreter und ihre Schreiber wären nicht unterrichtet gewesen.

„Wir haben während unserer gesamten Dienstzeit kooperiert und dich umgehend unterrichtet, nachdem sich Soldaten bei uns wegen der falschen Münzen beschwerten. Wir alle sind auf Frieden bedacht, niemand will einen Truppenaufstand riskieren. Falls es einen Verräter geben sollte, musst du woanders suchen", beharrte Crispus.

„Oder es gibt gar keinen und Titus wurde tatsächlich nur seines Geldes wegen getötet", fügte Maximus hinzu.

Nun mischte sich der Procurator ein. „Das ist eure Sicht der Dinge? Mir scheint, ihr macht es euch etwas zu einfach."

Die Kommandeure schauten sich an und zuckten mit den Schultern. Sie waren Soldaten, ihre Aufgabe bestand darin, die beweglichen Truppen zu kommandieren, nicht Morde aufzuklären oder Verräter zu überführen.

„Mutmaßungen bringen uns nicht weiter", seufzte Cornelius. „Seid noch wachsamer, hört euch unter euren Männern um. Die wissen manchmal mehr, als uns lieb sein kann. Was ist mit Marcellus, dem desertierten Soldaten deiner Legion?", wandte er sich an Crispus.

„Meine Späher konnten ihn noch nicht finden. Es kursieren die verschiedensten Gerüchte, aber keines hat sich bisher als handfest erwiesen. Marcellus ist ein zuverlässiger Soldat. Ich denke nicht, dass er desertierte. Er genießt den Ruf ein Geldfuchs zu sein. Niemals wäre er ohne Sold gegangen oder hätte gar auf sein Entlassungsgeld verzichtet. Ich fürchte, ihm ist etwas zugestoßen!"

„Forscht weiter und teilt mir die Ergebnisse mit", verlangte Cornelius.

Sie sicherten ihm zu, Augen und Ohren offen zu halten und eine gezielte Befragung durchzuführen, aber sie rechneten nicht mit schnellen Resultaten. Kaum hatten sie das Gebäude verlassen, machten sie ihrem Ärger Luft.

„Cornelius behandelt uns wie Untergebene, nicht wie Gleichgestellte", beschwerte sich Maximus.

„In gewisser Weise ist er uns auch vorgesetzt", äußerte Crispus.

„Aber muss er uns das immer spüren lassen? Unsere gesellschaftliche Stellung ist der seinen ebenbürtig!", schimpfte Maximus weiter.

„Immerhin hat er nicht über unsere Köpfe entschieden, sondern alles ausführlich mit uns besprochen. Und Cornelius hat Recht, wenn er sagt, dass wir gemeinsam vorgehen müssen. Wenn er scheitert, scheitern wir auch. Unsere Zukunft ist mit seiner verwoben. Alles, was wir gegen ihn tun, tun wir auch gegen uns. Unsere dreijährige Amtszeit währt nicht mehr lange, du wirst in einem Jahr abberufen, ich in neun Monaten. Dann werden wir wieder ein ziviles Amt übernehmen. Eine gute Beurteilung von Cornelius und wir bekommen einen Sitz im Senat. Das sollten wir nicht aufs Spiel setzen", stellte Crispus fest.

„Ich hasse Abhängigkeiten!"

„Ich ebenso, aber so lautet nun mal eines der ungeschriebenen Gesetze Roms!“

XVII: Derselbe Tag, abends, Villa der Architekten

Kurz vor Einbruch der Dunkelheit sattelte Primus seine Stute Andraste. Das Tier war braun gescheckt, klein und stämmig, aber robust und ausdauernd. Es entstammte der Zucht seiner Vorväter und bereits seine Ahnen hatten der Familie des Blussus gute Dienste geleistet. Bevor er aufstieg, gab er ihm einen Apfel, dann griff er sich eine Laterne und ritt er in raschem Galopp nach Mogontiacum. Die letzten Besucher der Festspiele hatten inzwischen Mogontiacum verlassen und waren in ihre Provinzen zurückgekehrt. Unweigerlich kehrte der Alltag wieder ein. Auf dem Exerzierplatz waren noch die kreisrunden Stellen zu erkennen, an denen die Lagerfeuer gebrannt hatten, aber sonst erinnerte nichts mehr an das wilde Treiben der vergangenen Tage.

Als er das Forum erreichte, zügelte er sein Pferd und es fiel in leichten Trab. Zielstrebig lenkte er es zum Wohnhaus von Marius und wollte schon in den Hof des Anwesens reiten, als er zwei Männer entdeckte, die einige Fuß von der Villa entfernt standen und sie allem Anschein nach beobachteten. Sie taten zwar so, als sei ihre Anwesenheit zufällig, aber Primus stutzte, denn einen von ihnen kannte er. Der Mann hieß Scota und war Kelte, ein Treverer wie er, der aber in ihrer Gemeinschaft nicht gern gesehen war. Sein zwielichtiger Charakter hatte ihn bereits vor Jahren zum Ausgestoßenen gemacht und er verkehrte seitdem nur noch mit wenigen Männern seines Stammes. Anfangs hatte er als Dolmetscher zwischen den Einheimischen und den Besatzern fungiert und sich so entsprechende Verbindungen verschafft. Inzwischen übte er diesen Beruf nicht mehr aus und ging auch sonst keinem Handwerk nach, aber er besaß trotzdem ein Haus in der Canabae legionis in der Nähe des Hafens und verfügte über ausreichend Geld.

Scota wurde nachgesagt, dass er jedem zu Diensten sei, der ihn ausreichend entlohne, und dass er keinen Auftrag scheue, egal wie unehrenhaft dieser auch sei. Zwar bestritt er das vehement und gab sich gern den Anstrich eines rechtschaffenen Mannes. Aber sein Verhalten strafte ihn Lügen und er wurde gemieden, wo immer es ging. Sein Vater hatte Primus schon als Kind vor ihm gewarnt, denn Blussus hielt ihn für einen Spitzel und Intriganten.

Wäre Marius nicht in die tragischen Geschehnisse verwickelt, hätte Primus seiner Anwesenheit keinerlei Bedeutung beigemessen. Aber die Vorkommnisse der vergangenen Tage machten ihn vorsichtig. Er wollte nicht, dass sein Besuch bekannt wurde, auch wenn er behaupten konnte, dass der Anlass rein freundschaftlicher Natur sei. Deshalb drehte er um und schlug eine andere Richtung ein. Er ritt in das Amüsierviertel, in dem kleine Tabernae und die Häuser der käuflichen Liebe lagen.

Eine dieser Tabernae gehörte einem Freund, der immer bereit war, ihm zu helfen. Primus konnte sein Pferd in dessen Stall unterstellen in der Gewissheit, es bei seiner Rückkehr auch wieder vorzufinden. Dann lief er rasch zurück und erreichte die rückwärtige Seite des Hauses. Er vergewisserte sich, dass ihn auch wirklich niemand beobachtete und zog sich an der mannshohen Mauer hoch. Dabei schürfte er sich trotz seiner Bracae die Knie auf, ignorierte aber den Schmerz und spähte vorsichtig in den Garten. Er war menschenleer, nur eine Katze lauerte am Fuße der Mauer vor einem Mauseloch. Rasch kletterte er hinüber und landete beinah lautlos auf dem Boden. Die Katze erschrak und rannte laut miauend davon.

Vorsichtig schlich er zur Gartentür des Arbeitszimmers und klopfte leise an. Marius öffnet und lugte vorsichtig hinaus. Als er in das vertraute Gesicht des Freundes blickte, zeigte er sich überrascht.

„Was tust du hier? Wieso kommst du nicht durch die Vordertür?“

„Ich habe jemanden vor eurem Haus entdeckt, der nicht wissen soll, dass ich hier bin.“

„Du meinst, wir werden überwacht?“, fragte Marius mit wild klopfendem Herzen.

„Es sieht so aus. Es sind zwei Männer, die gegenüber eurer Villa stehen“, meinte Primus beim Eintreten.

„Wie sehen sie aus?“

Primus gab eine kurze, aber detaillierte Beschreibung. Marius zuckte zusammen, denn er glaubte den Mann vom Nachmittag wiederzuerkennen. Demnach hatte er sich die heutige Verfolgung wohl doch nicht eingebildet.

„Ich will einen Blick hinauswerfen und mich vergewissern, ob es sich um einen bestimmten Mann handelt.“

Primus ging mit Marius leise zur Eingangstür. Glücklicherweise trafen sie auf keinen der anderen Hausbewohner, die sich bestimmt über das seltsame Gebaren der beiden jungen Männer gewundert hätten. Lydia hantierte in der Küche, wo sich auch Theodosios aufhielt und Wein für seinen Herrn anwärmte. Claudius lag bäuchlings auf seinem Bett im Schlafgemach, denn Theodosios hatte ihm gerade bronzene Schröpfköpfe aufgesetzt.

Primus positionierte sich so, dass er von außen nicht zu sehen war. Marius öffnete die Tür und ging hinaus in den Stall. Er tat so, als schaue er nach den Pferden, gab ihnen Heu und Wasser und kehrte kurz darauf zurück.

„Du hast Recht, da lungern zwei Männer herum. Der massige Dunkelblonde ist der Mann, der uns nach der Beisetzung folgte. Kennst du ihn?"

„Er heißt Scota und genießt den Ruf eines Spitzels. Er arbeitet für jeden, solange die Bezahlung stimmt. Der andere ist mir unbekannt. Er könnte der Kleidung nach aber Römer sein. Glaubst du, es sind Titus' Mörder?"

„Möglich. Sie könnten aber auch von Cornelius, Philomenus oder Lucius Nepius beauftragt worden sein. Niemand außer uns beiden weiß, dass ich im Besitz der Botschaft bin. Wahrscheinlich ist das eine reine Vorsichtsmaßnahme ihrerseits und sie wollen sich vergewissern, dass ich wirklich keine Ahnung von dem habe, was vor sich geht. Gestern, als ich bei dir war, wurde übrigens das Haus durchsucht. Außer mir hat das keiner bemerkt", sagte Marius mit gesenkter Stimme.

Weiter kam er nicht, denn in diesem Augenblick kam Theodosios aus der Küche. Er begrüßte Primus, eilte dann aber weiter, um Claudius von den Schröpfköpfen zu befreien. Marius führte den Gast ins Triclinium und sie legten sich auf eine Kline. Claudius gesellte sich zu ihnen. Das Schröpfen hatte ihm gut getan und er wirkte sichtlich entspannt.

„Sieh mal an, unser Besuch", begrüßte er Primus und legte sich ebenfalls auf eine Kline. Theodosios brachte einen Becher mit dem warmen Wein und reichte ihn samt den Pastillen Claudius. Dann half er Lydia, die Speisen aufzutragen. Claudius forderte ihn auf, ihnen Gesellschaft zu leisten. Das war in seinem Hause so üblich, er behandelte Theodosios bei den Mahlzeiten stets wie einen Freund. Der Grieche zog einen Stuhl heran und nahm Platz. Lydia hatte frisches Brot gebacken, dazu gab es Ziegenkäse, Bohnen, eingelegte Oliven und gebratenen Fisch.

Sie redeten zuerst über die Festspiele, bis Claudius auf ihre Arbeit zu sprechen kam. „Morgen werden wir prüfen, ob alles korrekt vermessen wurde. Aber eigentlich habe ich keine Zweifel, Centurio Tullius ist ein versierter Ingenieur."

„Wird sie dort gebaut, wo jetzt die Behelfsbrücke ist?“, fragte Primus interessiert.

„Parallel dazu, aber doch mit einem gewissen Abstand. Ich hoffe, die Arbeiten gehen zügig voran. Es wäre gut, wenn die ersten Fundamente noch vor dem Winter stehen.“

„Das Wetter bleibt sicher noch einige Zeit stabil. Dauerhaften Frost gibt es meist erst im Januar.“

„Das klingt vielversprechend.“

Sie plauderten noch einige Zeit, bis Claudius gähnte. „So, meine Medizin beginnt zu wirken. Ich werde schläfrig und begebe mich zu Bett“, verabschiedete er sich.

Theodosios folgte seinem Herrn, kam aber kurz darauf zurück. „Claudius ruht. Ich werde heute Abend ausgehen und mich in den Tabernae umschauen“, sagte er.

Primus empfahl ihm einige Wirtshäuser und beschrieb ihre Lage. Theodosios dankte ihm und verließ dann das Haus.

„Er scheint sich bereits heimisch zu fühlen“, bemerkte Primus.

„Ja, er geht gern unter Einheimische und findet schnell Anschluss.“

„Erzähle mir mehr von der Durchsuchung“, forderte Primus seinen Freund auf.

„Der- oder diejenigen gingen sehr geschickt vor. Ich habe nur zufällig bemerkt, dass jemand hier war.“

Dann erklärte er die Verstecke, die er sich für die Münzen und das Pergament ausgedacht hatte.

„Soll ich nicht beides lieber mit zu mir nehmen?“, fragte Primus besorgt.

„Nein, ich habe das Versprechen geleistet. Es ist meine Aufgabe und ich will dich so wenig wie möglich mithineinziehen. Deiner Familie soll nichts geschehen. Jetzt, da sie sich vergewissert haben, dass ich nichts von Interesse besitze, werden sie sicher Ruhe geben.“

„Aber warum wird euer Haus beobachtet?“

„Um mich einzuschüchtern? Aber ich lasse mich nicht unter Druck setzen und verhalte mich wie bisher. Und das solltest du auch tun. Hast du inzwischen eine Möglichkeit gefunden, Münzen und Pergament nach Rom zu senden?“

Primus schüttelte den Kopf. „Bisher leider nicht. Im Augenblick haben wir keine Lieferung dorthin. Wir müssen uns etwas anderes überlegen.“

„Das ist bedauerlich. Ich will die Sachen so schnell wie möglich loswerden“, meinte er bedrückt.

„Lass den Mut nicht sinken. Ich werde weiterhin versuchen, jemanden ausfindig zu machen, der uns diesen Botengang abnehmen könnte."

„Ich weiß deine Bemühungen zu schätzen. Hast du übrigens mit dem Mann geredet, der Titus' Wagen bewachte?"

„Das habe ich heute getan. Er kann sich nur daran erinnern, wie er einen Schlag auf den Kopf erhielt und wie er geknebelt und an Händen und Füßen gefesselt auf dem Boden des Wagens erwachte. Soldaten hätten ihn befreit und ihn an Ort und Stelle befragt. Dann schickten sie ihn nach Hause, wo Philomenus ihn am nächsten Tag aufsuchte."

„Es wäre auch zu schön gewesen, wenn ihm etwas aufgefallen wäre."

„Mein Vater meint übrigens, dass tatsächlich Gerüchte über Falschgeld kursieren. Er selbst hat bisher keines zu Gesicht bekommen und nimmt die Sache noch nicht allzu ernst, aber das kann sich jeden Tag ändern."

Eine Stunde später brach Primus auf. „Wir sollten uns bald wiedersehen. Ich bitte meinen Vater euch einzuladen. Das ist am unverdächtigsten."

Marius ließ seinen Freund durch die hintere Tür in den Garten, wo er ihm über die Mauer half, und kehrte anschließend ins Haus zurück. Auch wenn er seinem Freund vorgaukelte, dass alles in Ordnung sei, machte er sich doch ernste Sorgen. So schnell würden diese Männer, wer immer sie auch waren oder in wessen Auftrag sie handelten, nicht locker lassen. Er selbst war zur Untätigkeit verdammt und konnte lediglich versuchen, das Risiko zu minimieren.

Primus war sicher auf dem Pflaster gelandet und glaubte sich in Sicherheit. Deshalb schaute er sich auch nicht um und so entging ihm, dass ein dunkel gewandeter Schemen im Schatten des gegenüberliegenden Gebäudes wartete. Als der junge Kelte in Richtung Taberna davonlief, folgte der Mann ihm nicht. Aber er schaute ihm lange hinterher, dann wanderte sein Blick zurück zum Haus der Architekten. Sobald Primus aus seinem Sichtfeld verschwunden war, verließ er seinen Beobachtungsposten und erklomm den Hügel zum Legionslager.

XVIII: Zweiter Tag nach den Festspielen, Hafenbereich

Am nächsten Morgen fand sich der Vermessungsingenieur Tullius in der Villa der Architekten ein. Er war eine stattliche Erscheinung und überragte Marius um einen halben Fuß. Seine Haut war von der Sonne gegerbt, seine Augen leuchteten in strahlendem Blau und sein Haar war dunkelblond und lockig. Marius schätzte sein Alter auf ungefähr Vierzig. Seine Stimme war angenehm tief und er redete stets mit Bedacht.

Der Hausdiener hatte die Pferde bereits gesattelt und die Vermessungsinstrumente und Arbeitsutensilien verstaut. Eine Stunde nach Sonnenaufgang brachen sie in Begleitung von Theodosios zum Ufer des Rhenus auf. Der Grieche hatte vorsichtshalber den Mohntrunk bei sich, denn er fürchtete, Claudius könne wieder eine Panikattacke erleiden, da sich im Uferbereich immer eine Vielzahl von Menschen tummelte. Doch seine Sorge erwies sich als unbegründet. Die Arznei des Medicus zeigte bereits erste Wirkung, Claudius war entspannt wie seit Tagen nicht mehr.

Tullius ritt voraus und sie kamen an einem Areal mit Hügelgräbern vorbei. Über dem heiligen Bezirk schwebte der hypnotische Duft von Weihrauch und verbrannten Kräutern.

„Hierher kommen Menschen aller Nationen, um die Götter um ihre Hilfe zu bitten. Sogar Soldaten und Offiziere unserer Garnison", meinte der Centurio.

Marius entdeckte verschiedene Opferfeuer, die überall auf dem weitläufigen Areal brannten und vor denen sich Menschen zum Gebet versammelt hatten. Manche von ihnen hielten kleine Statuen keltischer oder römischer Gottheiten in den Händen, vergleichbar denen, die Marius in Titus' Fuhrwerk gefunden hatte. Nachdem sie zu Ende gebetet hatten, legten sie die Figuren mit weiteren Opfergaben neben das Feuer oder in bereits ausgehobene Löcher, die sie dann zuschütteten. Marius entdeckte auch Schreiber, die für die Unkundigen gegen Bezahlung kleine Bleitäfelchen mit deren Bitten oder auch Flüchen beschrieben und die diese dann in Tongefäße steckten und vergruben.

„Wenn Ihr in dieser Richtung geradeaus weiterreitet, kommt Ihr zur großen Therme", sagte er und deutete auf ein entferntes Steingebäude, aus dessen Schloten unablässig dunkler Rauch aufstieg. Bereits zu dieser frühen Stunde wurde begonnen, die Räume zu beheizen, damit sie bis zum Nachmittag die benötigten Temperaturen erreichten. Schließlich verließen sie die breite Hauptstraße und wechselten nach links auf eine schmalere, aber ebenfalls gepflasterte Straße. Wenig später gelangten sie an die Stelle, an der die Brücke entstehen sollte. Ein Arbeitstrupp aus Legionären und Tagelöhnern erwartete sie bereits. Weil heute ein neuer Bauabschnitt beginnen sollte, bedurfte es zunächst des

Segens der Götter. Deshalb hatte sich ein Priester eingefunden, um diese Stätte zu weihen. Nachdem die Architekten und ihr Begleiter eingetroffen waren, begann er mit den Vorbereitungen.

Die Anwesenden bildeten einen Halbkreis und verfolgten die heilige Handlung mit Andacht. Schaulustige gesellten sich hinzu, hielten aber respektvollen Abstand. Schnell entfachte der Priester die Pinienzapfen in der Opferschale. Als die Glut ausreichend heiß war, legte er Kräuter und Libum hinein und sprach mit weihevoller Stimme ein Gebet. Weißer, würziger Rauch stieg auf. Gebannt beobachteten alle die Rauchsäule. Sie war weiß und stieg unmittelbar über der Opferschale senkrecht nach oben, doch dann teilte sie sich und wurde vom Wind in verschiedene Richtungen auseinander geweht. Ein leises Raunen ging durch die Anwesenden. Der Priester hielt kurz inne, legte erneut ein Kräuterbündel und Opferbrot in die Glut und löschte es mit Wein. Dieses Mal betete er noch eindringlicher, aber auch der zweite Versuch scheiterte. Die Götter zeigten sich launisch und lehnten das Opfer ab.

Bedauernd schüttelte er den Kopf. „Heute könnt Ihr nicht beginnen. Die Götter verweigern ihren Segen. Wir müssen es morgen erneut versuchen."

Diese Nachricht enttäuschte sie alle. Besonders Marius, der nach den Wochen der Untätigkeit großen Tatendrang verspürte, und endlich etwas Sinnvolles tun wollte. Außerdem bedeutete Arbeit für ihn Ablenkung und die käme ihm mehr als gelegen. Aber wer gegen den Willen der Götter handelte, beging einen großen Frevel, der unabsehbare Folgen hatte.

„Wir können trotzdem die Zeit nutzen. Wollt Ihr aufs Wasser und Euch überzeugen, ob die bisherigen Arbeiten in Eurem Sinne sind?", schlug Tullius vor.

„Gern", erwiderte Claudius. „Wie ich sehe, werden auf dieser Seite drei Pfeiler an Land sein?"

„Eigentlich sind es nur zwei. Dieser Eindruck entsteht deshalb, weil der Rhenus momentan nur wenig Wasser führt, der dritte befindet sich in der flachen Uferzone und der zweite im Überschwemmungsbereich."

„Wurden meine Berechnungen präzise umgesetzt?", wollte Claudius wissen.

„Fast, es ergaben sich wegen der geographischen Gegebenheiten einige, geringfügige Abweichungen. Die Brücke wird ungefähr 40 Fuß breit und 1300 Fuß lang werden, also 100 Fuß länger als geplant. Sie wird auf 21 Pfeilern ruhen statt auf den von Euch errechneten 20, 18 davon werden im Fluss sein. Das ist notwenig, Ihr kennt die Gewohnheiten des Rhenus nicht so wie ich es tue."

Tullius, der die Wetter- und Wasserstandsaufzeichnungen der vergangenen Jahre studiert hatte, erklärte ihnen, wie sich der Rhenus während der Jahreszeiten verhielt. Selten kam es zu wirklich großen Überschwemmungen. Selbst nach der Schneeschmelze trat er nicht allzu weit über seine Ufer, weil sein natürlicher Lauf, der sich wie ein Mäander durch die Landschaft Germaniens schlängelte, dies verhinderte. Allerdings war aufgrund des sehr trockenen Sommers der Uferstreifen breiter als gewöhnlich. Die Schwankungen des Wasserstandes mussten bei der Berechnung und Konstruktion der Brücke natürlich berücksichtigt werden.

„Ihr habt gute Vorarbeit geleistet", lobte Claudius.

„Kommt, überzeugt Euch selbst", forderte er die Architekten auf und stieg in ein Ruderboot.

Vier Legionäre legten sich in die Riemen und fuhren langsam an den einzelnen Vermessungsstangen vorbei. Es waren dicke Eichenholzstämme, die mannshoch aus dem Wasser ragten. An jeder einzelnen befand sich ein Tuch in grellem Rot, das im Wind flatterte und so die Schiffer vor dem Hindernis warnte. Des nachts wurden zusätzlich Signalleuchten angebracht.

„Zu den Ufern hin beträgt der Abstand der Pfeiler zwischen 60 und 70 Fuß. In der Flussmitte ist der größte Durchlass. Hier liegen 102 Fuß dazwischen."

Claudius hatte alles kritisch in Augenschein genommen und nickte nun anerkennend. „Ich denke nicht, dass Korrekturen notwendig sind", meinte er, als sie zwei Drittel der Strecke zurückgelegt hatten „Wir brauchen auch nicht bis ans andere Ufer zu rudern und können umkehren. Außer Ihr besteht darauf."

„Nicht, wenn alles zu Eurer Zufriedenheit ist."

Wenig später erreichten sie das Land. Die Sonne hatte noch längst nicht ihren Zenit erreicht und Marius war die Enttäuschung über den verlorenen Tag deutlich anzusehen. Claudius hingegen kam dieser Aufschub ganz recht. Seit er das Badehaus gesehen hatte, verspürte er eine gewisse Verlockung. „Ich werde die Therme besuchen. Was ist mit dir, Marius? Begleitest du mich?"

„Ich würde mich lieber etwas umsehen. Wer weiß, wann ich wieder Zeit dafür finde."

Tullius erbot sich, Marius herumzuführen. „Eine Meile flussabwärts befindet sich ein Militärhafen. Dort sind die Patrouillenboote und kleineren Kriegsschiffe stationiert. Er soll in naher Zukunft erweitert und ausgebaut werden. Dort lagern in einem separaten Becken die Eichenstämme für die Brückenfundamente. Wollt Ihr ihn besichtigen?“

„Das interessiert mich.“

„Es wird auch nicht lange dauern, weniger als eine Stunde. Danach können wir noch zum Aquädukt reiten“, meinte Tullius und bestieg sein Pferd.

Marius tat es ihm gleich, während Claudius den Weg zur Therme einschlug. Theodosios, der während des ganzen Tages nicht von der Seite seines Herrn gewichen war, begleitete ihn.

An der Hafenmole hielten Tullius und Marius an und schauten in das künstlich angelegte Becken. Dunkelglänzende, geradegewachsene Eichenstämme trieben zu ihren Füßen im Wasser. Sie bewegten sich sachte hin und her und erzeugten beim Aneinanderstoßen einen dumpfen Klang. Bereits vor Monaten hatten Legionäre sie in den Wäldern nördlich und östlich des Rhenus geschlagen. Erst waren sie mit Fuhrwerken über Land transportiert worden, dann hatten Flößer sie über viele Meilen auf dem Wasserweg nach Mogontiacum gebracht. Das Holz schien die Kriterien für eine sichere Brücke zu erfüllen. Aber erst während der Verarbeitung würde sich herausstellen, ob es den Ansprüchen tatsächlich genügte.

„Mir erscheint die Menge zu gering“, gab Marius zu bedenken.

„Das täuscht. Wir haben sie genau errechnet. An Holz mangelt es nicht. Falls wir Nachschub benötigen, bekommen wir ihn. In den Wäldern lagert noch ausreichend Material. Dort drüben seht Ihr die Lastkräne, die speziell für den Brückenbau konstruiert wurden.“

„So wie es scheint, steht den Arbeiten ja nichts mehr im Weg, bis auf den Segen der Götter“, stellte Marius fest und wendete sein Pferd. „Und nun würde ich gern zum Aquädukt reiten.“

„Wir werden schon einige Zeit unterwegs sein und erst gegen Abend zurückkehren.“

„Das stört mich nicht.“

„Unsere Erkundung beginnt im Lager. Dort ist das Auffangbecken“, meinte Tullius und trieb sein Pferd an.

Marius gab seinem Ross ebenfalls die Sporen. Als sie das Castrum erreichten, durchquerten sie es und trafen an der rückwärtigen Umzäunung auf zwei große Bassins. In eines mündete die Wasserleitung, direkt daneben befand sich das Verteilerbecken, von dem aus das Wasser über ein ausgeklügeltes Leitungssystem sowohl aus Tonröhren in das Lager als auch in Teile der Zivilsiedlung geleitet wurde. Beide waren abgedeckt, um Verunreinigungen und unnötige Verdunstung zu vermeiden. Zudem wurden sie streng bewacht, um Sabotageakte zu verhindern. Die Soldaten nahmen Haltung an, als sich der Offizier mitsamt seinem Gast näherte. Die Reiter erwiderten den Gruß und verließen das Lager durch die Porta Decumana. Nach einer halben Leuge bogen Tullius und Marius in einen schmalen Pfad ein, auf dem sie hintereinander reiten mussten.

„Er wird nur von den Inspektoren genutzt, die die Leitung in regelmäßigen Abständen auf Schäden prüfen", erklärte Tullius.

Der Pfad war von dichten Hecken gesäumt. Wildwucherndes Grünzeug schlug ihnen gegen die Beine und hinterließ Kratzer auf ihrer nackten Haut. Unbekannte Vogelstimmen und Tierlaute hallten aus dem undurchdringlichen Dickicht und brachen sich an den Hängen. Marius meinte das entfernte Schreien eines Esels zu hören. Ihm schien es, als seien sie fernab jeglicher Zivilisation, obwohl er auf dem Plateau des Hügels noch einen Wachturm der Lagerumfriedung ausmachen konnte. Sie ritten einen Abhang hinunter und gelangten schließlich an die gut 75 Fuß hohen Pfeiler des Aquäduktes. Vor der imposanten Konstruktion, die das gesamte Tal überspannte, hielten sie an.

„Es wurde erst vor wenigen Jahren erbaut. Wir Ihr seht, sind die Holzpfeiler, die die Leitung tragen, aus Eiche. Die oberirdische Leitung ist aus demselben Malerial und mit hölzernen Platte abgedeckt, damit möglichst wenig des kostbaren Nass verloren geht. Eine unterirdische Leitung führt von den Quellen aus dem Hinterland über sechs Meilen bis hierher."

„Wie viel Wasser wird transportiert?"

„Mehr als zwei Millionen Congii pro Tag. Das hört sich viel an und momentan reicht die Wassermenge auch aus. Zumal ein Großteil der Einheimischen sich aus Brunnen oder dem Rhenus bedient. Aber die Anzeichen, dass Rom Mogontiacum zu einem festen Militärstützpunkt ausbaut, mehren sich. Denkt an das Bühnentheater, die Brücke und den Ausbau des Militärhafens."

Marius nickte zustimmend. „Ihr habt Recht. Was unter Drusus begonnen wurde, will Tiberius fortführen."

„Wenn die Truppenstärke aufrecht erhalten wird, wächst unweigerlich die Siedlung und dann muss auch die Effizienz des Aquäduktes gesteigert werden. Es gibt bereits Pläne, die hölzerne Leitung durch eine steinerne zu ersetzen. Das wäre doch eine

Aufgabe für Euch", meinte Tullius mit herausforderndem Seitenblick.

„Erst die Brücke, dann sehen wir weiter. Können wir hier rasten?"

„Wie Ihr wünscht", sagte Tullius und stieg ab.

Sie ließen sich im Schatten eines Holunderbusches auf dem vertrockneten, braunen Gras nieder. Marius öffnete den Beutel mit Proviant und bot Tullius etwas von seinem Essen an.

„Eure Wirtschafterin versteht ihr Handwerk", sagte Tullius kauend, als er ein Stück frisches Brot mit selbstgemachter Kräuterpaste aß. „Und sie sieht für ihr Alter noch sehr passabel aus."

„Habt Ihr Interesse an ihr?", scherzte Marius und trank aus seiner Feldflasche einen Schluck kühlen Wassers.

Tullius entgegnete ihm lachend. „Nein, keineswegs, ich bin in festen Händen. Ich habe eine Frau, Lavinia, und drei Kinder, zwei Söhne und eine Tochter. Wir sind allerdings nicht verheiratet, weil Rom das seinen Soldaten nicht gestattet. Ich stamme zwar aus Mediolanum, aber wenn in zwei Jahren mein Militärdienst endet, dann werde ich nicht dorthin zurückkehren, sondern mich hier niederlassen und unser Verhältnis legalisieren, damit meine Familie das römische Recht erhält. Meine Frau hat von ihrem Vater eine Mühle geerbt, die am Ende dieses Tales liegt und sie verdient gutes Geld damit. Mit meinem Entlassungssold werden wir eine weitere Mühle dazukaufen."

„Wo ist hier ein Bach? Ich kann ihn nirgends entdecken."

Tullius lachte. „Er ist nicht sehr breit und momentan fast ausgetrocknet. Weiter oben wird er angestaut, sonst könnte er die Mühle nicht antreiben. Wenn Ihr genau hinseht, erkennt Ihr, dass er dort drüben verläuft", sagte er und deutete auf die andere Seite. „Wir werden nachher zu der Stelle reiten, falls wir unsere Exkursion fortsetzen."

„Ich würde gern noch mehr sehen", meinte Marius kauend.

Unvermittelt wechselte der Offizier das Thema. „Wie habt Ihr das Erlebnis mit Titus überstanden?"

Diese Frage überraschte Marius. Warum interessierte sich Tullius dafür? Wollte er ihn aushorchen oder zeigte er einfach nur Interesse? Misstrauisch musterte er den Älteren, konnte aber in dessen Blick keine Verschlagenheit erkennen. Trotzdem beschloss er, vorsichtig zu sein, als er antwortete.

„Es beschäftigt mich nach wie vor. Ich wurde bisher nicht häufig mit dem Tod konfrontiert. Ihr seid ein Mann des Krieges und habt sicherlich schon einige Männer sterben sehen."

Tullius nickte beinah unmerklich mit dem Kopf. „Ja, als Soldat kann man ihm nicht entrinnen, aber trotzdem berührt es einen immer wieder aufs Neue. Zumindest mich."

„Dann wisst Ihr ja, was in mir vorgeht. Ich war noch nie bei einem Sterbenden."

„Wieso Sterbender?", fragte Tullius erstaunt. „Ich dachte, er sei bereits tot gewesen."

Schnell relativierte Marius seine unbedachte Äußerung. „Ich habe das falsch formuliert, ich meinte vielmehr, dass er vor meinen Augen in sich zusammensackte. Das war wohl genau der Moment seines Todes."

„Ich verstehe", entgegnete Tullius, ohne weiter in Marius zu dringen.

„Habt Ihr Titus gekannt? Kam er öfter hierher?"

„Ich habe ihn nur das eine Mal gesehen, als er dem Kommandanten die bestellten Waren lieferte. Meines Wissens war es auch sein erster Besuch in Mogontiacum. Warum wollt Ihr das wissen?"

„Es interessiert mich eben. Titus war ein seltsamer Mann. Er redete mit niemandem und beäugte alle argwöhnisch. Dieses Verhalten passte meiner Ansicht nach nicht zu einem Händler. Aber er hatte anscheinend gutbetuchte Kundschaft."

„Ja, so scheint es."

„Was wurde eigentlich aus seinem Fuhrwerk?"

„Es befindet sich im Militärlager, in einem der Ställe. Noch in der Nacht des Mordes wurde es von dem Platz vor dem Theater geholt."

Tullius erwähnte nicht, dass der Wagen durchsucht worden war. Entweder verschwieg er dies bewusst oder es war ihm wirklich nicht bekannt.

Der Offizier erhob sich, und ging zu seinem Pferd. Aus der Satteltasche zog er eine kleine, bronzene Sonnenuhr, richtete sie nach Süden und nahm die Zeit. „Lasst uns weiterreiten, sonst wird es zu spät. Außerdem bekommt mir zu langer Müßiggang nicht,", meinte er und Marius kam seiner Aufforderung nach.

Er verstaute den übrigen Proviant, bestieg sein Pferd und folgte Tullius, der inzwischen über eine kleine Brücke geritten war.

„Hier entsteht in Kürze ein Amphitheater", sagte er und zeigte talabwärts. „Ein weiterer Hinweis, dass Rom den Stützpunkt hier halten wird. Soldaten brauchen eben nicht nur Brot, sondern auch Spiele. Beides ist wichtig für die Moral der kämpfenden Truppe", bemerkte er verschmitzt.

Und tatsächlich war mit den ersten Baumaßnahmen bereits begonnen worden. Marius schaute sich um und erkannte, dass am unteren Teil des Hanges, dort, wo später die Sitzreihen sein würden, erste Rodungsarbeiten stattgefunden hatten. Das Rund des Theaters war abgesteckt und Steinquader lagerten an verschiedenen Stellen. In ein bis spätestens zwei Jahren würden hier unter den lauten Anfeuerungsrufen der Soldaten Gladiatoren gegeneinander kämpfen oder wilde Tiere bezwingen.

Tullius befand sich fast auf dem Plateau des Hügels und Marius musste sein Pferd antreiben, um ihn einzuholen. Als sie den Kamm erreichten, bot sich ihnen ein völlig anderes Bild. Hier oben erstreckte sich eine Ebene, die intensiv bewirtschaftet wurde. In nordwestlicher Richtung lagen große Felder, auf denen Getreide angebaut wurde. Männer wie Frauen waren mit dem Einbringen der Ernte beschäftigt und schnitten das Getreide mit Sicheln.

Sie ritten weiter über bereits gemähte Felder und erreichten schließlich großzügige Obstwiesen. Ein Großteil der Äpfel und Birnen war bereits geerntet, aber die letzten Früchte verströmten einen verführerischen Duft. Marius konnte der Versuchung nicht widerstehen und pflückte sich einen Apfel. Er schmeckte mehlig und fruchtig und hatte die Sonne des Sommers gespeichert.

„Im Hinterland gibt es viele Villae rusticae. Oft gehören sie ehemaligen Offizieren, die hier ihre neue Heimat gefunden haben. Sie produzieren nicht nur für den Eigenbedarf, sondern versorgen auch die Garnison. Jede Legion benötigt pro Jahr Unmengen an Getreide. Je nach Größe erwirtschaften das 30 bis 50 dieser Landgüter."

Marius hatte sich darüber noch nie Gedanken gemacht. Diese Größendimension überraschte ihn.

„Jetzt wird es aber Zeit, dass wir umkehren", meinte Tullius schließlich.

„Für heute habe ich genug gesehen. Danke für Eure Führung, es war interessant."

Sie nahmen denselben Weg zurück und trennten sich, sobald sie wieder im Lager waren.

„Morgen werde ich um die gewohnte Zeit bei Euch sein", verabschiedete sich der Offizier und ritt davon, ohne sich noch einmal umzudrehen.

Tullius schlug den Weg zum Praetorium ein, um dem Kommandanten Bericht zu erstatten. Dieser hatte am Morgen den Vermessungsingenieur beauftragt, Marius über die Mordnacht auszufragen und erwartete nun gespannt, ob Tullius Neues zu berichten hatte.

„Die Götter haben das Opfer ausgeschlagen, deshalb konnten wir mit den Arbeiten noch nicht beginnen“, entschuldigte sich Tullius bei Cornelius. „Da Ihr mir aber aufgetragen habt, Marius auszuhorchen, schlug ich ihm eine gemeinsame Erkundung vor. Ich zeigte ihm das Aquädukt“, sagte er in einem Ton, der keinen Zweifel daran ließ, dass die ihm zugedachte Aufgabe ihm missfiel.

„Und habt Ihr Neuigkeiten für mich?“, fragte Cornelius ungeduldig.

„Ihn schienen meine Fragen zu überraschen, aber er beantwortete sie ohne Zögern und blieb bei seiner Aussage. Er sprach zwar von einem Sterbenden, aber das war wahrscheinlich nur ein Versprecher und er behauptete, dass Titus nichts mehr sagen konnte. Ich glaube ihm“, beteuerte Tullius.

„Marius ist schwer durchschaubar, aber vielleicht hat er tatsächlich die Wahrheit gesagt und meine Sorgen sind unbegründet“, seufzte Cornelius.

„Ihr sorgt Euch um ihn? Inwiefern?“

„Er könnte in Gefahr sein und ich will keine weiteren Toten riskieren.“

Tullius, der erst vor zwei Tagen durch Cornelius die wahre Identität des Quaestors erfahren hatte, zeigte sich nun ebenfalls bekümmert. Falls Marius etwas zustieße, hätte das Folgen für den Brückenbau.

„Gestern Nacht habe ich zufällig eine Runde um die Villa der Architekten gedreht. Mir fielen zwei Männer auf, die das Haus zu beobachten schienen. Ich maß dem keine Bedeutung bei, aber nun erscheint das in einem anderen Licht. Habt Ihr sie geschickt?“

„Nein, ganz gewiss nicht. Seid Ihr Euch sicher?“

„Ja. Und ich war anscheinend nicht der Einzige, der sie bemerkte. Als ich die Rückseite des Anwesens erreichte, hörte ich Stimmen auf dem Grundstück. Ich verbarg mich und beobachtete, wie ein junger Mann über die Gartenmauer kletterte. Er wollte wohl das Haus nicht durch die Vordertür verlassen.“

„Wie sah er aus?“

Tullius gab ihm eine kurze Beschreibung.

„Das war wohl der junge Kelte Primus.“

„Ist das nicht der Sohn des Blussus, der die beiden auf seinem Prahm nach Mogontiacum brachte?“

„Genau der.“

„Dann sind die beiden wohl befreundet.“
„Möglich.“
Cornelius dachte laut nach. „Falls Marius doch etwas von Titus erfahren hat, könnte er es Primus mitgeteilt haben. Wenn ich nur wüsste, wo er sich am Nachmittag der Reiterspiele aufgehalten hat.“
„Ich versuche es morgen in Erfahrung zu bringen“, versicherte ihm Tullius.

XIX: Derselbe Tag, später Mittag, Castrum

Marius war unterdessen arglos weitergeritten. Er sah noch, wie Tullius die Richtung zum Praetorium einschlug, maß dem aber keine große Bedeutung bei. Der heutige Tag war sehr erlebnisreich für ihn gewesen und er hatte Claudius einiges zu berichten. Eigentlich hatte er sofort nach Hause reiten wollen, aber aus einem Impuls heraus entschied er sich anders. Die günstige Gelegenheit, sich allein im Lager umzuschauen, musste er unbedingt nutzen. Da er inzwischen kein Fremder mehr war und Kommandant Cornelius sowohl ihm wie auch Claudius eine gewisse Bewegungsfreiheit gewährte, konnte er umherreiten, ohne Misstrauen zu erwecken. Kurzentschlossen wendete er.
Er wollte das Lager an der Innenseite einmal ganz umrunden. Deshalb kehrte er zur Porta Decumana zurück und orientierte sich nach links. Zuerst führte ihn der Weg an den Mannschaftsunterkünften vorbei, dann passierte er das Valetudinarium, in dem er tags zuvor vom Medicus untersucht worden war. Die kleinen Fensterluken standen offen und gewährten der warmen Spätsommerluft Einlass.
Er kam an der Fabrica vorbei, die ihm bereits am Tag seiner Ankunft aufgefallen war. Dann kreuzte er die Via Principalis, die die beiden seitlichen Tore miteinander verband. Er stieß auf das Armamentarium, wo ein Teil der Waffen vom Custos sicher verwahrt wurde. Auch jetzt standen mehrere Legionäre davor, bereit, ihre Lanzen abzugeben. Bei ihrem Anblick fragte sich Marius unwillkürlich, woher die Mordwaffe stammte. Da Fremde beim Betreten des Lagers ihre Waffen abgeben mussten und der tödliche Stich nach Meinung des Medicus durch ein Kurzschwert erfolgt war, konnte sie eigentlich nur aus dem Besitz eines Legionärs oder Offiziers stammen.
Einer der Ehrengäste käme ebenfalls als Mörder in Frage, denn auch sie hatten ihre Waffen wegen des besonders festlichen Anlas-

ses getragen. Allerdings konnte Marius sich nicht daran erinnern, dass eine Person zur Mordzeit die Tafel verlassen hatte. Aber da sehr viele Menschen daran teilgenommen hatten, könnte ihm dies entgangen sein. Er würde Claudius fragen, ob er vielleicht etwas bemerkt hatte.

Eine weitere Möglichkeit war, dass Titus mit seiner eigenen Waffe getötet worden war. Der Mörder hätte sie ihm während des Kampfes entreißen und nach dem Mord mitnehmen können. Dann wäre das Verbrechen nicht geplant gewesen, sondern aus einem Affekt heraus geschehen. Das wiederum bedeutete, dass das Motiv auch ein anderes als das Falschgeld sein könnte. Marius rief sich die letzten Momente mit Titus ins Gedächtnis. Aus seinem Verhalten und seiner eindringlichen Warnung schlussfolgerte er allerdings, dass der Quaestor wohl eher Opfer einer beabsichtigten Tat geworden war. Wie sonst sollte er seine letzten Worte verstehen?

Er setzte seinen Weg fort und fand sich vor den Latrinen wieder, die er in jener verhängnisvollen Nacht aufgesucht hatte. Jetzt bei Tageslicht wirkte alles so friedlich und er schämte sich, dass er solche Angst empfunden hatte. Er entschied, den Weg, den er in der Mordnacht gegangen war, nochmals im Hellen abzuschreiten, möglicherweise entdeckte er ja etwas, das anderen entgangen war. Rasch stieg er vom Pferd und führte es am Zügel hinter sich her.

Marius heftete seine Blicke auf den Boden, denn im Stillen hegte er die Hoffnung, doch noch Spuren des Verbrechens zu finden. Aber da war nichts als Staub und unzählige Fußabdrücke. Als er zum Fundort kam, zog sich sein Magen zusammen. Ihm war, als streife ihn ein kalter Hauch und er fröstelte unweigerlich. Trotzdem kniete er nieder. Auch bei näherer Betrachtung erinnerte nichts mehr an das Verbrechen. Es gab weder getrocknetes Blut noch einen anderen Hinweis.

Er schloss seine Augen und legte seine Hand an die Stelle des Gebäudes, an der Titus gelehnt hatte, so als er könne er mit dieser Geste den Geist des Toten heraufbeschwören. Und tatsächlich sah er den sterbenden Quaestor vor sich, wie er ihm mit gequältem Gesichtsausdruck das unheilvolle Versprechen abgenommen hatte, dessen Last mit jedem Tag schwerer wog.

Er war so in Gedanken vertieft, dass er nicht hörte, wie sich Schritte näherten. „Salve, Marius. Was tut Ihr da? Ruft Ihr etwa Titus‘ Geist?“, fragte ihn eine herrische Stimme.

Der magische Moment war zerstört. Marius schreckte hoch,

verärgert darüber, dass Philomenus seine Absicht erraten hatte. „Salve, Philomenus. Nein, ich belasse die Toten in ihrem Reich. Ich wollte nur noch einmal die Stelle sehen, wo ich Titus fand."

„Warum?"

Marius räusperte sich verlegen. „Um dem Geschehenen den Schrecken zu nehmen. Ich träume seitdem schlecht und hoffe so, diese beängstigenden Bilder abzuschütteln", schwindelte er.

„Das ist alles?"

„Ja, das ist alles. Gibt es inzwischen neue Erkenntnisse?", wollte der junge Römer wissen.

Philomenus zog abschätzend seine linke Augenbraue hoch. „Nichts, was für Euch von Bedeutung wäre", bemerkte er sehr zu Marius' Verärgerung.

„Was ist mit der Mordwaffe", fuhr Marius unbeirrt fort.

„Wir haben sie nicht gefunden. Habt Ihr mit dem Brückenbau begonnen?"

Marius schüttelte bedauernd den Kopf. „Die Götter schlugen das Opfer aus. Morgen wird der Priester erneut die Zeremonie durchführen."

„Hoffentlich sind sie dann milder gestimmt. Ich muss Euch ja nicht daran erinnern, dass die Zeit drängt. Bevor der Winter hereinbricht und der Fluss zufriert, sollten zumindest ein paar Stützpfeiler stehen", sagte er spitz und ging ohne einen Abschiedsgruß weiter.

Zornentbrannt schaute der junge Römer ihm hinterher. Als ob er dies nicht selbst wüsste! Wer war denn hier der Architekt? Philomenus führte sich auf, als hätte er das Sagen und nahm zudem keinerlei Rücksicht auf die Gefühle anderer. Verärgert über dessen Äußerung schwang sich Marius wieder auf sein Pferd. Er schluckte seine Verärgerung hinunter und ritt weiter.

Dabei passierte er die Soldatentherme, die Werkstätten der Waffen- und Hufschmiede und die Garnisonsbäckereien, vor denen Legionäre Getreide mit Steinen zermahlten. Schließlich brach er seine Erkundung ab, für heute hatte er genug gesehen. Er lenkte sein Pferd auf den Weg zur Porta Praetoria, der ihn an weiteren Wohnbaracken vorbeiführte. Als er sich der ersten näherte, vernahm er laute Stimmen. Unwillkürlich verlangsamte er seine Geschwindigkeit und stoppte schließlich. Zwei Männer stritten und da die Tür offen stand, verstand Marius jedes Wort. Allerdings wagte er es nicht hineinzuspähen. Er blieb außerhalb des Sichtfeldes stehen und lauschte gebannt. Doch diese Vorsichtsmaßnahme erwies sich als überflüssig. Die Männer waren so mit sich selbst beschäftigt, dass sie ihrer Umgebung keine Beachtung schenkten.

„Du hast dein Wort gegeben!“, empörte sich ein Mann mit kelt-iberischem Akzent.

„Ich weiß und ich breche es auch nicht. Ich mache mir nur so meine Gedanken. Wo steckt Marcellus?“, fragte der andere misstrauisch.

„Das weiß ich nicht. Wir waren an dem Abend nicht zusammen.“

„Du lügst! Er behauptete, dass ihr wie üblich über den Rhenus übersetzen würdet.“

„Ich meine doch danach“, versicherte der Hispanier schnell. „Wir trennten uns, sobald das Geschäft erledigt war. Ich besuchte noch eine Taberna, er wollte sofort zurück.“

„Aber er ist nicht angekommen.“

„Ist das etwa meine Schuld? Vielleicht hat er es sich unterwegs anders überlegt und war aus irgendeinem Grund in vorgezogener Feierlaune, hat all sein Geld verprasst und schläft jetzt irgendwo seinen Rausch aus.“

„Merkst du nicht, wie du dir selbst widersprichst? Das kannst du doch nicht wirklich annehmen! Außerdem prasst Marcellus nicht! In all den Jahren, in denen ich ihn kenne, hat er seinen Sold gespart. Er nahm auch nie viel mit, wenn er ausging und er würde nie, wirklich nie, zwei Tage vor der Soldauszahlung das Weite suchen. Dazu ist er viel zu geldversessen.“

Dieses Argument wog schwer und der Hispanier wusste keine befriedigende Antwort darauf. Aber er versuchte abzuwiegeln. „Marcellus kann auf sich selbst aufpassen. Er könnte aber auch endlich eine Frau gefunden und beschlossen haben, bei ihr zu bleiben.“

Der andere Mann lachte nur laut auf.

„Wie auch immer, es ist seine Entscheidung. Sein Verschwinden ändert nichts an unserem Vorhaben. Morgen Nacht zur üblichen Zeit treffen wir uns am verabredeten Ort. Und sei pünktlich!“

Marius entnahm dem Gespräch, dass einer der Soldaten vermisst wurde und das bereits seit einigen Tagen. Stand sein Verschwinden etwa in Zusammenhang mit der Ermordung von Titus? Könnte er gar der Mörder sein? Möglich wäre es, aber ihm erschien es eher unwahrscheinlich. Wenn er die Äußerungen richtig deutete, dann war der Mann bereits vor dem Mord verschwunden.

Die Stimmen verstummten. Marius wendete sein Pferd und das keinen Augenblick zu früh. Denn kurz darauf verließ einer der Legionäre die Baracke. Er war so erregt, dass er den jungen Römer nicht bemerkte. Mit großen Schritten kam er ihm entgegen und Marius konnte für einen kurzen Moment sein Gesicht sehen. Er prägte sich seine Züge ein und machte ihn als den Hispanier aus. Sein Körperbau war kräftig und gedrungen, pechschwarzes Haar lugte unter seinem Helm hervor und seine Augen waren so schwarz wie die Nacht.

Das soeben Gehörte stimmte ihn nachdenklich. Er ahnte, dass es von einiger Wichtigkeit sein musste, konnte aber keinen Zusammenhang zu den zurückliegenden Ereignissen herstellen. Dazu war er mit dem Geschehen noch zu wenig vertraut. Aber die Zeit würde das ihre schon dazu beitragen.

Wie aus heiterem Himmel überfiel ihn ein bisher unbekanntes Gefühl: Misstrauen. Ihm schien, als würde er langsam aber unaufhaltsam in einen unheilvollen Strudel gezogen, dem er nicht entrinnen konnte. Hatte Tullius seine Fragen heute Mittag bezüglich der Mordnacht wirklich zufällig gestellt? Und war Philomenus' Auftauchen am Tatort am Ende beabsichtigt gewesen? Und wer steckte hinter der gestrigen Observation ihrer Villa? Wenn ihr Haus bereits beobachtet wurde, lag der Schluss doch nahe, dass er ebenfalls observiert wurde. Nun, da sein Argwohn geweckt war, schaute er in regelmäßigen Abständen über seine Schulter. Zu seiner Erleichterung stellte er fest, dass ihm niemand folgte. Wenig später erreichte er die Villa, brachte sein Pferd in den Stall, rieb es trocken und versorgte es mit Wasser und Futter. Dann ging er hinein, um Claudius von seinem Ausflug mit Tullius zu berichten.

XX: Derselbe Tag, abends, Villa der Architekten

Claudius ruhte sichtlich entspannt auf einer Kline. „Du musst unbedingt die Therme besuchen. Sie ist wundervoll. Mein Bademeister ist ein wahrer Könner und hat als Masseur geradezu göttliche Hände. So entspannt habe ich mich seit Jahren nicht mehr gefühlt", begrüßte er Marius.

„Du siehst auch ganz zufrieden aus."

„Außerdem ist die Therme der beste Ort, um Neuigkeiten zu erfahren", deutete er vielsagend an.

Marius wurde neugierig und legte sich auf die gegenüberstehende Kline. „Was hast du in Erfahrung gebracht?"

„Etliches. Natürlich wurde in erster Linie über Politik geredet. Und da mich einige nicht kannten, habe ich natürlich genau zugehört. Der Brückenbau stößt auf reges Interesse.“

„So sensationell ist diese Tatsache aber nicht.“

„Es gibt noch mehr zu berichten. Das wichtigste Thema ist erwartungsgemäß die Ermordung von Titus. Es wurde allerlei getuschelt. Der Bademeister erzählte mir, dass Philomenus mit Titus am Tag vor dessen Tod im Bad war. Findest du das nicht seltsam?“

„Warum? Vielleicht machten sie Geschäfte?“

„Der Bademeister behauptet anderes. Sie redeten über Politik und ließen gewisse Andeutungen über irgendwelche illegalen Machenschaften, die hier in Mogontiacum vor sich gehen sollen, fallen.“

Marius war diese Erkenntnis nicht neu. Aber um bei Claudius keinen Verdacht zu erregen, wiegelte er ab. „Es werden doch überall undurchsichtige Händel getrieben. Gibt es keine konkreteren Hinweise?“

„Sie sprachen über das Lagerdorf am Castellum Mattiacorum!“

„Die Siedlung um den Brückenkopf am rechten Ufer? Fürchten sie etwa einen Angriff der Stämme des freien Germaniens?“

„Das wohl nicht. Es scheint, dass dort drüben irgendetwas vor sich geht, das den Kaiser beunruhigt.“

„Was das ist, hat der Bademeister nicht gehört?“, fragte Marius gespannt.

„Genau in dem Moment wurden wir gestört“, entgegnete Claudius enttäuscht. „Das scheint dich zu interessieren?“

„Ja, aber nur wegen Titus! Ich habe das Gefühl, seinen Mörder ausfindig machen zu müssen.“

„Das ist Unsinn. Du trägst keine Schuld an seinem Tod und hast ihm gegenüber keinerlei Verpflichtungen. Es ist weder deine noch meine Aufgabe Verbrechen aufzuklären. Das überlassen wir lieber Philomenus. Du weißt, dass er bei seinen Ermittlungen keine Eingriffe Dritter duldet!“

„Dafür mischt er sich aber überall ungefragt ein“, meinte Marius erbost. „Ich habe ihn vorhin unvermutet getroffen, als ich mir nochmals die Stelle, an der Titus starb, anschaute. Er war nicht sonderlich freundlich und ließ mich seinen Missmut allzu deutlich spüren. Ich möchte ihn nicht häufiger sehen, als unbedingt nötig.“

„Das ist eine weise Entscheidung, mein junger Freund“, stellte

Claudius fest. „Aber nun wissen wir mit Gewissheit, dass Titus einiges vor uns verbarg."

„Und dieses Wissen hat er mit in sein Grab genommen", sagte Marius mit fester Stimme.

„Du musst dir wirklich den Luxus eines Badeganges bald einmal gönnen", meinte Claudius und lächelte vielsagend. „Der Bademeister heißt übrigens Caius."

Nach dem Gespräch mit Claudius formte sich in Marius' Kopf eine Idee. Warum sollte er nicht versuchen herauszufinden, wo sich die beiden Legionäre morgen Nacht treffen würden? Ihr Gespräch hatte sehr mysteriös geklungen und seine Neugier geweckt. Was konnte er schon viel dabei verlieren? Im schlimmsten Fall einige Stunden, im günstigsten fände er vielleicht einen Hinweis auf den Mord an Titus. Marius beschloss, in der kommenden Nacht dem Hispanier zu folgen. Zwar hatte Claudius Recht, dass es besser sei, sich aus der Affäre herauszuhalten und Philomenus nicht zu verärgern. Aber seine Neugier war einfach zu groß und was er in seiner freien Zeit anstellte, war seine ganz persönliche Angelegenheit.

XXI: Dritter Tag nach den Festspielen, Baustelle

Am folgenden Morgen nahmen die Götter zur Erleichterung aller das Opfer an. Endlich konnten sie mit dem Fundamentieren beginnen. Wieder hatten sich Tagelöhner eingefunden und Tullius wählte die kräftigsten aus. Sie mussten die körperlich schweren Arbeiten verrichten wie das Entladen der Steinquader von den Lastkähnen, das Anrühren des Opus caementicium oder das Herbeischaffen der Holzstämme.

Jeder Pfeiler hatte einen fünfeckigen Grundriss, dessen rechteckiger Anteil 36 Fuß lang und 21 Fuß breit war. Er bestand aus drei Teilen: Der Basis, die sich in der Regel unterhalb der Wasseroberfläche befand, einem Mittelteil aus großen Steinquadern, der von Eisenklammern gehalten und bei Bedarf mit dem Opus caementicium befüllt wurde und der hölzernen Bogenkonstruktion, auf der die Brückendecke auflag. Die Gesamtlänge einschließlich des spitzförmig ausgezogenen Teiles betrug 54 Fuß. Diese Ausziehung war gegen die Strömung ausgerichtet und wurde nicht überbaut. Ihre Funktion bestand darin, die Wassermassen zu teilen und dadurch den Druck auf das Bauwerk zu vermindern.

Die ersten Arbeiten fanden an Land statt und waren dementsprechend einfacher als auf dem Wasser. Unter Zuhilfenahme von Messschnüren und der Groma, dem Winkelmesser, ermittelten Tullius und die Architekten die Eckpunkte des ersten Fundamentes und ließen sie mit langen Stangen abstecken. Sobald dies erfolgt war, begannen die eigentlichen Arbeiten.

Die Pfeilerbasis bildete ein gleichmäßiges Gitter aus Eichenholzpfählen. Alle Stämme wurden mit horizontal verlaufenden Holzbalken mittels Holzdübel verbunden, so dass ein Kasten entstand, der dem Fundament ausreichende Stabilität verlieh. Durch diese Fixierung wurde ein Verschieben der einzelnen Pfähle bei den weiteren Arbeitsgängen verhindert. Im Anschluss würden die Hohlräume dieses Pfahlrostes mit einem Gemisch aus Steinen und Letten befüllt und dann verdichtet.

Nachdem der erste Umriss abgesteckt war, rammten Arbeiter – an der Spitze der Ausziehung beginnend – Eichenholzstämme unter großem Kraftaufwand in das Erdreich. Jeder einzelne Stamm war mit einem spitzen, metallenen Pfahlschuh versehen, der das Eintreiben erleichterte. Die Pfähle sollten möglichst gleich tief versenkt werden. Über das Niveau herausragende Stämme wurden später auf gleiche Höhe abgesägt. Da der schwere Lehmboden festgebacken war, wirbelte nach einiger Zeit Staub auf, der sich auf den Körpern, in den Haaren und der Kleidung der Arbeiter fest setzte und das Atmen erschwerte. Um die Bedingungen zu verbessern, wurde die Oberfläche vorsichtig mit Wasser benetzt, so dass eine feuchte Schicht entstand, die allerdings nicht zu glitschig sein durfte, damit niemand ausrutschte.

Während das Fundamentieren am ersten Pfeiler in vollem Gange war, steckten Legionäre bereits die Umrisse der nächsten beiden Träger ab. Tullius und die Architekten überwachten alles und kontrollierten, ob die berechneten Zwischenräume eingehalten wurden, damit es zu keinen größeren Abweichungen kam.

Unterdessen wasserte ein weiterer Trupp aus Legionären vier Arbeitsplattformen auf dem Rhenus und manövrierte sie auf der Höhe der ersten Vermessungsstange. Der Fluss war in Ufernähe aufgrund der Einleitungen von Abwässern relativ trübe, erst zu seiner Mitte hin klarte er auf. Taucher würden hier nicht zum Einsatz kommen können, da es die Sichtverhältnisse unter Wasser schlichtweg nicht zuließen.

Die hölzernen Plattformen waren sehr groß, 20 Fuß lang und 30 Fuß breit. Auf jeder von ihnen standen zwanzig Mann, die sich gleichmäßig auf die vier Seiten verteilten und das Wasserfahrzeug mittels langer Stangen und Ruder steuerten. Unter dem Boden befanden sich an zwei gegenüberliegenden Seiten Beschwerungen, die der Stabilisierung dienten und ein Kippen bei Gewichtsverlagerung verhindern sollten. Glücklicherweise war die Strömung wegen des Niedrigwassers nicht übermäßig stark und erleichterte das Manövrieren. Sobald eine Plattform richtig positioniert war, wurde sie fest verankert.

Als es zu dämmern begann, ruderten sie mit den kleinen Booten, die an den Plattformen befestigt gewesen waren, zurück ans Ufer. Die Tagelöhner wurden bezahlt und für den nächsten Tag wieder einbestellt, die Legionäre marschierten zurück ins Legionslager. Die Baustelle und die bereits herangeschafften Materialien wurden gesichert und ab jetzt rund um die Uhr bewacht.

Mit dem Verlauf des heutigen Tages waren alle zufrieden. Sie waren gut vorangekommen, ohne dass es einen ernsten Zwischenfall gegeben hatte. Claudius war mit Theodosios bereits vor mehr als einer Stunde in die Villa zurückgekehrt, da er ein leichtes Unwohlsein verspürte, und so verließen Tullius und Marius als Letzte die Baustelle. Nun fand der Vermessungsingenieur endlich Gelegenheit, Marius nach seinem Verbleib am Tag der Decursio zu fragen, so wie er es Cornelius gestern versprochen hatte.

„Habt Ihr hier eigentlich schon Freunde gefunden?“, fragte Tullius zu Marius‘ Überraschung.

„Ja, einen: Primus. Wir legten den letzten Abschnitt unserer Reise auf dem Prahm seiner Familie zurück. Aber seit ich hier in Mogontiacum bin, hatten wir noch nicht viele Möglichkeiten miteinander zu sprechen. Warum interessiert Euch das?“

„Es ist gut, gleichaltrige Freunde zu haben. Immer nur unter alten Männern zu sein, ist nichts für einen jungen Menschen wie Euch.“

Marius erschien diese Äußerung ziemlich fadenscheinig, aber das behielt er für sich.

„Wie haben Euch die Drususfeierlichkeiten gefallen?“

„Sehr gut. Es war ein beeindruckendes Erlebnis. Die Ehrbezeugungen am Kenotaphen jagten mir regelrechte Schauer über den Rücken, und das Schauspiel bewegte mich sehr.“

„Und was ist mit der Decursio?“

Marius wunderte sich, wieso Tullius ihn so hartnäckig aushorchte. Ihr Verhältnis war – bis auf das kurze Gespräch am Aquädukt – unpersönlicher Natur gewesen. Warum bekundete Tullius plötzlich solch offenkundiges Interesse an seinem Privatleben? Konnte es sein, dass er auf Geheiß von Cornelius oder Philomenus handelte? Wenn dem so war, schenkten sie seinen Beteuerungen wohl keinen Glauben.

Aber das störte ihn nicht weiter. Zwar hatte er es bisher verabscheut zu lügen, weil oftmals die Konsequenzen schwerer wogen als die kurzfristigen Vorteile, die sich daraus ergaben. Aber manchmal war eine Lüge unausweichlich, besonders in seinem speziellen Fall. Sie diente nicht nur seinem eigenen Schutz, sondern auch dem des Reiches. Deshalb erschien es ihm nur legitim, die Unwahrheit zu sagen.

„Ich fühlte mich nach dem Mord nicht in der Stimmung zu feiern. Da ich es war, der Titus fand, beschäftigte mich diese Tat unablässig. Und beim Umherlaufen kann ich am besten meine Gedanken ordnen. Deshalb ging ich über die Ausfallstraße bis zum keltischen Vicus und zurück", lautete seine beiläufige Antwort.

Marius vermochte nicht zu sagen, ob Tullius ihm glaubte. Aber das war ihm gleichgültig. Nun erkundigte er sich nach dem verschwundenen Soldaten. „Mir kam zu Ohren, dass ein Soldat desertiert ist?"

„Woher wisst Ihr das?", fragte Tullius erstaunt.

„Theodosios brachte es aus einer Taberna mit", log er, zum zweiten Mal an diesem Tag.

„Es stimmt. Der Mann ist Gallier. Er verschwand vor Eurer Ankunft."

„Ist es nicht seltsam, dass sich ein Soldat so kurz vor den Feierlichkeiten und vor allem vor der Soldauszahlung auf und davon macht?"

„Man weiß eben nie, was in den Köpfen anderer vor sich geht", stellte Tullius in einem Ton fest, der keine weitere Diskussion zuließ.

Marius drang nicht weiter in ihn ein, erkannte aber an Tullius' Reaktion, dass er wohl in ein Wespennest gestochen hatte.

Sie kamen wieder an der Therme vorbei und Marius verspürte bei ihrem Anblick Lust auf einen Badegang. Da es noch gut zwei Stunden dauerte, bis die Abendmahlzeit serviert wurde, beschloss er spontan, das Badehaus aufzusuchen.

Er sagte Tullius, was er vorhatte und sie trennten sich.

XXII: Derselbe Tag, Therme

Marius hoffte Entspannung zu finden und zwar nicht nur für seinen Körper, sondern vor allem auch für seinen Geist. In den vergangenen Tagen war zu viel geschehen und es ereigneten sich noch immer neue, beunruhigende Dinge. Sein Entschluss, dem hispanischen Legionär an diesem Abend aufzulauern und ihm zu folgen, hatte sich gefestigt. Diese Vorstellung verursachte ein gewisses Kribbeln in seiner Magengrube, denn bisher hatte er noch nichts Vergleichbares getan. Hoffentlich stellte er sich nicht zu ungeschickt an und verdarb die Unternehmung.

Zusätzliches Kopfzerbrechen bereitete ihm, dass er immer noch keinen sicheren Transportweg für die Nachricht an den Kaiser gefunden hatte. Mit jedem weiteren Tag wuchs die Gefahr der Entdeckung. Es wurde Zeit, dass er die Nachricht endlich aus Mogontiacum schaffte und sich dieser Bürde entledigte. Bislang war Fortuna ihm hold gesinnt, aber würde sie das auch in Zukunft sein?

Vor dem Eingang nahm ein Sklave sein Pferd in Empfang und führte es in einen Unterstand. Marius zahlte am Einlass den geringen Preis von drei Sesterzen und erhielt, da er das erste Mal Gast war, eine kurze Einweisung. Er äußerte den Wunsch, von Caius, dem Bademeister, massiert zu werden, was ihm auch zugesichert wurde.

Im Umkleideraum bekam er zwei Badetücher und hölzerne Sandalen, damit er sich in den heißeren Räumen nicht die Füße verbrannte. Er entledigte sich seiner Kleidung, verstaute sie in einem offenen Regal und band eines der Tücher um seine Hüften. Der Boden unter seinen Füßen war angenehm warm, aber er verschwendete keinen Gedanken an die Sklaven, die im tiefergelegenen Seitengeschoss des Gebäudes ihre Arbeit verrichteten. Während er hier oben dem Luxus frönte, arbeiteten sie unter unmenschlichen Bedingungen. Unablässig befeuerten sie große Öfen mit Holz, damit die entsprechenden Temperaturen in den einzelnen Baderäumen konstant blieben. Dieser strapaziöser Alltag in stickiger Hitze, bei dichtem Rauch und diffusem Licht ging zu Lasten der Gesundheit, wohingegen die Besucher des Bades die ihrige pflegten.

In den letzten Wochen hatte Marius nur wenig Zeit gefunden, seinen Körper zu ertüchtigen, was sich in einer leichten Steifigkeit seiner Muskeln und Gelenke bemerkbar machte. Deshalb wollte er sich in der Palaestra zunächst mit gymnastischen Übungen lockern. Er dehnte seinen Rumpf und die Gliedmaßen, als er unvermutet Theodosios entdeckte, der auf einer schmalen Bank lag und eine Stange mit Gewichten stemmte.

Erstaunt, den Diener von Claudius hier anzutreffen, trat er zu ihm. Verstohlen musterte Marius Theodosios' Körper. Bisher war ihm entgangen, wie athletisch der Grieche war. Bei jeder Bewegung zeichneten sich die wohlgeformten Muskeln der Arme, der Brust und des Bauchs deutlich unter seiner hellen Haut ab. Sein Körper war beinah makellos, es gab kein überflüssiges Körperhaar und er wirkte optisch nur unwesentlich älter als Marius, obwohl sie fünfzehn Jahre trennten.

Nachdem er das Gewicht abgelegt hatte, sprach Marius ihn an. „Theodosios, ich bin überrascht, dich hier zu sehen!"

Theodosios stand auf und trocknete sich mit dem Tuch, auf dem er gelegen hatte, den Schweiß von Gesicht und Oberkörper. Vieldeutig lächelte er den jungen Römer an. „Weil Ihr denkt, ich sei ein Unfreier?"

Marius schwieg betroffen. Seit Wochen war er mit Theodosios zusammen, hatte mit ihm gespeist und seinen Erzählungen gelauscht, doch nie hatte er sich über seine Person Gedanken gemacht. Für ihn war er immer nur der Diener von Claudius gewesen. Nun wurde ihm bewusst, wie wenig er eigentlich über den Griechen wusste, obwohl sie unter einem Dach lebten.

Theodosios spürte Marius' Unbehagen und brach das peinliche Schweigen. „Ihr wisst nicht viel über mich, obwohl wir uns seit geraumer Zeit kennen."

„Das stimmt, und es war sehr nachlässig von mir", meinte Marius entschuldigend.

„Sicherlich denkt Ihr, ich sei ein Sklave. Das bin ich aber nicht! Ich bin ein freier Bürger mit allen dazugehörenden Rechten. Claudius ist mein Arbeitgeber und er bezahlt mich außerordentlich gut für meine Dienste. Mich interessiert auch sein Beruf und die damit verbundenen Reisen. Ich lerne immer wieder gern neue Orte und Menschen kennen. Ich darf wohl behaupten, dass uns eine gewisse Freundschaft verbindet. Eigentlich wollte ich vergangenes Jahr meinen Dienst kündigen, aber der plötzliche Verlust seiner Frau betrübte ihn zu sehr. Seitdem ist er ein anderer Mann und deshalb werde ich wohl noch einige Zeit für ihn arbeiten."

Nun, da Marius wusste, dass Theodosios kein Unfreier war, wechselte er die Anrede. „Und Ihr habt keine Sehnsucht nach Eurer Heimat Griechenland?"

Theodosios lachte. „Ihr könnt mich anreden wie bisher."

„Aber nur, wenn du mich auch wie einen Vertrauten ansprichst", beharrte der junge Römer.

„Wenn du es wünschst. Aber um deine Frage zu beantworten: Nein, ich habe keine tiefergehende Bindung nach Attika. Meine Mutter war Römerin. Die Familie meines Vaters tolerierte diese

Verbindung nicht und brach jeden Kontakt zu meinen Eltern ab. Zwar haben sie mit mir die Heimat meiner Ahnen bereist, aber es gibt nichts, was mich dorthin zieht", stellte er fest und erhob sich. „Jetzt werde ich ins Bad gehen, sicher treffen wir uns später in der Schwimmhalle", sagte er und verschwand.

Marius nahm seine Übungen wieder auf, wobei er darauf achtete, seinen Körper nicht übermäßig zu beanspruchen. Wenn morgen seine Muskeln bei jeder Bewegung schmerzten, wäre die Arbeit eine wahre Schinderei. Nach einer halben Stunde ging er in den separaten Waschraum, wusch sich und trocknete sich ab. Dann begab er sich in das Tepidarium, ein Wasserbecken mit mittlerer Temperatur. Zwei Fuß unter der Wasseroberfläche befanden sich Sitzbänke und Marius nahm auf einer von ihnen Platz. Das Becken war gut besucht. Einige der männlichen Badegäste bildeten kleine Zweier- oder Dreiergruppen und diskutierten über Politik und die Geschehnisse in Mogontiacum.

Marius bemerkte zwei Männer, die tuschelten und ihm immer wieder misstrauische Blicke zuwarfen. In einem von ihnen erkannte er einen der Ehrengäste von Cornelius wieder. Sicherlich erzählte er seinem Begleiter gerade, dass er derjenige war, der den toten Titus gefunden hatte. Kurz darauf wandte sich der eine Mann seinem nächsten Nachbarn zu und raunte ihm etwas ins Ohr. Marius war sich im Klaren, dass binnen kurzem jeder Besucher über ihn Bescheid wissen würde. Endete das denn nie? Die Entdeckung des Toten haftete wie ein Makel an ihm und verfolgte ihn auf Schritt und Tritt. Die Gespräche wurden immer leiser, wandelten sich in Flüstern und verstummten schließlich ganz. Manche schauten betreten vor sich hin, andere starrten ihn unverhohlen an. Marius, der anfangs versucht hatte, sein Umfeld zu ignorieren, resignierte. Er ertrug die Situation nicht länger und bevor die anderen Gäste das Wasser verließen, stieg er aus dem Becken und wechselte in das Caldarium.

Hier drinnen herrschten hohe Temperaturen und er schlüpfte in die Sandalen, um seine Füße nicht zu verbrühen. Als er eintrat, schlug ihm feuchter Dampf entgegen, der die Sicht trübte und sich schwer auf seine Brust legte. Es roch angenehm nach ätherischen Essenzen aus Kampfer und Kamille, die die Bronchien und Lungen befreiten. Hölzerne Bänke dienten als Sitzgelegenheiten. An einer Wand befanden sich Wasserhähne, unter denen Schalen standen, die die Schwitzenden bei Bedarf füllen konnten, um sich mit einem kühlen Guss zu erfrischen.

Die Hälfte der Bänke war besetzt, aber im Gegensatz zum

Warmwasserbecken erntete er hier keine misstrauischen Blicke. Marius wollte sich gerade niederlassen, als er jemanden seinen Namen rufen hörte.

„Salve, Marius, erkennt Ihr mich nicht in diesem Dunst?“, rief ihn der Hauptmann der Elitegarde, die sie nach Mogontiacum eskortiert hatte.

Er saß etwas abseits in einer Ecke und hielt sich – seinem geröteten Kopf nach zu urteilen – bereits länger im Caldarium auf. Neben dem Offizier war noch Platz und er winkte Marius zu sich.

„Ihr sucht Erholung, wie ich sehe.“

„Ja, wir haben heute hart gearbeitet und da ist ein Besuch in der Therme genau das Richtige. Ich bin das erste Mal hier.“

„Die Therme hat einiges zu bieten.“

„Ich war bereits in der Gymnastikhalle und im Tepidarium.“

„Es gibt noch viel mehr. Außer dem Laconicum, dem Frigidarium und den Massagezonen hat das Gebäude einen Ruhebereich, wo auch frisches Obst und Getränke gereicht werden, eine Bibliothek mit einer stattlichen Büchersammlung und sogar einen Versammlungsraum. Und natürlich die große Schwimmhalle, die Natatio. Ihr könnt Euch hier bei Bedarf einen ganzen Tag lang die Zeit vertreiben.“

„Im Augenblick bin ich dafür viel zu beschäftigt.“

„Euch ist seit Eurer Ankunft allerlei Unerfreuliches widerfahren, wie mir zugetragen wurde. Schade, dass Eure erste Teilnahme an den Feierlichkeiten so enden musste“, spielte der Elitesoldat auf die Ermordung von Titus an.

„Leider. Aber inzwischen habe ich den ersten Schrecken überwunden.“

Da der Offizier von sich aus auf Titus zu sprechen gekommen war, versuchte Marius dessen Ansicht über das Verbrechen zu erfahren.

„Ich kann immer noch nicht verstehen, warum ausgerechnet Titus ermordet wurde. Er war doch nur ein einfacher Händler! Was denkt Ihr darüber?“

Marius entging nicht, wie der Hauptmann seinen Oberkörper aufrichtete und tief einatmete, so als müsse er sich gegen einen Angriff wappnen. Doch er beantwortete die Frage ohne Zögern.

„Nun, Ihr kanntet Titus genauso gut wie ich und wisst, dass er die Einsamkeit der Gesellschaft anderer vorzog. Ich weiß demnach so gut wie nichts über ihn.“

„Wie kam es aber, dass er mit uns reiste? Befahl das der Kaiser?“

„Nein, es gab diesbezüglich keine Order. Titus kam von sich aus und fragte, ob er sich uns anschließen könne."

„Ist das nicht sonderbar?"

„Nicht unbedingt. Er legte ein Schreiben von Kommandant Cornelius vor. Schon des Öfteren haben sich Händler, die Cornelius belieferten, einer Eskorte angeschlossen. Es ist also nichts Ungewöhnliches. Cornelius' Ruf als Feinschmecker ist legendär. Außerdem ist er ein großzügiger Gastgeber und wollte seinen Gästen während der Feiertage nur das Beste bieten."

„Das hat er ja auch getan. Das Essen war wirklich exklusiv. Er muss viel dafür gezahlt haben."

„Ich hörte, Titus sei Opfer eines Raubes geworden?", fragte er Marius.

„Da wisst Ihr mehr als ich. Ich wurde zwar mehrfach durch Philomenus befragt, aber über die Ermittlungsergebnisse lässt er sich nicht aus. Was haltet Ihr von dieser Theorie?"

„Sie erscheint mir logisch. Kommandant Cornelius erwähnte eine stattliche Summe, die er für die gelieferten Waren zahlte. Anscheinend ist das Geld verschwunden. Titus trug es weder bei sich noch war es in seinem Wagen", versicherte der Hauptmann.

So lautete also die amtliche Version. Sie klang wirklich plausibel und Marius konnte dem nichts entgegensetzen, denn auch er hatte bei der Durchsuchung des Fuhrwerks kein Geld gefunden. Möglicherweise war Titus tatsächlich sein Verdienst gestohlen worden. Aber warum? Um vom wahren Motiv seiner Ermordung abzulenken und Philomenus auf eine falsche Fährte zu locken? Es bestand aber auch die Möglichkeit, dass er nie im Besitz dieser Summe gewesen war und Cornelius' Behauptung als offizieller Vorwand diente, um die Fälscher in Sicherheit zu wiegen.

„Nun, es muss sich aber um einen ganz erheblichen Betrag gehandelt haben, wenn er deshalb ermordet wurde."

„Es wurden schon Menschen für weitaus weniger getötet. Habt Ihr Grund zum Zweifel?", fragte der Offizier.

„Nein, nein", wiegelte der junge Römer ab. „Ich finde nur den Zeitpunkt für einen Raub etwas befremdlich. Warum wartete derjenige nicht bis nach den Festspielen? Titus hätte dann noch mehr Waren losgeschlagen und seine Einnahmen wären dementsprechend höher gewesen."

Sein Gesprächspartner zuckte mit den Schultern. „Vielleicht war die Gelegenheit einfach günstig. Oder die Räuber benötigten dringend Geld? Aber das ist alles Spekulation. Titus ist tot und wir müssen uns darauf verlassen, dass Philomenus die Sache aufklärt.“

„Ihr kennt ihn näher?“

„Ja. Und ich kann Euch versichern, er ist ein richtiger Bluthund. Sobald er Witterung aufgenommen hat, folgt er der Spur, bis er sein Ziel erreicht hat.“

„Das meint Claudius auch. Keine guten Aussichten für die Mörder.“

„Aber Ihr habt doch nichts zu befürchten. Eure Unschuld ist ja inzwischen bewiesen, oder?“, insistierte der Offizier.

„Warum unterstellt mir jeder, ich hätte etwas mit seinem Tod zu tun? Ich bin mehr oder minder zufällig auf ihn gestoßen. Da war er bereits nicht mehr ansprechbar“, verteidigte sich Marius und hielt so an seiner Geschichte fest.

„Philomenus wollte auch etwas über Euch wissen.“

„Warum?“

Es war dem Hauptmann anzumerken, dass ihm die Frage unangenehm war. „Um sich einen Eindruck von Eurer Person zu verschaffen. Ich habe ihm übrigens berichtet, dass Ihr mit Titus während unseres Aufenthalt in Buconica gesprochen habt.“

Er war also Philomenus‘ Quelle.

„Wie habt Ihr denn davon erfahren?“, fragte Marius überrascht.

„Der wachhabende Soldat erstattete mir Bericht. Ihr müsst nicht denken, dass ich Euch ausspionieren wollte. Aber ich bin dazu angehalten, wachsam zu sein. Es handelt sich also um eine reine Vorsichtsmaßnahme. Da wir für den Sold verantwortlich waren, mussten wir über jede Bewegung der Mitreisenden informiert sein. Der Geldtransport ist eine heikle Sache. Wenn der Sold nicht rechtzeitig eintrifft, werden die Soldaten unruhig. Vor allem, wenn Festtage anstehen. Bei ausbleibendem Sold kann die Stimmung unter Soldaten rasch in Gewalt umschlagen. Und das hätte fatale Folgen.“

„Ich kann Eure Haltung verstehen und bin nicht verärgert. Es war nun mal Eure Aufgabe. Darf ich Euch eine etwas ungewöhnliche Frage stellen?“

„Wenn ich kein Staatsgeheimnis preisgeben muss.“

„Versteht mich bitte nicht falsch, aber wäre es rein hypothetisch möglich, während des Transportes Geld aus einer der Kisten oder Beutel zu entwenden?“

Der Offizier straffte seinen Oberkörper. Sein bereits gerötetes Gesicht wurde noch eine Spur dunkler. „Unvorstellbar. Wir alle sind Männer von Ehre! Auf uns ist Verlass. Eher würden wir den Tod wählen, als eine solche Schmach zu begehen. Wie kommt Ihr auf einen solchen Gedanken?"

„Entschuldigt, ich wollte Euch nicht verärgern. Es war nur ein Hirngespinst. Ich finde die Versuchung eben verlockend."

„Aber wir geben ihr nicht nach", meinte der Hauptmann sichtbar beruhigter. „Der Soldtransport war allerdings nicht unser einziger Auftrag", deutete er an.

Marius horchte interessiert auf. Wusste der Offizier insgeheim doch, in welcher Mission Titus unterwegs gewesen war?

„In drei Tagen treten wir den Rückweg an. Der Kaiser forderte noch in Rom von Claudius, dass er einen ersten Bericht und eine Skizze der Brücke basierend auf den Vermessungen anfertigen soll, sobald die ersten Arbeiten begonnen haben. Ich selbst werde Tiberius alles persönlich übermitteln. Claudius versicherte mir, dass er bis dahin fertig sei."

Das überraschte Marius. „Ihr habt mit ihm gesprochen?"

„Ja, gestern, als die Götter ihren Segen für den Baubeginn verweigerten, traf ich ihn hier."

Dieses Zusammentreffen hatte Claudius gar nicht erwähnt. Aber Marius war über diese Entwicklung froh. Wenn das kein Wink des Schicksals war! Endlich bot sich eine Lösung für sein Transportproblem. Wenn die kaiserliche Garde den Bericht ebenso gut bewachte wie die Soldkasse, war dies der sicherste Weg, sein gegebenes Versprechen zu erfüllen und die unliebsamen Gegenstände endlich loszuwerden. Er musste nur die Pergamentrollen und das Falschgeld so in der Skizze verstecken, dass allein der Kaiser sie fand.

„Ich werde die Unterlagen am Abend vor unserer Abreise abholen."

Marius wollte verhindern, dass die Botschaft länger als notwendig im Besitz des Offiziers war. Er fürchtete, dass am Ende Lucius Nepius, Kommandant Cornelius oder gar Philomenus verlangten, den Entwurf einzusehen, wenn sie erfuhren, dass der Hauptmann sie mit ins Garnisonslager nahm.

Deshalb ersann er eine Ausrede. „Ich denke, es wäre besser, Ihr holt sie erst am Morgen Eures Aufbruchs. Ich weiß nicht, ob Claudius die Skizze soweit fertig hat, da die Arbeiten sich etwas verzögerten. Wir könnten sie dann notfalls noch während der Nacht überarbeiten."

„Wie Ihr meint, einigen wir uns darauf. Ich werde dann bei Sonnenaufgang bei Euch sein."

„Werdet Ihr wieder die Route über die Alpen nehmen?"
„Nein, dort liegt inzwischen sicher Schnee. Wir reisen über die Provinz Narbonensis und nehmen für das letzte Stück Weg eine Galeere. So, ich habe genug geschwitzt, ich muss mich abkühlen," sagte der Offizier und erhob sich.
„Ich werde noch etwas bleiben. Wir sehen uns dann in drei Tagen."
Wenig später war es auch für Marius Zeit, das Caldarium zu verlassen. Da er heute nicht unbegrenzt Zeit zur Verfügung hatte, ließ er den heißesten Raum, das Laconicum, aus. Stattdessen suchte er Caius, den Bademeister, auf, der ihn bereits erwartete. Als Marius ihn sah, zuckte er zusammen, denn er sah auf den ersten Blick furchteinflößend aus. Caius war ein massiger Hüne mit rundem, kahlem Schädel und überragte ihn um mehr als einen Kopf. Zwischen seinen Zähnen hatte er große Lücken und seine Augen lagen in tiefen Höhlen. Seine riesigen Händen wirkten bedrohlich, und wenn Caius fest zupackte, konnte er sicherlich ohne große Mühe Knochen brechen. Was allerdings überhaupt nicht zu seinem imposanten Erscheinungsbild passte, war seine Stimme. Für einen Mann klang sie erstaunlich hell und piepsig und schwächte den Eindruck körperlicher Überlegenheit.
Marius legte sich auf einen angewärmten Marmortisch. Der Bademeister übergoss ihn zunächst mit lauwarmem Wasser und rieb dann seinen Körper mit Seifenschaum ein. Mit einem Messer schabte er überflüssige Körperhaare ab und spülte den Schaum wieder mit lauwarmen Wasser ab. Nachdem er ihn abgetrocknet hatte, träufelte er eine wohlriechende, ölige Tinktur auf Marius' Rücken und begann ihn zu massieren. Trotz seiner großen Hände war Caius sehr sanft. Geschickt spürte er Muskelverhärtungen auf und löste sie mit gezielten Handgriffen. Bereits bei der ersten Berührung entspannte Marius. Claudius hatte nicht zuviel versprochen, Caius verstand seine Kunst.
Bisher hatten sie kaum ein Wort gewechselt, doch nun wurde Caius gesprächig.
„Ihr seid also der junge Architekt", stellte Caius fest. „Euer Ruf eilt Euch voraus."
„Welcher Ruf?", fragte Marius verärgert, weil er wusste, worauf Caius abzielte.
Caius kicherte in seinem Eunuchendiskant. „Dass Ihr den Tod anzieht!"
Marius wollte sich aufrichten, aber Caius ließ das nicht zu und drückte ihn nieder.

„Ich ziehe den Tod nicht an. Es ist umgekehrt, der Tod sucht mich!“, empörte er sich.

Nun hielt Caius inne. „Ich wollte Euch nicht zu nahe treten“, meinte er entschuldigend.

„Kanntet Ihr eigentlich den Toten?“

Anscheinend plagte den Bademeister sein schlechtes Gewissen, denn er gab Marius bereitwillig Auskunft. „Flüchtig. Er war am Tag vor seiner Ermordung hier im Bad.“

„Allein?“

„Diesen Anschein wollte er wohl erwecken. Aber ich sah, wie er mit diesem Philomenus sprach. Rein zufällig hörte ich im Vorbeigehen etwas von diesem Gespräch. Es ging dabei um Geld, um viel Geld.“

„Was ist daran verwunderlich?“

Nun beugte sich Caius dicht über Marius‘ Ohr, so dass dieser seinen Atem spürte. „Sie sprachen von falschen Denaren, die hier in Umlauf sein sollen. Titus erwähnte das Castellum Mattiacoru. Mehr konnte ich aber nicht verstehen“, flüsterte er mit gesenkter Stimme.

Dann gab er Marius einen Klaps auf den Rücken. „So, das reicht für heute“, stellte er fest und hörte auf.

Marius erhob sich. „Das war wundervoll. Habt Ihr eigentlich jemandem davon erzählt?“

Nun trat ein verschlagener Ausdruck in Caius‘ Gesicht. „Über das Moneta falsa? Nein, nur Euch und auch das hätte ich wohl besser nicht getan. Ab und zu geht meine Zunge mit mir durch“, sagte er mit sichtlich bekümmerter Miene.

„Manchmal ist es tatsächlich besser zu schweigen“, bestätigte ihm Marius.

Im Stillen fragte er sich allerdings, ob Caius ihm diese Auskunft nicht gezielt hatte zukommen lassen und ob er auf Geheiß von bestimmten Personen handelte. Aber vielleicht spielte seine Fantasie ihm auch nur einen Streich. Inzwischen vermutete er fast überall Spitzel, die jeden seiner Schritte verfolgten. Marius hatte das Gefühl, immer tiefer in eine Intrige verwickelt zu werden, ohne sich dem widersetzen zu können. Er hoffte, dass dieser Alptraum endete, sobald sein Versprechen erfüllt und der Kaiser über die kriminellen Vorgänge hier unterrichtet war. Zunehmender Argwohn begleitete ihn und er wusste nicht mehr, wem er trauen konnte und wem nicht. Ganz zu schweigen davon, welche Auskünfte echt oder falsch waren.

Bisher hatte er dem Brückenkopf am rechten Ufer des Rhenus

nur deshalb Beachtung geschenkt, weil dort die Brücke enden würde. Nun weckte er sein Interesse. Was hatte es mit dem Castellum Mattiacorum wirklich auf sich? Nach Caius' Aussage vermutete Titus wohl eine Beziehung zwischen dem Falschgeld und diesem Ort. Er beschloss, sich dort einmal umzusehen, sobald sich eine günstige Gelegenheit bot.

Nachdenklich begab er sich zum Frigidarium. Als er in das eiskalte Wasser eintauchte, rang er unwillkürlich nach Luft. Aber er gewöhnte sich rasch daran. Nachdem er sich erfrischt hatte, ging er in die Schwimmhalle, durchschwamm das Becken mit kräftigen Zügen und ließ sich schließlich auf dem Rücken liegend treiben. Sein Körper fühlte sich wunderbar leicht an, aber in seinem Kopf schwirrten die Gedanken. Titus war sowohl mit Lucius Nepius als auch mit Philomenus bekannt gewesen, auch wenn beide das vehement leugneten. Den einen hatte er auf der Straße getroffen, den anderen in der Therme. Zwar erhielt er nur spärliche Informationen über die tatsächlichen Zusammenhänge, aber es schien ihm, als fügten sich die Teile langsam aber sicher zu einem Mosaik. Er musste sie nur nach und nach zusammensetzen, um das Gesamtbild zu erhalten. Sobald er zu Hause war, würde er eine Liste aufsetzen und alles vermerken. Vielleicht kam er ja so der Lösung näher.

Als die Haut an seinen Händen zu schrumpeln begann, verließ er das Wasser, hüllte sich zitternd in das Badetuch und suchte den Ruheraum auf, wo er auf einer Liege vor sich hindöste. Der heutige Tag war alles in allem doch ein guter gewesen. Vor allem die glückliche Fügung, dass der Hauptmann die Pläne zu Tiberius bringen würde, beruhigte ihn. Mit geschlossenen Augen überlegte er, wie er die Skizze präparieren konnte, damit die Botschaft sicher den Kaiser erreichte. Seine spontane Entscheidung, die Therme aufzusuchen, hatte sich gelohnt. Die Prozedur hatte nicht nur seinem Körper gut getan, sondern auch seinen Geist angeregt.

XXIII: Derselbe Tag, abends, Villa des Lucius Nepius

Marius traf zu Hause auf einen ausgehfertigen Claudius. Ihm schien es wieder besser zu gehen, denn er war voller Elan. „Wo warst du denn so lange?", fragte er ungeduldig.

„In der Therme. Es war wirklich herrlich."

„Ausgerechnet heute! Wir haben überraschend eine Einladung zum Essen bei Lucius Nepius erhalten, die ich nicht ausschlagen konnte."

„Müssen wir wirklich hingehen? Ich hatte anderes vor", sagte er enttäuscht, denn er fürchtete, die geplante Beschattung des Hispaniers nicht in die Tat umsetzen zu können. Und das Aufsetzen der Liste würde er ebenfalls verschieben müssen.

„Was immer du tun wolltest, der Procurator genießt Priorität. Vor allem in der momentanen Situation! Wir, beziehungsweise du, müssen uns gut mit ihm stellen. Er verfügt über großen Einfluss und hat beste Beziehungen zu Rom. Das solltest du nie vergessen", mahnte Claudius.

„Das tue ich auch nicht! Dazu werde ich allzu oft daran erinnert. Nur dachte ich, die Untersuchungen wären soweit abgeschlossen, dass wir nicht mehr von Interesse seien."

„Vielleicht ist diese Einladung rein privater Natur. Er ließ verlauten, dass seine Tochter junge Gesellschaft wünscht. Jetzt, da sie wahrscheinlich den Winter über in Mogontiacum bleiben werden und sie ihre Freunde nicht sieht, langweilt sie sich anscheinend."

„Das ist eine fadenscheinige Erklärung! Außerdem habe ich kein Interesse daran, als Zeitvertreib für eine verwöhnte, reiche Tochter zu fungieren. Die Arbeit an der Brücke hat absoluten Vorrang. Ich will meine Zeit nicht unnütz vertrödeln", entrüstete er sich.

„Nun dramatisiere nicht. Du kennst sie ja kaum. Sie könnte anders sein, als du denkst."

„Das glaube ich nicht."

Claudius beharrte darauf, dass Marius ihn begleitete und dieser fügte sich missgelaunt. Rasch wechselte er seine Kleider und wenig später erreichten sie das Haus, in dem Lucius Nepius wohnte. Es war pompös und eines der prächtigsten in Mogontiacum.

„Verbirg deine Gefühle", riet Claudius seinem mürrischen Begleiter.

Marius räusperte sich und versuchte eine freundliche Miene aufzusetzen. Als ein Haussklave ihnen öffnete, hatte er seine Empfindungen weitgehend unter Kontrolle. Der Bedienstete führte die Architekten in das Triclinium, in dem Lucius Nepius, seine Frau Serena und seine Tochter Julia die Gäste bereits erwarteten.

An den Wänden brannten Öllampen und verbreiteten eine anheimelnde Atmosphäre. Luxuriöse Wandmalereien, ein kunstvolles Bodenmosaik mit Orpheusmotiv und ausgewählte Möbel schmückten den großzügigen Raum. Teure Gläser, kostbare Karaffen und Teller aus Silber standen auf zwei reichgedeckten

Tischen. Die Klinen waren mit kostbarem Stoff bezogen und schimmerten in sanften Rottönen. Auf ihnen lagen dicke Kissen aus Gänsefederdaunen. Diese Unterkunft war dem Stand eines Procurators angemessen.

Marius' Blick fiel auf Julia. Obwohl sie an diesem Abend wunderschön aussah, berührte ihre Schönheit nicht sein Herz. Sie trug ein purpurnes Gewand, das mit Goldfäden durchwirkt war. Ein breiter Gürtel zierte ihre Taille und hob ihre zarte Figur hervor. Ihre Haare waren kunstvoll frisiert, Wangen und Lippen schimmerten in dezentem Rot. Ihre dunklen Augen waren mit dunklem Lidstrich betont und feinem Goldpuder bestäubt, so dass sie noch größer erschienen. Um ihren schlanken, weißen Hals schmiegte sich eine schwere Goldkette und an ihren schmalen Armgelenken trug sie mehrere feine Goldreifen. Sie duftete nach einem schweren, orientalischen Parfüm, das Marius beim Näherkommen fast den Atem raubte.

Sie lächelte die Gäste freundlich an und Claudius machte ihr ein galantes Kompliment, das sie errötend annahm. Lucius Nepius forderte sie auf, Platz zu nehmen. Die Frauen setzten sich in die Sessel, während sich die Männer auf zwei Klinen verteilten. Auf das Zeichen der Gastgeberin eilten Diener herbei, schenkten Mulsum ein und reichten den Gästen In ovis hapalis. Mit dem süßen Würzwein und den gekochten Eiern mit Pinienkernpaste wurde nach römischer Tradition ein festliches Mahl eröffnet.

Serena machte ihrem Namen heute keine Ehre. Um ihren Mund lag ein verhärmter, herrischer Zug, der ihrem Gesicht einen strengen, gebieterischen Ausdruck verlieh. Sie wirkte ausgezehrt und ihre Hände zitterten. Und auch im Gespräch offenbarte sie keine Heiterkeit. Sie wäre wohl auch lieber nach Rom unterwegs, als hier in Mogontiacum gestrandet zu sein. Aber sie erfüllte ihre Rolle als Hausherrin gewissenhaft.

„Ihr wart in der Therme?", fragte ihn Lucius Nepius, der als Hausherr noch ehrfurchtgebietender wirkte als üblich.

Marius zeigte sich überrascht. „Ja. Es war sehr entspannend. Aber woher wisst Ihr das? Lasst Ihr mich beobachten?", antwortete er, seinen Argwohn nur schlecht verbergend.

„Keineswegs, Tullius erstattete mir über den Stand der Arbeiten Bericht und erwähnte es nebenbei."

„Ihr habt mit den Fundamenten begonnen?", wandte sich der Procurator an Claudius.

„Endlich! Und wir kamen gut voran", entgegnete er. „Das Essen ist übrigens exquisit", meinte er zu Serena.

„Ich lege Wert auf gute Qualität. Einiges hiervon sind meine Lieblingsrezepte und ich überwache deren Zubereitung persönlich“, betonte sie mit gewissem Stolz.

Der Anflug eines Lächelns huschte über ihr Gesicht und sie sah in diesem Augenblick um Jahre jünger aus. Julia schien an dem Gespräch nicht sonderlich interessiert. Sie kaute gedankenverloren auf einer getrockneten Dattel und ihre Augen schweiften gelangweilt durch den Raum. Dann fixierte sie Marius eindringlich, der sich unter ihrem Blick schlagartig unwohl fühlte und rasch in eine andere Richtung schaute.

„Du könntest nach dem Essen Marius das Haus und den Garten zeigen“, meinte Serena zu ihrer Tochter.

„Da werde ich gerne tun“, lächelte Julia vieldeutig.

Marius‘ Unwohlsein wuchs. Ihn interessierten die Häuser und Gärten fremder Menschen nicht übermäßig und das Anwesen, in dem Julia wohnte, noch weniger. Serenas Aufforderung war ihm deshalb nicht gerade willkommen, denn er verspürte keinerlei Verlangen, mit der jungen Frau allein zu sein. So zögerte er das Ende des Mahls möglichst lange hinaus, aber schließlich gab es keine Ausflucht mehr und er erhob sich schweren Herzens. Julia lief voraus, während Marius wie ein junger Hund hinter ihr hertrottete. Zunächst führte sie ihn durch sämtliche Räume und sparte auch ihr Gemach nicht aus. Wie erwartet, waren sie alle luxuriös ausgestattet.

„Sind das alles Eure Möbel?“, wunderte er sich.

„Nein, nur die Kleidertruhen, alles andere war schon hier. Das Haus dient hohen Gästen wohl häufiger als Unterkunft. Wer auch immer sich in diese Gegend verirrt, wohnt wenigstens standesgemäß“, bemerkte sie spitz.

Marius antwortete ihr nicht. Mogontiacum mochte ihr im Vergleich zu Rom provinziell erscheinen, ihm tat es das jedenfalls nicht. Für ihn stellte die bauliche Weiterentwicklung von Mogontiacum eine Herausforderung dar. Aber er unternahm erst gar nicht den Versuch, ihr seine Sichtweise zu erklären. Dazu wichen Julias Ansichten zu sehr von den seinen ab. Überhaupt hatte sich sein Eindruck gefestigt, dass sie oberflächlich und nur an den Dingen interessiert war, die ihrer Ablenkung dienten und einen gewissen Spaß bedeuteten.

Zuletzt führte sie ihn in den Garten. „Die Nacht ist kühl“, stellte sie mit sanfter Stimme fest und schlang die Arme um ihren Oberkörper. „Ich friere. Ich hätte meine Stola mitbringen sollen“, sagte sie mit einem Seitenblick auf Marius.

Hoffte sie etwa, dass er seinen Arm um sie legte, um sie zu wärmen? Nie im Leben! Marius dachte praktisch und schlug vor, die Besichtigung zu beenden.

Doch Julia gab nicht klein bei. „So kalt ist es auch wieder nicht. Kommt mit", sagte sie, griff nach seiner Hand und zog den sich sträubenden Marius mit sich. „Jetzt wehrt Euch doch nicht so!"

Ihr Griff war fest und er konnte sich ihm nicht entwinden. Wenn er nicht unhöflich sein wollte, blieb ihm nichts anderes übrig, als ihr zu folgen.

„Dort hinten sind Weinstöcke." Sie deutete auf eine entlegene Stelle, die er im schummrigen Dämmerlicht nur erahnen konnte. „Einige Trauben sind bereits reif. Sie schmecken köstlich."

Der Gartenpfad wurde durch brennende Fackeln, die im Boden steckten, erhellt. Statuen von Göttern waren an markanten Orten aufgestellt und zogen den Blick des Besuchers auf sich. Rechts und links des Weges gab es Rabatten mit den unterschiedlichsten Pflanzen, die Marius aber im diffusen Lichtschein nicht identifizieren konnte.

Unter den Reben, die an hölzernen Bögen emporrankten und den Weg überspannten, blieb sie stehen. Sie pflückte eine der kleinen, grünen Trauben und führte sie zu Marius' Mund.

„Versucht sie", sagte sie mit dunkler Stimme und steckte sie ihm zwischen die Lippen. Marius zuckte bei ihrer Berührung zurück, öffnete aber reflexartig seinen Mund. Als er die Traube schluckte, machte er ein Gesicht, als tränke er Essig.

Julia brach in glockenhelles Lachen aus. „Ihr seht so komisch aus. Seid Ihr etwa schüchtern", neckte sie ihn. „Keine Angst, ich will Euch nicht verführen. Ich suche nur nach Abwechslung. Seit Tagen bin ich nur in der Gesellschaft älterer Herrschaften und das kann ziemlich öde sein. Der wahre Grund, warum ich mit Euch allein in den Garten ging, ist der, dass ich schrecklich neugierig bin. Erzählt mir doch bitte, wie Ihr Titus gefunden habt."

Marius fühlte sich durch ihre Äußerung unangenehm berührt. Frauen gegenüber empfand er oft eine gewisse Scheu. Manche jagten ihm regelrecht Angst ein, denn er wusste nie, wie er in ihrer Gegenwart reagieren sollte. Dass, was sie sagten, deckte sich selten mit dem, was sie meinten. Schon einige Male hatte er sich ihren Spott eingehandelt, weil er ihre Äußerungen wörtlich nahm.

Aber anscheinend wollte Julia wirklich nur etwas über den Mord wissen. Das erschien ihm relativ ungefährlich, auch wenn er keine Lust verspürte, schon wieder über das Verbrechen zu reden. Trotzdem berichtete er ihr, was geschehen war.

„Das muss ja ziemlich unheimlich gewesen sein."

„Allerdings, vor allem, weil es so dunkel war."

„Hat Euch Titus noch irgendetwas anvertraut?"

Schon wieder diese verhasste Frage! Dementsprechend barsch fiel seine Antwort aus. „Nein, er starb in dem Moment, in dem ich ihn fand."

„Also quasi in Euren Armen? Wie ärgerlich", meinte Julia theatralisch, wobei ihr Mitleid wohl weniger dem Ermordeten als eher der verpassten Sensation galt.

„Wie meint Ihr das?", fragte Marius sichtlich entsetzt.

„Stellt Euch doch mal vor, er hätte ein Geheimnis gehabt und es Euch mitgeteilt. Oder er hätte Euch noch den Namen seiner Mörder nennen können."

„Wüsste ich diese Namen, wären die Mörder längst in Arrest. Ihr habt eine rege Fantasie. Was für ein Geheimnis sollte ein Händler schon haben?", meinte er, Arglosigkeit vortäuschend.

Julia überlegte kurz. „Ich habe mir nur vorgestellt, wie Ihr als jugendlicher Held eine Verschwörung aufdeckt. Das wäre doch heroisch."

Verspottete sie ihn oder war sie einfach nur eine Romantikerin, die ihren Kleinmädchenträumen nachhing?

Frauen und ihr Hang zum Drama!, ging es Marius durch den Kopf, doch diese Ansicht behielt er lieber für sich. „Titus konnte nicht mehr sprechen! Und es gibt meines Wissens auch keine Verschwörung", meinte er stattdessen.

„Seid Ihr Euch da so sicher?", fragte Julia mit einem geheimnisvollen Lächeln.

„Wisst Ihr etwas, das ich nicht weiß?", hakte Marius nach.

Julia zuckte nur mit den Schultern. Bevor sie antworten konnte, rief Serena ihre Tochter.

„Wir werden wieder im Haus erwartet. Reicht Ihr mir jetzt freiwillig Euren Arm oder muss ich Euch zwingen?", scherzte sie kokett.

Marius gab jeden Widerstand auf und ließ seine Gastgeberin gewähren. Julia hakte sich unter und drückte sich sacht an seine Seite, so dass er ihren Körper spürte. Er beschleunigte seine Schritte und als sie das Triclinium betraten, löste er sich erleichtert aus ihrem Griff. Die Blicke, die Lucius Nepius und Serena dem jungen Paar zuwarfen, sprachen Bände. Julia kicherte glucksend, während Marius verlegen zu Boden schaute.

Claudius war bei ihrem Eintreten aufgestanden, um sich von seinen Gastgebern zu verabschieden. „Wir danken für das Mahl. Und ich unterrichte Euch über den Fortgang der Brückenarbeiten“, sagte er.

„Tut das. Irgendwann werde ich mich persönlich davon überzeugen. Ich habe schon immer eine Vorliebe für monumentale Bauten gehabt.“

Auch Marius bedankte sich und war erleichtert, endlich das Haus des Procurators verlassen zu können.

„Dir schien Julias Gesellschaft nicht sonderlich zu gefallen“, stellte Claudius fest, als sie wieder im Freien waren.

„Sie ist ein albernes Geschöpf! Ich bin nach Mogontiacum gekommen, um zu arbeiten und nicht, um mich in amouröse Abenteuer zu stürzen. Julia behauptet zwar, sie suche nur etwas Ablenkung, doch ich glaube ihr das nicht.“

„Welche Absicht könnte sie sonst haben?“

„Halte mich jetzt bitte nicht für verrückt, aber vielleicht hat Lucius Nepius sie aufgefordert, mich auszufragen.“

Claudius blieb abrupt stehen. „Das ist doch nicht dein Ernst?“

„Sie wollte alles über Titus wissen.“

„Das ist doch unter den gegebenen Umständen nicht verwunderlich. Sie war an jenem Abend immerhin Gast von Cornelius und dein Auftritt vor der Festgesellschaft muss ziemlich dramatisch gewesen sein.“

„Daran kann ich mich nicht erinnern und es ist mir auch gleichgültig. Julia machte außerdem eine geheimnisvolle Anspielung, dass es eine Verschwörung geben könnte.“

„Das ist doch nur das Fantasiegespinst eines jungen Mädchens.“

„Sie ist immerhin die Tochter des Procurators und erfährt sicherlich Dinge, die anderen verborgen bleiben.“

„Lucius Nepius würde eine solche Theorie weder vor seiner Frau noch vor seiner Tochter diskutieren.“

„Und wenn sie gelauscht hat?“

„Du hast eine seltsame Vorstellung von Frauen.“

„Findest du? Sie sind nun mal von Natur aus neugierig. Meine Schwester hat ihre Augen und Ohren auch überall und weiß immer vor mir, wenn irgendetwas geschieht.“

„Nun, wenn du so darüber denkst, dann frag Julia doch einfach danach.“

„Diese Blöße werde ich mir nicht geben. Falls sie nur scherzte, mache ich mich lächerlich. Wundert es dich andererseits nicht, dass Lucius Nepius seine Rückkehr nach Rom verschoben hat? Titus war kein so wichtiger Mann, als dass die Ermittlung über seinen Tod ein ausreichender Grund für eine Reiseunterbrechung wären. Ich denke, dass sich dahinter weit mehr verbirgt, als es auf den ersten Blick erscheint."

Claudius legte Marius die Hand auf seinen Arm und drückte fest zu. „Es wäre weiser, du würdest diesen Gedanken für dich behalten und vor allem nicht weiter verfolgen."

Marius schüttelte Claudius' Hand ab und ging weiter. „Warum erregst du dich so? Ich habe nur gemutmaßt. Du bist mir noch eine Antwort schuldig."

„Ganz abwegig ist deine Annahme nicht. Aber für mich ist der Fall erledigt. Sei froh, dass du bisher relativ unbehelligt geblieben bist und lass alles Weitere die Sorgen von Cornelius, Philomenus und Lucius Nepius sein. Unsere Aufgabe ist es, die Brücke zu bauen. Nicht mehr und nicht weniger!"

Wenn dem nur so wäre, dachte Marius bei sich. Er erinnerte sich an das kurze Gespräch mit Caius. Wenn bereits ein Bademeister von dem Falschgeld wusste, würde es wohl bald in ganz Mogontiacum die Runde machen. Auch wenn dann ein Teil des Geheimnisses publik war und das eine gewisse Erleichterung für ihn darstellte, beschloss er, Claudius trotzdem noch nichts davon zu erzählen. Erst wenn die Nachricht an Tiberius unterwegs nach Rom war, würde er eventuell sein Schweigen brechen.

XXIV: Derselbe Tag, nachts, Canabae legionis

Wenig später erreichten sie ihr Haus. Marius, der immer noch die Absicht hegte, den Hispanier zu beschatten, erklärte Claudius, dass er sich noch etwas in der Zivilsiedlung umschauen wollte.

Claudius schien beunruhigt. „Sei vorsichtig. Du bist fremd hier und weißt nicht, welches Gesindel nachts die Straßen bevölkert."

„Keine Sorge, ich weiß mich zu verteidigen", versuchte Marius ihn zu beruhigen.

„Wir sehen uns dann morgen früh", gab Claudius sich geschlagen.

Marius spürte einen kurzen Anflug von Scham, weil er ihm erneut die Wahrheit verschwieg. Aber er musste so handeln, auch wenn er seinen väterlichen Freund dadurch kränkte. Zielstrebig schlug er den Weg Richtung Garnisonslager ein.

Von Sonnenuntergang bis Sonnenaufgang waren bis auf die Porta Praetoria die übrigen Tore des Lagers verschlossen. Nur durch das Haupttor konnte das Lager betreten oder verlassen werden. Deshalb vermutete Marius, dass der Legionär – falls er das Lager tatsächlich verließ – diesen Weg nehmen musste. Hoffentlich war er noch nicht aufgebrochen! Es war zu ärgerlich, dass die Einladung von Lucius Nepius seine Pläne durchkreuzt hatte und er seinen Posten erst so spät beziehen konnte.

Marius suchte sich eine geeignete Stelle, von der er gute Sicht auf das Tor hatte, ohne selbst gesehen zu werden. Hier würde er bis zur nächsten Nachtwache warten. Wenn bis dahin nichts geschehen war, würde er eben unverrichteter Dinge nach Hause gehen. Die Zeit verging unendlich langsam und das Warten ermüdete. Seine Füße schmerzten vom ruhigen Stehen und er verlagerte immer wieder sein Gewicht von einem auf den anderen Fuß oder wippte auf den Zehen hin und her, um sich Erleichterung zu verschaffen.

Gerade, als er die Beobachtung abbrechen wollte, kam ein Legionär die Straße entlang. Zwar hatte sich im Laufe der Nacht der Himmel zugezogen und es war nicht sonderlich hell, doch als der Mann an ihm vorüberging, erkannte Marius ihn wieder. Es war eindeutig der Hispanier. Marius ließ ihn passieren, dann folgte er ihm mit gebührendem Abstand.

Der Soldat ging durch den Teil der Canabae, den Marius bereits kennen gelernt hatte. Hier war es einigermaßen sauber, wenn auch nicht annähernd so gepflegt wie am Forum oder im Theaterbezirk. Die schmale Straße bestand aus gestampftem Lehm, aber es flossen keine oberirdischen Abwässer und es gab auch keine größeren Ansammlungen von Unrat. Eine leichte Brise wehte vom Rhenus herauf und die Luft roch nach brackigem Wasser. Ab und zu drang aus einer der Lehmhütten das Geschrei eines Kleinkindes und die beruhigenden Worte seiner Mutter. Räudige Hunde kreuzten Marius‘ Weg, nahmen aber keine Notiz von ihm.

Je weiter sie sich jedoch vom Militärlager entfernten und je tiefer sie in die Siedlung vordrangen, umso enger wurden die Gassen. Ein ganzes Netz kleiner, enger Pfade durchzog kreuz und quer die Canabae und Marius verlor in diesem Gewirr schließlich die Orientierung. Er konnte in der Straßenführung kein System entdecken, wusste nicht, welche von ihnen parallel zum Rhenus verliefen oder direkt auf ihn zu. Es gab nur wenige Lichtquellen und die Konturen verschwammen im schummrigen Dämmerlicht.

Sie kamen an heruntergekommenen Tabernae vorbei, in denen Menschen munter zechten. Bei vielen standen die Türen offen und gewährten Marius einen Blick in ihr Inneres. Ein buntes Völkergemisch hatte sich um Tische geschart und würfelte um Geld oder trieb anderes Glücksspiel. Leicht bekleidete, grellgeschminkte Frauen leisteten den Männern Gesellschaft und spornten die Spieler mit derben Rufen an. Nicht selten ging es hitzig zu und manches Spiel endete in einer wilden Prügelei.

Nicht nur die Tabernae waren gut besucht, auch im Freien drängten sich Menschen. Beinah hätte Marius den Hispanier in diesem Gewühl aus den Augen verloren. Er sah gerade noch, wie dieser in einem einigermaßen akzeptablen Wirtshaus verschwand, das den Namen „Zum Thor“ trug. Neugierig folgte er ihm, obwohl er nach dem belauschten Gespräch eigentlich einen weitaus konspirativeren Treffpunkt erwartet hatte. Sollte er den Disput falsch interpretiert haben?

Zögernd betrat er das Innere und schaute sich um. Im Schankraum war es laut und stickig. Es roch nach Cervisia, Wein und Männerschweiß. Erleichtert stellte Marius fest, dass keiner der Anwesenden ihm sonderlich viel Aufmerksamkeit schenkte. Nur der Wirt, ein mittelgroßer, wohlbeleibter Mann mit fransigem Bart und schütterem Haupthaar, grüßte ihn von seinem Platz hinter dem Schanktisch mit einem kurzen Kopfnicken. Er erkannte sofort, dass Marius aufgrund seiner Kleidung und seines jugendlichen Alters von seiner übrigen Klientel abwich und nahm an, dass er erst kürzlich eingetroffen war.

Marius steuerte den Tresen an und bemerkte erstaunt, dass hier kein Glücksspiel betrieben wurde. Sein Blick fiel auf einen Tisch am anderen Ende der Gaststube. Dort unterhielt sich der Hispanier mit drei Männern, einer war ein Legionär, der andere Kelte und der dritte ein germanischer Vangione. Vor ihnen standen irdene Krüge mit Cervisia. Den Legionär erkannte Marius wieder, er arbeitete auf der Baustelle und hatte ihn schon des Öfteren mit dem Boot übergesetzt, die anderen waren ihm fremd. Die kleine Runde wirkte – bis auf die etwas ungewöhnliche Zusammensetzung – nicht sonderlich verdächtig. Von Konspiration keine Spur!

Marius war enttäuscht, hatte er sich doch durch die Beschattung des Hispaniers neue Erkenntnisse erhofft. Aber nun, da er hier war, würde er wenigstens eine Cervisia trinken, bevor er nach Hause zurückkehrte. Er gesellte sich zu den Männern, die am Tresen standen und orderte das Getränk.

„Das Fass wurde gerade erst geöffnet", sagte der Wirt, während er Marius den Krug zuschob und die Münze einsteckte.

Die Cervisia schmeckte vorzüglich, nicht zu süß und nicht zu bitter und hatte genau die richtige Trinktemperatur. Marius bemerkte, dass bis auf zwei ältere Mägde, die die Männer an den Tischen bedienten, keine weiteren Frauen anwesend waren.

Marius fragte den Wirt: „Hier wird nicht gespielt?"

„Nein, das endet allzu oft in Scherereien. Meine Gäste wissen das. Wie Ihr seht, legen sie mehr Wert darauf, miteinander zu reden."

„Keine Frauen?"

„Die Männer, die hierher kommen, haben andere Interessen."

Marius traute sich nicht zu fragen, welcher Art diese waren. „Es werden wohl überwiegend Geschäfte gemacht?"

„Wie überall!", meinte der Wirt gelassen. „Ich habe Euch noch nicht in meiner Taberna gesehen. Ihr seid wohl fremd und erst eingetroffen?"

„Ja, ich bin aus Rom und einer der Architekten, die an der Brücke arbeiten."

„Ein wichtiger Mann also. Und da verschlägt es Euch ausgerechnet in diese Gegend? Es gibt bessere Vergnügungsmöglichkeiten", sagte er zweideutig.

„Ich bin erst seit wenigen Tagen hier und wollte mich in Mogontiacum umschauen."

„Meidet lieber die Areale, die rund um den Hafen liegen. Dort verkehren zwielichtige Gestalten, die das Tageslicht scheuen, und die Frauen sind nicht so sauber, wenn Ihr versteht, wie ich das meine", äußerte er sich und erklärte ihm, wo er Frauen fand, die seinen Ansprüchen genügen würden.

„Ich weiß Euren Rat zu schätzen", entgegnete Marius höflich, ob er ihn allerdings beherzigen würde, bezweifelte er.

Der Wirt kümmerte sich wieder um seine anderen Gäste und überließ Marius sich selbst. An den Tisch des Hispaniers war ein weiterer Soldat getreten. Er stand neben dem Hispanier, hatte die Hand auf dessen Schulter gelegt und beugte sich zu ihm hinunter. Während er ihm etwas ins Ohr flüsterte, schaute er in Marius' Richtung. Obwohl Marius nichts hören konnte, war er sich sicher, dass er über ihn redete. Rasch drehte er sich weg und tat betont gelassen, auch wenn er eine gewisse Unruhe zeigte. Kurz darauf verschwand der Legionär wieder, ohne sich noch einmal umzuschauen.

Marius beschlich ein ungutes Gefühl und er leerte seinen Krug so schnell wie möglich. Unvermittelt erhob sich der Hispanier und steuerte direkt auf ihn zu. Nun wurde es Marius doch mulmig. Wenn er ihn anspräche, hätte er keine glaubwürdige Antwort parat. Da er eine Konfrontation vermeiden wollte, wandte er dem Legionär den Rücken zu. Doch seine Sorge erwies sich als unbegründet. Der Soldat zwängte sich zwar neben ihn, würdigte ihn aber keines Blickes und bestellte nochmals Cervisia für sich und seine Mitzecher. Er warf dem Wirt eine Münze hin und kehrte dann an den Tisch zurück. Als das Getränk serviert wurde, nahm er einen Schluck, stand erneut auf und deutete mit einer Geste seinen Zechkumpanen an, dass er sich entleeren musste. Er verschwand durch eine Tür, die allem Anschein nach auf einen Hinterhof führte. Marius vermutete, dass sich dort der Abtritt befand.

Ungeduldig wartete er auf die Rückkehr des Hispaniers. Die Zeit verstrich, doch er kam nicht wieder. Marius beschloss nachzuschauen und öffnete die Tür, die tatsächlich auf einen dämmrigen Hof aus gestampftem Lehm führte, in dessen hinterster Ecke sich der Abtritt befand. Hier roch es streng nach Urin und er rümpfte unwillkürlich die Nase. Seine Enttäuschung war groß, als er bemerkte, dass der Hof verwaist und der Mann ihm entwischt war. Allem Anschein nach hatte der später eintreffende Soldat ihn gewarnt. Verärgert darüber, dass er entlarvt worden war und sein schönes Unterfangen ein so abruptes Ende gefunden hatte, verließ er die Taberna und machte sich auf den Rückweg.

Eine gute Stunde später traf der Hispanier am verabredeten Ort ein. Sicherheitshalber hatte er einen Umweg durch die Canabae gemacht, um den potentiellen Verfolger abzuschütteln. Das Boot samt Ausrüstung und Kleidung befand sich noch immer dort, wo er es beim letzten Mal gelassen hatte.

Servius erwartete ihn bereits ungeduldig. „Bist du ihn losgeworden?“

„Ja, das war ein Kinderspiel. Und der Architekt ist mir wirklich gefolgt?“, fragte Sepius, während er die Kleidung wechselte.

„Ich hatte diesen Eindruck. Mir fiel auf, dass er zunächst eine ganze Weile hinter dir herschlich, dann wartete er, als du die Taberna betratst und ging dann ebenfalls hinein. Er war so damit beschäftigt, dich zu beobachten, dass er mich nicht bemerkte. Aber vielleicht ist mein Argwohn übertrieben. Welchen Grund könnte er haben, dir zu folgen? Er ist erst seit vier Tagen hier und kann gar nicht wissen, was vor sich geht.“

Die beiden schwiegen einen Moment und schauten zum anderen Ufer in der Erwartung, dass die Fackel aufleuchtete.

„Immerhin hat er Titus gefunden. Was, wenn dieser ihm vor seinem Tod doch noch etwas über das Moneta falsa und uns erzählt hat?“, gab der Hispanier zu bedenken.

„Ich habe mich umgehört, er beharrt darauf, dass Titus schon tot war. “

„Er könnte lügen und eigene Absichten verfolgen.“

„Welche sollten das sein? Er ist Architekt und kein römischer Spürhund, sondern baut an der Brücke, ganz im Gegensatz zu diesem Philomenus! Der könnte uns wirklich gefährlich werden.“

„Nichts ist, wie es scheint! Wenn ich Titus nicht aus Rom gekannt hätte, hieltet ihr anderen ihn immer noch für einen Händler. Aber keine Sorge, ich werde herausfinden, ob er überhaupt etwas weiß. Bald haben wir Gewissheit“, versicherte der Hispanier.

„Und dann?“

„Werden wir weitersehen!“

In diesem Moment flammte die Fackel auf und sie setzten sich ins Boot.

Als sie das andere Ufer erreichten, ging Sepius an Land. Heute hatte er einen prallgefüllten Lederbeutel dabei, den er Crassus reichte.

Er öffnete ihn und prüfte die Ware. Zufrieden nickte er. „Was ist mit Marcellus?“

„Er hat bekommen, was er verdient“, antwortete mit gesenkter Stimme.

„Musste das sein?“, fragte Crassus, die Andeutung verstehend.

„Er stellte eine Gefahr dar.“

„Und jetzt nicht mehr?“

„Er ist inzwischen längst Fischfutter. Und selbst wenn er gefunden wird, gibt es keine Hinweise auf uns. Ich habe seine Habseligkeiten und seine Unterkunft durchsucht und nichts entdeckt, was auf uns hindeutet. Du kannst beruhigt sein. Ich kümmere mich um alles.“

„Wie stehen die Ermittlungen im Fall von diesem Titus?“

„Sie kommen nicht voran. Es heißt, er wurde Opfer eines Raubes.“

„Das ist gut. Wenn es schwerwiegende Probleme geben sollte, weißt du, wo du mich findest. Zögere dann nicht zu lange. Ich brauche Zeit, um die Gerätschaften zu entsorgen.“

„Ich weiß, was zu tun ist, egal was geschieht!"

„Sei nicht allzu sorglos. Die Gerüchteküche brodelt nicht nur in Mogontiacum. Auch in Castellum Mattiacorum wird bereits über die falschen Münzen offen geredet."

„Noch sehe ich keine Gefahr. Und unser Anführer auch nicht."

„Wer ist er eigentlich?"

„Das wissen nur er und ich und das bleibt auch in Zukunft so. Je weniger Mitwisser es gibt, umso sicherer ist es für uns alle."

„Wie du meinst. Dann ändert sich nichts am bisherigen Mitteilungsweg?"

„Genau. Bewahre nur Ruhe, dann kann nichts passieren", meinte der Hispanier und kehrte zum Boot zurück.

XXV: Fünfter Tag nach den Drususfestspielen, abends, Mogontiacum

In den vergangenen zwei Tagen waren die Arbeiten am Brückenbau zügig vorangegangen. Auch wenn das Wetter sich verschlechtert hatte und es unablässig nieselte, stellte das kein Hindernis dar. Solange der Wind nicht auffrischte und das Wasser so aufpeitschte, dass die Arbeitsplattformen zu stark ins Wanken gerieten, konnte weitergemacht werden.

Die Fundamente der Pfeiler an Land waren inzwischen fertig. Am nächsten Tag würden hier die Maurer zum Einsatz kommen. Zudem waren die ersten Arbeiten auf dem Wasser vorgesehen, die einen erheblich größeren Zeit- und Kraftaufwand erfordern würden.

Da ihre ehemalige Eskorte am nächsten Morgen nach Rom aufbrechen würde, machte Claudius an diesem Abend die letzten Berechnungen für den Kaiser. Er bat Marius ihm zu assistieren, und da Tullius bisher sehr exakt gearbeitet hatte, mussten sie kaum Korrekturen vornehmen. Claudius setzte noch seinen Namen darunter und sie waren noch vor der Cena fertig.

„Wie wäre es, wenn ich rasch einen Entwurf der Brücke zeichne und ihn beifüge?", bot sich Marius mit dem Hintergedanken an, die Pläne entsprechend zu präparieren.

„Aber Tiberius weiß bereits, wie sie aussehen soll."

„Sie wird aber einen Pfeiler mehr besitzen als ursprünglich geplant und ihr Abstand in der Strommitte ist breiter", gab er zu bedenken.

Claudius wollte den jugendlichen Eifer seines Schützlings

nicht bremsen und ließ ihn gewähren. „Wenn du unbedingt willst. Dazu benötigst du mich ja nicht. Ich werde mich frisch machen und bis zum Essen im Triclinium entspannen."

Marius hatte bereits heimlich eine Skizze angefertigt und besaß deshalb ausreichend Zeit, die Botschaft von Titus in ihr zu verstecken. Dazu holte er den Pinienklotz aus seiner Truhe und legte die verleimten Stellen frei. Dann kratzte er die Münzen heraus und wickelte sie einzeln in ein kleines Stück Tuch, damit sie nicht aneinanderschlugen und klimperten. Er kramte die Rolle hervor, in der er die Pergamente versteckt hatte und öffnete sie. Die schriftlichen Botschaften fielen unbeschadet heraus. Zusätzlich hatte er einen Brief an den Kaiser verfasst, um ihn darüber zu informieren, wie er in den Besitz der Dinge gelangt war. Schließlich erhitzte er Wachs, fixierte damit alle Pergamente und die Münzen. Er wartete, bis es abgekühlt war, rollte die Skizze fest zusammen und versiegelte sie, wobei er seinen Siegelring in das noch warme Wachs drückte.

Um die so präparierte Rolle legte er nun die Berechnungen von Claudius. Dieses Mal versah er sie mit dem Siegel seines väterlichen Freundes. Nun wickelte er das Ganze in einen Lederbeutel, den er verschnürte und verplombte. Zu guter Letzt blies er die Pinienspäne vom Tisch, brachte das Holzstück zurück an seinen Platz und verstaute den Beutel in seiner Truhe. Dann ging er zurück ins Triclinium.

„Ich habe alles erledigt und bereits verpackt. Oder hättest du einen Blick darauf werfen wollen?"

Claudius schüttelte müde den Kopf. „Das ist nicht nötig. Es ist ja nur eine Skizze und meinen Bericht kenne ich ja."

Danach speisten sie gemeinsam und Marius entging nicht, dass Claudius ungewöhnlich wortkarg war.

„Ist etwas mit dir?"

„Ich bekomme wohl Fieber", meinte Claudius. „Aber sei unbesorgt, Theodosios kuriert mich schon. Ich werde mich jetzt zurückziehen, denn ich fühle mich doch etwas matt."

Marius speiste alleine weiter. Die Aussicht, seiner Last bald entledigt zu sein, regte seinen Appetit an. Auch wenn Claudius kränkelte, so verspürte er doch eine gewisse Unternehmungslust, die ihm während der letzten Tage abhanden gekommen war. Heute Abend wollte er ausgehen und sich vergnügen. Allerdings wurde seine Absicht beinah zunichte gemacht, als eine halbe Stunde später Theodosios mit sorgenvoller Miene zu ihm kam.

„Claudius fiebert tatsächlich. Da er zu Fieberkrämpfen neigt, werde ich heute Nacht bei ihm wachen."

„Kann ich dir irgendwie helfen?"

„Nein, danke. Ich werde ihm einen fiebersenkenden Tee aus Weidenrinde kochen."

„Eigentlich wollte ich ausgehen, aber nun werde ich wohl zu Hause bleiben", seufzte Marius ergeben.

„Das ist nicht nötig. Du bist jung und hast in den letzten Wochen kaum Zeit für Vergnügungen gehabt. Und du bist für dein Alter viel zu ernst. Begib dich unter Menschen und amüsiere dich. Ich komme schon allein zurecht. Und wenn sich sein Zustand verschlimmern sollte, schicke ich nach einem Medicus."

„Theodosios, darf ich dich um einen Gefallen bitten?"

„Ja."

„Könntest du auf die Pläne für den Kaiser aufpassen, bis ich zurück bin? Ich würde sie nur ungern unbeaufsichtigt lassen und mitnehmen will ich sie auch nicht."

„Überlass sie ruhig mir", meinte Theodosios, ohne weiter nachzufragen.

Erleichtert atmete Marius auf. „In ein, spätestens zwei Stunden bin ich zurück", versprach Marius.

Er holte den Lederbeutel, gab ihn dem wartenden Griechen und verließ dann das Haus. Im Freien schaute er sich misstrauisch um, konnte aber im Umfeld des Anwesens niemanden erspähen. Zielstrebig begab er sich in ein Amüsierviertel, das er bisher noch nicht aufgesucht hatte. Unbehelligt gelangte er in dessen Zentrum, das im Vergleich zu den Randbezirken erstaunlich sauber war. Vor einem Haus der käuflichen Liebe fand er sich wieder. Er überlegte, ob er hier Zerstreuung suchen sollte, verspürte aber keine körperliche Lust. Noch hing das unerfüllte Versprechen, das er dem sterbenden Titus gegeben hatte, wie ein Damoklesschwert über ihm. Erst wenn er es erfüllt hatte, war er frei für solcherlei Dinge. Deshalb suchte er eine Taberna auf, von der Primus ihm erzählt hatte und in der kein Gesindel verkehrte. Er bestellte sich Wein und setzte sich an einen Tisch, von dem er den Eingang im Blick hatte. Musiker kamen herein und spielten keltische Weisen, zu denen eine stämmige Frau mittleren Alters sang. Ihre Stimme verzauberte die Anwesenden und kurz darauf fielen alle, die diese Lieder kannten, mit ein. Marius gefiel die gelöste Atmosphäre und er beschloss noch eine Weile zu bleiben und mitzufeiern.

Einige Zeit später brach er schließlich auf. Die Luft im

Schankraum war stickig gewesen und hatte ihn müde gemacht. Als er nun ins Freie trat, atmete er tief durch und war sofort wieder hellwach. Da inzwischen die Legionäre in ihre Unterkünfte zurückgekehrt waren, herrschte in den schmalen, schummrigen Gassen weitgehend Ruhe. Nur ab und zu kreuzte ein wankender Zecher oder ein Pärchen in eindeutiger Absicht seinen Weg. Marius, vom Wein und den keltischen Weisen frohgestimmt, schritt forsch voran. Eine der Melodien, die in der Kneipe gesungen worden waren, hatte sich in seinem Kopf festgesetzt und er summte leise vor sich hin.

Er war so mit sich selbst beschäftigt, dass er die Schritte, die ihm seit längerem folgten, zunächst nicht wahrnahm. Erst als ein maskierter Mann wie aus dem Nichts vor ihn sprang und sich zwei weitere rechts und links neben ihm postierten, bemerkte er die Gefahr, in der er schwebte. Ihre unteren Gesichtshälften waren hinter einem Tuch verborgen und sie hatten sich die Kapuzen ihrer Überwürfe über den Kopf gezogen. Doch ihre Intention war mehr als deutlich, denn während sie ihn einkreisten, zogen sie ihre Kurzschwerter. Marius' Nackenhaare sträubten sich, sein Magen krampfte sich zusammen und seine Hände und Knie zitterten, aber er zwang sich Ruhe zu bewahren. Jede unbedachte Bewegung verschlimmerte nur die Situation.

„Geld her, dann geschieht dir nichts", flüsterte derjenige, den Marius als Anführer ausmachte.

Seine Stimme wurde durch das Tuch vor seinem Mund verzerrt, so dass er sie nicht erkennen konnte.

Marius griff langsam nach seiner Börse und übergab sie ihm, in der Hoffnung, dass sie dann von ihm abließen.

Der Mann öffnete sie und schaute hinein. „Ist das alles?", fragte er höhnisch.

„Ja, mehr habe ich nicht. Ich war eben in einer Taberna und habe das Geld ausgegeben", versicherte Marius.

„Durchsucht ihn", befahl er seinen Kumpanen, während er den Architekten in Schach hielt.

Mit geübten Handgriffen tastete der eine die Vorderseite seines Körpers ab, während der andere das Gleiche mit der Rückseite tat.

„Er hat nichts mehr. Noch nicht einmal einen Dolch", stellte der eine voller Verachtung fest.

Der Anführer trat nun ganz dicht an ihn heran. Marius erstarrte vor Angst. Er schloss seine Augen in Erwartung eines tödlichen Stiches, glaubte schon, das kühle Metall des Schwertes auf seiner Haut zu spüren, als er die erlösenden Worte vernahm. „Verschwinde. Und komm nicht auf den Gedanken, um Hilfe zu rufen. Das hätte böse Konsequenzen“, gab ihm der Räuber mit auf den Weg.

Marius rannte kopflos weg, unendlich erleichtert, heil davonzukommen. Er zitterte am ganzen Körper und sein Herz schlug bis zum Hals, als er schließlich völlig außer Atem zum Stehen kam. Er spürte Stiche in seiner Seite und beugte sich nach vorn, um den Schmerz zu lindern. Nachdem es ihm besser ging, richtete er sich auf und schaute sich um. Zu seinem Erstaunen stellte er fest, dass er sich nicht allzu weit von seinem Zuhause befand. Noch immer nach Luft ringend, ging er langsam weiter. Während er sich beruhigte, klärte sich sein Verstand. Im Nachhinein war es eine weise Entscheidung gewesen, die Münzen und das Pergament im Haus zurückzulassen. Hätte er sie bei sich gehabt, befänden sie sich nun im Besitz der Räuber. Denn inzwischen war Marius überzeugt, dass dies kein gewöhnlicher Überfall gewesen war. Vielmehr schien es ihm, als hätte es sich um eine gezielte Leibesvisitation gehandelt und die Männer sich nur als Räuber getarnt, um sich davon zu überzeugen, dass er tatsächlich nicht im Besitz der Botschaft von Titus war. Marius fröstelte unwillkürlich. Morgen war er diese Sorge endlich los und damit fand er hoffentlich die ersehnte Ruhe.

Zu Hause suchte er sofort Theodosios auf. Er wachte am Bett des Kranken und las. Claudius fieberte und ein feuchtes Tuch kühlte seine Stirn. Als Theodosios Marius erblickte, stand er leise auf und ging aus dem Zimmer.

„Du bist so blass. Ist etwas passiert?“

„Ich wurde soeben ausgeraubt“, berichtete Marius mit zittriger Stimme.

„Wie furchtbar. Dir ist doch hoffentlich nichts geschehen?“

„Nein. Mir wurde nur meine Börse gestohlen.“

„Das hätte schlimm enden können.“

„Ich weiß. Sie waren in der Überzahl und ich konnte mich nicht wehren.“

„Das wäre auch mehr als leichtsinnig gewesen. Lieber ein ohnmächtiges Opfer als ein toter Mann.“

„Wie geht es Claudius?“

„Noch ist das Fieber unter Kontrolle. Ich kühle seinen Körper und der Fiebertee wirkt. Die Temperatur ist seitdem sogar leicht zurückgegangen.“

„Ich versuche jetzt zu schlafen, obwohl ich viel zu aufgewühlt bin.“

„Warte, ich habe Baldriantropfen, die dich beruhigen werden“, sagte Theodosios und verschwand in seiner Kammer.

Kurz darauf kehrte er mit einem kleinen, verschlossenen Tongefäß zurück. Er gab es Marius und nannte ihm die Dosierung.

„Danke Theodosios. Wo sind die Dokumente?“

„Dort auf dem Tisch.“

Marius schlich in das Zimmer, ergriff den Beutel und zog sich dann in sein Schlafgemach zurück. Er legte den Beutel in sein Bett, zog sich aus und ging sich frisch machen. Vor dem Spiegel im Bad tröpfelte er die abgezählten Tropfen auf seine Zunge. Sie schmeckten bitter und er spülte mit einem Schluck Wasser nach. Dann schlüpfte er zwischen die Laken und schlief wenig später ein.

XXVI: Sechster Tag nach den Drususfeierlichkeiten, Baustelle

Claudius‘ Zustand hatte sich über Nacht stabilisiert. Sein Fieber war dank des Gebräus aus Weidenrinde nicht wieder gestiegen, trotzdem fühlte er sich noch matt und seine Glieder schmerzten. Theodosios, der die ganze Nacht nicht von seiner Seite gewichen war, machte einen erschöpften Eindruck, als Marius das Schlafgemach betrat.

„Wie geht es dir?“, fragte er den Kranken.

„Ich bin immer noch müde und mein Kopf dröhnt. Ich werde heute nicht mit zur Baustelle kommen“, hustete er.

„Kuriere dich aus. Die heute anstehenden Arbeiten kann ich mit Tullius allein erledigen.“

„Das denke ich auch. Tullius ist ein ausgezeichneter Ingenieur und du bist trotz deiner geringen Erfahrung ein gewissenhafter Architekt. Ihr beide leistet gute Arbeit.“

Dieses Lob aus dem Munde des Generalbaumeisters erfreute ihn. „Heute Abend werde ich dir genau berichten. Ich gehe jetzt frühstücken, denn der Hauptmann unserer Eskorte muss jeden Augenblick eintreffen, um die Skizze und den Bericht zu holen. Danach werde ich aufbrechen“, verabschiedete er sich.

Theodosios folgte ihm. „Ich habe Claudius nichts von dem Überfall auf dich erzählt. In seinem Zustand schadet ihm Aufregung.“

„Ich habe dieses Thema aus dem gleichen Grund gemieden. Dank deiner Medizin konnte ich erstaunlich gut schlafen.“

In diesem Augenblick rief Lydia Marius‘ Namen.

„Der Hauptmann ist hier. Ich muss zu ihm“, sagte Marius und ging.

Der Offizier wartete im Arbeitszimmer auf Marius. „Salve! Habt Ihr die Dokumente vorbereitet?“, grüßte er.

„Salve. Hier sind sie, gut verwahrt. Ihr überreicht sie dem Kaiser auch persönlich?“

„Ja, so ist es vereinbart. Nur er wird sie zu sehen bekommen. Warum diese Vorsicht? Sie sind zwar von gewisser Bedeutung, aber doch kein Staatsgeheimnis?“, meinte der Hauptmann erstaunt.

Marius setzte eine Unschuldsmiene auf. Er sollte nicht wissen, welch prekäre Fracht er transportierte. „Es ist mein erster Auftrag als Architekt und da will ich sicher sein, dass nichts verloren geht.“

„Bei mir sind sie in den besten Händen. Draußen warten meine Männer. Ich hoffe, dass wir in vier Wochen Rom erreichen. Also lebt wohl!“, verabschiedete er sich.

„Seien die Götter mit Euch“, rief Marius ihm nach.

Dann ging er in die Küche, um zu frühstücken. Lydia war gerade dabei, eine kräftige Brühe für Claudius zu kochen.

„Soll ich Euch Proviant mitgeben?“, fragte sie Marius.

„Nein, das ist nicht nötig. Am Hafen gibt es viele Garküchen. Ich werde mir dort etwas kaufen. Aber Wasser will ich mitnehmen.“

„Die Feldflasche ist schon gefüllt“, entgegnete Lydia.

Marius aß schweigend seinen Getreidebrei. Lydia, die ein feines Gespür hatte, fragte ihn schließlich, ob es ihm gut gehe.

Marius legte den Löffel aus der Hand und schob den Teller von sich. „Letzte Nacht wurde ich ausgeraubt.“

Lydia unterbrach ihre Tätigkeit und setzte sich zu ihm. „Das müsst Ihr unbedingt Philomenus melden!“

„Ich will ihn eigentlich nicht sehen.“

„Das wäre aber klüger! Wer weiß, wie er es deutet, wenn Ihr ihm den Überfall verschweigt. Ich hielte es für besser, mit ihm zu kooperieren.“

„Das habe ich bisher immer getan.“

„Dann tut es auch weiterhin.“

„Also gut. Könntet Ihr den Hausdiener zu ihm schicken, damit er ihn informiert. Ich selbst habe keine Zeit ihn aufzusuchen, ich muss jetzt zur Baustelle. Bis heute Abend!“, seufzte er.

Marius fand sein Pferd gesattelt im Stall. Er befestigte die Feldflasche, stieg auf und ritt zum Hafen. Tullius instruierte gerade die Tagelöhner über die weiteren Arbeiten, als Marius eintraf.

„Wo ist Claudius?“, fragte Tullius überrascht.

„Er ist heute Nacht erkrankt.“

„Ist es schlimm?“

„Er fiebert, ist aber wach und ansprechbar. Theodosios kümmert sich um ihn. Er ist sicher bald wieder auf den Beinen.“

„Das wünsche ich ihm.“

Sie gingen hinunter zum Fluss. Auf Höhe der ersten beiden Markierungsstangen ankerten je vier Arbeitsplattformen, die alle den gleichen Abstand zur Markierung hatten. Auf ihnen lagerten bereits Pfähle aus Eichenholz und schwere Rammen.

„Jeder von uns geht zunächst auf eine der ufernahen Plattformen und bestimmt den jeweiligen Eckpunkt. Die Legionäre werden dann die Pfähle versenken.“

„Ist Mogontiacum eigentlich immer so ein gefährliches Pflaster?“, fragte Marius beim Übersetzen.

Erstaunt blickte Tullius ihn an. „Nein, eigentlich gibt es hier selten schwerwiegende Zwischenfälle. Warum fragt Ihr?“

„Erst geschieht der Mord an Titus und dann werde ich ausgeraubt.“

„Wann ist das geschehen?“

„Gestern Nacht.“

„Habt Ihr Schaden genommen?“, fragte der Ingenieur entsetzt.

„Nein, glücklicherweise nicht. Nur meine Börse wechselte den Besitzer“, versuchte Marius zu scherzen.

„Das solltet Ihr dem Kommandanten mitteilen.“

„Philomenus ist informiert, der Kommandant erfährt es bestimmt von ihm.“

Nachdem sie die erste Arbeitsplattform erreicht hatten, stieg Marius aus und Tullius wurde zur gegenüberliegenden gerudert. Die bereits gesetzte Markierungsstange bildete den Fixpunkt für die Abmessung des Umrisses. Von ihr ausgehend ermittelte Marius die Lage des ersten Eckpunktes. Dazu schlang er eine Messschnur um die Stange. Mit der Groma errechnete er den Winkel und rollte die Schnur in entsprechender Länge aus. Dann markierte er die Stelle und Tullius bestätigte von seinem Standort aus die Berechnung. Marius löste sie wieder. Nun ermittelte Tullius auf seiner Seite den Eckpunkt und die Prozedur wiederholte sich. Dann ergriffen auf jeder Plattformen drei Legionäre einen Eichenstamm und fixierten ihn, während andere ihn mittels einer schweren Ramme in den Untergrund trieben.

Die Arbeit dauerte ihre Zeit und die Erschütterungen übertrugen sich auf die Plattformen, so dass sie bei jedem Stoß hin und her schwankten. Marius machte dies nichts aus, er fühlte sich seit jeher auf dem Wasser wohl. Der Architekt und der Ingenieur setzten danach zur dritten und vierten Plattform über und platzierten die restlichen Pfosten. Noch einmal wurde nachgemessen, denn die Eckposten mussten exakt gesetzt sein, da sie später den Senkkästen als Führungsstangen dienten und dafür sorgten, dass diese sicher auf dem Flussgrund aufkamen.

Es war wichtig, dass die Caissons einigermaßen eben aufgestellt waren, denn sie erfüllten zwei Funktionen auf einmal. Nachdem sie leergepumpt waren, ermöglichten sie ein wasserfreies Arbeiten inmitten des Stromes und dienten gleichzeitig als Verschalung für die Maurerarbeiten.

Falls es hier zu Ungenauigkeiten kam, waren die Pfeiler später nicht exakt ausgerichtet, was eine Instabilität der gesamten Brücke zur Folge hätte.

Heute herrschten ideale Arbeitsbedingungen. Der Regen hatte aufgehört und der Himmel zeigte eine lockere Bewölkung, so dass die Sonne nicht stach und es auf dem Wasser angenehm warm war. Eine Menschenmenge hatte sich rund um die Baustelle versammelte und schaute wie jeden Tag zu. Eine Abordnung Legionäre hielt sie auf Abstand, so dass es zu keinen Behinderungen kam. Marius waren die Zuschauer inzwischen zur Selbstverständlichkeit geworden und er nahm gar keine Notiz mehr von ihnen.

Heute war er so in seine Arbeit vertieft, dass er nicht bemerkte, wie sich gegen Mittag ein Ruderboot mit Philomenus näherte. Etwas unsicher entstieg der Agent dem Boot und betrat die schwankende Plattform. Er wirkte weniger selbstsicher als üblich und sein Gesicht hatte eine leicht grünliche Färbung angenommen. Marius bedeutete den Legionären, eine Pause einzulegen.

Philomenus überging sein Unwohlsein und kam ohne Umschweife auf den Überfall zu sprechen. „Erzählt, was vergangene Nacht geschah!"

Nachdem Marius ihm berichtet hatte, stellte Philomenus weitere Fragen. „Es waren also drei Männer, die Euch mit einem Kurzschwert bedrohten?"

„Das sagte ich bereits."

„Sprachen sie einen Dialekt?"

„Nein."

Auf Tullius' Seite wurde indessen weitergearbeitet. Die durch das Eintreiben der Pfähle ausgelösten Wellen ließen ihre Plattform kräftig hin und her schaukeln, wodurch Philomenus' Gesichtsfarbe noch ungesunder wurde. Er suchte Halt an dem Tau, das die Plattform umspannte, und atmete tief und gleichmäßig ein.

„Seid Ihr etwa seekrank?", fragte Marius unvermittelt.

„Es gibt angenehmere Orte für mich. Aber das tut hier nichts zur Sache."

„Ihr hättet mich doch heute Abend aufsuchen können."

„Um kostbare Zeit zu verschwenden? Gebt mir eine möglichst genaue Personenbeschreibung."

Marius bemühte sich, aber sie fiel mehr als dürftig aus, da die Räuber maskiert gewesen waren. Er beschrieb die Männer als mittelgroß und normal gebaut. Sie hatten einheimische Tracht getragen. Bis auf das Kurzschwert, das üblicherweise nur Legionären vorbehalten war, gab es nichts Auffälliges. Er hätte schwören können, dass Philomenus angesichts dieser vagen Schilderung erleichtert aufatmete. Vielleicht tat er dies auch, weil das Schwanken mittlerweile nachgelassen hatte.

„Ihr habt also nur Eure Börse eingebüßt?"

„Mit immerhin mehreren Denaren. Nachdem ich sie ausgehändigt hatte, wurde ich einer regelrechten Leibesvisitation unterzogen. Was mich etwas seltsam anmutete. Normalerweise nehmen sich Räuber dafür keine Zeit. Oder habt Ihr dafür eine Erklärung?"

„Vielleicht erhofften sie sich weitere wertvolle Gegenstände an Eurem Körper?"

„Möglich, aber doch eher unwahrscheinlich."

„Ich kann Euch nicht versprechen, dass wir sie finden, aber ich werde alles Notwendige unternehmen. Vale", sagte er und wollte wieder ins Boot steigen.

Marius hielt ihn zurück. „Philomenus, da die Männer mich mit einem Kurzschwert bedrohten, frage ich mich, ob es die Mörder von Titus gewesen sein könnten."

„Zivilisten wären niemals zu später Stunde in das Lager gelangt. Selbst in jener Nacht waren die Tore bewacht."

„Aber ihre Waffen sind die von Legionären und für Zivilisten verboten", beharrte Marius.

„Ihr meint, es waren Soldaten, die Euch ausraubten?"

„Wäre das so abwegig? Sie könnten sich die einheimische Tracht zur Tarnung übergezogen haben."

„Das erscheint mir unwahrscheinlich. Legionäre würden eine

hohe Strafe riskieren, würden sie einer solchen Tat überführt. Nennt mir einen Grund, warum Legionäre, die über ein regelmäßiges Einkommen verfügen und erst vor kurzem ihren Sold erhalten haben, Euch ausrauben sollten."

„Ich wüsste keinen", sagte er schnell, obwohl er sehr wohl ein Motiv für den Überfall parat hatte. Aber das konnte er Philomenus nicht verraten, ohne sich selbst eine Blöße zu geben.

„Auch Zivilisten können sich auf ungesetzliche Weise Kurzschwerter verschaffen", gab er zu bedenken und setzte sich nun endgültig ins Boot.

Tullius hatte den letzten Teil des Gesprächs genau verfolgt und als der Agent außer Hörweite war, rief er Marius zu: „Für Philomenus war das eine äußerst kurze Befragung."

„Ich glaube, an Land wäre sie ausführlicher gewesen", entgegnete Marius mit spöttischer Stimme.

Konzentriert setzten sie die Arbeiten bis zum Abend fort. Als sie sich auf den Rückweg machten bemerkte Tullius: „Wir kommen erstaunlich schnell voran. Bald können wir die ersten Senkkästen wassern."

„Wenn uns die Götter weiterhin so wohlgesonnen sind. Ich reite jetzt nach Hause, um nach Claudius zu sehen."

„Grüßt ihn von mir."

„Das werde ich tun."

XXVII: Derselbe Tag, abends, Villa der Architekten

Claudius fühlte sich insgesamt etwas besser. Das Fieber war tagsüber leicht gesunken, aber gegen Abend spürte er, dass es wieder zu steigen begann. Allerdings verschwieg er dies dem treusorgenden Theodosios. Eingehüllt in eine Decke ruhte er auf einer Kline im Speisezimmer.

„Wie gehen die Arbeiten voran?", fragte er Marius.

„Zügig", meinte er und gab ihm eine detaillierte Schilderung.

„Ich hörte, du wurdest letzte Nacht überfallen?", fragte Claudius schließlich.

„Wer hat es dir erzählt?"

„Lydia. Was ihr einigen Ärger mit Theodosios einbrachte. Er beschützt mich wie eine Mutter ihr Kind und will jede Aufregung von mir fernhalten. Willst du darüber reden?"

„Eigentlich wollte ich damit warten, bis du wieder ganz gesund bist."

„Ich weiß deine Fürsorge zu schätzen, aber ich habe lediglich etwas Fieber und bin nicht todkrank. Es scheint, dass du Gefahr förmlich anziehst!", äußerte er bekümmert.

„Ich kann doch nichts dafür! Soll ich mich im Haus verschanzen, um das Schicksal abzuwehren?", sagte er.

„Nein, natürlich nicht. Aber in Zukunft solltest du vorsichtig sein."

„Das bin ich bereits. Sicher wäre ich nur, hätte ich eine persönliche Leibgarde", ereiferte er sich. „Soll ich dir nun berichten?"

Claudius nickte zustimmend und Marius schilderte ihm den Überfall.

„Du hast Glück gehabt, dass dir nichts Schlimmeres widerfahren ist. Ich vergaß dir übrigens mitzuteilen, dass Primus hier war und uns für heute Abend in das Haus seines Vaters eingeladen hat. Ich bin ja krank, aber du kannst hingehen."

„Das können wir doch verschieben, bis du wieder genesen bist."

„Ich ahnte, dass du so denkst und habe deshalb für dich zugesagt. Theodosios wird dich begleiten und ich dulde keine Widerrede."

„Ich will dich aber nicht alleine lassen."

„Du musst dich nicht sorgen, mir geht es wieder einigermaßen gut. Theodosios bringt mir meinen Schlaftrunk und den Fiebertee und dann gehe ich auch bald zu Bett. Und nun mach dich fertig, du wirst erwartet."

Mit einem Seufzer erhob sich Marius. Claudius konnte manchmal ein richtiger Dickkopf sein. In einem solchen Augenblick war jede Art von Widerspruch zwecklos.

Während Marius sich ausgehfertig machte, nahm Claudius seine Medizin und ging zu Bett. Vor dem Weggehen warf Marius noch einen Blick in dessen Gemach, um sich zu verabschieden, aber Claudius war bereits eingeschlafen. Er betrachtete ihn nachdenklich. Claudius wirkte weniger kraftvoll als vor ihrer Abreise aus Rom. Die Reisestrapazen und seine Krankheit forderten einen deutlichen Tribut. In diesem Augenblick erschien er Marius ungewohnt zerbrechlich und wehrlos. Auch wenn Claudius friedlich schlummerte, verspürte Marius Unbehangen bei dem Gedanken, ihn allein zu lassen. Er sollte hier bleiben, aber dann wäre Claudius ihm morgen sicher böse. Leise verließ er den Raum, um den Kranken nicht aufzuwecken.

Vor der Tür stieß er auf Theodosios, der sich ebenfalls vergewisserte, dass es seinem Patienten gut ging. Er trug einen Umhang, der dem von Claudius recht ähnlich war. Auch Marius hatte sich wegen der stetig kühler werdenden Nächte entsprechend gekleidet.

„Er wird durchschlafen. Du wirst sehen, in zwei, drei Tagen ist er wieder gesund", versicherte er dem jungen Römer. „Lass uns gehen. Man erwartet uns bereits."

Beim Verlassen des Hauses hörten sie Lydia noch in der Küche hantieren. Sie weichte Bohnen für das morgige Mahl ein. Das spendete Marius einen gewissen Trost. Auch wenn die Wirtschafterin nicht im Hauses lebte, so war sie für Claudius notfalls doch in Reichweite. Der Abend war kühl und wolkenverhangen und sie zogen die Kapuzen über ihre Köpfe, als sie das Haus verließen. Lydia hatte eine Laterne bereitgestellt, die bereits angezündet war. Theodosios ergriff sie, dann bestiegen sie die Pferde und ritten in leichtem Trab davon. Beim Verlassen des Vorhofes vergewisserte sich Marius, dass ihnen niemand folgte, aber trotzdem entgingen ihm drei dunkelgewandete Gestalten, die etwas abseits im Schatten eines Hauses herumlungerten und zu ihnen herüberstarrten.

Auf eine solche Gelegenheit hatten die drei Männer gehofft. Seit Einbruch der Dunkelheit beobachteten sie das Anwesen, wobei sie jede Einzelheit genau registrierten. Geraume Zeit später, nachdem die Wirtschafterin sämtliche Lichter gelöscht hatte, schlichen sie sich an die Rückseite des Gebäudes. Sie wussten, dass die Frau nicht im Haus selbst wohnte, sondern in einem Anbau. In einem günstigen Augenblick, als die Straße menschenleer war, kletterten zwei von ihnen über die Mauer und sprangen in den Garten. Der Dritte half ihnen dabei, dann kehrte er vor den Eingang zurück und bezog dort Posten.

Die Eindringlinge zerbrachen das Küchenfenster und verschafften sich so problemlos Einlass. Sie hatten kleine Öllampen mitgebracht, die sie am noch schwach glimmenden Herdfeuer entzündeten. Flüsternd besprachen sie ihr weiteres Vorgehen und trennten sich dann. Der Größere widmete sich zunächst dem Arbeitszimmer. Ohne Rücksicht zu nehmen, durchstöberte er die Regale und den Arbeitstisch und warf dabei achtlos sämtliche Pläne zu Boden. Danach leerte er die Kisten mit den Instrumenten, wobei einige zu Bruch gingen. An dem Lärm, den er verursachte, störte er sich nicht, denn er wähnte sich sicher. Dieser Raum lag weit von den Schlafgemächern und den Zimmern der Wirtschafterin entfernt. Außerdem waren ja der Grieche und der junge Architekt mit ihren Pferden davongeritten, was wohl bedeutete, dass sie einige Zeit wegblieben. Und der alte Mann war krank und aufgrund seiner Medizin, die er jeden Abend zu sich nahm, außer Gefecht. Zudem bedeutete er für sie in seinem geschwächten Zustand keine ernste Gefahr.

Der andere ging unterdessen leiser vor, denn er hielt sich im Trakt mit den Schlafkammern auf. Vorsichtig inspizierte er Marius' Zimmer, riss mit einer raschen Handbewegung die Laken vom Bett, hob die Matratze an und untersuchte sie. Im Anschluss durchwühlte er die Truhen und fand dort auch das Pinienklötzchen, dem er allerdings keine weitere Beachtung schenkte. Stattdessen tastete er jedes einzelne Kleidungsstück sorgfältig ab. Dabei löste sich eine schwere, silberne Fibel, die klirrend zu Boden fiel. Erschrocken hielt er inne und lauschte, aber alles blieb ruhig. Kurz darauf setzte er seine Durchsuchung fort.

Claudius hatte bis zu diesem Zeitpunkt tief und fest geschlafen. Als er jedoch das Klirren der fallenden Gewandspange vernahm, schreckte er aus seinem Fiebertraum hoch. Schlaftrunken richtete er sich auf. Er fühlte sich benommen und benötigte eine gewisse Zeit, um sich zu orientieren. Sein Herz klopfte schnell, entweder hatte er schlecht geträumt oder tatsächlich ein Geräusch gehört. Er spürte, dass sich jemand im Haus befand. Für Marius und Theodosios war es noch zu früh und Lydia weilte um diese Stunde meist in ihrer Unterkunft. Wer konnte es also sein? Er lauschte und vernahm weiterhin leises Rascheln, das allem Anschein nach aus Marius' Zimmer kam.

Claudius zögerte nicht länger. Er nahm die Öllampe, die mit kleiner Flamme brannte, vom Tisch, hüllte sich in sein Laken und stand mit zittrigen Knien auf. Barfuß schlich er in den Flur und ging Richtung Marius' Schlafzimmer. Er verharrte kurz vor der weit geöffneten Tür und lugte vorsichtig um die Ecke. Ein junger, kräftiger Mann kniete vor einer Truhe und hatte ihm den Rücken zugewandt. Deshalb bemerkte er Claudius auch nicht. Der Architekt überlegte, ob er den Einbrecher stellen sollte, entschied sich aber angesichts von dessen Jugend und seiner eigenen Erkrankung lieber dazu, das Haus unbemerkt zu verlassen. Der Einbrecher war mit einer Tunika bekleidet, trug Soldatenstiefel und hatte pechschwarzes Haar. Er gehörte demnach zu einer der Legionen oder zu den Hilfstruppen.

Vorsichtig schlich er weiter Richtung Haustür. Auf der Höhe des Arbeitszimmers stockte sein Atem erneut. Hier ging ein weiterer Mann zu Werk. Auch er war der Tür abgewandt, aber er trug die Kleidung eines Kelten, was unschwer an den karierten Hosen und dem Kapuzenüberwurf zu erkennen war. Claudius wunderte sich über diese seltsame Konstellation. Was verband einen Legionär mit einem Einheimischen?

Ihm war bewusst, dass er gegen zwei kräftige Männer keinerlei Chance hatte. Die Situation erschien ihm beinah ausweglos und sein einziger Gedanke galt der Flucht. Aber um zur Haustür zu gelangen, musste er an diesem Raum vorbei. Also löschte er die Lampe, entfernte sich möglichst weit vom Arbeitszimmer und drückte sich fest an die Wand. Dort wartete er auf einen günstigen Augenblick, wobei er kaum zu atmen wagte.

Nur wenig später verließ der Mann den Raum und ging ins Triclinium, ohne den erschreckten Claudius zu bemerken. Kaum war der Eindringling außer Sichtweite, raffte der Architekt das Laken so hoch, dass es ihn beim Laufen nicht behinderte und rannte für sein Alter erstaunlich flink und auf leisen Sohlen zur Eingangstür. Ohne innezuhalten riss er sie auf und stürzte ins Freie. Heftig atmend hastete er weiter. Noch traute er sich nicht um Hilfe zu rufen, solange er sich nicht außerhalb der Grundstücksmauern befand.

Er hatte den Hof bereits durchquert und das Hoftor erreicht. Gerade wollte er die Richtung zum Garnisonslager einschlagen und wähnte sich schon in Sicherheit, als ein schwerer Gegenstand auf seinen Kopf niedersauste und ihn an der linken Schläfe traf. Claudius strauchelte, vernahm einen lauten Warnruf, bevor es um ihn herum schwarz wurde und er hart auf dem Pflaster aufschlug.

Unmittelbar darauf verließen in überstürzter Flucht und unter lauten Flüchen drei Männer das Anwesen der Architekten, ohne den am Boden Liegenden auch nur eines Blickes zu würdigen.

XXVIII: Derselbe Tag, nachts, Villa des Blussus

Von diesem tragischen Ereignis ahnten Marius und Theodosios nichts. Sie hatten ihr Ziel längst erreicht und waren von Primus freudig empfangen worden. Er führte sie in das Triclinium, wo der Hausherr sie bereits erwartete und begrüßte. Dabei machte er keinen Unterschied zwischen Theodosios und Marius. „Willkommen in meinem Haus. Ich freue mich, dass Ihr meiner Einladung gefolgt seid. Nur schade, dass Claudius erkrankt ist.“

Marius hatte bei seinem ersten Besuch der Einrichtung wenig Beachtung geschenkt. Das holte er nun nach. Hier erinnerte nicht viel daran, dass der Patron ein Kelte war. Römische Lebensart hatte Einzug gehalten. Die Art, in der Blussus sich kleidete und die Sitten, die in diesem Haus gepflegt wurden, zeigten seine wahre Vorliebe. Während er auf dem Boot die keltische Tracht bestehend aus einer einfachen Chamisia, den Bracae und dem typischen Mantel mit Kapuze getragen hatte, war er heute Abend mit einer kostbaren, mit Goldfäden durchwirkten Seidentunika und Sandalen bekleidet. Um den Hals hatte er einen breiten Torques aus massivem Gold angelegt. Marius vermutete, dass er diese Kleidung zu Ehren seiner Gäste gewählt hatte.

Der Tisch war reich gedeckt, neben römischen Spezialitäten gab es keltische Delikatessen, die Marius unbedingt probieren wollte. Sobald sie sich niedergelassen hatten, betraten zwei Frauen den Raum. Die ältere stellte Blussus als seine Gemahlin Menimane vor, die jüngere als seine angenommene Tochter Gesima vor.

Die beiden Frauen hielten im Gegensatz zum Hausherrn noch an der keltischen Tradition fest. Menimanes Haar war in der Mitte gescheitelt und nach rechts und links weggesteckt. Gesima hatte ihres dagegen zu einem kunstvollen Zopf frisiert. Die Gattin des Blussus war von kräftiger Statur und trug ein langes, doppellagiges, purpurnes Untergewand und darüber einen keltischen Peplos. Er bestand aus zwei karierten, wollenen Stoffrechtecken, die in der Taille gegürtet waren und an beiden Schulten von goldenen Fibeln zusammengehalten wurden. Das Gewand fiel in lockeren Falten bis an ihre Knöchel und bauschte sich auf Höhe der Unterschenkel. Die kunstvoll gearbeiteten Gewandspangen waren mit einer prachtvollen Schmuckkette verknüpft und an ihren Armen klimperten kostbare Reifen.

Gesima war wesentlich schlichter gekleidet. Sie trug lediglich eine Chamisia aus hellem Flachs und dazu einen rotkarierten Wickelrock aus leichtem Wollstoff. Dieser reichte bis an ihre Waden, so dass die Sandalen gut zu sehen waren. Auch sie trug eine schwere Kette, allerdings aus Bernstein. Rötliche Sommersprossen zierten ihre Nase, ansonsten hatte sie eine makellos weiße Haut. Aus ihrem Gesicht sprach eine wache Intelligenz, große Willensstärke und – wie bei Primus – eine gewisse Streitlust.

Gesima gab sich spröde, dennoch verzauberte sie Marius auf Anhieb. Was Lucius Nepius' Tochter Julia neulich nicht vermocht hatte, gelang Gesima sofort: Sie berührte sein Herz. Auch wenn sie keine Schönheit im klassischen Sinne war und in dieser Beziehung Julia nicht das Wasser reichen konnte, versprühte sie eine ansteckende Lebendigkeit. Ein inneres Feuer schien in ihr zu lodern und jeden herauszufordern. Ihre grünen Augen funkelten angriffslustig wie die einer Raubkatze und ihr rotgoldenes Haar schimmerte seidig im Schein der Lampen.

Sie war beinah so groß wie Primus, von schlanker, wenn auch nicht graziler Gestalt. Ihre Bewegungen waren geschmeidig und beherrscht und ihre Stimme hatte einen warmen Ton, als sie die Gäste begrüßte. Marius war von ihr beeindruckt. Wenn sie ihm anböte, Haus und Garten zu besichtigen, würde er keine Sekunde zögern.

Auch Menimane und Gesima unterhielten sich in der Sprache der Römer, wobei Gesima beinah akzentfrei redete.

„Lasst uns mit dem Essen beginnen“, forderte Blussus seine Gäste auf.

„Ihr habt ja schon viel erlebt, seit Ihr in Mogontiacum weilt. Ich erschrak, als mir Primus von Eurem Missgeschick berichtete“, meinte Menimane, als sie sich in einem Korbsessel niederließ.

Marius und Primus teilten sich eine Kline, ebenso Blussus und Theodosios, Gesima wählte ebenfalls einen Sessel.

„Leider, die Ereignisse überschlagen sich. Zu allem Überfluss wurde ich gestern Nacht auch noch ausgeraubt.“

Die Frauen stießen einen erschrockenen Laut aus, Blussus und Primus zeigten sich entsetzt.

„Das ist ja furchtbar“, entfuhr es Gesima.

„Ich kam mit dem Schrecken davon, mir wurde ja nur die Börse geraubt“, versicherte er schnell.

„Wurde dir sonst noch etwas gestohlen?“, fragte Primus und spielte damit auf das Falschgeld und die Pergamentrolle an, denn noch wusste er nicht, dass sich beides auf dem Weg nach Rom befand.

Marius verstand den Wink. „Nein, nur mein Geld. Und das lässt sich verschmerzen“, entgegnete er.

„Können wir nicht über etwas anderes reden?“, lenkte Marius ab. „Ich will das alles gern vergessen! Was ist das für eine Speise?“, fragte er und deutete auf einen großen Topf.

„Das ist ein keltisches Gericht. Es nennt sich Ritschert und ist ein Eintopf aus Rollgerste und Bohnen“, sagte Gesima.

Ein Diener brachte Met, füllte Gläser und reichte sie den Gästen und seiner Herrschaft. Marius trank zum ersten Mal Met und der Geschmack war für seinen römischen Gaumen gewöhnungsbedürftig, obwohl ihm gesüßter Wein nicht unbekannt war. Danach kostete er von dem Ritschert, konnte sich aber nicht wirklich damit anfreunden.

„Gleich gibt es gegrilltes Fleisch. Das wird Euch wohl eher

munden", meinte Gesima, der Marius' Reaktion nicht entgangen war.

Marius hatte keine Zeit für eine rechtfertigende Bemerkung, denn in diesem Augenblick brachten zwei andere Diener einen großen Spieß herein, auf dem ein braungebratenes Tier steckte. Sein Magen zog sich zusammen, denn er wusste um die Vorliebe der Kelten für Hundefleisch. Verstohlen schaute er sich um und entdeckte die Hunde, die entspannt in einer Ecke des Raumes lagen. Rasch zählte er die Tiere, die er bereits bei seinem ersten Besuch in der Villa angetroffen hatte. Erleichtert stellte er fest, dass sie vollzählig waren.

„Es ist Ziege", bemerkte Gesima vieldeutig.

Nachdem der erste Hunger gestillt war, forderte Blussus ihn auf, von der Arbeit an der Brücke zu erzählen. Marius berichtete über die Fortschritte, musste sich aber konzentrieren, um den Faden nicht zu verlieren. Denn sobald er Gesima ansah, verloren sich seine Gedanken. Er versuchte, seine Gefühle zu verbergen und senkte den Blick, aber das erschien ihm den anderen Anwesenden gegenüber unhöflich. Doch wann immer er aufschaute, wanderten seine Augen sofort zu der jungen Keltin.

Theodosios hatte sofort bemerkt, wie sehr Gesima Marius beeindruckte. Tief in seinem Innern war er selbst ein Gefühlsmensch und starken Emotionen nicht abgeneigt, deshalb beobachtete er amüsiert, welchen Eindruck die jungen Frau auf seinen Begleiter machte.

Gesima indes behandelte Marius kühl, aber sie war wissenshungrig und stellte ihm immer wieder interessierte Fragen. Marius gab ihr bereitwillig Auskunft, obwohl er fürchtete, seine Gastgeber zu langweilen. Irgendwann kapitulierte er allerdings und unterbreitete ihr deshalb einen Vorschlag.

„Wenn Ihr wollt, besucht mich doch morgen auf der Baustelle", sagte er in die Runde, in der Hoffnung, Gesima würde zusagen. „Momentan gründen wir die Fundamente. Morgen geschieht dies erstmals auf dem Wasser. Ihr könnt gern dabei zuschauen und dann klären sich Eure Fragen ganz von selbst."

Primus war über diese Aufforderung verdutzt und etwas verärgert. Ihn hatte er noch nicht zu einer Besichtigung eingeladen, obwohl sie sich schon deutlich länger kannten. Wieso bevorzugte er seine Schwester so offensichtlich? Doch als sein Blick zwischen Gesima und Marius hin und her wanderte, dämmerte es ihm. Marius war anscheinend von Amors Pfeil getroffen worden. Er bedauerte seinen Freund fast. Gesima war eine selbstbewusste

Frau und in der Wahl ihrer Verehrer mehr als anspruchsvoll. Bislang hatte keiner ihren Ansprüchen genügt und nach kurzer Zeit beendete sie jede Liebschaft, meist mit der Begründung, dass die Männer Hohlköpfe und nur an sich interessiert seien. Marius jedoch war definitiv kein Hohlkopf. Er zeigte sich ihr gegenüber aufmerksam, behandelte sie nicht von oben herab, wie Römer das gerne bei Frauen anderer Nationen taten, und sah dazu noch gut aus.

Und Gesima gab sich erstaunlich zahm. Mit weit aufgerissenen Augen meinte sie, dass sie gerne kommen würde. „Primus, begleitest du mich? Wenn nicht, komme ich auch alleine“, sagte sie selbstsicher.

Primus konnte nur sprachlos nicken. Die Sympathie herrschte wohl auf beiden Seiten.

„Diese Einladung gilt natürlich auch für Euch“, versicherte Marius rasch, um Primus, Blussus und Menimane nicht zu kränken.

Ihre Gastgeberin lächelte vieldeutig. Auch sie spürte die sinnliche Spannung zwischen den beiden jungen Leuten. Einzig Blussus schien von all dem nichts zu bemerken. Er versprach vorbeizukommen, allerdings nicht morgen, sondern an einem anderen Tag, an dem ihn seine Geschäfte sowieso ins Hafenviertel führten.

Kurz darauf verabschiedeten sich die Gäste. Sie begründeten den frühen Aufbruch damit, dass sie sich um Claudius sorgten, was auch stimmte. Marius hatte gehofft, wenigstens für einen kurzen Augenblick mit Primus allein reden zu können. Doch es hatte sich keine Möglichkeit geboten. Vielleicht böte sich bei ihrem morgigen Treffen die Gelegenheit.

Theodosios und Marius legten die erste Strecke des Weges schweigsam zurück. Marius dachte an Gesima, Theodosios an Claudius. Die Nacht war sternenklar und kalt, so dass sie ihren Atem sehen konnten. Nachdem sie die keltische Siedlung hinter sich gelassen hatten und auf der Gräberstraße angelangt waren, brach Theodosios das Schweigen.

„Dir war deutlich anzumerken, wie sehr dir das Mädchen gefällt.“

Marius schämte sich seiner Gefühle nicht. „Theodosios, Vergleichbares ist mir noch nie widerfahren. Es hat mich wie ein Blitz aus heiterem Himmel getroffen. Ich hatte schon einige Bekanntschaften mit Frauen, manche bedeuteten mir sogar etwas. Aber keine hat mich auf Anhieb so gefesselt wie Gesima“, schwärmte er.

„Das ist wohl keinem außer Blussus entgangen."
„Sind meine Gefühle so augenscheinlich?"
„Allerdings", lachte Theodosios. „Aber das macht nichts. Amors Pfeile treffen unvermittelt."
„Ob Gesima wohl ähnlich empfindet?"
„Sie gibt sich gern abweisend und will erobert werden. Zumindest scheint sie aber nicht abgeneigt, sonst hätte sie nicht so rasch zugesagt, dich morgen auf der Baustelle zu besuchen."
„Wie soll ich mich ihr gegenüber nur verhalten? Wenn ich meine Emotionen nicht verbergen kann, mach ich mich doch zum Idioten."
„Sei du selbst, verhalte dich natürlich. Frauen merken rasch, wenn man sich verstellt. Und das verzeihen sie nicht."
„Warum hast du eigentlich keine Frau?", fragte er unvermittelt.
„Weil ich kein Verlangen danach verspüre", antwortete Theodosios in scharfem Ton.
Marius ahnte, das er zu weit gegangen war und drang nicht weiter in ihn ein. Inzwischen waren sie nicht mehr weit von ihrer Villa entfernt. Noch bevor sie sie erreichten, bemerkten sie, dass etwas nicht stimmte. Die Straße war ungewöhnlich hell erleuchtet, Menschen hatten sich davor versammelt und redeten aufgeregt durcheinander und Soldaten schirmten das Gebäude ab. Irgendetwas Schlimmes musste geschehen sein. Theodosios trieb sein Pferd an, galoppierte zwischen den Legionären hindurch direkt in den Hof. Marius folgte ihm auf den Fuß. Sie sprangen gleichzeitig ab, ohne sich weiter um die Tiere zu kümmern. Vor der Haustür stand Philomenus, der den Eingang wie der Cerberus bewachte.
„Was ist passiert?", riefen Marius und Theodosios wie aus einem Munde.
„Es wurde eingebrochen."
„Claudius?", stammelte Theodosios.
Philomenus schwieg betroffen. „Er wurde niedergeschlagen. Es tut mir sehr Leid", meinte er erstaunlich mitfühlend.
Marius traute sich nicht, die entscheidende Frage zu stellen, aber Theodosios tat es. „Ist er tot?"
„Nein!"
„Den Göttern sei Dank."
„Aber er ist ohne Bewusstsein. Wir haben ihn ins Valetudinarium gebracht. Ein Medicus versorgt ihn. Er kann aber noch nicht sagen, ob er überleben wird."

„Wie furchtbar. Wer hat ihn gefunden?“

„Lydia. Sie wurde durch Geräusche geweckt, wagte sich aber nicht ins Haus. Erst als wieder Ruhe einkehrte, schaute sie nach. Claudius war verschwunden und sie dachte schon, er hätte die Unordnung im Fieberwahn verursacht. Als sie die Haustüre offen vorfand, glaubte sie, er sei davongelaufen und machte sich auf die Suche. Dann fand sie ihn blutüberströmt vor der Mauer und holte sofort Hilfe.“

„Warum informierte uns niemand?“, beschwerte sich Marius.

„Ich wollte gerade meine Männer losschicken, aber Ihr seid mir zuvorgekommen.“

„Kann ich Claudius sehen?“, bat Theodosios.

„Der Medicus wünscht das sogar. Er denkt, falls Claudius aufwacht, tut ihm dein Anblick gut. Außerdem meinte er, dass du einiges von der Heilkunst verstehst.“

Theodosios zögerte keine Sekunde, schwang sich auf sein Pferd und ritt wortlos davon.

„Was ist mit mir? Ich will auch zu ihm“, forderte Marius.

„Ihr könnt ihn morgen besuchen.“ Philomenus zögerte kurz, stellte dann aber doch seine Fragen. „Habt Ihr eine Ahnung, warum jemand bei Euch einbrach?“

Für einen kurzen Moment war Marius versucht, endlich die Wahrheit zu sagen und so sein Gewissen zu erleichtern. Doch wieder tauchte das Bild des sterbenden Titus vor ihm auf und seine Mahnung dröhnte in seinen Ohren.

„Nein.“

„Es ist schon sonderbar, dass Ihr gestern ausgeraubt und heute Euer Haus durchsucht wird. Mir scheint, dass jemand gezielt nach etwas sucht und das bei Euch vermutet.“

„Bei mir gibt es aber nichts zu finden“, antwortete er wahrheitsgemäß. „Ihr könnt Euch gern selbst überzeugen“, bot er dem Ermittler an.

„So denkt aber wohl nicht jeder“, meinte er und ging nicht auf das Angebot ein.

„Ihr auch nicht?“

Philomenus schwieg und dieses Schweigen war beredt genug.

„Benötigt Ihr mich noch?“

„Nein, heute nicht mehr. Ihr könnt jetzt hinein. Aber erschreckt nicht, die Eindringlinge haben ziemlich gewütet.“

Marius ignorierte die Unordnung und machte sich auf die Suche nach Lydia. Er fand sie in der Küche, wo sie vor einem Glas mit einer bräunlichen Flüssigkeit saß. Der Schrecken war ihr noch ins Gesicht geschrieben und sie war in Tränen aufgelöst.

Als sie Marius sah, schluchzte sie laut auf. Aus einem Impuls heraus ging er zu ihr und umarmte sie. „Warum nur tut jemand Claudius so etwas an? Es ist so schrecklich“, schluchzte sie in seine Toga.

Marius ließ sie einige Zeit gewähren, bevor er sich wieder sanft von ihr löste. „Ich verstehe das auch nicht. Ich hatte von Beginn an ein ungutes Gefühl und wollte ihn nicht allein lassen. Aber er drängte mich regelrecht zu diesem Besuch. Und dann gab er mir auch noch Theodosios zu meinem Schutz mit. Wären wir doch nur hiergeblieben, dann wäre das nicht passiert.“

„Macht Euch keine Vorwürfe. Was geschehen soll, geschieht. Das können wir Menschen nicht beeinflussen.“

„Lydia, ich weiß auch nicht, warum uns das alles widerfährt. Seit wir hier in Mogontiacum sind, ereignen sich die seltsamsten Dinge.“

Lydia schniefte und trank einen Schluck. „Das hier habe ich einmal von einem Medicus verordnet bekommen. Es macht einen müde. Bisher spüre ich allerdings wenig. Wahrscheinlich hängt alles mit dem Mord an Titus zusammen“, äußerte sie unvermittelt.

„Wieso glaubst Ihr das?“

„Ich hörte beim Einkaufen dies und das. Keiner weiß Genaues über ihn, aber ein Händler war er wohl nicht.“

„Was redet man denn so?“

„Alles ist sehr vage, aber es wird spekuliert, dass er ein Informant gewesen sein könnte.“

„Ein Spitzel also. Aber für wen?“

Lydia zuckte die Schultern. „Für den Feind? Oder für den Kommandanten, den Procurator oder gar den Kaiser?“

In Mogontiacum verbreiteten sich Gerüchte genauso schnell wie in Rom. Marius wunderte sich immer wieder, woher diese Nachreden stammten, zumal sie nicht allzu weit von der Wahrheit entfernt waren.

„Außerdem wurde das Haus schon einmal durchsucht. Nur war derjenige dabei erheblich vorsichtiger.“

„Ihr habt es also bemerkt?“

„Ja, es geschah am Tag nach Titus‘ Ermordung, als wir im Theater waren und Ihr Primus besuchtet. Mir fiel es deshalb auf, weil die Gewürze in der Küche nicht mehr an ihrem Platz standen.“

Lydia war eine scharfe Beobachterin.

„Warum habt Ihr nichts gesagt?“

„Es fehlte doch nichts. Und Ihr habt Euch auch nicht beschwert. Und da Ihr genug Ärger wegen des Mordes hattet, hielt ich es für besser zu schweigen“, sagte sie und gähnte herzhaft. „Nun werde ich doch müde. Wollt Ihr auch etwas von den Tropfen, damit Ihr schlafen könnt?“

„Nein, ich brauche einen klaren Verstand.“

„Ihr tragt jetzt die alleinige Verantwortung für den Bau. Wäre es nicht besser, morgen ausgeruht auf der Baustelle zu erscheinen?“

„Ich weiß nicht, ob wir morgen weiterarbeiten werden. Das soll Kommandant Cornelius entscheiden. Zuallererst werde ich aber Claudius besuchen. Schlaft gut!“

„Ihr auch.“

XXIX: Dieselbe Nacht, Marius‘ Schlafgemach

Marius wälzte sich in dieser Nacht unruhig hin und her. Er machte sich schwere Vorwürfe und glaubte Schuld an der Misere zu sein. Hätte er Philomenus gleich alles offenbart, läge Claudius jetzt aller Wahrscheinlichkeit nach nicht schwer verletzt im Valetudinarium. Marius rekapitulierte die Ereignisse chronologisch und kam zu dem Schluss, dass wohl verschiedene Personen in den Besitz der Sachen von Titus kommen wollten. Er stand auf und setzte endlich die Liste auf, wie er es bereits bei seinem Besuch in der Therme beschlossen hatte. Dabei ordnete er die Fakten beginnend mit dem Mord bis zum heutigen Einbruch.

Direkt nach der Bluttat war Titus‘ Wagen durchwühlt worden, wahrscheinlich von dessen Mörder, wobei Marius ihn störte. Erst jetzt kam ihm der Gedanke, dass derjenige vielleicht gar nicht die Flucht ergriffen hatte, sondern ihn seinerseits beobachtet hatte, während er die Statue fand. Das würde erklären, warum sie in seinem Besitz vermutet wurde und das Haus bereits am folgenden Tag durchsucht worden war.

Aber passte dies zusammen? Der Eindringling war sehr darauf bedacht gewesen, möglichst wenig Spuren zu hinterlassen, was ihm ja auch fast gelungen war. Weder Theodosios noch Claudius hatten etwas davon bemerkt und ihm selbst wäre auch nichts aufgefallen, wenn nicht die Sache mit dem Schlüssel und dem falschplazierten Gürtel gewesen wäre. Marius mutmaßte, dass diese erste Inspektion auf Anordnung von Philomenus oder dem Kommandanten geschehen sein könnte. Sie wollten sich vergewissern, dass er die Wahrheit sagte, ihn dabei aber nicht kompromittieren.

Als nächstes hatten Marius und Primus Titus' Geheimnis entschlüsselt. Sollte sein Freund etwa mit den Verbrechern unter einer Decke stecken und ihn verraten haben? Das konnte und wollte er nicht glauben. Primus war loyal und ehrlich. Außerdem hätte er andere Wege gefunden, in den Besitz der Nachricht zu gelangen, zumal er wusste, wo die Sachen versteckt waren.

Er spann den Gedankenfaden weiter. Laut Primus wurde sein Haus überwacht, und er selbst hatte während des Begräbnisses von Titus das Gefühl gehabt, beobachtet zu werden. War das einer von Philomenus' Männern gewesen oder der Mörder von Titus? Diese Frage ließ er zunächst offen.

Schließlich hatte Marius im Gespräch mit Caius erfahren, dass dieser Bruchstücke einer Unterhaltung zwischen Titus und Philomenus aufgeschnappt hatte, in der sie über Falschgeld redeten. Sollte der Bademeister entgegen seiner Versicherung doch Informationen weitergegeben haben, zumal er ja von sich selbst behauptete, geschwätzig zu sein? Das wäre möglich. Er musste unbedingt nochmals mit ihm sprechen.

Gestern Nacht war er ausgeraubt worden, wobei Marius davon überzeugt war, dass dieser Raub vorgetäuscht war. Hatten die Räuber gehofft, die falschen Münzen in seiner Börse zu finden oder gar die Pergamentrollen von Titus und Lucius Nepius? Der übrigens nach wie vor leugnete, den Quaestor zu kennen.

Der vorläufige Höhepunkt war der Einbruch heute Nacht. Marius vermutete, dass es dieselben Männer waren, die ihn gestern bedrängten. Da sie bei ihm nicht fündig geworden waren, nahmen sie wohl an, dass die Botschaft, falls er sie tatsächlich besaß, nur in seinem Haus sein konnte.

Dreh- und Angelpunkt war seiner Ansicht nach das Moneta falsa. Deshalb war Titus ermordet, er überfallen und zwei Mal bei ihnen eingedrungen worden. Nur wer kam als Täter in Frage? Die Falschmünzer oder gab es einen Verräter in den Reihen der Legion?

Der desertierte Legionär kam Marius in den Sinn. Passte er in dieses Bild? War er in die Sache verstrickt gewesen und hatte deren Gefährlichkeit erkannt und sich rechtzeitig zurückgezogen? Oder war er Opfer seiner eigenen Begehrlichkeit geworden? Die Erfahrungen, die Marius während der letzten Tage gemacht hatte, sagten ihm, dass der Mann nicht freiwillig verschwunden war. In der ganzen Entwicklung erkannte Marius eine Brutalität, die ihn erschreckte. Heute Nacht bangte er das erste Mal wirklich um sein Leben. Die Häscher waren ihm auf den Fersen und schreckten vor keiner Gewalt zurück, was der Übergriff auf Claudius bewies.

Nur gut, dass die Nachricht an den Kaiser bereits unterwegs war. Das spendete ihm einen gewissen Trost und verlieh ihm ein minimales Gefühl der Sicherheit. Jetzt hatte sich hoffentlich jeder davon überzeugt, dass er Titus' Botschaft nicht besaß und er betete zu den Göttern, dass die Gefahr endlich gebannt war. Morgen würde er sich etwas aus seiner Deckung wagen und Cornelius und Philomenus offen darauf ansprechen, ob sie ihn beschatten ließen und das Haus durchsucht hatten. Er war gespannt, wie ihre Antwort lautete.

Endlich begab er sich zu Bett. Philomenus hatte eine Abordnung Legionäre vor dem Haus postiert, die Lydia und ihm einen gewissen Schutz garantierten. Und so fand er für wenige Stunden doch noch Schlaf.

XXX: Dieselbe Nacht, Rhenus

Der Rhenus entließ den Toten aus seinem Grab. Gase hatten den Leichnam aufgebläht, so dass er sich vom Boden löste und unaufhaltsam zur Oberfläche stieg. Er trug noch immer Tunika, Sandalen und den Gürtel mit dem Kurzschwert. Der Stoff des Gewandes war aufgrund der Strömung, die den Körper über Tage hin und her gewiegt hatte, zerschlissen. Fische und Krebse hatten sich an dem verwesenden Fleisch gütlich getan und ihre Spuren hinterlassen.

Seine Arme waren wie bei einem Gekreuzigten ausgebreitet, die Beine hatte er weit von sich gestreckt, als er an die Oberfläche gelangte. Der Fluss nahm ihn mit sich, trieb ihn sanft zum rechten Ufer hin. Doch dort, wo der Moenus in den Rhenus mündete, spülte das einströmende Wasser den Körper zurück in die Mitte des großen Stromes, bis seine Reise an einer Arbeitsplattform endete. Hier verhakte sich der Tote, blieb mit dem Gesicht nach unten unter dem Holz hängen, und schaukelte im Rhythmus der sanften Wellen auf und ab.

XXXI: Siebter Tag nach den Drususfestspielen, Castrum

Als Marius am nächsten Morgen aufstand, war Lydia bereits zugange. Sie hantierte in der Küche, aber heute lag in ihren Bewegungen eine Fahrigkeit, die Marius von ihr nicht gewohnt war. Unter ihren Augen zeichneten sich bläuliche Ringe ab und sie war außerordentlich schweigsam. Üblicherweise summte sie bei der Zubereitung einer Mahlzeit eine Melodie vor sich hin, doch heute blieb sie stumm.

„Konntet Ihr schlafen?“, fragte Marius, als er sich an den Küchentisch setzte.

„Wenig. Ich wurde die Bilder der letzten Nacht nicht los.“

„Mir erging es ähnlich.“

„Ich habe Euch etwas Gerstenbrei gemacht.“

„Eigentlich verspüre ich keinen Hunger.“

„Unsinn, Ihr müsst essen, bevor Ihr das Haus verlasst. Der Tag wird sicherlich anstrengend.“

Marius dachte an die vor ihm liegenden Aufgaben und bereute seine Einladung an Primus und Gesima. Unter diesen Umständen war ihm nicht danach, ihnen die Baustelle zu zeigen.

„Ist Theodosios wieder da?“

„Nein.“

Lustlos aß er ein paar Löffel voll, aber sein Magen war wie zugeschnürt. Schließlich erhob er sich. „Ich gehe jetzt zu Claudius.“

Es war noch nicht richtig hell, als er das Valetudinarium erreichte und es mit bangen Erwartungen betrat. Drinnen, im rechteckigen Flur, von dem zwölf Krankenzimmer abgingen, fing ein Gehilfe ihn ab.

„Ihr sollt hier auf den Medicus warten. Bevor Ihr zu dem Patienten geht, will er mit Euch reden. Ich hole ihn“, sagte er und verschwand hinter einer Tür.

Marius wäre gern sofort zu Claudius gegangen, da er aber nicht wusste, in welchem Zimmer er lag, blieb ihm nichts anderes übrig als zu warten. Der Medicus erschien und auch er sah übernächtigt aus.

„Wie geht es Claudius?“

„Unverändert. Er ist noch immer ohne Bewusstsein.“

„Wird er wieder genesen?“

„Das wird sich in den nächsten Tagen zeigen. Ich fürchte, dass er einen Schädelbruch hat. Ich hoffe nur, dass sein Gehirn nicht verletzt wurde. Sein Fieber ist wieder gestiegen. Nur gut, dass Theodosios ihn pflegt.“

Marius war entsetzt. „Das klingt besorgniserregend.“

„Ich bringe Euch jetzt zu ihm. Aber erschreckt nicht.“

Marius folgte dem Medicus, der leise eine Zimmertür öffnete. Als er eintrat, zuckte er beim Anblick des Patienten zusammen. Claudius‘ Haut war wächsern, Schweißperlen standen auf seiner

Stirn und seine Augen waren blau unterlaufen. Seine Kopfverletzung war verbunden, aber der Verband war an einer Stelle von Blut durchtränkt. Allerdings hob und senkte sich seine Brust in gleichmäßigen Abständen, was Marius als gutes Zeichen deutete.

Theodosios saß an seinem Bett. Er hatte neben sich eine Schale mit frischem Wasser stehen und tauchte gerade ein Leinentuch hinein, mit dem er Claudius' Stirn und Schläfen betupfte. Jeder seiner Handgriffe war geschickt und zeugte von einer gewissen Zärtlichkeit. Er nickte Marius zu, als dieser die Hand des Verletzten ergriff.

„Sein Zustand ist momentan stabil und er ist ruhig, trotz des Fiebers", meinte Theodosios leise. „Die Blutung ist gestillt. Nun können wir nur die Götter bitten, dass er überlebt!"

„Ich werde nachher ein Opfer bringen", versicherte Marius.

Der Medicus hatte sich diskret zurückgezogen, momentan konnte er für den Patienten wenig tun. Marius blieb noch einige Zeit, aber lange hielt er es nicht aus.

„Ich muss zum Kommandeur und mit ihm bereden, ob der Bau ruht oder ob es weitergeht. Bleibst du bei ihm?"

„Ja, solange wie nötig. Wie ich Claudius kenne, wäre er dafür, den Bau fortzuführen. Er hasst Verzögerungen", gab ihm Theodosios mit auf den Weg.

Kommandant Cornelius machte ein ernstes Gesicht, während er mit Marius sprach. „Das mit Claudius ist tragisch."

„Allerdings. Mich plagt mein schlechtes Gewissen, weil ich ihn allein ließ!"

„Das ändert doch nichts. Wurde eigentlich etwas gestohlen?", fragte Cornelius im Verhörton.

„Das Arbeitszimmer ist das reinste Chaos. Soweit ich das auf den ersten Blick beurteilen kann, wurden unsere Instrumente nicht entwendet, aber einige sind beschädigt und sämtliche Aufzeichnungen wurden durchsucht. Heute Abend werde ich mich darum kümmern und prüfen, ob etwas fehlt. Nur gut, dass die Konstruktionspläne bereits auf dem Weg zum Kaiser sind."

„Vielleicht hatten es die Diebe ja auf sie abgesehen."

Dieser Gedanke war Marius noch gar nicht gekommen. „Warum sollten sie für jemanden von Interesse sein?"

„Um den Brückenbau zu verhindern. Zum Beispiel Fährleute, die um ihr Geschäft fürchten."

Marius hielt dies für wenig wahrscheinlich. Es existierte bereits eine provisorische Brücke und die Fährleute hatten sich damit arrangiert. „Nein, das denke ich nicht."

„Was suchten sie dann?", fragte Cornelius mit bohrendem Blick.

„Ich weiß es nicht. Wir haben nichts von großem Wert mit hierher gebracht."

„Wie steht es mit Eurem Geld?"

„Mir wurde keines gestohlen. Was mit der Barschaft von Claudius ist, kann ich nicht sagen. Ich frage Theodosios. Er weiß mehr darüber als ich."

„Das ist doch seltsam, ein Einbruch, bei dem die Diebe nichts stehlen. Findet Ihr das nicht auch?", wunderte sich der Kommandant.

Marius zuckte mit den Achseln. „In den letzten Tagen geschah allerlei Seltsames. Zum Beispiel der Überfall auf mich."

„Ihr seht einen Zusammenhang?"

„Das ist nicht von der Hand zu weisen. Anscheinend sucht jemand etwas Bestimmtes und vermutet es bei mir. Nur wüsste ich nicht, was das sein könnte", meinte er mit arglosem Augenaufschlag. Bevor Cornelius nachhaken konnte, ging Marius in die Offensive. „Habt Ihr mich oder unser Haus beschatten lassen?"

Cornelius' verlegene Reaktion verriet ihn. Nach kurzem Zögern gab er es zu. „Ja. Aber nur Euch, nicht die Villa, ich dachte, dort wäret Ihr sicher."

„Weshalb diese Maßnahme?"

„Zu Eurem eigenen Schutz."

Daran hatte Marius bisher nicht gedacht. „Droht mir denn Gefahr?"

„Die Ereignisse der letzten Tage sprechen doch für sich."

„Warum kamen mir dann Eure Männer bei dem Raub nicht zu Hilfe?"

„Weil ich sie just an diesem Abend abgezogen hatte. Ich dachte, es bestünde keine Gefährdung mehr, da bis dato nichts geschehen war. Aber wir haben die Observation nach dem Raub wieder aufgenommen. Meine Männer folgten Euch in die keltische Siedlung. Wie sich jetzt herausstellte, war das ein fataler Fehler."

Das hatten Cornelius Männer sehr gut gemacht, denn weder Theodosios noch ihm waren sie aufgefallen.

Für den Augenblick war er besänftigt. „Habt Ihr auch das Haus direkt nach dem Mord an Titus durchsuchen lassen?"

„Ich dachte, das wäre unbemerkt geblieben", seufzte er.

„Lydia fiel es auf und mir auch."
„Warum habt Ihr das verschwiegen?"
„Damit Philomenus mir erneut einen seiner Besuche abgestattet hätte, nur um mich dann doch im Ungewissen zu lassen?"
„Wir tun alle unsere Pflicht. Immerhin müssen mehrere Verbrechen geahndet werden."
„Seit wann habt Ihr mich observieren lassen?"
Cornelius wand sich wie ein Aal, gab dann aber doch nach. „Seit Titus' Ermordung."
„Noch in jener Nacht?", fragte Marius und versuchte seinen Schrecken zu verbergen.
„Nein, erst nach seinem Begräbnis", sagte Cornelius in lauerndem Ton und betrachtete den jungen Römer nachdenklich.
Der versuchte seine Erleichterung zu verbergen. Demnach würde die Durchsuchung von Titus' Gespann weiterhin sein Geheimnis bleiben. „Und die Gewährleistung meiner Sicherheit war der einzige Grund für diese Beschattung?"
„Nennt mir einen anderen", forderte Cornelius ihn heraus.
„Ihr könntet meine Aussage anzweifeln und denken, Titus hätte doch noch etwas zu mir gesagt, das von erheblicher Wichtigkeit sein könnte. Das würde auch die Hausdurchsuchung erklären."
„Und hat er noch etwas geäußert?", fragte der Kommandant in scharfem Ton.
„Nein und nochmals nein!", versicherte Marius schnell.
„Die Durchsuchung war Philomenus' Idee. Ich habe nur seine Anweisungen befolgt."
„Und da nichts gefunden wurde, bin ich jetzt hoffentlich unverdächtig?"
„Ich habe Euch nie für einen Mörder gehalten", seufzte Cornelius und schaute Richtung Fenster.
Manchmal war seine Arbeit wenig erquicklich. Seine bisherige Zeit als Kommandant war problemlos verlaufen, aber während der letzten Tage breitete sich eine Disharmonie aus, die alles zu zerstören drohte. Der junge Römer war bockig und trug nicht einen Jota zur Aufklärung des Mordes bei. Auch wenn sein bisheriges Verhalten keinen Anlass gab, seine Aussage anzuzweifeln, glaubte Cornelius dessen Beteuerungen nicht. Er hielt ihn für einen Meister der Täuschung, aber beweisen konnte er es nicht. Schon bei der Befragung in jener Mordnacht hatte er den Eindruck erweckt, dass er etwas verheimlichte. Für einen Mordzeugen hatte er seine Worte mit allzu großem Bedacht gewählt, so als

hätte er sie sich zuvor zurechtgelegt, was angesichts der Anspannung überraschte. Normalerweise verhielten sich Menschen in einer solchen Situation eher konfus, vor allem, wenn er Marius' jugendliches Alter berücksichtigte.

Um Cornelius' Mund legte sich ein sorgenvoller Zug. Diesem jungen Römer war schwer beizukommen. Er überlegte, ob er ihn über den wahren Grund von Titus' Anwesenheit einweihen sollte, vielleicht zeigte er sich dann kooperativer. Aber ein Blick auf Marius' entschlossenes Gesicht belehrte ihn eines Besseren. Cornelius wusste, dass die Nachricht an den Kaiser existierte und dass sie sich in Titus' Besitz befunden hatte. Nun war sie verschwunden und er sorgte sich um ihren Verbleib. Gelänge sie in falsche Hände, wären die Folgen fatal.

„Was bedrückt Euch so?", fragte Marius auf gut Glück.

„Ihr seid Zivilist und mit militärischen Dingen nur wenig vertraut. Ich kann es Euch nicht sagen."

„Es muss sich um ein schwerwiegendes Problem handeln, sonst hätten sowohl Lucius Nepius wie auch Philomenus ihre Abreise nicht verschoben. Das ist doch kein Zufall!", mutmaßte der junge Römer.

Cornelius hüllte sich erneut in Schweigen, aber dieses Schweigen verriet mehr als alle Worte. Marius war versucht, auf das Falschgeld zu sprechen zu kommen, aber er verwarf diesen Gedanken wieder. Stattdessen erkundigte er sich nach dem desertierten Soldaten.

„Woher wisst Ihr davon?", schreckte der Kommandant hoch. „Euch bleibt wohl nichts verborgen?"

Marius zuckte mit den Schultern. „Die Gerüchteküche brodelt hier genauso wie in Rom."

„Wir suchen nach ihm. Bisher gibt es noch keinen Hinweis auf seinen Verbleib, aber früher oder später wird er bestimmt wieder auftauchen", antwortete Cornelius bereitwillig.

„Wie verfahren wir mit dem Brückenbau, jetzt, wo Claudius krank ist? Sollen die Arbeiten ruhen?"

„Arbeitet weiter. Ich übertrage Euch und Tullius die ganze Verantwortung. Solange Claudius noch nicht verstorben ist, was hoffentlich nicht geschehen wird, sehe ich keinen Anlass, die Arbeiten zu unterbrechen. Tullius wartet bereits auf Euch. Übrigens wird Euer Haus jetzt wieder Tag und Nacht bewacht und wenn Ihr ausreitet, solltet Ihr das nicht alleine tun", mahnte der Kommandant.

XXXII: Derselbe Tag, Brückenbaustelle

Vor dem Kommandantenbau wurde Marius tatsächlich von Tullius erwartet. Auch er machte ein bekümmertes Gesicht. „Ich hörte von Claudius. Wie steht es um ihn?"

Marius teilte ihm die Diagnose des Medicus mit. „Ich mache mir echte Sorge, deshalb will ich zuerst ein Opfer darbringen."

„Wenn Ihr nichts dagegen habt, würde ich gern daran teilnehmen."

„Claudius kann jede Fürsprache brauchen."

Sie suchten den Tempel auf, in dem die Architekten am Tag ihrer Ankunft gewesen waren und brachten ihr Opfer dar. Doch die Antwort der Götter blieb heute vage und mit gemischten Gefühlen brachen sie auf.

Marius erklärte seinem Begleiter, dass er Primus und seine Schwester Gesima erwartete und ihnen die Baustelle zeigen wollte. Tullius war wenig begeistert. Fremde, erst recht Zivilisten, und insbesondere Frauen, hatten seiner Ansicht nach hier nichts zu suchen. Da er aber um die Freundschaft zwischen Marius und dem Kelten wusste, behielt er seine Ansicht für sich.

Die Arbeiten ruhten noch, da der Überfall auf Claudius längst die Runde gemacht hatte und keiner der Verantwortlichen bisher erschienen war. Niemand wusste, ob weitergearbeitet werden würde, aber die Mannschaft war in Erwartung eines entsprechenden Befehls vollzählig versammelt.

Primus und Gesima waren inzwischen ebenfalls eingetroffen. Sie hatten eben erst von dem Vorfall erfahren und waren sichtlich erschüttert. Vor allem, da Marius zum Zeitpunkt des Geschehens ihr Gast gewesen war.

Als Marius zu ihnen kam, wollten sie alle Einzelheiten von ihm erfahren, aber er wehrte ab und gab nur eine kurze Schilderung. „Claudius ist ohne Bewusstsein und liegt im Valetudinarium. Theodosios hält an seinem Bett Wache, mehr weiß ich selbst nicht und will auch nicht darüber reden."

Primus, der glaubte, das Motiv für den Einbruch zu kennen, schaute seinen Freund bekümmert an. Da sie sich aber in Gesimas Gesellschaft befanden und Marius missgestimmt war, wagte er nicht, ihn darauf anzusprechen.

„Sollen wir an einem anderen Tag wiederkommen?", fragte die junge Frau rücksichtsvoll.

„Nein, nun wo Ihr da seid, bleibt. Das lenkt meine Gedanken in eine freundlichere Richtung", meinte er lächelnd.

Gesimas Wangen erröteten leicht. Heute Morgen wirkte sie

noch lebendiger als am gestrigen Abend. Ihr Haar war zu einem dicken Zopf geflochten und sie trug ein einfaches, gerade geschnittenes Gewand aus hellgrünem Leinen, das die Farbe ihrer Augen betonte. Primus räusperte sich verlegen, ihm war das Geplänkel der beiden sichtlich unangenehm.

„Kommt mit zum Ruderboot, wir setzen jetzt zur Plattform über“, forderte er die Besucher auf.

Sie bestiegen eines der Boote und die Legionäre legten sich wie immer in die Riemen. Marius saß Gesima und Primus gegenüber, mit dem Rücken zum rechten Ufer. Gesima, die auf das Castellum Mattiacorum blickte, deutete auf das Wasser. „Sind immer so viele Möwen da?“

„Nein, wieso?“, fragte Marius und drehte sich um. Tatsächlich tummelten sich auf der Plattform, die sie ansteuerten, eine ganze Menge der Vögel. Auch über ihren Köpfen zogen sie ihre Kreise und stießen laute, heisere Schreie aus, die in ihren Ohren schmerzten. Ab und zu stürzte sich einer von ihnen im Sturzflug hinab, hackte mit seinem Schnabel auf etwas ein, nahm einen Brocken auf und flog dann Richtung Ufer davon. Aus dieser Entfernung war nicht auszumachen, was die Beute der Tiere war. Vielleicht ein großer Fisch oder ein Tier, das im Rhenus den Tod gefunden hatte?

Auch Tullius, der sich im anderen Boot befand und einige Längen Vorsprung hatte, war die Ansammlung der Vögel nicht entgangen. Dieses Omen verhieß nichts Gutes. Er befahl seinen Männern, schneller zu rudern, damit er zuerst die Plattform erreichte. Nun war aber auch Marius‘ Neugier geweckt und er trieb die Ruderer ebenfalls an. Kurz nacheinander gelangten sie an ihr Ziel.

Der Offizier und seine Männer vertrieben mit lauten Schreien und wildem Gestikulieren die Vögel. Dann trat Tullius an den Rand der Plattform und schaute auf das Wasser. Sofort erkannte er, was sich dort verfangen hatte und er wollte verhindern, dass Marius und seine Begleitung die Beute zu Gesicht bekamen. Aber es war zu spät. Sie standen alle drei mit Tullius in Reih und Glied und starrten auf das Bündel, das zu ihren Füßen im Wasser lag.

Primus fand als Erster die Sprache wieder. „Das ist ja ein Mensch“, stieß er heiser hervor.

„Ja“, meinte Tullius ernst. „Es sieht so aus, als sei es ein Legionär!“

Marius warf ihm rasch einen Blick zu. „Der Gallier?“

„Ich befürchte ja. Wir werden es wissen, wenn wir ihn umgedreht haben. Er hat eine auffällige Narbe im Gesicht."

Bei jeder Wasserbewegung wurde ein Wolke süßlichen Verwesungsgeruchs freigesetzt und hing schwer in der Luft. Doch das war nicht das Schlimmste. Die Möwen hatten aus seinem Nacken und seinen Armen Fleischbrocken herausgerissen. Tullius war den Anblick toter Soldaten gewohnt, aber eine zehn Tage alte Wasserleiche hatte er bisher noch nicht zu Gesicht bekommen.

Er drehte sich zu seinen Legionären um. „Bringt die Frau weg. Das ist kein Anblick für sie."

„Nein, ich werde nicht gehen", meinte Gesima bockig und verkreuzte ihre Arme vor der Brust.

„Das ist ein Befehl."

„Ich bin kein Soldat und der Gast von Marius. Ihr könnt mir nichts befehlen. Nur von ihm lass ich mich wegschicken", sagte sie bestimmt und blickte Marius dabei flehend an.

Marius, der zwischen Pflichtbewusstsein, Gastfreundschaft und seinen Gefühlen für die stolze Keltin hin und hergerissen war, räusperte sich verlegen. „Gesima, hör auf Tullius."

„Marius, willst du das wirklich? Ich bin robust, bitte lass mich bleiben", raunte sie mit tiefer Stimme und schaute ihn dabei fest an.

Marius erkannte die Entschlossenheit in ihren Augen und wurde unter ihrem Blick schwach. „Wenn du unbedingt darauf bestehst, aber ich will später keine Klagen hören."

In Gesimas Gesicht flackerte kurz ein triumphierendes Lächeln auf, das aber sofort wieder verschwand. Wie so oft hatte sie ihren Willen durchgesetzt. Primus seufzte nur resigniert. Wenn Marius ihr weiterhin nachgab, würde sie ihn früher oder später für einen Schwächling halten und damit wäre die gerade aufkeimende Beziehung beendet.

Tullius, dem es wichtiger war, den Toten zu bergen, als sich mit einer halsstarrigen Keltin zu streiten, gab widerwillig nach. „Wenn Ihr darauf beharrt, dann bleibt. Aber haltet Euch zurück. Holt Stangen, damit wir ihn umdrehen können", befahl er seinen Männern. „Und Ihr macht Platz, damit wir ungestört zu Werke gehen können", herrschte er die Fremden an.

Dieses Mal folgte Gesima seiner Order und wich zurück. Primus stand an ihrer Seite und hielt ihre Hand fest. Marius hätte sich am liebsten zu ihnen gesellt, denn er verspürte im Gegensatz zu Gesima keinerlei Verlangen, den Toten zu betrachten. Was er bisher gesehen hatte, reichte ihm aus. Aber da er sich vor Tullius und den Legionären keine Blöße geben wollte, blieb er an Ort und Stelle. Während die Bergung vonstatten ging, richtete er seinen Blick auf einen entfernten Punkt im Fluss.

„Seid vorsichtig!", mahnte Tullius. „Befreit seinen Kopf, dann drehen wir ihn um."

Marius vernahm ein Glucksen, dem ein kurzes betroffenes Schweigen folgte.

„Nicht loslassen, Männer. Fixiert ihn!", rief Tullius.

Nun wurde Marius' Neugier doch geweckt. Er trat dichter an den Rand und seine Augen wanderten von jenem fernen Punkt auf dem Wasser zu dem Leichnam. Erstaunt stellte Marius fest, dass er nicht aussah, als wäre er schon zehn Tage tot. Das Wasser hatte ihn gut konserviert. Sein Gesicht war nur leicht aufgedunsen und seine Haut erstaunlich straff. An Stirn, Nasenrücken und Kinn zeigten sich rötliche Abriebspuren. Zu Marius' Entsetzen waren jedoch Teile der Nasenflügel, Lippen und Augenlider verschwunden und auch an den Ohrmuscheln gab es deutliche Anzeichen von Tierfraß. Doch die Narbe war noch gut erkennbar, es war eindeutig der verschwundene Gallier. Erschrocken wendete er sich ab. Magensaft kroch seine Speiseröhre hoch und hinterließ einen galligen Geschmack in der Mundhöhle, als er ihn angestrengt wieder hinunterschluckte.

Gesima ließ Primus' Hand los und trat neben Marius. Auch sie betrachtete den Leichnam, wobei sie tief aus- und einatmete. Sie schloss die Augen und murmelte leise etwas in ihrer Sprache, das Marius nicht verstand. Aber aufgrund ihrer Körperhaltung und des feierlichen Ausdrucks auf ihrem Gesicht nahm er an, dass sie betete. Wenig später fiel die Anspannung von ihr ab und sie wandte sich um.

Primus dagegen stöhnte laut auf, presste sich die Hand vor den Mund und begab sich schnell an die andere Seite der Plattform, wo er lautstark würgte.

„Euer Bruder scheint weniger robust als Ihr", bemerkte Tullius mit einer Mischung aus Herablassung und Anerkennung.

„Seht ihm das nach, er ist mit dem Tod nicht so vertraut."

„Aber Ihr seid es?" fragte der Offizier.

Gesima nickte nur stumm mit dem Kopf. Sie ging zu Primus, der sich inzwischen hingekniet hatte. Mit nach vorn gebeugtem Oberkörper rang er schwer schluckend nach Atem. Alle Männlichkeit war von ihm abgefallen und er erinnerte Gesima wieder an den kleinen Jungen, der nie dabei sein wollte, wenn ein Tier für eine Mahlzeit geschlachtet wurde. Er empfand seine Angst als Makel, vor allem weil er einem Volk angehörte, dem es weder vor wilden Schlachten noch vor dem Tod grauste und das einzig fürchtete, der Himmel könne ihm auf den Kopf fallen. Primus hatte immer wieder versucht, seiner Furcht Herr zu werden. Er hatte sogar Hilfe bei einem Druiden gesucht, aber alles war vergebens. Sobald er mit dem Tod konfrontiert wurde, verließ ihn der Mut. Glücklicherweise hatte er das bisher vor den meisten Menschen verbergen können, nur seine Familie und der Druide kannten seine Schwäche.

Gesima ging ebenfalls in die Hocke und streichelte seinen Rücken. „Es tut mir Leid, dass ich dir das zugemutet habe."

Primus setzte sich hin und schaute sie aus geröteten Augen an. „Warum bist du immer so verdammt stur? Du weißt doch, wie sehr der Tod mich ängstigt", flüsterte er leise, damit die anderen ihn nicht hörten.

„Ich denke, ihr beide solltet jetzt an Land gehen", meinte Marius und half Gesima auf. Ihm war die Gefühlslage seines Freundes keineswegs entgangen, aber er überspielte dessen Unwohlsein.

„Das werden wir", sagte Gesima ohne weitere Widerworte. „Mein Bruder hat heute morgen etwas gegessen, das wohl verdorben war", sagte sie laut in die Runde und lieferte so eine Erklärung für Primus' Schwäche.

Keiner der Soldaten schenkte ihr sonderlich Beachtung, auch Tullius kommentierte ihre Äußerung nicht näher. Ihre volle Aufmerksamkeit galt dem makaberen Fund.

„Wahrt Stillschweigen, bis der Tod offiziell durch Philomenus oder den Kommandanten bekannt gegeben wird", wies Tullius die jungen Kelten an.

Primus hatte sich inzwischen gefasst und war aufgestanden. Sein Gesicht hatte fast wieder seine normale Farbe. Beide versicherten ihm zu schweigen.

„Gebt Philomenus, dem Kommandanten und Kommandeur Crispus über den Fund Bescheid. Philomenus wird sich das anschauen wollen. Bringt ihn mit herüber", trug Tullius einem der Ruderer auf.

Dann wandte er sich an Marius. „Wir warten mit der Bergung, bis er hier ist. Ihr bleibt?"

„Ja."

„Seid Ihr sicher?"

„Ja, doch", entgegnete er bestimmt.

„Philomenus wird nicht sehr erfreut sein, schon wieder aufs Wasser zu müssen", brummte Tullius und grinste dabei unverhohlen.

Obwohl Marius immer noch speiübel war, konnte auch er eine gewisse Genugtuung nicht verhehlen. „Wahrscheinlich. Und erst der Geruch ...", sagte er und hielt sich kurz die Nase zu.

Plötzlich erinnerte er sich an die Bemerkung von Cornelius, dass der Legionär bestimmt wieder irgendwann auftauchen würden. Das war nun im wahrsten Sinne des Wortes geschehen. Wäre die Situation nicht so grotesk, hätte er ihr eine amüsante Seite abgewinnen können.

Bis zu Philomenus' Eintreffen sicherten Legionäre mit den Stangen den Leichnam. Ihren Mienen war abzulesen, dass sie diese Aufgabe nur ungern erfüllten. Inzwischen hatten sich auch die Möwen an ihre Anwesenheit gewöhnt und die respektlosen Tiere versuchten ihre Beute zu verteidigen. Nur mit Mühe konnten die Männer sie auf Distanz halten.

„Hoffentlich dauert es nicht allzu lange, bis Philomenus kommt. Diese Biester sind wirklich unangenehm", sagte Tullius und klatschte laut in seine Hände. „Gesima ist ein ziemlicher Sturkopf", sagte er übergangslos.

„Da stimme ich Euch zu."

„Kennt Ihr sie schon lange?"

„Nein, erst seit gestern Abend. Sie ist Waise und die angenommene Tochter von Blussus. Unser Kennenlernen steht unter keinem guten Stern. Seit ich in Mogontiacum bin, scheine ich das Unglück regelrecht anzuziehen", seufzte Marius schwermütig.

„Verzagt nicht. Vielleicht haben die Götter ja Großes mit Euch vor."

Doch Marius wollte nicht so recht daran glauben, ihm waren bisher zu viele Prüfungen auferlegt worden. „Jetzt werden die Arbeiten wohl unterbrochen?"

„Das nehme ich an. Ein Priester muss erst diesen Ort von dem Frevel befreien. Ohne die Zustimmung der Götter kann es nicht weitergehen. Der Name des Toten ist übrigens Marcellus", stellte Tullius mit Bedauern fest.

„Was wisst Ihr über ihn?"

„Er galt als diszipliniert und verstieß nie gegen die Vorschriften. Und er wäre bald entlassen worden. Der Signifer sagte mir in einem Gespräch unter vier Augen, dass sein Konto deutlich größer ist, als bei vielen seiner Kameraden. Er war wohl ein sparsamer Mann."

Schon wieder Geld! Nach allem, was sich inzwischen ereignet hatte, war Marius nur allzu bereit, von seinen Mitmenschen das Schlechteste anzunehmen. Wahrscheinlich hatte Marcellus die hohe Summe nicht nur aufgrund seiner Sparsamkeit erwirtschaftet. „Ließ er sich seinen Sold nicht ganz auszahlen?“

„Nein, er wollte immer nur die Hälfte von dem, was ihm zustand, und er zahlte sogar in regelmäßigen Abständen kleinere Beträge ein“, gab Tullius preis.

„Woher kam das Geld?“

„Vielleicht hatte er eine glückliche Hand beim Würfeln?“

Marius erwiderte nichts darauf. Wenn dem so wäre, hätten seine Kumpane sich bestimmt irgendwann geweigert, mit ihm zu spielen. Niemand verliert gern stets gegen denselben Gegner.

„Ist bekannt, was er nach seiner Entlassung vorhatte?“

„Mir nicht, aber seinen Stubenkameraden vielleicht. Philomenus findet das sicher heraus.“

Der Himmel zog sich zu. Die Wolkendecke, die am Vormittag noch locker gewesen war, erschien nun undurchdringlich und grau. Was zu der allgemeinen Stimmung passte. Eine Brise kam auf, die die Plattform ins Schaukeln brachte. Keine guten Voraussetzungen für Philomenus. Marius entdeckte ihn an Land, wo er gelenkig vom Pferd sprang, ein Boot bestieg und nach gewohnter Manier Befehle bellte. Die Legionäre beeilten sich, seine Forderung zu erfüllen. Mit starrem Blick hielt sich der Agent am Rand des Ruderbootes fest. Obwohl das Stück zur Plattform nicht allzu weit war, wurde er aschfahl. Doch er schenkte seinem körperlichen Missempfinden keine Beachtung und wirkte selbstbeherrscht und zornig, als er ausstieg. In seinen Augen lag ein unausgesprochener Vorwurf und er bedachte Marius mit einem misstrauischen Blick, so dass dieser sich augenblicklich schuldig fühlte.

„Ich habe nichts mit seinem Tod zu tun!“, verteidigte er sich. „Als er verschwand, war ich noch gar nicht hier.“

„Ich habe Euch auch nicht unter Verdacht. Aber unsere Wege kreuzen sich in letzter Zeit recht häufig.“

„Das stimmt mich genauso wenig freudig wie Euch!“, entgegnete er kühl.

Philomenus hatte sich inzwischen einen oberflächlichen Eindruck von der Leiche verschafft. In seinem Gesicht zeichnete sich keinerlei Gefühlsregung ab und er rümpfte nicht einmal die Nase, als wieder ein Schwall Verwesungsgeruch aufstieg.

„Ist das der Gallier?“, wandte er sich an Tullius.

„Seine Narbe wird ihn identifizieren. Er ist wohl doch nicht desertiert, so wie jeder angenommen hat“, meinte der Offizier und stellte somit die Reputation des Verstorbenen wieder her.

„Jetzt holen wir ihn aus dem Wasser. Aber Vorsicht, ich will ihn an einem Stück. Die Möwen und das andere Getier haben schon genug Schaden angerichtet."

Marius war froh, dass Primus und Gesima an Land waren. Er selbst wich in die hinterste Ecke der Plattform aus. Auch die Legionäre zeigten wenig Begeisterung, eine Wasserleiche anfassen zu müssen, aber keiner wagte es, sich dem Befehl des Agenten zu widersetzen. Marius gelang es dieses Mal tatsächlich nicht hinzuschauen. Er hatte sicherheitshalber dem Bergungstrupp den Rücken zugedreht. Während sie den Toten an Bord hievten, sagte keiner ein Wort. Aber sie keuchten schwer, bis sie den Körper mit einem dumpfen Laut auf den Planken abgelegten. Jetzt war der Gestank viel intensiver und Marius glaubte den Odem der Unterwelt zu riechen. Hastig hielt er sich die Nase zu und atmete angestrengt durch den Mund.

„Gut gemacht!", lobte Tullius seine Männer. „Wurde er ermordet?", wandte er sich mit belegter Stimme an Philomenus.

„Das muss der Medicus feststellen, falls es noch verwertbares Material gibt. Keine schöne Aufgabe."

Philomenus hatte in kluger Voraussicht an den Abtransport gedacht und vorgesorgt. „Hüllt die Leiche in die Tücher aus dem Boot, legt ihn auf die Trage, befestigt sie und bringt sie dann an Land. Dort besorgt einen Wagen! Aber seht zu, dass er eine Plane hat, die Zivilbevölkerung muss nicht merken, welche Fracht wir befördern", befahl er.

„Marius und ich nehmen das andere Boot und fahren voraus. Ich will am Ufer dafür sorgen, dass wir so wenig Aufmerksamkeit wie möglich erregen. Das mit dem Wagen übernehme ich", meinte Tullius zu Philomenus.

„Gut, wie Ihr meint!"

Marius war Tullius für dessen Rücksichtnahme dankbar. Mit zittrigen Knien stieg er ein und lehnte sich erschöpft zurück. Philomenus' kaltherzige Äußerungen und der Leichengeruch hatten ihn beinah ohnmächtig werden lassen. Und diese Schmach hätte er in Philomenus' Gegenwart nicht ertragen. Er wollte sich seine spöttischen Bemerkungen ersparen. An Land schickte Tullius die Arbeiter weg und teilte ihnen mit, dass sie frühestens wieder in zwei Tagen benötigt würden. Den Grund dafür verschwieg er, obwohl sie sicher längst wussten, was vorgefallen war. Dann lenkte er ein Fuhrwerk so dicht wie möglich an die Anlegestelle heran und stellte Wachen ab, die jeden davon fernhalten sollten.

Marius war versucht, nach Hause zu reiten, aber das wäre ihm wahrscheinlich als Feigheit ausgelegt worden. Deshalb würde er solange am Ufer ausharren, bis der Tote abtransportiert war. Endlich landete der Kahn und die Legionäre sprangen an Land. Zwei hielten das Boot, vier trugen den verhüllten Körper und betteten ihn mitsamt der Trage, die eigentlich für den Transport schwerer Steine bestimmt war, auf das Fuhrwerk. Dann ließen sie die Plane herunter. So blieb den Menschen zwar der grausige Anblick erspart, aber der Geruch war dadurch nicht einzudämmen. Die Pferde schienen sich ihrer grausigen Ladung bewusst und tänzelten nervös hin und her. Tullius und ein Legionär fassten sie am Zaumzeug und eskortierten den Leichenzug. So gewährten sie ihrem toten Kameraden ein letztes Geleit.

Philomenus, der die Aktion genau überwacht hatte, wandte sich an Marius. „Ihr könnt jetzt gehen. Falls ich Fragen habe, werde ich Euch aufsuchen."

Dann galoppierte er voraus, um den Medicus auf seine anstehende Aufgabe vorzubereiten. Marius, der sicher mit einem Besuch von Philomenus rechnete, war erleichtert, endlich allein zu sein.

Er bestieg ebenfalls sein Pferd und ritt nach Hause. Den Anblick der Leiche hatte er inzwischen einigermaßen verarbeitet, aber den Gestank des Todes wurde er nicht los. Er hatte das Empfinden, dass er in jede Pore seines Körpers eingedrungen war und verspürte den Wunsch, sich ausgiebig zu reinigen. Deshalb entschied er, die Kleidung zu wechseln und Lydia zu bitten, sie zu reinigen. Danach wollte er die Therme aufsuchen.

XXXIII: Derselbe Tag, Castrum

Philomenus hatte unterdessen das Lager erreicht und unterrichtete den Medicus. „Die Brückenbauer haben den verschwundenen Soldaten tot aufgefunden. Er lag im Wasser."

Der Medicus seufzte. Wasserleichen waren nicht gerade seine bevorzugten Sektionsobjekte. Es hing immer davon ab, wie lange sie im Wasser gelegen hatten.

„Es verschwand vor neun Tagen?"

„Nein, vor zehn."

Der Arzt wappnete sich innerlich, denn er rechnete mit dem Unangenehmsten. „Wird er hierher gebracht?"

„Er müsste bald eintreffen. Ich will bei der Untersuchung anwesend sein. Wartet also, bis ich wiederkomme. Zuerst muss ich noch mit dem Kommandanten reden", sagte er und eilte davon.

Am Praetorium erfuhr Philomenus, dass sich Cornelius im Fahnenheiligtum aufhielt. Dort wurde ihm zunächst der Einlass verwehrt. Vier Soldaten hielten Wache und hatten strikte Anweisung, niemanden einzulassen. Philomenus ließ sich davon nicht beirren und verschaffte sich unter Androhung von Sanktionen und nicht minder derben Flüchen Zutritt.

Cornelius und ein Signifer der Legion XIV Gemina hatten inzwischen die Soldlisten intensiver geprüft. Ihr erster Eindruck hatte sich bestätigt, in den Unterlagen gab es keine Hinweise auf Unregelmäßigkeiten. Nun kontrollierten sie seit dem frühen Morgen jede Münze einzeln und ermittelten ihr Gewicht. In einer offenen Kiste befand sich ein großer Münzhaufen, von dem Philomenus annahm, dass es sich um Falschgeld handelte.

„Ist es das, was ich vermute?"

„Ja, alles falsche Caesaren", begrüßte Cornelius den Ermittler. „Führt Euch der tote Gallier her?"

„Genau. Er wird gerade zum Medicus gebracht. Wir werden ihn gemeinsam untersuchen. Seinem Anblick nach zu schließen, lag er anscheinend die ganze Zeit im Rhenus. Wie weit seid Ihr mit Euren Untersuchungen?"

„Die Soldlisten sind überprüft, ohne dass wir fündig geworden wären, alle Eintragungen sind korrekt. Auch die Summe im Ganzen stimmt, aber ein nicht geringer Teil davon ist Falschgeld. Der Schaden ist ziemlich hoch."

„Könnt Ihr ihn schon beziffern?"

„Noch nicht genau. Aber es handelt sich um eine große Menge. Ich schätze, dass es der Sold für vier bis fünf Centurien ist. Ohne die Münzen, die sich im Umlauf befinden", meinte der Signifer.

„Das ist ja horrend!" entsetzte sich Philomenus.

„Und wir haben noch nicht alle Münzen kontrolliert", meinte Cornelius.

„Habt Ihr eine Vermutung, wie es in die Kasse gelangen konnte?"

Kommandant und Signifer schauten sich an. Schließlich antwortete der Signifer. „Wir haben darüber auch schon nachgedacht. Es gibt vier Möglichkeiten, den Tausch zu vollziehen. Erstens in der Prägestätte, zweitens während des Transports, drittens bei der Auszahlung und viertens hier im Fahnenheiligtum selbst."

„Welche haltet Ihr für die wahrscheinlichste?"

„Die dritte."

„Während der Auszahlung soll eine solch hohe Summe ausgetauscht worden sein?", wunderte sich der Agent.

„Anderes kann ich mir nicht vorstellen. Die Plomben und Siegel waren unversehrt, als die Kasse eintraf. Davon haben der Kommandant und ich uns überzeugt. Sie wurden erst in unserer Anwesenheit gebrochen. Allerdings lassen sich Plomben und Siegel mühelos durch neue ersetzen. Wenn Ihr wollt, kann ich Euch das bei Gelegenheit zeigen", sagte er zu Philomenus.

Für diese Äußerung erntete er skeptische Blicke. Unbeabsichtigt hatte er sich soeben selbst zum Verdächtigen gemacht.

Doch er fuhr unbeirrt fort. „Dennoch schließe ich diese Möglichkeit aus. Der Hauptmann der Garde hat einen unerschütterlichen Leumund und gilt als absolut zuverlässig. Und die Soldaten überwachten sich gegenseitig. Dann müssten sie alle von dem Auswechseln der Münzen wissen."

„Auch das lässt sich bewerkstelligen. Die Versuchung ist groß. Da er aber bereits auf dem Rückweg ist, können wir ihn nicht befragen", entgegnete Philmenus.

„Das ist nicht so einfach. Bedenkt, dass der Sold sehr schwer ist und sie nur eine bestimmte Anzahl von Wagen und Lasttieren verfügten. Wie hätten sie zusätzliches Geld befördern sollen? Wo ist dann das echte Geld und wo hatten sie das falsche versteckt?"

„Vielleicht war es irgendwo unterwegs vergraben oder sie hatten Mitwisser, die mit ihnen irgendwann nachts die Säcke tauschten."

„Ihr vergesst Titus", warf der Kommandant ein. „Er überwachte die Garde von der Übergabe bis zur Ablieferung. Falls unterwegs etwas Derartiges geschehen wäre, hätte er es mir am ersten Abend mitgeteilt und wir hätten sie allesamt verhaftet."

„Das stimmt!", musste Philomenus zugeben. „Was ist mit der Prägestätte?"

„In der Münzerei herrschen schärfste Sicherheitskontrollen! Die Arbeiter werden beim Verlassen überprüft, ob sie Münzen hinausschmuggeln", sagte der Signifer. „Bliebe also noch der Tresor hier im Fahnenheiligtum. Das Gebäude wird rund um die Uhr bewacht und nur der Kommandant und die Signifer der Legionen haben den Schlüssel."

Auf Philomenus' Gesicht trat ein verschlagener Ausdruck. „Und wer garantiert, dass es niemand aus diesem Kreis ist, der den Tausch vollzieht? Zur Garnison gehören immerhin 20 Kohorten und jede hat ihren Signifer", stellte er fest.

Diese Anschuldigung war so ungeheuerlich, dass der Kommandant laut nach Luft schnappte und der Signifer vor Zorn rot anlief.

„Ich habe mir nichts zu Schulden kommen lassen, aber Ihr könnt mich ja überprüfen. Als mir die falschen Münzen auffielen, machte ich unverzüglich dem Legionskommandeur Meldung. Wenn ich darin verstrickt wäre, würde ich doch das vertuschen wollen und mich nicht selbst ans Messer liefern."

„Schon mancher trieb ein doppeltes Spiel. Ihr habt doch gerade gesagt, dass auch die Kommandeure davon erfuhren. Vielleicht wusstet Ihr ja viel eher davon und habt es erst offenbart, als es öffentlich und somit unvermeidbar wurde?"

Dem Signifer fehlten die Worte, aber es war ihm deutlich anzusehen, dass er Philomenus angesichts dieses Vorwurfs am liebsten in die Unterwelt geschickt hätte.

„Ich muss allen Hinweisen nachgehen, das müsst Ihr verstehen", beschwichtigte dieser in bereits deutlich versöhnlicherem Ton.

„Dann zieht Ihr wohl auch mich in Betracht?", fragte Cornelius.

„Wer sagt, dass ich das nicht tue? Jeder, der Zugang hat, ist verdächtig.", sagte er mit fester Stimme.

Daraufhin herrschte betretenes Schweigen.

Cornelius brach es als Erster. „Euer Verdacht ist anmaßend, aber das gehört wohl zu Eurer Aufgabe."

„Nehmen wir an, Ihr seid nicht involviert und kommen wir auf die dritte Möglichkeit zurück. Wie könnte während der Auszahlung überhaupt das Falschgeld in die Kasse gelangen?", fragte er den Kommandanten.

„Das weiß ich auch nicht. Titus beobachtete die Auszahlung. Am Abend vor seinem Tod hatten wir eine Unterredung. Er machte zwar gewisse Anspielungen, als ich ihn aber bat, deutlicher zu werden, blieb er zurückhaltend. Im Gegensatz zu gewissen anderen Personen war er mit Verdächtigungen zurückhaltend. Er wollte sich erst äußern, wenn er genug Beweise hatte", meinte er barsch in Philomenus Richtung.

Der Agent überhörte diesen Vorwurf geflissentlich und spann den Gedankenfaden weiter. „Demnach könnte er den oder die Verdächtigen auf das Falschgeld angesprochen haben und wurde daraufhin ermordet."

„So töricht wäre Titus nicht!"

„Ihr müsst zugeben, dass das plausibel klingt. Wer käme für einen Tausch in Betracht?", wollte Philomenus wissen.

Der Signifer räusperte sich. „Bei der Auszahlung kontrolliert ein Signifer den Ablauf. Der Zahlmeister entnimmt der Kasse die entsprechende Summe und teilt sie aus, ein Schreiber notiert alles. Im Anschluss wird die Kasse verschlossen und von Legionären hierher gebracht."

„Demnach haben einige Kontakt mit dem Geld. Welche Legionäre transportierten am letzten Zahltag die Kasse?"

Der Offizier nannte ihre Namen.

„Morgen werden sie, der Schreiber und der Zahlmeister befragt. Sie sollen sich im Praetorium einfinden", befahl Philomenus. „Ich gehe jetzt ins Valetudinarium und beschaue mit dem Medicus den Toten. Wollt Ihr dabei sein?", fragte er Cornelius.

Den Kommandanten grauste es bei dieser Vorstellung und er wehrte ab. „Ich will meine Arbeit hier nicht unterbrechen", schob er als Entschuldigung vor. „Aber ich lasse die Bestattung vorbereiten."

XXXIV: Derselbe Tag, Valetudinarium

Der Medicus stand bereits am Tisch, auf dem der inzwischen entkleidete Tote ruhte. Überrascht stellte er fest, dass sich der Leichnam in erstaunlich gutem Zustand befand. Zwar war die Haut seiner Händen verschrumpelt und begann sich an einigen Stellen bereits zu lösen und er verlor schon die ersten Haare, aber hätte Marcellus denselben Zeitraum an Land und nicht im Wasser gelegen, wäre die Verwesung seines Körpers wesentlich weiter vorangeschritten. Dennoch verströmte der Leichnam den typischen Verwesungsgeruch, der kaum zu ertragen war, und das, obwohl alle Fensterluken des Raumes offen standen.

„Können wir beginnen?", fragte der Arzt und reichte dem nickenden Philomenus eine nach Kampfer riechende Salbe. „Ihr könnt Euch das unter die Nase reiben. Es überdeckt etwas den Geruch, aber ich fürchte, es nutzt wenig. Am besten atmet durch den Mund. Irgendwann gewöhnt Ihr Euch daran."

Zuerst begutachteten sie den Körper von außen. Der Medicus drehte die Leiche noch nicht um, hob aber den Kopf und die Gliedmaßen vorsichtig an und tastete, soweit dies möglich war, alles ab.

„Arme und Beine sind nicht gebrochen. An Stirn, Nase, Händen, Knien, Unterschenkeln und Fußrücken seht Ihr die Abriebspuren, die einem Körper widerfahren, wenn er auf dem Flussgrund liegt. Sie entstehen durch das strömungsbedingte

Hin- und Herbewegen. Das ist nichts Ungewöhnliches. Aber er hat eine Kopfverletzung. Seht, hier ist der Schädel eingedrückt."

„Ist das die Todesursache?"

„Das werden wir gleich feststellen. Ich schaue mir die Lunge an und entnehme ihr ein Stück. Dann mache ich die Schwimmprobe. Holt Ihr mir bitte ein Gefäß und füllt es mit Wasser?", bat er Philomenus, während er mit einem ypsilonförmigen Schnitt die Haut über dem Brustkorb aufschnitt und zur Zange griff.

Philomenus war froh, vom Tisch treten zu können und ließ sich Zeit mit dem Füllen des Gefäßes. Er hatte dem Medicus den Rücken zugewandt, aber die Geräusche, die von dort kamen, waren nicht sonderlich erbauend. Das Knacken brechender Knochen jagte ihm eine Gänsehaut über den Rücken. Jetzt, da Brust- und Bauchhöhle geöffnet waren, steigerte sich der Gestank ins Unerträgliche. Er stellte das Behältnis auf dem Beistelltisch ab und ging zur Fensteröffnung, wo er tief einatmete.

„Aha, so wie es aussieht, lebte er noch, als er ins Wasser gelangte", sagte der Medicus mehr zu sich selbst.

Philomenus kehrte er an den Tisch zurück, als der Medicus ein Stück des Organgewebes in das Gefäß legte. Es ging langsam unter und sank aber nicht ganz zu Boden.

„Der Mann ist ertrunken", stellte er fest. „Aber das bedeutet nicht, dass er ermordet wurde. Es könnte auch ein Unfall gewesen sein. Er könnte in einem Boot das Gleichgewicht verloren haben, schlug mit der Schläfe auf der Bootskante auf, wurde bewusstlos und ging über Bord."

„Haltet Ihr das für wahrscheinlich?"

„Ich kann die Fakten so deuten. Er könnte aber auch mit einem gezielten Schlag außer Gefecht gesetzt und dann ins Wasser gelegt worden sein. Solange wir die näheren Umstände nicht kennen, kann ich das nicht eindeutig sagen. Aber mein Gefühl sagt mir, dass er vorsätzlich getötet wurde. Sollen wir den Körper umdrehen und den Rücken untersuchen?"

„Ändert das etwas an der Diagnose?"

„Vielleicht hat er ja einen Einstich am Rücken?"

„Also gut. Obwohl mir bei der Bergung nichts dergleichen aufgefallen ist."

Der Arzt rief zwei Helfer hinzu, die den Leichnam an der linken Schulter und den Beinen packten, ihn auf die rechte Seite drehten und festhielten, während der Medicus und Philomenus den Rücken betrachteten.

„Hier ist nichts. Die Verletzungen an Schultern und Rücken

sind post mortem entstanden. Ihr könnt ihn loslassen", meinte er zu den Helfern. „Reinigt Euch die Hände mit Wasser und Kampfer", forderte er sie auf, was er und Philomenus ebenfalls taten.

Nachdem sie wieder unter sich waren, legte Philomenus die Todesursache fest. „Einigen wir uns auf Tod durch Ertrinken. Wir bleiben zunächst bei der Unfallversion. Das wiegt den oder die Täter in Sicherheit. Habt Ihr sonst noch etwas entdeckt?"

„Nein, aber dort drüben sind seine Sachen. Wir haben seine Kleidung aufgeschnitten, damit wir den Körper nicht unnötig bewegen mussten. Er hatte außerdem sein Kurzschwert und eine Geldbörse bei sich. Aber das habt Ihr bereits sicher selbst festgestellt."

Philomenus nahm den Lederbeutel mit dem Geld und öffnete ihn. Er enthielt keine Denare, sondern nur einige Sesterze.

„Wir sollten noch heute die Bestattung vornehmen, auch wenn es Nacht werden sollte", schlug der Medicus vor.

„Dem stimme ich zu. Kommandant Cornelius wollte das regeln."

Cornelius befand sich immer noch im Fahnenheiligtum. Allerdings allein, was Philomenus mit einer gewissen Genugtuung registrierte. Je weniger Mitwisser, umso besser. Der Münzberg war inzwischen um einiges gewachsen.

„Ich habe alles für die Bestattung in die Wege geleitet. Wie lautet die offizielle Todesursache?", wollte Cornelius wissen.

„Unfalltod durch Ertrinken."

„Kein Gewaltverbrechen also", atmete er erleichtert auf.

„Das habe ich nicht gesagt. Sowohl der Medicus wie auch ich sind überzeugt, dass es Mord war. Aber ich halte es für besser, das momentan nicht verlauten zu lassen."

„Ich verstehe, Ihr wollt die Täter nicht aufschrecken."

„Genau. Was haltet Ihr davon, wenn seine Stubenkameraden den Leichnam abholen und ihn zur Bestattung bringen?", fragte Philomenus.

„Warum?"

„Aus taktischen Gründen. Sein Anblick lockert vielleicht eine Zunge."

„Das ist kein schlechter Vorschlag. Aber zuvor soll Kommandeur Crispus noch einen Blick auf ihn werfen. Der Tote gehörte immerhin zu seiner Legion."

„Und ich werde dabei sein! Was geschieht mit den falschen Münzen?"

„Ich bringe sie persönlich zu einem Schmied und lasse sie einschmelzen."

Philomenus kehrte ins Valetudinarium zurück. Der Leichnam lag eingewickelt in Tücher auf einer Transporttrage. Der Medicus hatte den Brustkorb wieder notdürftig verschlossen und die lidlosen Augen mit einer Binde bedeckt. So war sein Anblick nicht mehr ganz so erschreckend.

„Lasst das Gesicht frei", bat ihn Philomenus.

„Weshalb?"

„Gleich kommen die Kameraden aus seiner Baracke und Kommandeur Crispus. Ich will sehen, wie sie bei seinem Anblick reagieren."

„Ihr seid wahrhaftig ein Fuchs! Wir warten in meinem Untersuchungszimmer, da ist es deutlich angenehmer als hier."

„Wie geht es eigentlich Claudius?"

Der Medicus machte ein ernstes Gesicht. „Unverändert. Das Problem ist, dass er keine Nahrung zu sich nehmen kann. Sein Diener flößt ihm Wasser und Brühe ein, doch er wird das nicht lange überleben. Ich erwäge eine Trepanation. Aber das birgt erhebliche Risiken. Wenn er bis heute Nacht nicht aus dem Koma erwacht, werde ich die Operation morgen vornehmen müssen. Habt Ihr inzwischen ermittelt, was es mit diesem Überfall auf sich hat?"

„Noch wissen wir nicht viel. Es scheint, als sei er lediglich zur falschen Zeit am falschen Ort gewesen. Er war ja schon außer Haus. Wahrscheinlich hielt draußen jemand Wache, sah ihn flüchten und wollte ihn mit einem Schlag außer Gefecht setzen, damit seine Gefährten entkommen konnten."

„Claudius' Konstitution ist nicht so gut, wie es auf den ersten Blick scheint", gab der Medicus zu bedenken.

„Inwiefern?"

„Er ist mein Patient, darüber kann ich nicht reden."

In diesem Moment traf Crispus ein. „Ich soll Marcellus identifizieren?", fragte er leicht angewidert.

Die Identifikation des Toten war zwar längst erfolgt, aber Philomenus ließ ihn in dem Glauben, dass er der Erste sei, der die Identität des Leichnam bestätigte. Philomenus und der Medicus waren inzwischen an den Geruch gewöhnt, aber Crispus hielt sich rasch die Nase zu. Als er den Toten betrachtete, spiegelte sich eine Mischung aus Schrecken und Ekel auf seinem Gesicht wider. Der Kommandeur unternahm keinen Versuch, seine Gefühle zu verbergen. Er nickte nur stumm, drehte sich um und verließ den Raum.

Draußen rang er nach Luft. „Das ist eindeutig Marcellus. Auch wenn sein Gesicht entstellt ist, so erkennt man noch deutlich seine Narbe. Woran starb er?“

„Er ist ertrunken“, antwortete der Medicus.

„Seltsam. Marcellus war ein ausgezeichneter Schwimmer. Er wurde sogar als Taucher eingesetzt und war in dieser Funktion auch für den Brückenbau vorgesehen.“

„Er hat eine Kopfverletzung, die ihn wahrscheinlich bewusstlos machte“, äußerte der Medicus und schilderte die festgelegte Version vom Ablauf des Unfalls.

„Das wäre eine Erklärung. Aber was hatte er überhaupt am Rhenus verloren? Er war nicht zur Patrouille abgestellt“, grübelte Crispus weiter.

„Das wüssten wir auch gerne. Dann würden sich einige Fragen klären“, sagte Philomenus bedeutungsschwer. „Verließ Marcellus an jenem Abend das Lager allein?“

„Ich werde das in Erfahrung bringen. Ist meine Anwesenheit noch vonnöten?“

„Im Augenblick nicht. Seine Bestattung wird in zwei Stunden sein.“

„Ich werde kommen“, sagte Crispus im Gehen.

Genau in diesem Augenblick erschienen die sieben Stubenkameraden des Toten. Ihre Reaktion auf die Leiche war ähnlich wie die ihres Kommandeurs, aber im Gegensatz zu ihm schützen sie sich nicht vor dem Geruch. Philomenus hatte sich an das Kopfende der Bahre gestellt und beobachtete Mienenspiel und Gesten jedes einzelnen. Zwar wirkten sie sichtlich betroffen, aber keiner zeigte eine unerwartete Gemütsregung. Philomenus schlussfolgerte, dass keiner dem Toten sehr nahe gestanden hatte.

„Was wisst ihr über ihn?“

Alle schwiegen betreten.

„Es muss doch irgendetwas über Marcellus zu berichten geben?“, hakte Philomenus nach. „War er verschwenderisch, hatte er eine Geliebte, Kinder? Was tat er in seiner freien Zeit?“

Der Jüngste brach das Schweigen. „Er war ein Geizhals und sprach auch nie über irgendeine Familie oder eine Geliebte. Aber er hatte einen besonderen Bezug zu Pferden. Wenn ich mich recht erinnere, wollte er nach seiner Entlassung im Hinterland von Mogontiacum Pferde züchten.“

„Wie ist dein Name?“

„Servius."

„Du scheinst ihn näher gekannt zu haben."

„Niemand kannte Marcellus wirklich, wir wechselten hin und wieder ein paar Worte, mehr nicht."

„Hatte er mit jemanden aus der Legion engeren Kontakt?"

Der Legionär zögerte. Philomenus erschien dieses Zögern eindeutig zu lange.

Überraschend meldete sich ein anderer Soldat zu Wort. „Es gibt tatsächlich jemanden, er gehört nicht zu unserem Contubernium, aber zu unserer Centurie. Er heißt Sepius und ist Hispanier", meinte er.

Philomenus bemerkte aus den Augenwinkeln, wie Servius seinem Kameraden einen bösen Blick zuwarf.

„Wie heißt du?"

„Rufus."

„Gut. Falls einer von euch sich an etwas erinnert, wie unwichtig es ihm auch immer erscheinen mag, teilt es mir mit. Und nun verrichtet eure Arbeit und bringt den Toten zum Begräbnis", sagte er und entließ sie.

Die Männer führten den Befehl schweigend aus. Der Medicus bedeckte noch das Antlitz des Toten, dann setzte sich die kleine Prozession in Bewegung. Sie verließ das Lager durch die Porta Principalis dextra, und Legionäre, an denen sie vorbeikamen, hielten inne und schickten dem Verstorbenen einen letzten Gruß hinterher.

XXXV: Derselbe Tag, Villa der Architekten, Therme, Valetudinarium

Lydia war überrascht, dass Marius so früh zurückkehrte. „Ist etwas mit Claudius?", fragte sie erschrocken.

„Nein, sein Zustand ist unverändert. Die Arbeiten wurden eingestellt, weil es einen weiteren Toten gibt. Sein Leichnam hatte sich an einer Arbeitsplattform verfangen. Ich war bei seiner Bergung dabei. Riecht Ihr etwas an mir?", wollte Marius wissen und trat dicht an sie heran.

Lydia schnupperte. „Ich bin mir nicht sicher, aber es riecht ganz schwach nach verdorbenen Fleisch."

Also hatte ihn seine Nase nicht getrogen.

„Gebt mir Eure Kleidung. Ich wasche sie für Euch", bot sie an.

„Danke, das hatte ich gehofft. War Theodosios inzwischen hier?"

„Nein, er weilt immer noch bei Claudius."

„Ich werde in die Therme gehen. Ich muss diesen Geruch loswerden."

„Esst Ihr heute zu Hause?

„Das kann ich nicht sagen. Ich will dann zu Claudius."

„Dann stelle ich etwas bereit."

„Ängstigt Ihr Euch, wenn Ihr allein in der Villa seid?"

„Nein, ich habe ja gute Bewacher", meinte sie mit zaghafter Stimme.

Nachdem Marius die Kleidung gewechselt hatte, ging er zur Therme. Er machte den üblichen Badegang und suchte auch das Laconicum auf, wo er einige Zeit verbrachte. Aber heute fand er keine geistige Entspannung. Selbst die kunstvolle Massage von Caius konnte seine schwermütigen Gedanken nicht vertreiben. Der Bademeister zeigte sich nicht annähernd so redselig wie bei ihrer ersten Begegnung. Im Gegenteil, er erschien Marius ausgesprochen wortkarg.

„Habt Ihr inzwischen etwas Neues über das Falschgeld erfahren?", fragte Marius in einem Augenblick, in dem sie unter sich waren.

„Nein. Ich will auch gar nichts mehr darüber wissen. Ich bedaure, etwas zu Euch gesagt zu haben. Wahrscheinlich haben mir meine Ohren einen Streich gespielt und ich habe mich verhört."

„Das habt Ihr nicht. Es ist kein Geheimnis, dass in Mogontiacum falsche Denare kursieren", behauptete Marius kühn.

Caius hielt kurz inne, sagte aber nichts.

„Ich weiß das noch aus einer anderen Quelle. Es ist nur die Frage, wer es in Umlauf bringt", beharrte Marius.

Der Bademeister schwieg weiterhin. Seine Handbewegungen wurden fester, so dass es Marius fast schmerzte.

„Hört auf, das tut weh", schrie er.

„Entschuldigt!", meinte Caius und knetete nun deutlich sanfter.

Marius, der spürte, dass er von Caius heute keine Neuigkeiten erfahren würde, gab dem Gespräch eine Wendung. Da Philomenus ihn nicht zum Schweigen verpflichtet hatte, sah er keinen Grund, Caius den Leichenfund zu verheimlichen.

„Habt Ihr schon gehört, dass der verschwundene Legionär wieder da ist?"

„Nein. Wo hielt er sich versteckt?", fragte Caius deutlich interessierter.

„Auf dem Grund des Rhenus. Er verfing sich an einer Plattform."

Caius stieß einen Schreckenslaut aus. „Das muss schrecklich für Euch gewesen sein!"

„Es war wirklich grauenhaft. Deswegen bin ich auch hergekommen. Ich musste mich unbedingt reinigen. Kanntet Ihr ihn? Der Legionär war gallischer Abstammung. Er hat eine große Narbe auf seiner linken Wange."

Caius dachte kurz nach. „Die Beschreibung passt auf einen-Soldaten, der einige Male hier gewesen ist."

„Wisst Ihr etwas über ihn?"

„So gut wie nichts. Er kam in Begleitung eines Hispaniers. Ihn kenne ich etwas besser. Seine Kameraden nennen ihn wegen seiner dunklen Haut, seiner schwarzen Haare und Augen Sepius."

Jetzt kannte Marius den Namen des Hispaniers. Caius' Bemerkung bestätigte seine Annahme, dass Sepius den Toten gekannt hatte. Aber war er auch für dessen Ableben verantwortlich?

Nachdem Marius die Therme verlassen hatte, ritt er zum Legionslager. Aus der Ferne sah er noch den Leichenzug, der den Toten nach draußen an die Gräberstraße brachte. Die zweite Bestattung innerhalb weniger Tage. Marius hoffte, dass ihr nicht schon bald eine dritte folgte. Obwohl die Eingangstür des Valetudinariums weit offen stand, hing der Leichengeruch noch immer in der Luft. Rasch ging er zum Zimmer von Claudius und trat leise ein. Theodosios wachte an seiner Seite. Sein Gesicht war grau und eingefallen und er sah erschöpft aus. „Ich kann für ein paar Stunden bei ihm bleiben, dann kannst du dich ausruhen. Lydia hat Essen vorbereitet. Du musst doch Hunger haben."

„Ich habe etwas zu essen bekommen, auch wenn es nicht sonderlich gut war. Aber ich würde gern etwas schlafen und nehme dein Angebot deshalb an", sagte er und erhob sich.

Marius setzte sich auf seinen Platz. „Du musst dich nicht beeilen. Schlaf, solange du willst."

„Ich habe gerade den Verband erneuert. Es reicht, wenn du ihm ab und zu die Stirn kühlst und versuchst, ihm etwas Brühe einzuflößen. Sei dabei vorsichtig und tu es löffelweise, damit er sich nicht verschluckt. Wir sehen uns später. Sobald sich etwas an seinem Zustand ändert, informiere den Medicus. Wieso bist du eigentlich nicht auf der Baustelle?", fragte er verwundert.

Marius erklärte es ihm mit knappen Worten.

„Ich habe das Zimmer nicht verlassen, aber mir entging

nicht, dass etwas Ungewöhnliches vorgefallen sein muss."

„Beinah könnte man glauben, die Götter wollten mich jeden Tags aufs Neue auf die Probe stellen", entgegnete Marius seufzend.

„Du bist stark und wirst sie bestehen", tröstete ihn Theodosios und brach auf.

Marius setzte sich an Claudius Seite und wusste nicht so recht, was er tun sollte. Er tupfte seine Stirn mit einem feuchten Tuch ab, so wie er es bei Theodosios gesehen hatte. Irgendwann erdrückte ihn die Stille und er begann mit Claudius zu reden. Dabei ergriff er dessen Hand und hielt sie fest. Er erzählte ihm von dem Abend bei Blussus und seiner Begegnung mit Gesima und von seiner Einladung, ihn auf der Baustelle zu besuchen. Er zögerte kurz, ob er den Leichenfund erwähnen sollte. Vielleicht konnte Claudius ja trotz seiner geistigen Abwesenheit verstehen, was er sagte. Und wenn ja, würde ihn diese Botschaft neuerlicher Gewalt dann nicht erschüttern? Da er aber bereits mit Theodosios darüber geredet hatte, schien ihm diese Vorsichtsmaßnahme überflüssig. Stockend berichtete er ihm von dem grausigen Ereignis, aber seine Worte schienen nicht bis in Claudius' Bewusstsein vorzudringen. Der Verletzte zeigte keine Regung und atmete tief und gleichmäßig weiter.

Als wenig später die Sonne unterging, spürte Marius, dass er schläfrig wurde. Er ließ die Hand des Patienten los und lehnte sich zurück. Kurz darauf nickte er ein. Als einige Zeit später ein Gehilfe hereinkam, schreckte Marius hoch. Der Mann prüfte den Puls von Claudius, hob seine Augenlider und betrachtete die Pupillen.

„Wie steht es Eurer Meinung nach um ihn?", fragte Marius.

„Der Medicus kommt nachher. Redet mit ihm", wich der Gehilfe aus und wollte das Zimmer verlassen.

Doch Marius hielt ihn zurück. „Ich war heute dabei, als der Gallier gefunden wurde. Das war kein schöner Anblick."

Der Gehilfe blieb stehen. „In der Tat, ich habe dem Medicus geholfen, die Leiche zu entkleiden", sagte er mit gewissem Bedauern.

„Kanntet Ihr den Toten?"

„Wie man sich unter Kameraden eben so kennt. Er hatte nur wenige Freunde und ich gehörte nicht zu ihnen."

„Wisst Ihr sonst noch etwas über ihn?"

„Nein, er war nicht sonderlich beliebt. Aber warum wollt Ihr das wissen?"

„Reine Neugier“, sagte Marius rasch. „Woran verstarb er?“

„Das müsst Ihr den Medicus fragen. Er und Philomenus haben die Leiche untersucht“, meinte der Gehilfe und ging.

Eine halbe Stunde später untersuchte der Medicus seinen Patienten. Auch er kontrollierte Puls, Atmung, die Reflexe der Pupille und die der Arme und Beine. Claudius reagierte zwar darauf, dennoch zeigte sich der Arzt besorgt.

„Es sieht nicht allzu gut aus. Wenn er bis morgen nicht erwacht, muss ich eine Trepanation vornehmen.“

„Warum ist das notwendig?“.

„Durch einen heftigen Schlag oder einen Sturz kann es zu einem Bluterguss kommen. Kennt Ihr Euch in Anatomie aus?“

„Wenig“, entschuldigte sich der junge Römer.

„Dann werde ich es Euch erklären, wenn Ihr wollt.“

Marius nickte.

„Das Gehirn ist von einer festen, schützenden Haut umgeben, der sogenannten Dura mater. In ihr verlaufen Blutgefäße, die durch ein Trauma verletzt werden können. Sie platzen und es entsteht ein Hämatom. Dieser Bluterguss drückt, da er wegen der Schädeldecke nicht ausweichen kann, die Dura mater auf das Gehirn. Das kann zu schweren Schäden bis hin zum Tode führen. Deshalb muss dieser Druck genommen werden.“

Marius hatte die Ausführungen nur teilweise verstanden, wollte sich dem Arzt gegenüber aber keine Blöße geben. „Und was genau geschieht bei einer Trepanation?“

„Zuerst wird die Kopfschwarte an der Stelle der Verletzung aufgeschnitten und aufgeklappt. Dann wird entweder mit einem Bohrer ein Loch hineingebohrt oder mit einer Knochensäge ein Stück herausgeschnitten. Wurde die richtige Stelle getroffen, entfernt man das geronnene Blut und nimmt so den Druck. Danach wird die Schwarte wieder darüber gelegt und vernäht.“

Marius fühlte sich unwohl. Die Vorstellung eines Loches in der Schädeldecke war wenig angenehm.

„Und das werdet Ihr bei Claudius tun?“

„Ich schwanke noch. Man darf nicht zu lange warten, da sonst die Schäden irreparabel werden. Aber noch ist sein Zustand stabil und er zeigt bis auf die Bewusstlosigkeit keine Ausfallerscheinungen. Deshalb gebe ich ihm noch etwas Zeit. Sein Fieber ist sogar gesunken, was ein gutes Zeichen ist.“

„Wenn Ihr ein Stück aus der Schädeldecke heraussägen müsst, wächst der Knochen dann wieder zusammen?“

„Nein, aber wenn die Kopfhaut wieder verwächst, stellt das

in der Regel kein Problem dar. Das Loch ist ja auch nicht allzu groß."

„Warum macht Ihr es nicht gleich?"

„Dieser Eingriff ist auch mit erheblichen Risiken verbunden. Er könnte eine tödliche Entzündung bekommen."

„Hoffentlich erwacht er von alleine", wünschte sich Marius.

„Das wäre das Beste."

„Ich hörte, Ihr habt die Leiche von Marcellus untersucht?"

„Ja. Interessiert Ihr Euch dafür?"

„Selbstverständlich, da ich dabei war, als sie gefunden wurde. Wie starb der Mann?"

„Er hat eine Kopfverletzung und ist ertrunken."

„Wurde er ermordet?"

„Wie kommt Ihr zu dieser Annahme?"

„Die Ereignisse der vergangenen Tage haben mich misstrauisch gemacht!"

Der Medicus akzeptierte diese Erklärung. „Das lässt sich nicht mehr mit Sicherheit sagen. Philomenus geht wohl eher von einem Unfall aus", meinte der Medicus.

„In Mogontiacum häufen sich die Todesfälle in letzter Zeit ja geradezu."

„Das ist erst seit kurzem so", seufzte der Medicus.

„Wohl seit unserer Ankunft oder wäre es zutreffender zu sagen, seit dem Eintreffen von Titus und der Soldkasse?", wagte sich Marius aus der Defensive.

Irrte er sich oder war der Arzt bei der Bemerkung von Titus und der Soldkasse zusammengezuckt?

„Marcellus verschwand einen Tag zuvor. Ihr seht einen Zusammenhang?"

„Wäre das so unlogisch?"

„Ich weiß es nicht. Das ist doch alles reine Mutmaßung. Es ist meiner Meinung nach ein unglückliches Zusammentreffen verschiedener Ereignisse. Wo ist übrigens Theodosios?", wechselte er das Thema.

„Ich habe ihn für einige Stunden abgelöst. Er ruht sich aus, kommt aber später wieder."

„Er leistet gute Dienste", versicherte der Medicus.

„In der Tat", pflichtete Marius ihm bei.

„Ich lass Euch jetzt alleine. Falls Claudius erwachen sollte, lasst mich holen. Vale!"

Marius dachte über das Gespräch nach. Der Medicus hatte sich bezüglich des Todes von Marcellus auf keine eindeutige

Ursache festgelegt und Philomenus gab vor, an einen Unfall zu glauben. Aber wenn er den Gesichtsausdruck des Arztes richtig deutete, zweifelte er an dieser Diagnose. Marius vermutete einen Mord. Was war aber das Motiv? Stand der Tod in Verbindung mit der Ermordung von Titus oder war alles, wie der Medicus behauptete, nur die Verkettung unglücklicher Zufälle? Marius konnte nicht daran glauben. Sicherlich gab es einen Bezug zum Falschgeld. Aber welcher war es?

Einige Stunden später kehrte Theodosios zurück. Er wirkte sichtlich ausgeruht, wenn auch seine Miene noch immer bekümmert war. „Gibt es eine Veränderung?"

Marius schüttelte bedauernd den Kopf. „Ich sprach mit dem Medicus, er erwägt eine Trepanation."

„Das wird wohl unausweichlich sein, wenn er weiterhin ohne Bewusstsein bleibt", meinte der Grieche verzweifelt.

Marius konnte ihm keinen Trost spenden, aber er teilte dieses Gefühl der Ohnmacht.

„Tullius erwartet dich vor dem Gebäude, um dich auf Befehl des Kommandanten nach Hause zu eskortieren", sagte er und nahm Marius' Platz ein.

„Ich halte das für überflüssig."

„Wirklich? Ich nicht. Irgendjemand ist sehr an dir interessiert, weshalb auch immer. Und zu was das führt, haben du und Claudius bereits am eigenen Leibe erfahren."

Darauf wusste Marius keine Antwort. „Morgen früh komme ich wieder", meinte er kleinlaut.

„Kannst du mir von Lydia etwas zu essen mitbringen? Die Kost hier ist im Vergleich zu ihrer doch sehr soldatisch."

Nun musste Marius lächeln. „Gern, man gewöhnt sich rasch an ihre gute Küche."

Vor dem Valetudinarium saß Tullius kerzengerade auf seinem Pferd. Er wirkte nicht sonderlich müde, eher angespannt. Die Entwicklung der letzten Tage, die Order des Kommandanten, den jungen Römer zu überwachen und die Unterbrechung beim Brückenbau machten ihn gereizt.

„Ihr seid also mein Geleitschutz?", fragte Marius, während er seine braune Stute losband und sich in den Sattel schwang.

„Ja", entgegnete er knapp. „Morgen wird ein Priester an der Baustelle ein Sühneopfer darbringen. Hoffentlich sind die Götter nicht allzu erzürnt und zeigen sich gnädig. Eine länge-

re Unterbrechung so kurz vor dem Winter ist ungünstig."
„Habt Ihr etwas über die Todesursache des Galliers gehört?", wollte Marius wissen.
„Philomenus spricht von einem Unfall durch Ertrinken. Aber ich denke, er wurde ermordet", gab sich Tullius ungewohnt offen.
„Wie kommt Ihr zu dieser Annahme?"
„Was hat ein Legionär nachts auf dem Rhenus zu tun? Er war Fußsoldat und gehörte nicht zur Marine."
„Woher wisst Ihr, dass es nachts war?"
„Weil er sich abends zum Ausgang abmeldete und nicht zurückkehrte. Da liegt diese Vermutung doch nahe."
Marius nickte zustimmend. „Wenn man bedenkt, wo er angetrieben wurde, muss er ein ganzes Stück flussaufwärts ins Wasser gelangt sein. Demnach scheidet der Hafenbereich aus", überlegte Marius laut.
„Darüber habe ich mir auch schon Gedanken gemacht. Ich vermute diese Stelle in der Nähe der keltischen Siedlung."
„Ihr haltet einen Kelten für seinen Mörder?"
„Das habe ich nicht behauptet!", wehrte Tullius ab.
„Aber zwischen Mogontiacum und der Keltensiedlung gibt es nichts Besonderes, keine Tabernae, nur Wildnis. Was wollte er dort?"
„Dennoch muss es unweit des Vicus passiert sein. Vorausgesetzt, er wurde nicht woanders getötet und dann erst dorthin gebracht."
„Mir erscheint dies unwahrscheinlich. Ob Philomenus genauso denkt wie Ihr?"
„Das nehme ich an. Ich hörte, dass er für morgen überraschend einen Suchtrupp zusammengestellt hat. Bei Sonnenaufgang ziehen sie los."
Inzwischen hatten sie das Haus erreicht. Die wachhabenden Soldaten grüßten den Offizier und Marius. Der junge Römer stieg ab, führte sein Pferd in den Stall und versorgte es. Tullius wusste ihn in Sicherheit, doch bevor er den Weg zurück einschlug, umrundete er das Anwesen, wie er es schon des Öfteren zuvor getan hatte. Er wollte sich vergewissern, dass sich heute Nacht niemand in dessen Nähe aufhielt.
Marius war überrascht, dass Lydia noch auf war. Wie gestern Abend saß sie in der Küche, mit dem Schlaftrunk vor sich. „Seid Ihr nicht müde?"
„Doch, ich war auch schon zu Bett, aber ich habe schlecht

geträumt. Die Tochter des Lucius Nepius war hier und verlangte Euch zu sprechen. Sie ist ein hübsches Mädchen", meinte sie verschmitzt.

Marius ignorierte diese Bemerkung. „Nannte sie ihr Anliegen?"

„Nein, sie wollte Euch persönlich sprechen und will morgen wiederkommen."

„Um welche Zeit?"

„Am Abend. Ich habe Euer Arbeitszimmer wieder aufgeräumt. Allerdings wusste ich nicht, wie die Unterlagen zu ordnen sind. Die Pläne liegen in den Regalen."

„Vielen Dank, Lydia, eigentlich wollte ich das tun, aber es war mir doch wichtiger, Claudius zu sehen."

„Und Ihr habt Theodosios einen Gefallen getan. Der Ärmste war total erschöpft. Ich gehe jetzt jedenfalls zu Bett", meinte Lydia und erhob sich.

„Hoffentlich findet Ihr Schlaf."

„Das hoffe ich auch. Die Tropfen stehen dort drüben, Ihr müsst 20 auf ein Glas nehmen. Sie wirken wirklich sehr rasch", deutete sie mit einer Geste an.

„Danke, aber ich bin mir nicht sicher, ob ich sie benötige."

Kurz darauf begab sich Marius ebenfalls zur Ruhe und obwohl in seinem Kopf das reinste Gedankenchaos herrschte, konnte er rasch einschlafen. Allerdings brachte dieser Schlaf keine Erholung. Morpheus schickte ihm bedrohliche Träume und prophezeite für den kommenden Tag nichts Gutes.

XXXVI: Derselbe Tag, nachts, am Ufer des Rhenus, unweit von Mogontiacum

Sepius und Servius hatten die Wachen am Ausgang bestochen. Die Summe, die sie dafür zahlten, war nicht unerheblich gewesen, aber die Situation erforderte schnelles Handeln. Und sie mussten sich beeilen, denn in drei Stunden war Wachablösung.

Sepius war mehr als erzürnt, dass Marcellus' Leichnam gefunden worden war. Er hatte angenommen, dass er das Problem der Leichenbeseitigung erfolgreich gelöst hatte. Und nun das! So etwas würde ihm nicht wieder passieren. Falls es ein nächstes Mal gäbe, würde er dafür sorgen, dass der Tote für immer verschwunden blieb.

Sie hatten Mogontiacum über die Gräberstraße verlassen, die spärlich erleuchtet war. Nun liefen sie über einen Trampelpfad durch den dicht bewachsenen Uferstreifen. Heute hatten sie keine Laterne mitgenommen, aus Angst sich zu verraten. Aber inzwischen kannte Sepius den Weg so gut, dass ihm das Mondlicht ausreichte. Hin und wieder schlug ihnen der Ast eines Strauches gegen Beine, Bauch oder Brust, aber das tolerierten sie, denn die Vegetation bot ihnen sowohl zum Wasser wie auch zum Land hin guten Sichtschutz. Bald befanden sie sich auf der Höhe der Mündung des Moenus.

Der Hispanier wirkte nach außen gelassen, aber seine Sorge wuchs. Der Bestattung von Marcellus hatte er gezwungenermaßen beigewohnt. Wäre er nicht dort erschienen, hätte Servius nur wieder unnötige Fragen gestellt und ihn in Erklärungsnot gebracht. Zu seiner Verärgerung war Philomenus, dieser römische Spitzel, ebenfalls dort gewesen und hatte ihn die ganze Zeit beobachtet. Auf ihrem Weg zurück hatte er ihn sogar abgefangen und über seine Beziehung zu dem Verstorbenen befragt. Obendrein hatte er gewusst, dass sie an dem Abend von Marcellus' Verschwinden gemeinsam das Lager verlassen hatten. Ob Servius ihm das verraten hatte?

Zwar hatte Sepius abgewiegelt und ihr Verhältnis relativiert, trotzdem fürchtete er, dass der Ermittler seinen Beteuerungen keinen Glauben schenkte und Verdacht geschöpft hatte. Wie sonst ließe sich erklären, dass er ihn kurzerhand für den Suchtrupp abkommandiert hatte, der morgen bei Sonnenaufgang aufbrechen würde, um nach Spuren am Ufer des Rhenus zu suchen? Allerdings war dies für ihn auch von gewissem Vorteil. So war er rechtzeitig gewarnt und konnte alle Hinweise beseitigen.

Dennoch war er aufgebracht. Bislang war alles glatt verlaufen. In regelmäßigen Abständen hatte er eine gewisse Summe bekommen und sie in Falschgeld umgetauscht. Kaum erhielt sein Auftraggeber das Moneta falsa, fand es den Weg zurück in die Soldkasse, aus der dieser zuvor die echten Münzen in aller Heimlichkeit entnommen hatte. Ihre Tarnung war perfekt und nur er wusste, wer der Kopf des Ganzen war. Die anderen Beteiligten waren lediglich Mitspieler, die die ihnen zugedachten Aufgaben erfüllten, ohne Einzelheiten zu kennen. Und nun drohte ihr schönes Unterfangen zu scheitern. Titus hatte Witterung aufgenommen und dafür mit dem Leben bezahlt. Nach seinem Tod hatte er geglaubt, sich neuen Handlungsspielraum verschafft zu haben. Doch nun zeigte sich dieser Philomenus verbissen und setzte die Ermittlungen des Quaestors fort. Sepius war sich sicher, dass dieser das Schicksal von Titus früher oder später teilen würde.

Servius riss ihn aus seinen Überlegungen. „Was wollte Philomenus eigentlich von dir?"

„Wissen, wie gut ich Marcellus kannte. Du musst dich nicht sorgen, ich habe ihm nichts verraten", beschwichtigte er seinen Begleiter. „Ich sagte ihm, dass wir ab und zu zusammen in die Taberna oder in die Therme gingen. Woher wusste er überhaupt von unserer Bekanntschaft?"

„Heute Mittag befand er sich im Valetudinarium, als wir Marcellus zum Begräbnis bringen sollten. Er hat uns befragt und Rufus, dieser Dilettant, nannte deinen Namen. Und du hast wirklich nichts mit seinem Tod zu tun?", fragte er mit Nachdruck.

Sepius hob die Hand zum Schwur. „Ehrenwort!", log er dreist. „Er starb doch durch einen Unfall, oder täusche ich mich?"

Servius stimmte ihm zu, blieb aber weiterhin misstrauisch. Er ließ Sepius gegenüber eine gewisse Vorsicht walten, denn inzwischen hatte er erkannt, dass dieser immer auf den eigenen Vorteil bedacht war und Hindernisse ohne Zögern aus dem Weg räumte. Aber machte ihn das auch zum Mörder? Servius fühlte sich innerlich zerrissen. Bisher hatte er keinen Grund zu der Annahme, dass Sepius ihn hinterging. Noch nicht! Er hatte weder versucht, ihn beim Teilen des Geldes zu übervorteilen, noch hatte er ihm Informationen vorenthalten. Und auch Marcellus hatte sich zu Lebzeiten nie über ihn beklagt, sondern ihn sogar auf eine gewisse Art wertgeschätzt.

Sepius schien zu spüren, was in seinem Begleiter vorging. „Glaubst du mir nicht?"

„Doch, doch", versicherte dieser schnell. „An meiner Stelle würdest du dir sicher auch Gedanken machen, oder willst du das abstreiten?"

„Nein, das will ich nicht. Aber Marcellus war manchmal ein Hitzkopf. Er geriet vielleicht in eine Schlägerei, die tragisch endete. Ich sagte dir doch, dass er noch in eine Taberna wollte, während ich zurückkehrte. Dort könnte er mit jemandem aneinandergeraten sein."

„Das wäre eine Erklärung", sagte Servius unsicher.

„Vergiss nie, dass ich nur das tue, was für uns alle am besten ist. Deshalb unternehmen wir jetzt auch diese kleine Excursio."

„Es ist ärgerlich, dass Philomenus so hartnäckig ist", meinte Servius sichtlich beruhigter.

„Das war zu erwarten. Er wird wahrscheinlich das ganze Ufer bis zur keltischen Siedlung absuchen lassen."

Die Nacht war sternenklar und über dem Fluss stiegen erste

Nebelschwaden auf, die die Konturen am gegenüberliegenden Ufer verwischten.

„Wir sollten uns beeilen, bevor der Nebel ans Ufer gelangt", bemerkte Servius.

„Bleibe gelassen, wir sind ja gleich da."

„Was machen wir mit dem Boot?"

„Wir lassen es zu Wasser und einfach davontreiben. Bis die Sonne aufgeht, ist es längst an Mogontiacum vorbei und niemand wird wissen, wem es gehörte oder woher es kam. Die Kleidung und die Ausrüstung verbrennen wir einfach an Ort und Stelle."

„Und wenn uns jemand sieht?"

Sepius lachte auf, breitete die Arme aus und drehte sich um die eigene Achse.

„Seit wir Mogontiacum verlassen haben, ist uns weder jemand gefolgt noch jemand begegnet. Nicht einmal ein Hase hat unseren Weg gekreuzt. Hier ist weit und breit kein Mensch."

Aber da irrte er. Über ihren Köpfen kauerte eine Gestalt in einer Baumkrone. Beim Auftauchen der Soldaten hatte sie ihre Tätigkeit eingestellt und verhielt sich seitdem mucksmäuschenstill. Sie wagte kaum zu atmen, denn was sie hier tat, verstieß gegen römisches Gesetz. Würde sie entdeckt, zöge das unweigerlich eine harte Strafe nach sich. Aber die Legionäre bemerkten den Menschen im Baum nicht, sondern fühlten sich sicher und unbeobachtet. Sie gingen noch ein Stück weiter, verschwanden aber nicht ganz aus dem Gesichtsfeld.

An einer knorrigen Weide hielten sie an, schauten sich um, zogen dann ein Boot hervor und entnahmen ihm die Utensilien. Sie verstauten die Paddel, schoben es ins Wasser und gaben ihm einen festen Stoß. Während die Strömung es erfasste, schauten sie ihm hinterher. Danach sammelte Sepius große Steine und legte sie zu einem Ring, während Servius trockenes Holz zusammensuchte und es im Steinkreis zu einem Haufen schichtete. Sepius hatte einen Feuerstein, Zunder und etwas Stroh mitgebracht und entfachte im Handumdrehen ein Feuer. Nachdem es lichterloh brannte, übergaben sie ihm nacheinander mehrere Gegenstände. Die Angelrute und der Köcher gingen sofort in Flammen auf.

Im Feuerschein waren die Gesichtszüge der Männer deutlich zu erkennen und der stille Beobachter prägte sie sich ein. Zum Schluss warfen sie die Kleidungsstücke hinein, die das Feuer beinah zum Ersticken brachten. Dichter, dunkler Qualm stieg auf und der Mensch im Baum fürchtete schon, er würde zu ihm herübertreiben und ihn zum Husten bringen. Doch Fortuna sei

Dank, der Wind wehte ihn hinaus auf den Fluss. Wenig später verließen die Soldaten den Schauplatz und schlugen den Weg zurück nach Mogontiacum ein, ohne sich weiter um das Feuer zu kümmern.

Die Gestalt im Baum atmete erleichtert auf. Sie wartete noch einige Zeit, dann stopfte sie die geschnittenen Misteln in einen Leinensack, der um ihre Schultern hing, tat die Sichel dazu und kletterte behände den Stamm hinunter. Neugierig wagte sie sich an die Feuerstelle. Mit einem Stock stocherte sie in der Glut. Verwundert fragte sie sich, warum die Legionäre zu dieser späten Stunde hierher gekommen waren und diese Dinge verbrannt hatten. Gab es gar einen Bezug zu den seltsamen Lichtsignalen, die manchmal nachts auf der anderen Seite des Rhenus zu sehen waren? In Zukunft musste sie wachsamer sein und darauf achten, wann die Signale gesendet wurden. Die Vorgänge in Mogontiacum und das soeben Erlebte stimmten sie nachdenklich. Sie spürte Gefahr, nur wusste sie nicht, wen sie bedrohte. Dann lief sie raschen Schrittes zur keltischen Siedlung und verschwand unerkannt in einem Haus.

XXXVII: Achter Tag nach den Drususfestspielen, Sonnenaufgang Mogontiacum

Philomenus hatte die Befragung der Zahlmeister auf den Abend vertagt. Stattdessen führte er im Morgengrauen den zehnköpfigen Trupp an, der das linke Ufer des Rhenus absuchen sollte. Dazu bildeten die Legionäre zwei Reihen zu je fünf Mann, die versetzt nebeneinander herliefen.

„Wir wissen nicht genau, wo Marcellus verunglückte. Deshalb suchen wir die Strecke bis zur keltischen Siedlung ab. Achtet auf Stellen, an denen Sträucher zerknickt sind oder an denen der Boden zertrampelt ist. Haltet auch Ausschau nach einem herrenlosen Ruderboot“, instruierte Philomenus die Männer.

„Er könnte doch in einer Taberna unweit des Hafens von Mogontiacum in eine Schlägerei geraten und dann ins Wasser gefallen sein“, spekulierte Sepius.

„Dagegen spricht der Fundort! Die entsprechenden Tabernae befinden sich weiter flussabwärts, also unterhalb des Leichenfundortes. Ein Toter kann nur von der Strömung mitgenommen und ihr nicht entgegengetrieben werden. Er muss demnach weiter flussaufwärts ins Wasser gefallen sein“, verwarf er Sepius‘ Äußerung. „Nun sucht“, ordnete er in befehlshaberischem Ton an.

Zu dem Zeitpunkt, als der Suchtrupp aufbrach, untersuchte der Medicus Claudius erneut, dessen Zustand unverändert kritisch war. Er wechselte mit Theodosios einen Blick, der mehr sagte als alle Worte. Beide kamen stillschweigend überein, dass eine Trepanation unausweichlich war.

„Sobald wir ausreichend Licht haben, werde ich ihn operieren müssen."

„Ich könnte eine Paste aus adstringierenden Kräutern mischen, die blutstillend und auch entzündungshemmend ist."

„Das ist ein guter Vorschlag. Was benötigt Ihr?", fragte der Medicus.

„Eichen- und Weidenrinde, römische Kamille und Schöllkraut."

„Wir haben alles in unserer Apotheke vorrätig. Flößt Claudius ab jetzt keine Flüssigkeit mehr ein. Sein Körper, vor allem aber sein Darm, müssen in ruhigem Zustand sein."

„Ich habe ihm in Hinblick auf die bevorstehende Operation schon länger nichts mehr gegeben."

„Habt Ihr schon einmal operiert?"

„Bisher eröffnete ich nur eiternde Wunden und vernähte sie wieder, zog faule Zähne und schiente Knochenbrüche. Aber das sind keine richtigen Operationen gewesen. In der Regel folge ich der Lehre des Asklepiades und setze auf Wasserkuren und zusätzlich auf die richtige Ernährung, ausreichende Körperbewegung, Übungen, um die innere Ruhe wieder herzustellen und auf die Kraft der Heilkräuter. Seltener schröpfe ich. Noch weniger lasse ich zur Ader. Das ist immer abhängig von der Konstitution des Patienten. Ein Aderlass schwächt oftmals mehr, als dass er nützt. Falls es doch notwendig sein sollte, bekommt der Patient im Anschluss eine Diät aus Senfkörnern, Kresse und einen Absud aus Thymian, Dost und Ysop."

Der Medicus nickte anerkennend. Auch wenn er ein Vulnerarius war, so schätzte er die Gelehrtheit des Griechen. Dieses Verhalten unterschied ihn von den meisten seiner Kollegen. Viele von ihnen glaubten, nur sie allein besäßen das einzig wahre medizinische Wissen. Dabei tummelten sich unter ihnen eine ganze Reihe Scharlatane, die dem ärztlichen Ethos zuwiderhandelten. Er dagegen akzeptierte fremde Kenntnisse und war bereit, sie zu übernehmen.

„Aber Claudius benötigt im Augenblick unser beider Hilfe, die des Medizinphilosophen und des Wundarztes. Manchmal muss eben auch ein Heiler wie Ihr zum Messer greifen."

„Das ist mir nun bewusst. Eure Hand ist ruhig?“

Der Medicus streckte sie von sich, es war nicht das kleinste Zittern auszumachen. „Meine beiden Hände sind es und mein Verstand ebenso. Und wie steht es mit Euch?“

„Da ich nur assistiere, ist das nicht von allzu großer Bedeutung.“

„Da irrt Ihr. Ihr müsst gut zuhören und mir die Instrumente richtig anreichen, damit die Operation zügig verläuft.“

„Ich werde mein Bestes tun. Wie reinigt Ihr die Instrumente vor Gebrauch?“

„Ich koche sie für einige Zeit in einem Gemisch aus Essig und Wasser. Dann nehme ich sie mit einer Zange heraus und lasse sie auf einem sauberen Tuch an der Luft trocknen.“

„Wo werdet Ihr den Schädel öffnen?“

„Direkt über der Stelle, an der er den Schlag erhielt. Es kann aber sein, dass ich mehr als einmal bohren muss.“

„Ich werde seinen Schädel rasieren und dann auf der ganzen Kopfhälfte die Kräuter auftragen. Wo kann ich sie mischen?“

„Ich zeige Euch den Medikamentenraum“, sagte der Arzt und trat auf den Flur. Theodosios tupfte Claudius‘ Stirn nochmals ab und flüsterte ihm zu, dass er ihn kurz verlassen werde. Dann eilte er hinter dem Medicus her. Der Raum, in den ihn der Arzt führte, war hell und luftig. In ordentlich beschrifteten Gefäßen lagerten in alphabetischer Reihenfolge diverse Kräuter auf Regalen. An den Wänden hingen Zwiebel- und Knoblauch- und Kräuterbüschel zum Trocknen und es roch angenehm nach Duftessenzen. Dichtverschlossene Tiegel mit Heilsalben komplettierten die Apotheke. Er entdeckte auch Schriften zur Herstellung von Rezepturen.

„Ihr seid gut sortiert.“

„Mein Vorgänger ist dafür verantwortlich. Sein Gehilfe, der jetzt auch meiner ist, führt dessen Arbeit fort. Bisher haben wir allerdings nicht allzu häufig Gebrauch davon gemacht. Meistens benötigen wir Mittel gegen Ausschlag, Fieber, Husten und Verdauungsstörungen. Es handelt sich dabei um Standardrezepturen, die mein Gehilfe mischt. Nehmt, was Ihr benötigt. Dort drüben findet Ihr Schalen zum Abwiegen, eine Waage, Spatel, Honig, Wein und Essig. Und die Utensilien für die Rasur sind dort ebenfalls.“

„Ich werde nicht lange brauchen. Wo kann ich die Paste erwärmen?“

„Hinter dem Regal befindet sich ein Dreifuß und Material,

um das Feuer zu entzünden. In einer verschlossenen Truhe sind Töpfe, die nur für die Zubereitung von Medikamenten verwendet werden. Reinigt bitte alles nach Gebrauch."

„Selbstverständlich", äußerte Theodosios geflissentlich. „Die Mischung muss einige Zeit einwirken, damit sie ihre volle Wirkung entfalten kann."

„Ich lasse Claudius und Euch dann eine Stunde nach Sonnenaufgang holen", verabschiedete sich der Medicus.

Der Medicus begab sich in das nach Osten ausgerichtete Operationszimmer und begann mit den Vorbereitungen. Zunächst kochte er die Instrumente aus, reinigte den Tisch, auf den der Patient gebettet werden würde, breitete ein sauberes Laken darüber und legte die Instrumente zum Trocknen auf den Beistelltisch. Trepanationen gehörten nicht zu den alltäglichen Eingriffen eines Garnisonsarztes. Meistens versorgte er Wunden oder amputierte Gliedmaßen, aber er hatte schon zwei Mal eine solche Schädelöffnung durchgeführt und kannte den Ablauf. Um sich dennoch auf den Eingriff vorzubereiten, zog er das Werk von Celsus zu Rate, einem Medicus, der Kaiser Tiberius erfolgreich behandelt hatte. Er suchte in dessen Schrift „De Medicina" und fand schließlich das Gesuchte.

Unterdessen rasierte Theodosios Claudius den Kopf. Seine Bewegungen waren sanft und geschickt und er redete beruhigend auf den Verletzten ein. Dann kehrte er in den Medikamentenraum zurück und kochte einen Sud aus Zwiebelschalen. Während das Gebräu abkühlte, wog er die pulverisierten Drogen ab und rührte sie nach und nach unter den Sud, bis die Paste geschmeidig war. Sobald das Gemisch die richtige Temperatur erreicht hatte, machte er daraus einen Leinenwickel und legte ihn dem Patienten auf den Kopf. Dann setzte er sich neben ihn und prüfte den Puls, der gleichmäßig und fest schlug. Die Ungewissheit der vergangenen Tage hatte Theodosios zermürbt. In seiner Ohnmacht betete er zur Göttin Hygieia, dass sie ihre Hand schützend über Claudius hielt und er die Operation gut überstehen und wieder vollständig genesen möge.

Inzwischen war die Sonne aufgegangen und der Wickel längst erkaltet. Der unausweichliche Moment stand unmittelbar bevor, die Tür öffnete sich und zwei Gehilfe kamen mit einer Trage herein. Sie legten den Patienten darauf und brachten ihn vorsichtig in das Operationszimmer, wo sie ihn auf den Tisch betteten. Der Medicus hatte bereits in einem Dreifuß ein Feuer entzündet, in dem Kräuter verbrannten, die die Luft reinigten und die schlechten Teile absorbieren sollten. Dann streiften er und Theodosios saubere Schürzen über und reinigten ihre Hände mit einer desinfizierenden Lösung aus Kampfer. Theodosios entfernte den Kräuterwickel. Die Haut darunter war weich und blass.

„Ihr kennt die Namen der Instrumente?"

„Natürlich!"

„Dann wisst Ihr auch, dass sie immer nur an dem Ende berührt werden dürfen, das nicht mit dem Patienten in Kontakt kommt?"

„Das ist mir bekannt", sagte Theodosios ohne einen Vorwurf in der Stimme. Es beruhigte ihn, dass der Medicus die Operation so ernst nahm. Das war nicht selbstverständlich, viele Wundärzte waren wahre Schlächter und ein Großteil ihrer Patienten verstarb.

„Lasst uns beginnen. Reicht mir das Skalpell", und Theodosios tat wie ihm geheißen.

Beherzt setzte der Medicus das Messer an und machte einen sauberen Schnitt von einer Fingerlänge. Dann folgten ein zweiter und dritter Schnitt.

„Eure Kräutermischung wirkt hervorragend. Die Blutung ist sehr gering", meinte er, während er den kleinen Hautlappen zurückklappte. „Reicht mir den mittelgroßen Bohrer. Ab jetzt muss ich vorsichtig sein, damit ich nicht zu tief eindringe."

Konzentriert ging er zu Werk, wobei er ein Geräusch verursachte, das Theodosios unangenehm in den Ohren klang. Er schaute auf Claudius' Brustkorb und beobachtete dessen Atmung, Morpheus hielt ihn fest in seinem Reich, was ein Segen war. Er schien keine Schmerzen zu spüren, denn bisher hatte er weder gezuckt noch sonst eine Reaktion gezeigt.

„So, das Loch ist gebohrt", meinte der Medicus. „Und wir haben die richtige Stelle getroffen. Diese dunkelbraune Masse, die sich herausdrückt, ist geronnenes Blut. Reicht mir die Sonde, damit ich alles ausschaben kann", forderte er Theodosios auf. „Könnt Ihr mir die Lampe halten, damit ich besseres Licht habe?"

Theodosios stellte sich dicht neben ihn und leuchtete in die Schädelöffnung. Schweißperlen standen auf der Stirn des Medicus und Theodosios griff nach einem Leinenlappen und tupfte sie unaufgefordert trocken. Der Medicus schien diese Berührung gar nicht wahrzunehmen, denn er arbeitete vorsichtig weiter.

Nach einiger Zeit richtete er sich auf. „Ich habe alles weitgehend ausgeräumt und kann nur hoffen, dass möglichst viel entfernt wurde."

Marius war an diesem Morgen schweißgebadet aus einem Traum aufgeschreckt. In ihm hatte er Charon, den Fährmann, gesehen, der mit einem Toten an Bord den Acheron überquerte. Er deutete dies als schlechtes Omen und fürchtete, Claudius sei jener Fährgast. Besorgt stand er auf, ging ins Badezimmer, öffnete den Verschluss des Wasserhahnes und ließ kaltes Wasser in seine Hände laufen, das er sich dann ins Gesicht spritzte. Er betrachtete sein Spiegelbild und stellte fest, dass er sich in den letzten Tagen stark verändert hatte. Die Sorgen forderten ihren Tribut. Er hätte sich beinah nicht wiedererkannt. Sein Gesicht war hohlwangig und seine Augen blutunterlaufen und seine ansonsten gesunde Gesichtsfarbe war gelblich-fahl.

Er sah eher aus wie ein Toter als wie ein Lebender. Kurz entschlossen stellte er sich in die Wanne und übergoss sich mit kaltem Wasser. Er verzichtete darauf, seinen Körper abzutrocknen, die Kälte des verdunstenden Wassers erfrischte ihn und vertrieb den sauren Geruch einer alptraumhaften Nacht. Dann rasierte er sich, reinigte seine Zähne, kämmte seine Haare und ölte seinen Körper mit Rosmarinöl ein. Zufrieden stellte er fest, dass ein leichtes Rot seine Wangen überzog und sich das Weiß seiner Augen wieder klärte. Er hörte Lydia in der Küche werkeln und nachdem er sich angekleidet hatte, ging er zu ihr.

Sie unterbrach ihre Arbeit und schaute kurz auf. Auch ihr war anzusehen, dass sie schlecht geschlafen hatte. „Ich habe scharfgewürzte Eier gemacht", sagte sie und stellte ihm einen Teller hin.

Marius starrte auf die gelbliche Masse, die verführerisch duftete, ihn aber nicht lockte. „Ich habe keinen Hunger."

„Der Hunger kommt mit dem Essen. Ihr seid abgemagert. Wenn Ihr krank werdet, nutzt Ihr weder Claudius noch dem Kaiser. Also stärkt Euch!", befahl sie in bestimmendem Ton, der neu an ihr war.

Marius stocherte auf seinem Teller herum, ohne etwas zu essen. Als er jedoch einen bösen Blick der Wirtschafterin auffing, nahm er zaghaft einen Bissen. Lydia hatte Recht, der Hunger kam tatsächlich beim Essen. Marius brach sich noch etwas Brot ab und bestrich es mit Moretum. Die Paste aus Schafskäse, Olivenöl, Knoblauch und diversen Kräutern schmeckte frisch und stärkte ihn.

Lydia registrierte dies mit offensichtlicher Zufriedenheit. „Ich habe Puls Punica für Theodosios vorbereitet, den Ihr ihm mitnehmen könnt."

„Lydia, letzte Nacht schickten mir die Götter einen schlechten

Traum. Ich muss mich vergewissern, wie es Claudius geht", sagte er nach dem Frühstück.

Als er ins Freie trat, salutierten die Legionäre und er grüßte zurück. Marius ging zu Fuß zum Lager. Anscheinend hatte Kommandant Cornelius Anweisung erteilt, dass er ständig eskortiert wurde, denn einer der Soldaten begleitete ihn unaufgefordert. Marius verabscheute diese Maßnahme, aber inzwischen hatte er eingesehen, dass sein Widerstand zwecklos war.

Mit bangem Herzen betrat er Claudius' Zimmer und erschrak beinah zu Tode, als er sah, dass Raum und Bett verwaist waren. Sollte sich sein Traum bewahrheiten und sich Claudius bereits auf dem Weg in das Reich der Toten befinden? Kopflos verließ er das Zimmer und stieß fast mit einem Gehilfen des Medicus zusammen.

„Es gibt keinen Grund zu Sorge. Der Medicus operiert ihn gerade und Theodosios assistiert ihm", versicherte der Mann rasch, als er sah, wie es um Marius stand.

„Seit wann?"

„Die Operation begann vor mehr als einer Stunde. Ihr könnt nach Hause gehen und dort warten. Sobald der Medicus fertig ist, wird nach Euch geschickt."

„Ich bleibe hier in seinem Zimmer", meinte Marius trotzig.

„Wie Ihr wollt", seufzte der Gehilfe. „Aber es kann noch einige Zeit dauern."

Marius kehrte zurück, doch er fand keine Ruhe. Nervös lief er auf und ab. Was, wenn sein Traum sich doch noch erfüllte? Er wollte nicht tatenlos seine Zeit vertrödeln. Kurzerhand verließ er das Valetudinarium und suchte zum wiederholten Male in diesen Tagen Trost im Tempel.

Unterdessen näherte sich der Suchtrupp unaufhaltsam der keltischen Siedlung. Sie hatten ihr Ziel fast erreicht, waren aber noch nicht fündig geworden. Weil der Bewuchs immer dichter geworden war, hatte Philomenus die Männer in Zweiergruppen eingeteilt. Zwei von ihnen suchten direkt am Wasser, die anderen durchstreiften den Uferwald und dessen dichtes Gebüsch.

Die Männer hatten die Blicke auf den Boden geheftet und arbeiteten sich schweigend voran. Philomenus gönnte ihnen keine Pause, sondern trieb sie unerbittlich an. Er fürchtete schon, das Unterfangen würde scheitern, als ein lauter Schrei ertönte und die Männer herbeirief. Sie fanden sich alle an jener Stelle ein, an der in der vergangenen Nacht Sepius und Servius versucht hatten, ihre Spuren zu verwischen.

Sepius, dem der Schreck in die Glieder fuhr, gelang es, seine Besorgnis zu verbergen. Im Stillen hatte er gehofft, dass die Suche zu nichts führen und der Ort unentdeckt bleiben würde, aber nun wurden seine Hoffnungen enttäuscht. Er versuchte sich einzureden, dass Philomenus keinen Bezug zu ihm herstellen konnte.

Der Ermittler kniete sich neben der ehemaligen Feuerstelle nieder und hielt die Hand über die Aschereste. „Es ist noch warm."

Der dienstälteste Legionär räusperte sich. „Wir sind unweit einer keltischen Siedlung und es ist bekannt, dass Druiden immer noch ihren alten Kulthandlungen nachgehen, obwohl das gegen den Willen des Kaisers ist."

Wie alle wussten, hatte Tiberius das Druidentum verbieten lassen und versuchte es gezielt auszurotten, indem er die heiligen Männer verfolgen ließ. Er hielt die Menschenopfer, die sie darbrachten, und den Schädelkult, den sie betrieben, für barbarisch. Jeder von ihnen hatte schon davon gehört, dass Druiden Schädel von besiegten Feinden mit Zedernöl balsamierten und die so mumifizierten Häupter zur Abschreckung an Hauseingänge nagelten oder am Zaumzeug von Pferden befestigten.

Nach Philomenus' Ansicht waren dies jedoch nicht die einzigen Gründe für die Verfolgung. Der Kaiser als geistig-religiöses Oberhaupt konnte und wollte keine andere Autorität neben sich dulden, die seine Position als Princeps gefährdete. Denn die Druiden bedeuteten durchaus eine Konkurrenz. Ihre Stellung war mit der keltischer Stammesfürsten vergleichbar, sie ging in gewisser Weise sogar darüber hinaus. Nicht nur, dass die weisen Männer Ratgeber, Sterndeuter, Ausbilder und Rechtsgelehrte waren, sie galten auch als Heiler, sakrale Anführer und die höchste moralische Instanz ihres Stammes. Ihr Wort kam einem Richterspruch gleich und hatte somit höchstes Gewicht.

„Das ist keine keltische Kultstätte. Ich habe schon einige gesehen, das ist eine gewöhnliche Feuerstelle", stellte Philomenus mit Kennermiene fest. „Hier wurde wohl etwas verbrannt, um Hinweise zu vernichten ", sagte er und zog einen Stofffetzen hervor, den er mit spitzen Fingern hochhielt. „Das scheinen keltische Bracae gewesen zu sein", sagte er abschätzig.

Ein wahrer Römer lehnte diese Beinkleider ab, egal wie niedrig die Temperatur auch sein mochte. „Warum übergibt jemand seine Kleidung dem Feuer?", fragte er in die Runde, wobei sein bohrender Blick auf Sepius haften blieb.

Für einen kurzen Augenblick krampfte sich der Magen des Legionärs zusammen, doch er zuckte nur gelassen mit den Schultern und erwiderte den Blick des Agenten ohne sichtbare Regung. Auch wenn Philomenus ihn verdächtigte, mangelte es ihm an Beweisen und solange seine Mitwisser schwiegen, hatte er nichts zu fürchten. Nun hob Philomenus jeden einzelnen Stein auf und betrachtete ihn eingehend. Einen besonders großen hielt er lange in seinen Händen. Sepius stellte mit Unbehagen fest, dass dies der Stein sein könnte, mit dem er Marcellus niedergeschlagen hatte. Zu dumm, dass Philomenus ausgerechnet ihn betrachtete.

Zu seiner Erleichterung legte Philomenus den Stein wieder weg und ging ans Wasser. Nachdenklich schaute er auf den Fluss. Sein Blick blieb auf der gegenüberliegenden Seite haften. Diese Stelle hier schien ihm für Schmuggeldienste sehr geeignet. Er merkte sie sich, denn er wollte sobald als möglich ans andere Ufer und überprüfen, ob sich seine Vermutung bestätigte.

„Wir werden nichts mehr finden. Kehren wir um", befahl Philomenus überraschend.

Sepius, der jede seiner Bewegung genau beobachtet hatte, atmete erleichtert auf und wähnte sich bereits in Sicherheit. Sie schlugen einen anderen Rückweg ein und folgten einem Trampelpfad, der sie auf die Gräberstraße bringen würde. Plötzlich blieb Philomenus vor einer Pappel stehen. Auch wenn der Herbst bereits nahte und sich die ersten Blätter mancher Bäume zu färben begannen, war sie noch dicht belaubt. Er umrundete den Baum und hob etwas auf.

„Hier ist erst vor kurzem jemand gewesen. Das Gras ist überall niedergetreten und das hier sind Misteln", sagte er und drehte den kleinen Ast in seiner Hand. „Das muss ich mir genauer ansehen."

Mit einer Geschicklichkeit, die ihm keiner der Legionäre zugetraut hätte, kletterte er den Stamm hinauf. Das dichte, silbrig glänzende Blattwerk verbarg ihn vor den Blicken der Legionäre. Sie vernahmen lediglich ein Knacken, wenn ein Zweig unter seinen Füßen brach. Philomenus stieg bis in die Krone und inspizierte die Umgebung von diesem erhöhten Punkt aus. Dabei bemerkte er, dass die Feuerstelle von hier oben gut einzusehen war. Die Spuren am Baum waren frisch und höchstens einen Tag alt. Und da das Schneiden von Misteln ein druidischer Brauch und somit verboten war, nahm er an, dass sie des nachts geerntet worden waren. Vielleicht gab es ja einen Zeugen, der beobachtet hatte, was sich dort unten ereignet hatte.

Auf seinem Gesicht lag ein kaltes Lächeln, als er herunterstieg. „Es wurden tatsächlich Misteln geschnitten, wahrscheinlich in der letzten Nacht."

Sepius' Selbstsicherheit schwand. Allem Anschein nach waren er und Servius gesehen worden. Er schätzte die Entfernung zwischen den beiden Orten ab und kam zu dem Schluss, dass jene nächtliche Gestalt sie eventuell identifizieren konnte. Wenn er und seine Kumpane ihre Fälschertätigkeit nicht aufgeben wollten, mussten sie die Person ausfindig machen und zum Schweigen bringen, bevor Philomenus sie fand und Informationen erhielt. Sobald er zurück war, würde er eine entsprechende Botschaft über den Rhenus schicken.

XXXVIII: Derselbe Tag, mittags, Castrum

Voller Sorge wartete Tullius an diesem Morgen auf Marius und als dieser nicht erschien, fürchtete der Vermessungsingenieur Schlimmes. Während der Priester das Sühneopfer abhielt, weilte Tullius in Gedanken ständig bei den beiden Architekten. Inzwischen hatte er Claudius' Erfahrenheit und Ruhe und Marius' Eifer und Findigkeit zu schätzen gelernt. Ein möglicher Tod von Claudius bedeutete für ihn vor allem einen menschlichen Verlust, ganz abgesehen davon, welche Auswirkungen er auf den Bau der Brücke hätte. Tullius war sich nicht sicher, ob Tiberius dieses Projekt komplett in seine und Marius' Hände legen würde.

Der Priester, der inzwischen das Opfer beendet hatte, riss Tullius schließlich aus seinen Überlegungen. „Die Antwort der Götter fällt angesichts des Frevels erstaunlich milde aus. Sie verlangen, dass eine Ziege geopfert wird und ihre Innereien in das Fundament des Pfeilers, an dem der tote Gallier angeschwemmt wurde, eingebracht werden."

Tullius nahm diesen Götterspruch befreit an, diese Forderung ließ sich leicht erfüllen. „Sobald das Fundament trockengelegt ist, wird der Wunsch der Götter erfüllt. Das bedeutet, dass die anderen Arbeiten weitergehen können?"

„Ja. Aber wenn Ihr an den entsprechenden Pfeiler gelangt, muss sobald als möglich das Opfer erfolgen. Vergesst das nicht, sonst erzürnt Ihr die Götter."

Da es keine Unterbrechung geben würde, suchte Tullius die Zimmerleute auf. Sie hatten inzwischen mehrere Senkkästen fertiggestellt und Tullius begutachtete diejenigen, die morgen zum Einsatz kommen würden. Sie entsprachen in ihrer Form den Pfeilern, waren allerdings um einiges größer. Die Lücken zwischen den hölzernen Planken waren mit Kalfater abgedichtet, um das Wasser fernzuhalten. An den Seiten gab es Halterungen, damit sie auf dem Wasser transportiert und von den Kränen vor Ort angehoben werden konnten. Sie waren mehrere Fuß hoch und je nach Flusstiefe mussten einige übereinander gesetzt werden. Dabei galt es zu beachten, dass ihr oberer Rand soweit über die Wasseroberfläche hinausragte, dass selbst bei starkem Wellengang kein Wasser in ihr Inneres schwappte. Um sie gefahrlos zu wassern, gab es eigens konstruierte Lastkräne, die im Militärhafen auf ihren Einsatz warteten.

Marius hatte das Gebet im Tempel beendet und kehrte zum Valetudinarium zurück. Gerade als er das Gebäude betrat, erblickte er Theodosios, der die Tür zum Krankenzimmer öffnete.

„Theodosios", rief er zaghaft.

An der Tür blieb der Grieche stehen. Er wirkte abgespannt, aber auch einigermaßen zufrieden.

„Wie geht es Claudius?"

„Die Operation ist gut verlaufen, aber ob sie ihm auch nützt, müssen wir abwarten. Er wird gleich auf sein Zimmer gebracht."

„Lydia hat dir etwas zu Essen mitgeschickt."

„Die gute Frau. Jetzt, da alles vorüber ist, verspüre ich sogar Hunger", meinte Theodosios, als sie eintraten.

„Möchtest du auch etwas?", bot Theodosios ihm an, während er den Topfdeckel lupfte und am Essen schnupperte. „Ich werde das jetzt aufwärmen."

„Nein. Soll ich dich nachher wieder ablösen, damit du etwas schlafen kannst?"

„Das wird nicht nötig sein. Ich mache mir ein Lager auf dem Boden und nächtige hier", sagte er.

Sie vernahmen gleichmäßige Schritte, die sich näherten. Kurz darauf öffnete sich die Tür und Claudius wurde von zwei Pflegern hereingebracht und in sein Bett gelegt. Marius erschrak sichtlich über den überdimensionalen Kopfverband.

„Keine Sorge, es ist alles in Ordnung. Die Wunden sind vernäht und haben aufgehört zu bluten", beschwichtigte ihn Theodosios.

„Jetzt muss er nur noch aufwachen", seufzte Marius und setzte sich ans Bett. „Aber das liegt wohl in der Hand der Götter."

Der Medicus kam herein. Auch er wirkte erschöpft, aber zufrieden. Glücklicherweise waren bei der Operation keine Komplikationen aufgetreten, nun hoffte er, dass sich auch in den Tagen danach keine Krise einstellte.

„Theodosios ist ein guter Assistent. Er hat mir sehr geholfen“, meinte er zu Marius. „Und er ist in Kräuterkunde sehr bewandert, darin ist er viel besser als ich.“

Theodosios war über diese Anerkennung sichtlich erfreut, denn er blickte verlegen zu Boden.

„Wenn Claudius bis morgen noch keine Regungen zeigt, werden wir ihn auf einen Wagen betten und durch das Lager, wenn nötig durch die Canabae kutschieren. Durch das Schaukeln ist schon mancher wieder zu sich gekommen“, schlug der Medicus vor.

Marius wusste, dass dies eine gängige medizinische Therapie war. Sie wurde häufig angewandt, wenn ein Mensch, dessen Körper sich im Status laxus befand, aus seiner Starre befreit werden sollte. Nur kannte er keinen, bei dem sie bisher erfolgreich gewesen war.

„Ist das nicht etwas verfrüht? Er wurde doch gerade erst operiert“, äußerte er besorgt.

„Die Wunde ist zwar frisch, aber die Verletzung ist alt. Wir sorgen dafür, dass sein Kopf ruhig gehalten wird. Aber sein Körper ist aufgrund des Nahrungs- und Flüssigkeitsverlustes geschwächt. Wenn er nicht bald etwas zu sich nimmt, versagen seine Organe und er stirbt. Er muss aufwachen, je früher desto besser“, gab der Arzt zu bedenken.

„In ein paar Stunden werde ich den Verband wechseln und frische Kräuter auf die Wunde legen“, sagte Theodosios.

„Das überlasse ich Euren fachkundigen Händen“, meinte der Medicus und ging.

Auch Theodosios verließ den Raum, um sein Essen zu wärmen. Marius ergriff nun Claudius‘ Hand, wie er es in der letzten Nacht getan hatte. Nachdenklich betrachtete er den Mann, mit dem er während der letzten Wochen täglich beisammen gewesen war. Zwischen ihnen hatte sich ein väterlich-freundschaftliches Verhältnis entwickelt und es schmerzte den jungen Römer, ihn so hilflos zu sehen. Betroffen stellte er fest, dass Claudius deutlich an Kraft verloren hatte und um einiges gealtert war. Sein wohlgenährtes Gesicht schien geschrumpft und die Adern der Blutgefäße schimmerten bläulich durch die Haut. Marius hätte gern mit ihm geredet, nur fehlten ihm die Worte.

Er wusste nicht, wie viel Zeit vergangen war, bis Theodosios zurückkehrte, aber er spürte, wie sein Kopf zu schmerzen begann. Der Schlafmangel der vergangenen Nächte, die Sorgen um Claudius und die Ereignisse der letzten Tage forderten ihren Tribut.

„Du bist so blass“, meinte der Grieche.

Marius rieb sich die Schläfen und die Stirn über den Augenbrauen. „Mein Kopf schmerzt schrecklich.“

„Das ist nicht verwunderlich. Geh nach Hause und ruh dich aus. In der Truhe in meiner Kammer findest du getrocknetes Baldriankraut. Nimm eine Handvoll und brau dir einen Tee. Wenn das Wasser eine kräftige Farbe angenommen hat, gieße die Kräuter ab und trinke den Sud lauwarm. Außerdem findest du Pastillen der Pestwurz, nimm zwei davon. Ich hoffe, dass sie noch wirken, denn sie stammen aus Rom und sind schon etwas älter.“

Marius dankte ihm und als er aufstand, nahm Theodosios seinen Platz ein. Er ergriff eine Schriftrolle mit den Gedichten des Horaz, die Claudius so sehr liebte, und las daraus vor.

Marius hörte im Hinausgehen einen Abschnitt der zweiten Sermones: „Quae virtus et quanta, boni, sit vivere parvo …“

Diese Worte trafen ihn bis ins Mark, beschreiben sie doch Claudius‘ Situation genau, auch wenn sie in einem anderen Zusammenhang entstanden waren. „Was und wie heilsam die Kunst, ihr Guten, mit wenig zu leben ...“ Marius wünschte seinem Freund nichts mehr als zu leben.

Im Freien wartete der Legionär, der ihn am Morgen eskortiert hatte. Der Architekt überlegte, ob er zur Baustelle gehen sollte, verwarf den Gedanken aber wieder. Sicherlich waren die Arbeiten nach dem gestrigen Leichenfund heute eingestellt. Außerdem waren die Kopfschmerzen inzwischen fast unerträglich und er beschloss Theodosios‘ Rat zu befolgen. Als Marius in Begleitung des Soldaten das Lager verließ, traf er auf Philomenus, der gerade mit dem Suchtrupp zurückkehrte. Sie grüßten einander mit einem kurzen Kopfnicken, wechselten aber keine Worte. Philomenus machte keinen Hehl aus seiner Skepsis, die er dem jungen Römer gegenüber empfand. Doch mittlerweile war Marius das gleichgültig. Sollte er über ihn denken, was er wollte. Sein Versprechen Titus gegenüber war erfüllt und er verspürte zu seiner eigenen Überraschung im Augenblick keinerlei Bedürfnis, das Verbrechen aufzuklären. Es gab Wichtigeres in seinem Leben, nämlich Claudius und den Brückenbau. Im Vorübergehen entdeckte er im Suchtrupp den Hispanier und sein Interesse flammte nun doch wieder auf. War es Zufall, dass er Philomenus‘ Suchtrupp angehörte? Oder hegte Philomenus den gleichen Verdacht wie er selbst? Dass nämlich Sepius auf irgendeine Art und Weise etwas mit dem Tod von Marcellus oder sogar von Titus zu tun hatte?

Der Hispanier fing seinen Blick auf und erwiderte ihn mit funkelnden Augen, dabei schürzte er die Lippen und formulierte einen unausgesprochenen Fluch. Seine Reaktion offenbarte sein hitziges Temperament und verriet, dass er Marius mehr Aufmerksamkeit schenkte, als ihm lieb sein konnte. Auch wenn diese Drohung nicht offen erfolgte, so war Marius doch gewarnt. Nun hieß es noch vorsichtiger zu sein. Er war sich bewusst, dass er keinen Rückzieher mehr machen konnte, selbst wenn er gewollt hätte. Die Gefahr wurde jeden Tag konkreter und der Sog der Gewalt immer stärker. Das zeigten die Überfälle auf ihn und Claudius. Es schien fast, als gäbe es kein Entrinnen. Marius hatte genug, er wollte dem endlich ein Ende bereiten. Aber wie ließe sich das erreichen?

Er beschleunigte seine Schritte, als könne er so alles abschütteln und einfach hinter sich lassen. Er schwankte, ob er sich nicht doch Philomenus, Lucius Nepius oder Cornelius anvertrauen sollte. Doch sofort hörte er wieder Titus „Ne credideris alicui“ sagen und nahm sich dessen Mahnung noch mehr zu Herzen als bisher. Diese ganze Falschgeldaffäre bekam zunehmend politische Züge. Ihre Auswirkungen beschränkten sich nicht nur auf Mogontiacum sondern reichten bis Rom. Marius wusste, dass Korruption nicht unüblich war. Jeder hielt gern die Hand auf, wenn er sich Vorteile verschaffen konnte. Und bei dieser Sache war Geld im Spiel. Viel Geld! Und Geld bedeutete Einfluss und Einfluss unweigerlich Macht. Manch einer war von der Gier danach so besessen, dass er jede Mäßigung verlor und sogar bereit war, mit seinem Leben zu zahlen. Zumal keiner der Korrumpierten ernsthaft fürchtete, ertappt zu werden.

Zwar gab es bisher keine konkreten Hinweise, dass Cornelius, Philomenus oder Lucius Nepius überhaupt korrupt waren, aber Titus hatte einen gewissen Verdacht gehegt. Wenn Marius nicht sein Schicksal teilen wollte, würde er wohl das Geheimnis, gleichgültig wie schwer es auf ihm lastete, weiterhin bewahren müssen.

Oder sollte er Theodosios um Rat fragen? Theodosios war rechtschaffen und gebildet und mit den Intrigen der Mächtigen vertraut. Deshalb hatte er gewisse Vorbehalte gegen den Adelsstand in Rom. Er hätte sicherlich ein offenes Ohr für Marius‘ Problem. Aber im Augenblick galt seine Hauptsorge Claudius. Marius wollte ihn nicht weiter belasten und würde abwarten, bis es ihm besser ging. Müde betrat er die Villa, ging in die Kammer von Theodosios, nahm die Pastillen und bereitete den Tee zu. Nachdem er ihn getrunken hatte, legte er sich auf sein Bett und schloss die Augen. Langsam überfiel ihn ein Schlaf, der ihm dieses Mal Entspannung brachte.

Sepius' Gemütslage hatte sich im Laufe dieses Tages zunehmend verschlechtert. Es war ärgerlich, dass er und Servius wohl beobachtet worden waren. Außerdem hegte Philomenus anscheinend einen gewissen Argwohn gegen ihn, was seinem Vorhaben nicht gerade förderlich war. Er musste unbedingt seine Mitwisser warnen. Am besten würden sie ihr Treiben für eine Weile einstellen. Allerdings konnte er die Botschaft selbst nicht zustellen, da er in dieser Nacht zum Wachdienst abkommandiert war. Deshalb versteckte er sie an der üblichen Stelle. Der Treverer würde sie sicher noch heute finden und übermitteln.

Kaum hatte er sich wieder zum Dienst gemeldet, erfuhr er zu seinem großem Entsetzen, dass seine Centurie morgen zu einem mehrtägigen Manöver ausrücken würde. Das machte seine Pläne, sich mit den anderen zu treffen und die Lage zu besprechen, zunichte. Aber da gab es ja immer noch den mächtigen Mann im Hintergrund, der an ihren Geschäften beteiligt war und bislang alles Ungemach von ihnen ferngehalten hatte. Nun war es an der Zeit, sich mit ihm abzustimmen. Deshalb verfasste Sepius eine zweite Botschaft und ließ sie ihm zukommen. In der Hoffnung, dass dieser die richtigen Schritte unternehmen würde, trat er seinen Dienst an.

XXXIX: Derselbe Tag, abends, Castrum

Philomenus erwartete die beiden Zahlmeister in dem Raum, in dem er auch Marius und Claudius befragt hatte. Lucius Nepius war heute nicht anwesend, dafür aber Kommandant Cornelius. Ein Schreiber hielt wieder die Aussagen fest.

„Eure Namen."

„Tertius und Vincius, Zahlmeister der Legion XIV Gemina."

„Ihr kennt den Grund Eurer Anwesenheit?"

Sie nickten.

„Was wisst Ihr darüber?"

Tertius ergriff das Wort. „Seit ungefähr sechs Monaten kursieren die falschen Denare. Anfangs waren es nur wenige."

„Denare? Sind diese Münzen nicht zu groß?"

„Ich sagte ja, es waren nur wenige. Die Gewinnspanne bei falschen Denaren ist doch viel höher als bei Sesterzen“, belehrte ihn der Zahlmeister.

„Habt Ihr eine Ahnung, woher sie stammten?“

„Die Legionäre haben sie beim Spiel gewonnen oder als Bezahlung für ihren Zusatzverdienst erhalten“, stellte Vincius fest.

„Sie verdienen sich etwas dazu?“, fragte Philomenus erstaunt.

„Wusstet Ihr das nicht? Sie jagen zum Bespiel die germanischen Gänse, deren Daunen gut bezahlt werden.“

Philomenus war bekannt, dass inzwischen viele Römer den Luxus von Daunenkissen zu schätzen wussten. Diese Verweichlichung empörte ihn, denn auch einige altgediente Offiziere betteten ihre Häupter gerne darauf.

„In letzter Zeit sind aber immer mehr Münzen in Umlauf gekommen“, sagte Tertius.

„Inzwischen besteht sogar ein nicht unerheblicher Teil der Soldkasse aus Moneta falsa. Wie gelangte es wohl da hinein?“, äußerte Philomenus.

„Das wissen wir auch nicht“, verteidigte sich Tertius.

„Könnte es jemand eingezahlt haben?“, bemerkte Vincius.

„Tun das viel Legionäre?“

„Nur ein paar hundert. Wir können das aus unseren Dokumenten ersehen.“

„Also denkt Ihr nicht, dass das falsche Geld schon zuvor in die Kasse gelangte?“

„Wie sollte das vonstatten gehen?“, wollte Tertius wissen.

„Das ist eben das Rätsel, das es zu lösen gilt. Es wurde die Vermutung geäußert, dass es während der Auszahlung geschehen könnte.“

Die Zahlmeister waren entrüstet. „Ihr unterstellt uns, dass wir das tun?“

„Es wäre doch möglich. Oder es geschieht beim Transport ins Fahnenheiligtum.“

„Auch das ist unwahrscheinlich. Die Kasse ist versiegelt, nur wenige können sie öffnen.“

Philomenus ignorierte dieses Argument. Er kramte zwei Lederbeutel hervor und legte sie vor die Zahlmeister auf den Tisch. „Zeigt mir, wie Ihr bei der Auszahlung vorgeht.“

Ohne Widerspruch öffneten beide die Beutel, schütteten Geld heraus, zählten es ab und schoben es zu Philomenus, der die Rolle des Empfängers übernahm. Er tat die Münzen zurück und verschloss den Beutel wieder.

„Auf den ersten Blick fällt nichts Ungewöhnliches auf. Diese Münzen sind alle echt. Wir haben sie genau geprüft. Ich will euch jetzt aber etwas zeigen“, sagte er und schickte den Schreiber zur Tür.

Er kehrte mit einem jungen Legionär zurück, der sich sichtlich unwohl fühlte.

„Ihr kennt Porcius?“

Die Männer nickten.

„Dann wisst ihr auch, dass er für seine geschickten Hände bekannt ist. Beginnt!“, forderte er den Legionär auf.

Porcius setzte sich und Philomenus reichte ihm einen Beutel. Er öffnete ihn und schüttete genau wie die Zahlmeister den Inhalt auf den Tisch, zählte mit der Rechten den Sold für mehrere Soldaten ab, während seine Linke zunächst auf seinem Schoß lag. Dann machte er mit beiden Händen kleine Münzhaufen, die der Höhe des Soldes entsprachen.

„So, nun prüft das Geld“, forderte er die Zahlmeister auf.

Sie taten wie geheißen und fanden nach eingehender Betrachtung mehrere falsche Münzen. Ungläubig starrten sie Porcius an. „Wie hast du das gemacht?“, wollte Tertius wissen.

Porcius zuckte nur mit den Schultern. „Das ist mein Geheimnis“, lächelte er vielsagend.

„Geh“, entließ Philomenus den Legionär. „Ihr seht, der Austausch kann während der Auszahlung erfolgen.“

Diese indirekte Anschuldigung brachte die Männer auf. „Das ist ungeheuerlich, was du da sagst!“, entrüstete sich Vincius erneut. „Wir sind ehrliche Männer.“

„Wirklich?“, entgegnete Philomenus hart. „Jeder ist verdächtig, bis das Gegenteil bewiesen ist.“

Nun meldete sich Cornelius zu Wort, der das Verhör bisher nur verfolgt hatte. „Er hat auch mich in Verdacht“, bestätigte er. „Ihr seht, Philomenus‘ Aufmerksamkeit ist gleichmäßig verteilt.“

„Ihr seid jetzt entlassen“, sagte Philomenus. „Wenn ihr etwas Verdächtiges bemerkt, meldet es. Und ich will die Namen derjenigen, die Denare eingezahlt haben.“

Die Soldaten salutierten und verließen aufgewühlt den Raum.

„Philomenus nimmt sich viel zu wichtig. Er tut so, als sei es sein Geld“, geiferte Tertius, als sie außer Hörweite waren.

Vincius war zwar auch erzürnt, aber deutlich zurückhaltender. „Indirekt ist das auch so. Wird die Währung instabil, sind wir alle die Leidtragenden. Ich frage mich nur, wie hoch die Falschgeldsumme ist", beschwichtigte er. „Die Fingerfertigkeit von Porcius ist wirklich beeindruckend. Mit ihm würde ich weder würfeln noch anderes Glücksspiel treiben."

„Was haltet Ihr von den Männern?", wollte Cornelius von Philomenus wissen.

„Ich habe noch kein abschließendes Bild."

„Porcius bot uns eine außergewöhnliche Vorführung. Allerdings erscheint mir die Menge des Geldes, die so ausgetauscht worden sein könnte, als zu gering", stellte der Kommandant fest.

„Vielleicht geschieht beides gleichzeitig, ein Vertauschen während der Auszahlung und das Einzahlen falscher Münzen. Oder aber jemand hat doch direkten Zugriff auf die Kasse", meinte Philomenus lauernd.

Falls Cornelius den Vorwurf auf sich bezog, ging er einfach darüber hinweg. „Die Klagen mehren sich. Während Ihr heute morgen mit dem Suchtrupp unterwegs wart, wurde Blussus als Vertreter der Nautae in dieser Sache vorstellig. Wir müssen endlich handeln."

„Das tun wir bereits. Meine Befragungen und die heutige Suche haben einige aufgescheucht. Sicher auch die Falschmünzer."

„Und somit die Mörder von Titus?"

„Ich denke schon. Oder zweifelt Ihr daran?"

„Keinen Moment. Nur wo ist das Schreiben an den Kaiser? Marius hat es auf jeden Fall nicht, was inzwischen wohl bewiesen ist."

„Cornelius, Ihr seid zu vertrauensvoll. Wir wissen, dass er es jetzt nicht mehr hat. Aber das bedeutet nicht, dass er es nicht vorher besaß."

„Das wäre noch die beste Lösung. Besser in seinen Händen als in denen der Fälscher."

„Da stimme ich Euch zu. Dieser junge Mann birgt sicher noch einige Überraschungen. Er ist erstaunlich zäh und hat bisher alles gut überstanden. Warum war Lucius Nepius eben nicht anwesend?", fragte Philomenus.

„Er hat eine wichtige Unterredung. Allerdings in anderer Sache, wie er mir versicherte."

Kurz nach diesem Zusammentreffen entdeckte der Späher eines Patrouillenbootes einen verwaisten Nachen einige Meilen flussabwärts. Er hatte sich auf der rechten Flussseite im Ufergestrüpp verfangen. Zwar gab es an ihm nichts Auffälliges, aber Cornelius hatte den Befehl erlassen, dass alles, was auf dem Rhenus oder an seinem Ufer gefunden wurde und keinen Besitzer hatte, nach Mogontiacum geschafft werden sollte. Die Patrouille brachte es in den Militärhafen, wo es bis zum nächsten Morgen gut bewacht wurde, damit Philomenus es untersuchen konnte.

XL: Derselbe Tag, abends, Villa der Architekten

Marius erwachte gut erholt. Erstaunt stellte er fest, dass es draußen bereits dunkel war. Er musste also mehrere Stunden geschlafen haben. Stimmen drangen zu ihm, von denen eine sein Herz höher schlagen ließ. Es war die von Gesima. Im Badezimmer brachte er sich in Ordnung und ging dann ins Triclinium, wo er Primus und Gesima vorfand, die gerade von Lydia mit Köstlichkeiten versorgt wurden. Primus ruhte auf der Kline, Gesima saß im Sessel.

„Hast du dich ausgeschlafen", neckte ihn Primus.

„Ja", entgegnete Marius etwas schuldbewusst. „Ich kam in den vergangenen Nächten kaum dazu. Claudius wurde heute operiert. Er hat alles gut überstanden, aber er ist noch immer ohne Bewusstsein", sagte er und legte sich neben seinen Freund.

„Hast du das Erlebnis mit der Wasserleiche gut verkraftet?", wollte er von Gesima wissen, wobei er es vermied seinen Freund anzuschauen.

Sie nickte. „Bestimmt hat dich mein Verhalten etwas verwundert?"

„Schon, aber du hattest sicher einen Grund dafür."

„Lass es mich dir erklären. Ich bin sehr religiös und wir glauben an die Beseeltheit aller Dinge. So ist nichts wirklich tot. Ich weiß zwar nicht, ob der vermisste Soldat unseren Glauben teilte. Aber da er Gallier war, ist es möglich. Deshalb sprach ich ein Gebet für ihn, damit er Frieden findet und ihm der Übergang in das Totenreich gelingt. Du magst das vielleicht nicht verstehen, aber für uns ist es wichtig."

Gesimas Fürsorge für Angehörige ihrer Religion, auch wenn diese nicht ihrer Familie oder Sippe angehörten, beeindruckte Marius. Er selbst hatte bisher selten Gedanken an den Tod und was danach geschah verschwendet. Erst seit dem Mord an Titus und seit Claudius' Leben am seidenen Faden hing, befasste er sich intensiver damit und wurde sich der eigenen Vergänglichkeit zunehmend bewusster.

Primus, der bei diesem Thema erblasst war, meldete sich zu Wort. „Gesima hat letzte Nacht eine wichtige Entdeckung gemacht“, sagte er bedeutungsschwer und lenkte ihr Gespräch in eine andere Richtung. „Erzähl es ihm!“

„Und wenn er mich für verschroben hält?“, wandte sie ein.

„Das tut er nicht, das weiß ich.“

Gesima räusperte sich. Verlegen strich sie mit einer Hand ihr Gewand glatt. „Letzte Nacht war ich zum Mistelsammeln am Ufer des Rhenus.“

Marius war sich der schwerwiegenden Bedeutung dieser Worte bewusst. Wer Misteln sammelte, folgte druidischem Brauch. Allerdings war er bisher davon ausgegangen, dass nur Männer Druiden sein konnten. Auch wenn Marius Gesimas Verhalten missbilligte, machte er ihr keine Vorhaltungen. Jetzt verstand er, warum sie so viele Kräuter in ihrem Garten kultivierte.

„Bist du eine Druidin?“, fragte er zaghaft.

Gesima wehrte ab. „Nein, beileibe nicht. Aber ich verfüge auch über gewisse Heilkräfte, die ich bevorzugt bei Frauen anwende. So untersuche ich sie während einer Schwangerschaft, helfe bei Entbindungen, kümmere mich um die Neugeborenen und kann Tränke brauen, wenn die Milch versiegt. Außerdem lehre ich sie, Schwangerschaften zu verhüten. Bei älteren Frauen lindere ich die Beschwerden des fortschreitenden Alters. Die Angehörigen unseres Stammes schätzen mein Wissen“, äußerte sie selbstbewusst.

Marius zweifelte keine Sekunde daran. Trotz ihrer Jugend wirkte Gesima vertrauenerweckend. „Weiß jemand, was du gestern tatest?“

„Mir ist niemand begegnet.“

„Erzähl von letzter Nacht.“

„Wie gesagt, ich schnitt Misteln und saß deshalb in einer Pappel.“

Mit Entsetzen stellte sich Marius vor, wie Gesima einen Baum hinaufkletterte.

Sie hatte anscheinend seine Gedanken erraten. „Während dieser Arbeit trage ich andere Kleidung. Hosen und ein Hemd von Primus. Meine Haare sind zu einem festen Knoten gesteckt. Aus der Ferne gleiche ich einem Mann“, stellte sie fest. „Es war spät in der Nacht, als ich zwei Legionäre beobachtete, die Dinge verbrannten und ein Ruderboot dem Rhenus übergaben.“

Diese Neuigkeit ließ Marius aufhorchen. „Hast du ihre Gesichter gesehen?“

„Ja, einer sah durchschnittlich aus, dunkles Haar, normale

Größe. Der andere aber hatte etwas Unheimliches an sich. Sein Haar ist tiefschwarz, seine Haut relativ dunkel und seine Augen waren selbst im Schein des Feuers schwarz wie Kohlen!“

Sepius, schoss es Marius durch den Kopf. Schon wieder er! Ihre Wege kreuzten sich recht häufig während der letzten Tage.

„Primus drängte mich, es dir zu erzählen. Er sagte mir, dass du mir schon erklären würdest, warum es wichtig ist.“

Marius war für einen kurzen Moment versucht, sich ihr zu offenbaren. Doch dazu kam er nicht, denn in diesem Augenblick meldete Lydia einen neuen Gast.

„Julia wünscht Euch zu sprechen.“

Überrascht setzte Marius sich auf. Er hatte ganz vergessen, dass ihr Kommen angekündigt war. Julia trat lächelnd ein. Als sie jedoch sah, dass Marius Besuch hatte, wich dieses Lächeln unverhohlener Enttäuschung.

„Salve, Marius, Ihr seid nicht allein?“, fragte sie in einem Ton, der den Gästen nahe legte, zu gehen.

Doch Marius zeigte sich unbeeindruckt. „Das hier ist mein Freund Primus, den ich auf meiner Reise nach Mogontiacum kennen lernte. Sein Vater ist der Nauta Blussus. Gesima, seine Schwester“, sagte er zu Julia. „Und das ist Julia, die Tochter des Procurators Lucius Nepius.“

Primus hatte sich erhoben und deutete eine Verbeugung an, Gesima nickte leicht.

„Setzt Euch zu uns und speist mit uns“, forderte Marius die Römerin auf und schob einen Korbsessel herbei.

Julia nahm Platz und kostete von Lydias Essen. Der schmollende Ausdruck auf ihrem Gesicht wich, als sie den kalten Fasan probierte. „Das ist wirklich hervorragend.“

Damit erstarb auch das Gespräch, keiner wusste so recht, worüber sie reden sollten.

Julia ergriff zuerst das Wort. „Wie geht es Claudius?“

Marius berichtete von der Operation.

„Hoffentlich wird er bald wieder gesund.“

„Das hoffe ich auch.“

„Aber sicher nicht so wie ich!“, empörte sich die junge Frau.

Alle drei starrten sie verwundert an.

„Schaut nicht so! Ich hasse es hier festzusitzen! Mein Vater will erst nach Rom zurückkehren, wenn diese dumme Brücke gebaut ist. Das dauert doch Jahre und soweit ich weiß, verzögern sich die Arbeiten auch noch! Also zieht es sich wohl noch recht lange hin, bis wir aufbrechen werden. Ich habe bereits viel

Zeit in Augusta Treverorum vergeudet und das hat immerhin einiges mehr zu bieten als dieser unzivilisierte Ort. Hier gibt es keine dauerhafte Zerstreuung für mich, überall trifft man nur auf Soldaten. Ich langweile mich zu Tode. Ich will mich aber amüsieren!"

Dieser blanke Egoismus entsetzte die anderen. Ihr Interesse galt einzig ihrer Person. An das, was Marius und Claudius gerade durchstanden, verschwendete sie keinen Gedanken.

Primus, der anfangs von Julias Schönheit fasziniert gewesen war, schluckte schwer. Gesima starrte sie nur verächtlich an und Marius' zeigte sich angewidert. Sein erster Eindruck hatte ihn nicht getäuscht, sie war tatsächlich eine verwöhnte, selbstbezogene Tochter. Wie anders war dagegen Gesima! Ihr Mitgefühl galt ihren Mitmenschen.

„Ich denke nicht, dass es der Brückenbau ist, der Eure Abreise verzögert. Das Verweilen Eures Vaters hat ganz andere Gründe. Ich vermute vielmehr, dass er den Mörder von Titus überführt sehen will und ihn am liebsten persönlich dem Kaiser präsentieren würde. Und das kann von heute auf morgen geschehen", meinte Marius um Beherrschung ringend.

„Denkt Ihr das wirklich? Das wäre nicht ganz so fatal, dann käme ich vielleicht doch bald nach Rom zurück", maulte die junge Frau.

„Wie vertreibt Ihr Euch denn die Zeit?", fragte Gesima.

„Ich tue das, was eine Frau meines Standes so tut."

„Erklärt mir doch bitte, was das ist. Denn in dieser Hinsicht bin ich unwissend, weil ich das römische Bürgerrecht nicht besitze."

Julia zeigte sich entsetzt über den Umgang, den Marius pflegte. „Ihr seid eine Peregrine?"

„Genau! Also, wie füllt Ihr Euren Tag?", hakte Gesima unbeeindruckt nach.

Primus und Marius beobachteten fasziniert das Wortgefecht zwischen den Frauen, hielten es aber für klüger, sich nicht einzumischen.

„Ich pflege mein Aussehen, verrichte Handarbeiten, lustwandle, interessiere mich für Mode und lese."

„Ihr könnt lesen?"

„Ja. Ihr etwa nicht?", entgegnete Julia naiv.

„Doch, doch", versicherte Gesima mit gefährlich sanfter Stimme. „Unsere Zeichen und Eure Schrift und etwas rechnen kann ich auch. Sonst könnte ich ja auch nicht meinem Onkel helfen, seine Bilanzen zu prüfen, Bestellungen aufzugeben, Rechungen und Wechsel auszustellen und den Steueranteil zu errechnen."

Julia knabberte gelangweilt an einer Feige und nickte nur zerstreut.

Gesima fuhr fort. „Da wir Peregrine die Hauptsteuerlast im Imperium Romanum zu tragen haben, müssen wir viel erwirtschaften, bei manchen reicht der Verdienst des Mannes nicht aus. Viele Frauen aus meinem Stamm helfen mit und sind dabei erfolgreich. Sie besitzen Mühlen und mahlen Getreide, bauen Obst und Gemüse an, züchten Geflügel und verkaufen es auf dem Markt. Wir weben dicke Stoffe für den Winter und schneidern daraus Mäntel, die auch in Rom beliebt sind. Wir bekleiden hohe Ämter innerhalb unserer Gemeinschaft und unser Rat wird geschätzt."

Dann lockte sie Julia, die ihr auch prompt in die Falle tappte. „Manch eine versteht sich auch auf die Herstellung von exklusiven Schönheitsmitteln und von Duftwassern."

Dies ließ die junge Römerin aufhorchen und sie zeigte das erste Mal wirkliches Interesse. „So? Was stellen sie denn her?"

„Salben, die die Haut weich und rein machen, Mittel, die widerspenstiges Haar bändigen, es aufhellen oder schwärzen."

„Wo kann ich das kaufen?"

„Nun, auf jeden Fall nicht in Rom!", entgegnete Gesima gelassen.

„Das dachte ich mir, sonst hätte ich von diesen keltischen Erzeugnissen längst gehört. Mir sind nur die Seifenkugeln der Mattiacer bekannt."

„Wenn Ihr wollt, zeige ich Euch, wo Ihr diese Dinge bekommt. Natürlich nur, wenn Ihr Euch mit einer wie mir zeigen wollt."

Julias Gesichtsausdruck wandelte sich. Sie schien erkannt zu haben, wie unhöflich sie gewesen war. Ihre Hochnäsigkeit fiel von ihr ab und sie zeigte ein gewisses Wohlwollen. „Ich war wohl etwas zu anmaßend?", meinte sie entschuldigend.

Gesima lächelte nur still vor sich hin. Die beiden Männer schauten betreten unter sich.

„Es tut mir Leid. Aber ich fühle mich einfach unausgelastet und vermisse meine Freunde in Rom. Eigentlich hätte ich zu den Saturnalien längst bei ihnen sein sollen. Daraus wird nun nichts, nur wegen eines toten Händlers!"

Julia war einfach unbelehrbar. Mit ihrer letzten Äußerung erzürnte sie Primus, dessen aufbrausendes, keltisches Temperament nun durchbrach. „Was seid Ihr für eine eingebildete Gans! Ihr lebt in Luxus, Euch mangelt es an nichts und Eure einzige Sorge gilt der Zerstreuung."

Julia sprang erregt auf. „Wie könnt Ihr es wagen, so mit mir zu reden!"

„Daran seid Ihr selbst Schuld. Marius und Claudius sind in letzter Zeit schlimme Dinge widerfahren. Statt Anteil daran zu nehmen, kommt Ihr her und beklagt Euch über den verlängerten Aufenthalt. Dabei führt Ihr ein komfortables Leben, pflegt den ganzen Tag nur den Müßiggang und schaut dazu noch auf andere herab. Oder erfüllt Eure Existenz noch einen anderen Zweck?"

Julias Gesicht war rot vor Zorn. Ihr fehlten angesichts dieser beschämenden Feststellung die Worte. Wie dreist dieser Primus doch war! Und wie konnte er es wagen sich über seinen Stand zu erheben und ihr die Stirn zu bieten. Das hatte noch kein Mann vor ihm getan. Wutentbrannt erhob sie sich und wollte aus dem Zimmer stürmen. Doch in diesem Augenblick trat Lydia ein. Sie hatte wohl die Erregung im Triclinium mitbekommen und brachte eine Karaffe Wein, einen Krug Cervisia und Gläser mit.

„Warum habt Ihr jungen Leute immer so einen hitzigen Charakter! Beruhigt Euch, es lässt sich über alles reden. Nehmt einen Schluck, das vertreibt die Anspannung", sagte sie und schenkte ein.

Julia ließ sich besänftigen und setzte sich wieder. Wer weiß, wie lange sie hier noch festsaß und sie wollte es sich mit Marius nicht gänzlich verderben. Im Stillen hoffte sie immer noch, er würde ihr wenigstens etwas Zerstreuung bieten. Marius war einer der wenigen jungen Männer, der Gefallen vor ihren Augen fand. Er sah gut aus, war klug und hatte eine akzeptable gesellschaftliche Stellung. Deshalb war sie sogar bereit, seine unmöglichen Freunde zu tolerieren.

Erneut herrschte Schweigen und jeder blickte betreten vor sich hin. Primus trank Cervisia, die anderen nippten lustlos an ihrem Wein. Julias Gegenwart wirkte bedrückend. Auf einmal ertönte aus ihrer Richtung ein glucksender Laut. Marius fürchtete schon, sie würde weinen, doch als er sie anschaute, bemerkte er, dass sie lachte. „Ich bin manchmal wirklich eine schreckliche Person. Und Ihr habt mit allem Recht, was Ihr sagtet. Ich bitte Euch um Verzeihung", sagte sie gezielt zu Primus. „Können wir einen Neuanfang versuchen?", bat sie mit versöhnlichem Augenaufschlag.

Primus' Ärger war so schnell verraucht wie er gekommen war und auch Gesima und Marius schluckten ihre Missbilligung herunter.

„Eigentlich suchte ich Euch auf, um Euch auszuhorchen", gestand sie offen ein, nachdem sich die Stimmung wieder entspannt hatte.

„Was wolltet Ihr denn wissen?", fragte Marius einigermaßen erstaunt.

„Erzählt mir von dem toten Legionär. Wie war es, als Ihr ihn fandet? Mein Vater hält solche Dinge nämlich gern von mir fern."

Abwechselnd berichteten Marius, Primus und Gesima von ihrem gemeinsamen Erlebnis.

„Es heißt, er starb an einem Unfall", sagte Julia leichthin und machte eine Kunstpause. „Aber das stimmt nicht", flüsterte sie schließlich.

„Woher wisst Ihr das?", fragte Marius.

„Mir kam es eben zu Ohren."

„Ihr meint, Ihr habt gelauscht", stellte Gesima von Frau zu Frau fest und ließ das erste Mal an diesem Abend eine gewisse Sympathie für die junge Römerin erkennen.

Ohne zu erröten gab Julia das zu. „Genau. Mein Vater ist ein Geheimniskrämer und behält alles für sich. Ich würde rein gar nichts erfahren, wenn ich nicht ab und zu auf meine eigenen Methoden zurückgreifen würde."

„Wisst Ihr noch etwas, das uns interessieren könnte?", fragte Primus.

Julia trank einen Schluck Wein und aß eine Traube, bevor sie antwortete.

„Habt Ihr von dem Moneta falsa gehört, das hier in Mogontiacum kursiert?"

Marius und Primus zuckten bei dieser Bemerkung zusammen, doch Gesima blieb gelassen. „Das ist kein Geheimnis. Zumindest nicht in unserem Vicus. Ich weiß das seit längerem."

Primus schaute sie empört an. „Und du hast mir nichts gesagt?"

„Ich dachte, du wüsstest es bereits. Als ich davon hörte, warst du mit Vater unterwegs, um die Waren für die Festspiele und Claudius und Marius nach Mogontiacum zu bringen. Gesehen habe ich es allerdings noch nicht. Aber man munkelt, es sei gut gemacht. Vater ist deswegen auch besorgt. Noch hat er keine falschen Münzen erhalten, aber das wird sicher nicht ausbleiben."

„Warum erfahren wir Männer alles immer als Letzte?", beschwerte sich Primus, obwohl er selbst längst darüber unterrichtet war.

Julia beugte sich vor und tat verschwörerisch. „Ich glaube, Titus war irgendwie darin verwickelt. Er war wohl gar kein Händler. Zumindest entnahm ich das einem Gespräch zwischen Philomenus und meinem Vater. Nur welcher Art diese Verwicklung war, kann ich nicht sagen."

„Und habt Ihr eine Vermutung?", erkundigte sich Primus.

„Ich habe lange nachgedacht. Mein Vater kam absichtlich nach Mogontiacum, der Besuch der Festspiele diente nur als Vorwand. Schon in Augusta Treverorum erfuhr er von dem Falschgeld. Und da er ein Mann der Finanzen ist, liegt es doch nahe, dass er Nachforschungen anstellt. Vielleicht tut er dies sogar im Auftrag des Kaisers und vielleicht sandte deshalb Tiberius auch Titus, um die Fälscher gemeinsam mit meinem Vater zu überführen. Er könnte sogar ein Quaestor gewesen sein."

In Marius ging es drunter und drüber. Seit Tagen versuchte er Titus' Geheimnis zu wahren, zermarterte sich den Kopf, wie er alles zu einem guten Ende bringen konnte und plötzlich kam Julia daher und äußerte so ganz nebenbei eine Theorie, die der Wahrheit entsprach. War das hier ein Beispiel für die so oft beschworene weibliche Intuition?

„Und deshalb wurde er getötet? Das klingt schlüssig", sagte Gesima. „Aber wenn Euer Vater und die anderen davon wissen, warum tun sie so geheimnisvoll und gehen die Sache nicht offen an?"

„Ich hörte etwas von Korruption unter ranghohen Offizieren, und dass einer von ihnen der Hintermann sein könnte."

„Ein Offizier als Initiator?", erschrak Primus.

„Ist das so unvorstellbar? Rom wird immer wieder von Korruptionsaffären erschüttert. Der Wille nach Macht und das Verlangen nach Geld sind unstillbar. Mit Geld lässt sich doch beinah alles erreichen! Als Tochter eines Procurators weiß ich, wovon ich rede. Nicht, dass mein Vater bestechlich wäre, aber aufgrund seiner Stellung kommt uns einiges zu Ohren. Und bedenkt, entsprechende Positionen, wie zum Beispiel die Verwaltung einer Garnison oder das Kommando über eine Legion, ebnen nicht selten den Weg zu höheren Ehren", deutete sie an.

„Ihr verdächtigt Kommandant Cornelius?", meinte Primus.

„Das ist nur eine allgemeine Feststellung. Ich hege überhaupt keinen Verdacht, mir ist das ehrlich gesagt relativ gleich. Ich will nur endlich wieder nach Rom und wenn ich erst dort bin, werde ich die Stadt nicht wieder verlassen. Zur Not heirate ich den ersten Besten! So, ich muss nach Hause", sagte Julia unvermittelt und erhob sich. „Bleibt Ihr dabei, mich beim Einkaufen zu begleiten?“, fragte sie Gesima.

„Natürlich, wenn es meine Zeit zulässt.“

Marius brachte sie zur Tür, wo sie von einem Diener erwartet wurde.

„Seid Ihr mir noch böse?“, fragte sie und legte sanft ihre rechte Hand auf seinen Arm.

Ihre Berührung ließ Marius erschauern und er räusperte sich verlegen. „Nein.“

„Ich versuche mich zu bessern. Dieser Primus imponiert mir, bisher hat es noch niemand gewagt, mir zu widersprechen“, sagte sie und ging.

Julia war zufrieden mit sich, denn sie hatte ihre Rolle meisterhaft gespielt. Jetzt hieß es abwarten, ob Marius auf ihr Spiel hereinfiel. Auf Geheiß ihres Vaters hatte sie eine Fährte gelegt, weil er glaubte, dass der junge Mann etwas verbarg. Durch das Preisgeben bisher unbekannter Informationen hoffte er, ihn zum Reden zu bringen. Allerdings hatte sie im Laufe des Gesprächs das Gefühl gewonnen, dass die sorgfältig gestreuten Mitteilungen nicht wirklich neu für ihn waren. Bislang hatte sie die Annahme ihres Vaters über Marius nicht geteilt, doch nach diesem Besuch musste sie zugeben, dass er Recht haben könnte. Als sie das Triclinium betrat, hatte sie auf den Gesichtern von Marius und den beiden jungen Kelten ablesen können, dass sie irgendetwas ausheckten. Ob das allerdings in Zusammenhang mit den Vorgängen in Mogontiacum stand, wussten nur die Götter. Sie hatte jedenfalls ihre Aufgabe erfüllt und würde auch weiterhin alles tun, um endlich diesen Ort hinter sich lassen zu können.

Marius atmete auf, als Julia endlich gegangen war.

„Was für eine eigensüchtige Person!“, stellte Primus erregt fest.

„Ja, aber du hast sie beeindruckt, wie sie mir soeben versicherte.“

Primus wurde feuerrot, was bei seiner Haarfarbe nicht sonderlich kleidsam war.

Gesima lachte glucksend. „So aufbrausend habe ich dich einer Frau gegenüber noch nie erlebt.“

„Ihr Benehmen hat mich verärgert. Sie hebt ihre gesellschaftliche Stellung zu sehr hervor, benimmt sich wie ein ungezogenes Kind und denkt nur an sich. Solche Frauen kann ich nicht ausstehen. Und nun haben wir genug über sie geredet. Zurück zu unserem Gespräch von vorhin“, forderte Primus.

„Eigentlich wollte ich dir nichts darüber erzählen, denn ich bin durch ein Versprechen gebunden. Da aber Julia bereits fast alles ausgeplaudert hat, kann ich dich einweihen“, meinte Marius zu Gesima und berichtete ihr alles.

Einiges war auch für Primus neu. „Dieser Sepius ist also in die Sache verwickelt“, dachte er laut.

„Könnte er der Mann sein, den ich beobachtete?“, fragte Gesima.

„Deine Beschreibung passt auf ihn. Die Hinweise, dass er in diese Affäre verwickelt ist, verdichten sich. Er war der Letzte, der mit Marcellus zusammen war. Und vergangene Nacht hat er versucht, Spuren zu verwischen. Wenn er nichts zu verbergen hätte, würde er sich nicht so verhalten.“

„Stimmt“, pflichtete Primus ihm bei. „Wir wissen aber immer noch nicht, wo das Geld geprägt wird.“

„Da sie im Besitz eines Bootes waren und es loswerden wollten, könnte die Werkstatt am anderen Ufer sein“, bemerkte Gesima scharfsinnig.

„Im Castellum Mattiacorum oder in dem dortigen Lagerdorf!“, rief Marius unvermittelt.

Immer mehr Mosaiksteinchen fügten sich zusammen.

„Ich glaube, wir sollten der Ansiedlung mal einen Besuch abstatten, am besten bei Nacht. Deine ‚Leibgarde‘ lässt sich leicht abschütteln. Wir nehmen einfach wieder den Weg über die Gartenmauer. Es hat ja auch niemand meinen ersten Besuch bei dir bemerkt“, meinte Primus, auch wenn er in dieser Beziehung irrte.

„Dein Vorschlag klingt gar nicht so übel. Lass uns abwarten, wie die Dinge sich entwickeln.“

„Ist das eigentlich nicht viel zu gefährlich? Wieso wollt ihr unbedingt herausfinden, wer dahintersteckt? Das ist die Aufgabe von Philomenus und dem Kommandanten. Zwei Menschen sind bereits deshalb gestorben. Ich will nicht, dass euch beiden etwas zustößt.“

Gesima hatte Recht. Sie mischten sich ein, ohne die Folgen abschätzen zu können. Jetzt, da die Botschaft an Tiberius auf dem Weg war, hatte Marius sein Versprechen erfüllt und konnte sich eigentlich aus dieser Angelegenheit zurückziehen. Aber inzwischen war er so sehr in die Sache verwickelt, dass er sie nicht einfach auf sich beruhen lassen konnte.

Er versuchte Gesima zu beschwichtigen. „Wir sind vorsichtig. Sobald uns Gefahr droht, brechen wir die Unternehmung ab. Aber ich kann jetzt nicht einfach aufhören.“

„Und ich auch nicht“, unterstützte Primus seinen Freund.

„Warum sind Männer manchmal solche Sturköpfe?“

„Frauen sind nicht weniger stur, zumindest du nicht“, entgegnete Primus rasch.

Gesima warf ihm einen bösen Blick zu, sagte aber nichts mehr.

XLI : Neunter Tag nach den Drususfestspielen, Mogontiacum

Wie in den vergangenen Tagen besuchte Marius Claudius, bevor er sich zur Baustelle begab.

Sein Zustand war noch immer unverändert kritisch. Aber er schien die Operation wenigstens einigermaßen verkraftet zu haben, denn sein Fieber war verschwunden und die Wunde zeigte keine Anzeichen einer Entzündung. Theodosios, der die Situation bisher gut gehandhabt hatte, war an diesem Morgen der Verzweiflung nahe. Die Zeit für Claudius wurde knapp, mit jedem weiteren Tag ohne Bewusstsein wurde sein Lebensfaden dünner. Heute sollte er auf dem Wagen kutschiert werden, aber Theodosios versprach sich von dieser Maßnahme nicht wirklich eine Besserung. Marius, auf den sich die bangen Gedanken des Griechen übertrugen, hielt sich nur kurz am Krankenbett auf. Er konnte den Anblick des leblosen Claudius nicht lange aushalten und brach wenig später auf.

Bereits aus der Ferne hörte er das Hämmern der Zimmerleute, die weitere Senkkästen bauten. Die ersten Caissons waren bereits gefertigt und warteten auf ihren Einsatz. Da er gestern nicht hier gewesen war, wusste er nicht, wie weit die Arbeiten vorangekommen waren. Ob sie heute wohl mit dem ersten Pfeilerfundament im Wasser beginnen konnten? In den letzten Tagen war der Strom um einige Fuß gestiegen, demnach hatte es an seinem Obelauf heftig geregnet. Wenn sie den Pfeiler im Überschwemmungsbereich noch bauen wollten, bevor der Pfahlrost unter Wasser stand, mussten sie sich sputen.

Im Hafen traf er auf Tullius, der eine Schiffsladung frisch eingetroffener Steinquader überprüfte, die gerade entladen wurde.

„Salve, Tullius, wie ich sehe, gehen die Arbeiten voran!“

„Ja. Da der Wasserpegel steigt, fertigen wir zuerst den dritten Pfeiler. Wie Ihr seht, ist alles vorbereitet.“

Einzelne Quader wurden mit Wagen an die Verschalungen herangefahren. Unter großen Kraftanstrengungen wurden sie mittels Seilzügen angehoben und in die Senkkästen bugsiert. Vorarbeiter, die auf Leitern standen, überwachten und dirigierten alles, so dass sie korrekt auf dem hölzernen Pfahlrost platziert werden konnten.

Marius gelang es, seine Sorgen um Claudius für einige Stunden zu verdrängen. Dafür wanderten seine Gedanken und Blicke immer wieder hinüber zum Castellum Mattiacorum und dem dortigen Lagerdorf. Auch wenn er inzwischen eine gewisse Trostlosigkeit verspürte, so erregte ihn die Vorstellung, die Falschmünzerbande vielleicht doch überführen zu können.

Philomenus befand sich unterdessen im Militärhafen. Die Nachricht vom Fund des Nachens hatte ihn noch am gestrigen Abend erreicht und er hatte sich vorgenommen, das Boot in aller Frühe genau zu untersuchen. Kommandant Cornelius war ebenfalls informiert, aber er maß dem Rudernachen nicht die Bedeutung bei wie Philomenus es tat. Der Agent spürte seit Tagen, dass die Skepsis um ihn herum immer mehr wuchs und sich ein Klima des Misstrauens ausbreitete. Er hatte sich entschieden, seine heutigen Erkenntnisse zunächst einmal für sich zu behalten. Ihm schien es klüger, erst stichhaltige Beweise zusammenzutragen, bevor er den Procurator oder den Kommandanten unterrichtete. Was er dringend brauchte, waren Fakten! Spekulationen gab es in Hülle und Fülle und er wollte ihnen keinen weiteren Vorschub leisten. Er ließ sich den Nachen zeigen und schickte den Legionär dann weg, weil er keinen Zeugen haben wollte.

Zunächst fand er nichts, was ihm hilfreich gewesen wäre. Es gab weder einen Hinweis auf den Besitzer des Bootes noch welchem Zweck es gedient hatte. Doch so schnell gab Philomenus nicht auf. Er kniete sich auf die Planken und tastete mit seinen Fingern den Boden ab. Seine Ausdauer wurde belohnt, unter der Ruderbank ertastete er eine einzelne Münze, die in einer Ritze steckengeblieben war. Ein Lächeln huschte über sein ansonsten so ernstes Gesicht, als er sah, dass es sich um einen Denar handelte.

Auf den ersten Blick wirkte er täuschend echt, doch bei genauerer Betrachtung entpuppte er sich als falsch. Zufrieden verstaute er ihn in seiner Börse. Seine Vermutung schien sich zu bestätigen: Der Münztransfer erfolgte über den Rhenus und dieses Boot hatte als Transportmittel gedient. Für ihn lag es auf der Hand, dass sich die Prägestätte am rechten Ufer befand, denn dort war das Militär weniger präsent und die Entdeckungsgefahr somit geringer. Aller Wahrscheinlichkeit nach befand sich der Übergabeort gegenüber der Feuerstelle, die sie gestern entdeckt hatten. Ohne jemanden darüber in Kenntnis zu setzen, wollte er sich dort umzusehen. Je weniger Personen sein Wissen teilten, umso sicherer war es für ihn selbst.

Philomenus schwang sich auf sein Pferd und ritt über die Pfahljochbrücke hinüber zum Castellum Mattiacorum. Vor der Befestigungsanlage schwenkte er nach rechts und folgte einem schmalen Fußpfad, der durch einen dichten Auwald führte. Hier war es wunderbar friedlich. Gellendes Krächzen von Elstern drang aus dem Dickicht, während über seinem Kopf ein Bussard seine Kreise drehte und ab und zu einen lauten Schrei ausstieß. Auf dem Wasser entdeckte er eine Gruppe germanischer Gänse, die ihren Weg nach Süden noch nicht angetreten hatten.

Schließlich erreichte er den Moenus und überquerte ihn an einer geeigneten Stelle. Am anderen Ufer gab es zwei schmale Pfade, der eine verlief parallel zum Moenus, der andere schien direkt zum Rhenus zu führen. Philomenus zögerte keinen Moment und wählte den letzteren. Ein breiter Streifen dichten Grünwuchses verwehrte ihm den direkten Zugang zum Strom, aber er sah ihn hin und wieder als silbernes Band zwischen dem Blattwerk aufblitzen. Nach ungefähr einer Meile erreichte er das Ende des Pfades, der in einer kleinen Lichtung mündete. Es schien, als endete er hier. Philomenus stieg ab und schaute sich um. Sein geschultes Auge entdeckte eine schmale Spur im trockenen Gras, die sich zwischen den Sträuchern durchschlängelte. Er nahm sein Pferd am Zügel und folgte ihr. Schließlich fand er einen engen Durchlass und landete auf einer kleinen, geschützten Landzunge.

Die Stelle war ideal. Wer immer sich hier aufhielt, konnte nur vom Wasser aus gesehen werden. Das Gras war in einem bestimmten Umkreis niedergetreten und er vermutete, dass hier mindestens zwei Personen gestanden hatten. Er ließ das Pferd los, das sofort zu grasen begann, und ging zum Fluss. Während er ein Stück hineinwatete, tasteten seine Augen den Untergrund ab. Ein kleiner Rudernachen hätte keine Probleme hier anzulanden. Und tatsächlich fand er lange Riefen im Kies, die seine Schlussfolgerung bestätigten.

Philomenus schritt nun den gesamten Uferstreifen ab. Plötzlich bemerkte er etwas Silbrig-Glänzendes unter der Wasseroberfläche. Er bückte sich und fischte eine weitere Münze heraus. Auch sie war gefälscht. Nun hielt er den endgültigen Beweis in seinen Händen. Das musste die Stelle sein, an der der Austausch stattfand. Sein Blick wanderte über den Rhenus und er meinte, von hier aus die Feuerstelle am gegenüberliegenden Ufer ausmachen zu können. Sie lag nicht allzu weit von der keltischen Siedlung entfernt, war aber durch Bäume und Sträucher von dem Vicus abgeschirmt.

Philomenus sinnierte, ob die Bewohner etwas Ungewöhnliches bemerkt hatten, dem sie bislang keine Beachtung schenkten. Da er selbst nicht in Erscheinung treten wollte, beschloss er, seinen keltischen Informanten Agio mit der Befragung zu beauftragen. Die Sippenzugehörigkeit dieses Mannes würde Türen öffnen, die ihm selbst verschlossen blieben. Philomenus spürte, dass er kurz vor der Aufklärung stand. Um den Erfolg nicht zu gefährden, entschied er sich, weder Cornelius noch Lucius Nepius einzuweihen. Falls es tatsächlich einen Verräter im Offiziercorps gab, würde dieser eventuell davon erfahren und könnte dann Maßnahmen ergreifen, die eine Enttarnung vereitelten.

Während der vergangenen Tage hatte sich Philomenus' Verdacht immer mehr auf eine bestimmte Person konzentriert. Seit Monaten wurden große Summen Falschgeldes professionell unters Volk gebracht. Deshalb hatte er von Beginn an vermutet, dass jemand in einer höheren Position seine schützende Hand über die ganze Operation hielt. Auch Titus war dieser Ansicht gewesen und hatte dafür mit seinem Leben gezahlt. Philomenus war mit seinen Mutmaßungen vorsichtiger als der Quaestor. Zwar streute er Verdächtigungen, richtete sie aber nicht nur gegen einen Einzelnen sondern gegen alle Offiziere, die in Kontakt mit der Soldkasse kamen. Seine Absicht war, nicht nur die Fälscher dingfest zu machen, sondern vor allem den Mann im Hintergrund zur Rechenschaft zu ziehen. Mit der heutigen Entdeckung hatte er neue Ansatzpunke für weitere Ermittlungen. In den kommenden Tagen würde er sie auf dieser Seite des Rhenus fortsetzen. Nachdem er sich ein letztes Mal umgeschaut hatte, führte er sein Pferd zurück zur Lichtung, stieg auf und ritt in scharfem Galopp zurück.

XLII: Derselbe Tag, Lagerdorf am Castellum Mattiacorum

Die Nachricht von Sepius hatte Crassus erst gegen Abend erreicht. Den ganzen Tag war er damit beschäftigt gewesen, ein Geschmeide aus Silber für seine Geliebte zu fertigen. Doch der Inhalt der Botschaft erzwang eine Unterbrechung. Sie enthielt eine eindeutige Warnung, die ihn ernsthaft beunruhigte. Die Angelegenheit entwickelte sich in eine Richtung, die ihm missfiel. Zwar drohte dem Schreiben nach noch keine echte Gefahr, aber sie mussten vorsichtiger agieren. Crassus hielt es sogar für angebracht, ihre Tätigkeit vorübergehend ganz einzustellen, bis dieser römische Ermittler endlich wieder aus Mogontiacum verschwunden war.

Noch vor drei Jahren hatte er in der Legion XVI Gallica gedient. Nach seiner Entlassung war er – wie übrigens viele seiner ehemaligen Kameraden – auch nicht in seine Heimat zurückgekehrt, sondern hatte sich hier angesiedelt. Ihm gefiel es hierzulande besser als in dem kleinen Dorf in den Abruzzen, aus dem er ursprünglich stammte. Und da er geschickte Hände besaß, erwarb er sich schnell einen guten Ruf als kunstfertiger Schmuckschmied. Inzwischen lebte er in einem geräumigen Haus und hatte eine schöne, junge Geliebte, die keine allzu großen Anforderungen an ihn stellte. Sein Reichtum mehrte sich stetig und er hätte eigentlich zufrieden sein können. Aber Crassus verfiel mit zunehmendem Alter immer mehr dem Lockruf des Geldes. Er konnte einfach nicht genug davon besitzen und scheute deshalb auch nicht vor kriminellen Machenschaften zurück, um es zu mehren. Noch immer verfügte er über ausgezeichnete Verbindungen zur Garnision und er wusste diese Kontakte für seine Zwecke zu nutzen.

Vor einiger Zeit erhielt er durch Sepius ein ansehnliches Angebot, das ihm hohen Gewinn bei geringem Arbeitsaufwand garantierte. Ohne Zögern hatte er es angenommen, denn das Fälschen von Münzen war für ihn ein Leichtes. Er verfügte über das Wissen, die Fingerfertigkeit, eine Werkstatt, das Material und die notwendigen Werkzeuge. Allerdings arbeitete er für einen Unbekannten und kannte weder dessen Namen noch Rang. Er wusste lediglich, dass dieser sich in einer Position befand, die ihn beinah unantastbar machte und ihnen allen ein hohes Maß an Sicherheit bot. Es war sogar tabu, über den Auftraggeber zu reden. Da aber die Bezahlung üppig war und immer pünktlich erfolgte, hörte Crassus bald auf, Fragen zu stellen. Schließlich akzeptierte er die Anonymität seines Auftraggebers und gab sich mit Sepius als Mittelsmann zufrieden.

Der Hispanier kannte als Einziger dessen Identität, aber er war gegen alle Versuchungen gefeit und gab sie nicht preis. Falls Sepius einmal nicht zur Verfügung stand, verkehrten sie schriftlich miteinander. Dazu wurde an einer bestimmten Stelle, die Crassus regelmäßig aufsuchte, eine Nachricht hinterlegt. Oder aber Scota, der Kelte, war der Überbringer. Auch die heutige Mitteilung hatte er überbracht und da keine Antwort erforderlich war, schickte Crassus ihn umgehend wieder zurück. Er traute dem zwielichtigen Treverer nicht und fühlte sich in seiner Gesellschaft unwohl, erst recht, wenn dieser sich in seiner Werkstatt aufhielt. Denn Scota nahm es mit den Besitztümern anderer nicht so genau. Crassus hatte schon des Öfteren das eine oder andere Stück Silber oder einen wertvollen Edelstein nach einem seiner Besuche vermisst. Bisher hatte er diese Verluste verschmerzt, wogen doch die Dienste, die Scota ihnen leistete, den materiellen Gegenwert auf.

Crassus versuchte, sich wieder auf die Arbeit an der Halskette zu konzentrieren, aber seine Gedanken schweiften ab. Schon vor dem Ausstieg von Marcellus aus ihrem Unternehmen hatten sich die ersten Probleme abgezeichnet. Auch ihm war zu Ohren gekommen, dass Rom wohl Schritte gegen die Falschmünzer unternehmen würde. Aber sein Auftraggeber hatte immer abgewiegelt und darauf beharrt, dass ihnen nichts geschehen würde, solange er fest im Sattel saß. Und so hatte Crassus das Erscheinen des Quaestors nicht wirklich überrascht. Nur die Effizienz seiner Arbeit hatte ihn aufgeschreckt. Kaum in Mogontiacum eingetroffen, hatte Titus Witterung aufgenommen und war ihnen binnen weniger Tage gefährlich nahegekommen. Glücklicherweise wurde seinem Treiben gerade noch rechtzeitig Einhalt geboten. Sepius hatte Order erhalten, das Problem zu lösen und hatte es auch unverzüglich aus der Welt geschafft. Crassus fröstelte bei dem Gedanken an die Kaltschnäuzigkeit seines Kumpans. Im Umgang mit ihm war Vorsicht geboten.

Was die Angelegenheit zudem verkomplizierte, war die Anwesenheit von Philomenus, der mindestens genauso hartnäckig war wie Titus. Sie hatten zwar alles unternommen, um sämtliche Hinweise zu vernichten, aber es stand in den Sternen, ob ihnen dies auch geglückt war. Das Schicksal war eben unberechenbar. So wussten sie zwar von der Nachricht an den Kaiser, konnten sie aber nicht finden und vernichten. Ein weiteres Erschwernis war die Tatsache, dass Sepius und Servius bei der Beseitigung ihrer Utensilien beobachtet worden waren. Sie mussten unbedingt herauszufinden, wer die Person war, bevor diese die beiden enttarnte. Scota würde sich in der keltischen Siedlung erkundigen und da er über gewisse Verbindungen verfügte, würde ihm dies früher oder später wohl auch gelingen.

An Arbeiten war nicht mehr zu denken. Mit einem Seufzer schloss er das Schmuckstück weg und verließ die Werkstatt. In einer Taberna wollte er eine Mahlzeit einnehmen und sich bei einem Krug Cervisia entspannen. Er war noch nicht weit gelaufen, als ihm der Schreck in die Glieder fuhr und er unvermittelt stehenblieb. Hoch zu Ross kam Philomenus die Straße entlang, direkt auf ihn zu. Crassus fürchtete schon, er wisse von seinen Verstrickungen und suche ihn deshalb, doch er ritt grußlos an ihm vorbei. Erleichtert atmete er auf, dennoch konnte er die Sorgen nicht ganz vertreiben. Nachdenklich blickte er in die Richtung, aus der Philomenus gekommen war. Dies und der überaus zufriedene Ausdruck auf seinem Gesicht verhießen nichts Gutes. Sollte er etwa ihren geheimen Treffpunkt entdeckt haben? Crassus überlegte, ob er sich vergewissern sollte, aber da es bereits dämmerte, verschob er das auf den nächsten Morgen. Die Lust auf einen Besuch in der Taberna war ihm vergangen und missgestimmt kehrte er in sein Haus zurück.

Inzwischen war der Treverer nach Mogontiacum zurückgekehrt und saß in einer kleinen Kaschemme in der Nähe des Hafens bei Brot und Wein. Dort wartete er, bis die Zeit für seinen Einsatz gekommen war. Die Gaststube, die eine solche Bezeichnung eigentlich gar nicht verdiente, war mit zwielichtigem Gesindel bevölkert. Aber das störte ihn nicht, im Gegenteil, in dieser Gesellschaft fühlte er sich erst richtig wohl. Eine Hure kam an seinen Tisch und bot ihm ihre Dienste an, doch er schickte sie weg. Erst musste er seine Mission erfüllen, dann konnte er dem Vergnügen frönen.

Drei Stunden, nachdem die Bucina zur Wachablösung gerufen hatte, schlich er zum Hafen, in dem die Patrouillenboote und die Lastkräne für den Brückenbau ankerten. Zwar wurde alles bewacht, aber in Friedenszeiten nahmen die Soldaten ihren Dienst nicht übermäßig ernst. Trotz des strikten Verbotes würfelten sie um Geld und schenkten deshalb ihrer Umgebung kaum Beachtung. Scota beobachtete sie eine Zeitlang aus seiner Deckung heraus und registrierte die Abstände, in denen einer von ihnen zu einem kurzen Inspektionsgang aufbrach, um einen flüchtigen Blick auf die ruhenden Schiffe zu werfen. Zufrieden stellte er fest, dass ihm die Zeitspanne ausreichen würde.

Die Kräne, die morgen zum Einsatz kommen würden, dümpelten auf Booten unweit des Ufers vor sich hin. Sie waren gut zu erreichen und lagen etwas abseits, um den normalen Schiffsverkehr nicht zu behindern. Solange der Mond hinter den dicken Wolken blieb, musste Scota keine Entdeckung fürchten. Er entledigte sich seiner Kleidung und watete durch das kalte Wasser. Das letzte Stück musste er schwimmen, bevor er ohne allzu große Kraftaufwendung auf das erste Schiff kletterte. Die kühle Nachtluft ließ ihn frösteln, doch er störte sich nicht daran. Mit einem Messer ritzte er das Tau an einer Stelle an, die nicht sofort ins Auge fiel. Dann ließ er sich wieder leise ins Wasser gleiten, schwamm zum nächsten Kahn und wiederholte dort dieselbe Prozedur. Noch bevor der nächste Kontrollgang erfolgte, war er wieder an Land und angekleidet. Den ersten Teil seines Auftrags hatte er erfüllt, morgen konnte er sich dem zweiten widmen. Zufrieden kehrte er in die Spelunke zurück. Nun hatte er die Muße, sich mit der Hure zu vergnügen.

XLIII: Zehnter Tag nach den Drususfestspielen, keltische Siedlung und rechtes Rhenusufer

„Kommst du nun mit oder nicht?", fragte Gesima Primus herausfordernd.

„Ich kann nicht. Vater hat mich beauftragt, im Werfthafen nachzusehen, wie weit die Reparatur an einem unserer Schiffe gediehen ist."

„Das können wir doch gemeinsam tun, dann brauchen wir weniger Zeit. Und danach machen wir uns auf den Weg."

„Gesima, du bist wirklich unverbesserlich. Die Sache ist gefährlich. Jedem, der damit in Berührung kommt, ist bisher Schlimmes widerfahren."

„Dir aber noch nicht! Und hör auf, mich wie ein rohes Ei zu behandeln. Ich kann sehr wohl auf mich aufpassen. Wenn du nicht mitkommst, gehe ich eben alleine. Oder hast du Angst?", forderte sie ihn heraus.

„Ich behandle dich weder wie ein rohes Ei noch habe ich Angst!", erzürnte er sich. „Dasselbe würde ich auch zu Marius sagen. Ich habe letzte Nacht lange wachgelegen und gegrübelt. Wir sollten die Sache auf sich beruhen lassen. Noch ist keiner auf dich und deine nächtliche Entdeckung aufmerksam geworden! Und das sollte besser auch so bleiben! Und wenn wir jetzt übersetzen, könnte dich das verraten."

„Ich tue, was ich für richtig halte. Notfalls ohne dich!", wiederholte sie.

Primus, der wusste, dass er sie nicht von ihrem Vorhaben abbringen konnte, gab schließlich klein bei. Besser er war bei ihr, um sie im Notfall zu beschützen. „Du und deine sprichwörtliche Sturheit!“

Gesima lächelte triumphierend. „Wann gehen wir?“

„Jetzt!“, schnaubte Primus und stürmte davon.

„Warte, ich muss noch etwas holen“, sagte Gesima und kehrte kurz darauf mit einem Köcher und einer Angelrute zurück. „Das ist unsere Tarnung!“

„Wie originell!“, entfuhr es Primus, wofür er einen zornigen Blick von ihr erntete.

Zuerst gingen sie in den Werfthafen, in dem Blussus seine Schiffe bauen und instandhalten ließ. Primus und Gesima überprüften mit fachkundigem Blick den Fortschritt an einem reparaturbedürftigen Prahm. Der Vorarbeiter versicherte zwar, dass sie in zwei Tagen fertig seien. Aber Primus bezweifelte das angesichts der Anzahl der fehlenden Planken und der noch nicht erfolgten Abdichtung und ermahnte sie schneller zu arbeiten.

Gesima teilte seine Befürchtungen, hielt sich aber mit ihren Äußerungen zurück, um ihn nicht noch mehr zu verärgern. Das hier war seine Domäne, hier hatte sie den Mund zu halten. Und ihre Rechnung ging auf. Primus, der ihr nie lange böse sein konnte, gab klein bei und nur wenig später saßen sie gemeinsam in einem Ruderboot. Zwar war er noch immer etwas mürrisch, aber er legte sich in die Riemen. Gesima deutete auf eine Stelle, an der sie nachts Lichtzeichen entdeckt hatte. „Ich denke, dass wir dorthin müssen.“

Primus grunzte nur, steuerte aber darauf zu. Als sie das Ufer erreichten, stieg er zuerst aus. In einer versöhnlichen Geste streckte er ihr seine Hand hin und hielt mit der anderen den Nachen fest, damit sie trockenen Fußes ans Ufer gelangen konnte.

„Wir sind wohl richtig“, flüsterte sie, obwohl weit und breit kein Mensch zu sehen war.

Primus blickte sich um. „Es sieht tatsächlich danach aus! Hier war vor kurzem jemand“, stellte er fest.

Doch Gesima hörte ihm gar nicht richtig zu, sondern folgte dem Pfad zwischen den Bäumen zur Lichtung. Primus trottete hinter ihr her. Sie hatten die Bäume noch nicht erreicht, als sie ein Pferd wiehern hörten. Primus ergriff rasch ihren Arm und zerrte sie unsanft mit sich.

„Sofort ins Ruderboot!“, zischte er beinah lautlos und sie rannten so schnell sie konnten zurück.

Außer Atem nahmen sie Platz. Primus warf die Angel aus und

das keinen Augenblick zu früh. Sie taten so, als hätten sie das Pferd samt Reiter nicht bemerkt und hefteten ihre Augen aufs Wasser. Gesima warf ab und zu einen kurzen Blick ans Land und entdeckte den Schemen eines Mannes, der nur schwer zwischen den Bäumen auszumachen war. Er stand neben seinem Pferd und hatte sich ein Stück durch das Dickicht auf sie zu bewegt. Gesima hätte schwören können, dass er zu ihnen herüberstarrte.

„Die Idee mit der Angel war wohl doch nicht so schlecht“, meinte sie herablassend, während sie eine Hand in den Fluss tauchte. Sie schöpfte etwas Wasser und spritzte es in Primus‘ Richtung.

Der schrie verärgert auf. „Lass das!“

„Ich will nur seinen Argwohn zerstreuen“, meinte sie und verdrehte die Augen in Richtung des Mannes.

Plötzlich ruckte es an der Angel, Primus hatte tatsächlich einen Fisch gefangen. Es war ein prächtiger Lachs. Er ergriff den Köcher und fing ihn auf, während Gesima den Haken löste, ihn mit einem Schlag auf den Kopf betäubte und einem gezielten Stich unterhalb des Mauls tötete.

„Den gibt es heute Abend, gedünstet und mit frischen Kräutern gefüllt“, meinte sie, während Primus erneut die Angel auswarf.

Nach außen boten sie das perfekte Bild eines angelnden Pärchens, keiner käme auf den Gedanken, dass sie eine ganz andere Absicht verfolgten. Als Gesima wenig später erneut zum Ufer schaute, war der Mann verschwunden, ohne sich aus der Deckung gewagt zu haben.

„Bist du nun zufrieden? Was, wenn er einer der Gesuchten ist und Verdacht geschöpft hat?“, fauchte Primus wütend. „Ich hatte dich gewarnt, aber du wolltest wie immer nicht auf mich hören.“

„Entschuldige“, sagte sie kleinlaut. „Ob er unsere Tarnung geglaubt hat?“

„Das können wir nur hoffen. Und nun nichts wie zurück“, meinte er und ruderte mit kräftigen Schlägen ans andere Ufer. „Den Fisch trägst du“, sagte er und reichte ihr den glitschigen Körper, als sie zurück zur Villa liefen.

Crassus hatte ursprünglich vorgehabt, ihren geheimen Treffpunkt direkt nach dem Aufstehen zu inspizieren, um festzustellen, ob Philomenus ihn tatsächlich entdeckt hatte. Aber er verschob das Anliegen um einige Stunden, denn es schien ihm wichtiger, sich zunächst unter den Soldaten im Castellum Mattiacorum und unter seinen Bekannten in der Siedlung umzuhören, ob Philomenus Erkundigungen eingezogen hatte. An der Porta des Castellum brachte Crassus in Erfahrung, dass sich der Ermittler seit den frühen Morgenstunden hier aufhielt und neugierige Fragen stellte. Das reichte ihm. Noch galt Philomenus' Interesse dem Hilfstruppenlager, aber er würde seine Ermittlungen sicher auf die Zivilsiedlung ausdehnen. Ob sein Auftraggeber darüber Bescheid wusste? Zu Hause verfasste Crassus eine Botschaft an ihn, sattelte sein Pferd, ritt über die Pfahljochbrücke nach Mogontiacum und deponierte sie an der üblichen Stelle. Er hoffte nur, dass sie jetzt, da Sepius im Manöver weilte, baldmöglichst ihren Bestimmungsort erreichte.

Auf seinem Rückweg kam er in einiger Entfernung an der Brückenbaustelle vorbei. Er wurde Zeuge wie die Lastkräne in Position gebracht wurden. Doch er hielt sich nicht lange auf und galoppierte zu ihrem geheimen Übergabeort. Dort entdeckte er relativ frischen Pferdedung und vermutete, dass er von Philomenus' Ross stammte. Das war bedauerlich, in Zukunft würden sie diesen Ort meiden müssen. Er wollte gerade wieder umkehren, als er durch das Uferdickicht ein junges Pärchen entdeckte, das auf dem Rhenus angelte. Die beiden waren Kelten, das Haar des jungen Mannes loderte wie Feuer, während das der jungen Frau wie das Licht der untergehenden Abendsonne glänzte.

XLIV: Zehnter Tag nach den Drususfestspielen, Lagerdorf am Castellum Mattiacorum

Marius ahnte weder etwas von Philomenus' Erkundigungen noch von dem kleinen Ausflug seiner Freunde. Nach einem kurzen Besuch bei Claudius hatte er einer längeren Besprechung mit Tullius und den Vorarbeitern beigewohnt, die über die Positionierung der Lastkräne berieten. Diese waren bereits herbeigebracht worden und wurden gerade auf den Arbeitsplattformen montiert. Da Marius bei dieser Arbeit entbehrlich war, witterte er die Chance, sich allein auf der anderen Seite des Rhenus umzusehen. Tullius war im Gegensatz zu ihm unabkömmlich, doch er wollte den Architekten nicht allein gehen lassen. Erst nachdem Marius ihm glaubhaft versicherte, dass er nur rasch zum Valetudinarium reiten würde, um Claudius zu besuchen, ließ er ihn ziehen.

Inzwischen bereitete ihm das Lügen immer weniger Skrupel und er schwang sich unbekümmert auf sein Pferd. Kaum befand er sich außerhalb der Sichtweite von Tullius, schlug Marius die Richtung zur Behelfsbrücke ein. Froh, endlich allein zu sein, ritt er auf das Castellum zu und ließ dabei alle Vorsicht fahren. So bemerkte er nicht, wie Scota ihm in sicherem Abstand folgte. In dem kleinen Lager, das den Brückenkopf sicherte, waren zwei Centurien der Auxiliartruppen stationiert, die von je einem Centurio befehligt wurden. Doch das Castellum war nicht Marius' eigentliches Ziel. Vor der Porta bog er nach links ab und gelangte in die Zivilsiedlung, die das Lager umgab. Sie war vom Aufbau her mit der von Mogontiacum vergleichbar, wenn auch wesentlich kleiner und überschaubarer. In dem Hafen fehlten die großen Kontore und Magazine und es gab lediglich einige Lagerhallen, dafür aber eine Vielzahl kleinerer Handwerksbetriebe, die sich auf entsprechende Bezirke konzentrierten. Wie in Mogontiacum befanden sich die Werkstätten, die den größten Lärm und den meisten Gestank verursachten, am Rand.

Marius war zu der Erkenntnis gelangt, dass eine Münzwerkstatt wohl am ehesten im Viertel der Schmiede zu finden sein würde. Für die Herstellung des Geldes war Metall unabdingbar und da es geschmolzen und in Form gegossen werden musste, waren eine Feuerstelle und entsprechende Werkzeuge erforderlich. Die Schmieden lagen unweit des Flusses. Dorthin lenkte er sein Pferd.

Marius gelangte an einen hohen Unterstand und hielt inne. Er beobachtete wie vier Männer ihrer Arbeit nachgingen. Einer schüttete mit einer schmalen Schaufel abwechselnd Holzkohle und Eisenerz in einen zirka drei Fuß hohen, runden Brennofen, während zwei andere abwechselnd den Blasebalg bedienten. Innerhalb des Ofens musste eine hohe Temperatur herrschen, denn Rauch stieg auf und kleine Feuerfunken wurden aus dem Schlot katapultiert, sobald Luft hineingeblasen wurde. Vor dem Ausgang der Ofenkonstruktion befand sich ein langgezogener Graben, in den sich die Schlacke ergoss, die durch die Hitze fast ganz vom Erz getrennt worden war. Anscheinend war es an der Zeit das Eisen auszuschmieden, denn ein großer, kräftiger Mann mit wallendem blonden Haar und einem üppigen Bart trat an den Ofen heran und brach den unteren Teil der Wand auf. Er trug Bracae und festes Schuhwerk, sein Oberkörper war unbekleidet, aber zum Schutz hatte er eine lederne Schürze angelegt. Seine Hände waren riesig und der muskulöser Körper von der Sonne gebräunt. Mit ihm einen Faustkampf zu beginnen, bedeutete eine sichere Niederlage.

Mit einer langen Zange entnahm er das noch glühende Material und legte es auf den harten, rechteckigen Ambossstein, der im Boden eingelassen war. Derjenige, der den Ofen beschickt hatte, ging nun in die Knie, ergriff die Zange und fixierte den Metallklumpen. Der Hüne machte sich daran, den Brocken mit einem schweren Hammer zu bearbeiten und trennte durch Schläge das Erz von der restlichen Schlacke. Der Krach, den er dabei verursachte, war ohrenbetäubend. Marius hatte gar nicht bemerkt, wie die Zeit vergangen war. Bisher hatten ihm die Männer nicht viel Beachtung geschenkt, doch als er keinerlei Anstalten machte weiterzureiten, erntete er zunehmend misstrauische Blicke. Da er Ärger fürchtete, hielt er es für klüger seinen Weg fortzusetzen. Er hatte genug gesehen, das hier war sicherlich keine Falschmünzerei. Dafür gewährte diese Werkstätte zu großzügige Einblicke.

Auch die anderen Schmieden vermittelten nicht den Eindruck, eine Fälscherwerkstatt zu sein. Die Ausbeute des Vormittags war wirklich enttäuschend, es fand sich nicht der kleinste Hinweis, der seinen Verdacht bestätigte. Auf seinem Weg zurück kam er an einer kleinen Schmuckschmiede vorbei. Diese war in einem ockerfarbenen Steinhaus untergebracht und unterschied sich deutlich von den anderen Schmieden. Über der Tür hing ein Schild, auf dem eine Halskette und ein Armreif abgebildet waren. Auf Marius' Augenhöhe war die Fensterluke geöffnet, durch die er ohne Scheu hineinspähte. Viel konnte er nicht entdecken. Lediglich einen Tisch, auf dem mehrere Halbedel- und Edelsteine und verschiedene Metallstücke aus Bronze und Silber lagen und eine kleine Feuerstelle in der hintersten Ecke des Raumes, über der sich ein großer Abzug befand. Dies hier wäre ein geeigneter Ort, um falsche Münzen zu prägen, aber da die Tür verschlossen war, konnte er sich keine Gewissheit verschaffen. Bevor sich jemand über sein seltsames Verhalten wunderte, kehrte Marius mit dem Gefühl, doch noch eine interessante Entdeckung gemacht zu haben auf die Baustelle zurück. Sein Verfolger hatte ihn die ganze Zeit über nicht aus den Augen gelassen und mischte sich unter die Schaulustigen, die gekommen waren, um den ersten Einsatz der Lastkräne zu beobachten.

Tullius erwartete den jungen Architekten voller Ungeduld. „Geht es Claudius besser?"

„Sein Zustand ist unverändert kritisch", schwindelte Marius und mied dabei den Blick des älteren.

Wie auch an den Tagen zuvor, arbeiteten beide auf separaten Plattformen. Der erste Senkkasten wurde von zwei Booten herbeigeschleppt. Als er sich zwischen den Arbeitsplattformen befand, klinkten Arbeiter die Haken der Kräne in die Haltevorrichtungen des Setzkastens. Dann erteilte Tullius den Befehl, den Kasten hochzuhieven. Vier Männer betätigten jeweils einen Kran und hoben den Caisson mit vereinten Kräften an. Ihre Hände hatten sie zum Schutz vor Verletzungen mit Leder umwickelt. Bei jedem Ruck rief der Vorarbeiter „Zieht an!“ und alle zogen im Takt. Als der Kasten auf Augenhöhe schwebte, wurde er am unteren Ende mit Gewichten beschwert, damit er den Widerstand des Wassers überwand und versank.

Nachdem die Beschwerungen angebracht waren, dirigierten Marius und Tullius die Arbeiter so, dass die vier Ecken des Caisson genau über die dazugehörigen Markierungsstangen passten. Sobald die Position stimmte, wurde er vorsichtig herabgelassen. Als er ohne zu verkanten über die Stangen glitt, atmeten alle erleichtert auf. Sowohl der Vermessungstrupp wie auch die Zimmerleute hatten präzise gearbeitet. Die Gewichte zogen den Kasten gleichmäßig nach unten und schließlich wurden die Haken gelöst, so dass er langsam auf den Flussgrund sank. Architekt, Ingenieur und Arbeiter schauten auf die Wasseroberfläche, bis keine Blasen mehr aufstiegen, dann wurde ein weiterer Kasten herbeischafft. Als Tullius das Zeichen gab, den dritten Caisson zu holen, meldete Marius Bedenken an.

„Die Sonne geht bald unter. Sollten wir nicht aufhören?“

„Für einen reicht das Licht noch“, meinte Tullius voller Ehrgeiz.

Kurz darauf hing erneut ein Kasten über ihren Köpfen. Wieder beschwerten Arbeiter ihn mit Gewichten. Doch dieses mal geschah das Unvorstellbare. Sie vernahmen ein lautes Knallen wie das einer Peitsche und bevor sie begreifen konnten, was überhaupt geschah, riss das Seil des Krans auf der Plattform von Tullius. Sie schwankte gefährlich hin und her, während der Caisson mit der befreiten Seite auf dem Wasser aufschlug. Die Gewichte zogen ihn in die Tiefe und er sank, soweit es die Halterungen auf der intakten Seite zuließen. Dadurch begann auch die andere Plattform zu wanken. Sie schaukelte sich auf und bekam immer stärkere Schlagseite. Die Arbeiter ließen vor lauter Schrecken den Kranzug los, doch das Tau verhakte sich und die Fracht schwebte weiterhin in der Luft. Verzweifelt suchten die Männer nach Halt, doch blitzschnell rutschten sie nacheinander ab. Die Plattform kam nun vollends aus dem Gleichgewicht und kippte mit ihrer Ladung voraus ins Wasser, wobei sie einige der Männer unter sich begrub.

Auch Marius war überrascht und ins Wasser geschleudert worden. Dabei fiel er so unglücklich, dass er mit seinem Kopf hart auf dem Rand des Senkkastens aufschlug und das Bewusstsein verlor. Der Rhenus war zwar an dieser Stelle nicht sonderlich tief, aber das Wasser durch das Unglück aufgewühlt und noch trüber als gewöhnlich. Am Ufer und auf der Plattform brach Hektik aus. Alles schrie und gestikulierte wild durcheinander. Nach und nach tauchten die unfreiwilligen Schwimmer auf und retteten sich an Land. Aber drei von ihnen hielt der Rhenus erbarmungslos in seinem Griff. Zu ihnen gehörte auch Marius. Tullius zögerte keine Sekunde und sprang in die schlammige Flut. Mehrere seiner Männer taten es ihm gleich.

Tullius versuchte sich zu erinnern, an welcher Stelle Marius untergegangen war und schwamm gezielt dorthin. Bevor er abtauchte, nahm er einige tiefe Atemzüge. Unter Wasser war er praktisch blind und konnte die Umgebung nur durch Ertasten wahrnehmen. Aber seine Händen stießen immer nur an Holz oder Steine. Verzweifelt tauchte er auf, holte erneut Luft und startete einen weiteren Versuch. Aber auch dieser schlug fehl. Er entfernte sich von seiner bisherigen Position und versuchte sein Glück an anderer Stelle. Nach kurzer ergebnisloser Suche bekam er endlich einen Arm zu fassen. Er umklammerte den Oberkörper in der Hoffnung, er habe Marius gefunden. Laut prustend tauchte er auf. Sofort wurde ihm seine Last abgenommen und er selbst in ein Boot gezogen. Erst an Bord erkannte er, dass er tatsächlich den Architekten geborgen hatte. Während er selbst schwer nach Atem rang, zeigte Marius keine Anzeichen von Leben.

„Schaut in seinen Mund, dass sich dort kein Fremdkörper befindet, dann dreht ihn um und drückt das Wasser aus seinen Lungen“, befahl er japsend.

Nachdem sich ein Legionär überzeugt hatte, dass die Mundhöhle frei war, begann er mit den Rettungsmaßnahmen. Mit beiden Händen drückte er fest auf den Rücken des Liegenden. Und tatsächlich schoss ein Schwall Wasser aus Marius‘ Nase und Mund. Der Legionär wiederholte die Prozedur mehrere Male, bis kein Wasser mehr kam. Aber seine Atmung setzte immer noch nicht ein. Der Helfer drehte ihn schließlich um und alle schauten betroffen auf den leblosen Körper.

Tullius krabbelte auf allen vieren zu ihm hin. Ohne Zögern hielt er dessen Nase zu, legte seinen Mund auf den von Marius und beatmete ihn. Nach einigen Atemzügen musste er eine Pause machen, dann setzte er von neuem an. Innerlich betete er zu den Göttern und hoffte, dass seine Maßnahme fruchtete. Tullius glaubte schon an den Tod des jungen Römers, als plötzlich ein Ruck durch dessen Körper ging und er die Augen öffnete. Die Lebenden hatten ihn wieder. Mit glasigen Augen blickte er in Tullius vornübergebeugtes Gesicht. Wasser tropfte aus seinen Haaren auf Marius' Wange. Benommen richtete er sich auf und der Ingenieur lehnte sich erschöpft zurück.

„Alle Männer sind gerettet", versicherte ein Soldat.

„Den Göttern sei Dank", entgegnete Tullius matt.

Marius, der keine Erinnerung an den Vorgang hatte, wollte wissen, was geschehen war.

„Es hat einen Unfall gegeben und Eure Plattform ist gekentert. Ihr wurdet unter Wasser gedrückt und seid nicht mehr aufgetaucht."

„Und Ihr habt mich gerettet?", fragte er heiser.

Tullius nickte stumm. Marius' Kopf dröhnte und er ertastete an seinem Hinterkopf eine dicke Beule, die heftig blutete.

„Ich muss mit dem Kopf irgendwo aufgeschlagen sein", sagte er und drückte ein Tuch darauf, das ihm irgendjemand gereicht hatte. „Tullius, ich verdanke Euch mein Leben und stehe in Eurer Schuld."

„Verliert nicht so viele Worte. Ihr hättet das Gleiche für mich getan", wiegelte der Offizier ab.

Das Unglück hatte die Zuschauermenge rasant anschwellen lassen. Sensationsgier mischte sich mit echtem Entsetzen.

Scota war mit seiner Arbeit zufrieden, sein Anschlag war geglückt. Auf Philomenus wartete nun eine neue Aufgabe, die ihnen eine Verschnaufpause verschaffte. Sicher würde Kommandant Cornelius verlangen, dass er zuerst diesen Vorfall aufklärte, bevor er weiter ermittelte. Außerdem war dieser neugierige Römer für einige Zeit außer Gefecht gesetzt. Ob er die Warnung wohl verstand und seine Schnüffelei endlich einstellte? Zufrieden mit sich ritt er zu Crassus, um ihm alles zu berichten.

Die Verunglückten wurden umgehend ins Valetudinarium gebracht, wo die Garnisonsärzte sie versorgten. Zuerst kümmerten sie sich um die Schwerverletzten, schienten zwei Knochenbrüche, reinigten und nähten offene Wunden und legten Verbände an. Prellungen wurden mit einer Salbe aus Arnica und Ringelblume eingerieben. Theodosios kam hilfsbereit herbeigeeilt und umsorgte Marius, der vor Schreck und Kälte zitterte und immer noch unnatürlich blass war. Die Platzwunde war vom Medicus inzwischen mit einigen Stichen genäht worden und er war gerade dabei, die Reflexe des Verletzten zu kontrollieren. Marius musste seinem Finger mit den Augen folgen, was ihm nicht richtig gelang. Ihm schwindelte und er sah den Finger doppelt. Deshalb verordnete ihm der Arzt strikte Bettruhe und ließ ihn in Claudius' Zimmer unterbringen. So war er in Theodosios' Reichweite und stand unter ständiger Beobachtung.

Dieser hatte inzwischen eine Kompresse vorbereitet, die die Schwellung zum Abklingen bringen sollte und Marius einen Tee gegen die Übelkeit gekocht. Ganz allmählich ließ das Zittern nach und Marius fand seine Stimme wieder. Der Schreck steckte ihm noch gehörig in den Gliedern und er redete sich das Geschehene von der Seele, während Theodosios ihm geduldig zuhörte. Nach gut einer Stunde schlief Marius endlich ein und der Grieche nahm wieder den Platz an Claudius' Bett ein.

„Habt Ihr das gehört? Ihr müsst wieder aufwachen. Marius braucht Eure Hilfe, Ihr könnt ihn noch nicht allein lassen", flehte er, doch seine Worte verhallten ungehört.

XLV: Elfter Tag nach den Drususfestspielen, Mogontiacum

Philomenus war erwartungsgemäß von Kommandant Cornelius mit der Untersuchung des Unfalls betraut worden, was seine Pläne für den heutigen Tag zunichte machte. Er hätte lieber die frische Fährte weiterverfolgt und seine Nachforschungen, die er gestern auf der anderen Seite des Rhenus aufgenommen hatte, umgehend fortgesetzt. Doch das musste nun warten. Bisher hatte er trotz intensiven Nachfragens nur erfahren, dass dort ebenfalls falsche Münzen in großer Zahl aufgetaucht waren, von denen allerdings niemand wusste, woher sie stammten. Seine Hoffnungen ruhten auf dem Lagerdorf. Dort hatte er begonnen, sich systematisch in den Handwerkerbetrieben umzuschauen, aber allzu weit war er nicht gekommen. Wie ein Lauffeuer hatte sich die Kunde vom Unglück auf der Baustelle verbreitet, woraufhin er unverzüglich nach Mogontiacum zurückgeritten war, um sich einen Überblick zu verschaffen.

Als er dort eintraf, waren bereits alle Verletzten in das Valetudinarium gebracht worden. Nur der pflichtbewusste Tullius hielt sich immer noch dort auf. Erst mussten alle Männer versorgt sein, bevor er selbst das Feld räumte. Voller Empörung erklärte der Offizier Philomenus, was geschehen war. Dabei beteuerte er immer wieder, am gestrigen Abend die Lastkräne genau inspiziert und dabei keinerlei Mängel festgestellt zu haben. Ihm war es unverständlich, wie es zu diesem Zwischenfall hatte kommen können und er äußerte den Verdacht, dass der Unfall gezielt herbei geführt worden war.

Philomenus hatte seinen Worten Glauben geschenkt und daraufhin das Areal abriegeln lassen. Es durfte nichts verändert werden, damit keine möglichen Spuren verloren gingen. Dazu bildete er selbst eine Wachmannschaft aus eilig herbeigerufenen Benefiziariern. Er schärfte den Männern ein, niemanden außer ihn selbst auf die Baustelle zu lassen, unabhängig von dessen Rang oder gesellschaftlicher Position. Da es bereits dämmerte, war es unsinnig, noch an diesem Abend mit der Spurensuche zu beginnen. Das würde er gleich am nächsten Morgen tun. Dazu hatte er sich mit Tullius verabredet, denn von ihm erhoffte er sich kompetente Unterstützung.

Nun befanden sich die beiden fünfzehn Stunden nach dem Unfall auf der intakten Plattform und untersuchten gemeinsam den Kran. Sie konnten keine Mängel feststellen, er war sachgerecht montiert und die Bolzen saßen fest. Danach prüften sie die mechanischen Teile, den Haken und die Rolle. Alles funktionierte bestens. Zuletzt kontrollierten sie das Zugseil.

„Das Tau wurde angeschnitten“, stellte Philomenus fest.

„Wie gesagt, am Abend zuvor war alles in einwandfreiem Zustand.“

„Dann hat sich wohl jemand während der Nacht daran zu schaffen gemacht.“

„Aber der Hafen wird doch bewacht“, entrüstete sich Tullius.

„Ihr kennt doch die laxe Arbeitsmoral mancher Wachen. Sie ist mir schon seit langem ein Dorn im Auge. Sie würfeln oder spielen Ringmühle. Natürlich werde ich die Männer befragen, und sei es nur, um sie an ihre Pflicht zu erinnern“, meinte er mit harter Stimme.

Nachdem sie diese Untersuchung abgeschlossen hatten, riefen sie den Bergungstrupp herbei, der die gekenterte Plattform barg. Auch dieses Kranseil zeigte Spuren einer Manipulation. Noch war es nicht ganz gerissen, aber es war stark aufgefasert. Für Philomenus stand fest, dass hier ein Sabotageakt vorlag. Aber wer hatte Interesse daran, den Brückenbau zu behindern?

Die Bewohner des freien Germaniens, die eine mögliche Expansion fürchteten? Das erschien ihm wenig plausibel. Die Fährleute, die um ihre Einkünfte bangten? Auch diesen Gedanken verwarf er wieder. Es existierte ja bereits eine provisorische Brücke. Was blieb demnach? Sein Blick wanderte ans gegenüberliegende Ufer. Ein vager Gedanke formte sich. Sollte dieser Unfall einfach nur ein schlichtes Ablenkungsmanöver sein, um ihn von dort fernzuhalten? Ahnten die Falschmünzer, dass er ihnen dicht auf den Fersen war? Unter diesen Gesichtspunkten war es klug gewesen, niemandem von den neuen Spuren erzählt zu haben.

Tullius, der keine konkrete Vermutung hatte, war mehr als verärgert, dass sich die Arbeiten erneut verzögerten. „Wann können wir weiterarbeiten?“, wollte der Ingenieur wissen.

„Von meiner Seite aus sofort.“

„Es wird zuvor wohl wieder erst eine Reinigungszeremonie durchgeführt werden müssen, oder was denkt Ihr?“, seufzte der Ingenieur schwer.

„Fragt einen Priester. Dafür bin ich der falsche Mann“, meinte Philomenus.

„Die Götter verlangen viel in diesen Tagen.“

„Es sind die Menschen, die das Unheil verursachen“, bemerkte Philomenus.

Dann ritt er zum Legionslager, um dem Kommandanten Bericht zu erstatten. Im Stillen hoffte er, dass er danach seine unterbrochene Erkundung am rechten Ufer wieder aufnehmen konnte. Denn genau wie Marius mutmaßte auch er, dass eine Schmiede die optimalen Voraussetzungen für eine Prägewerkstatt böte. Doch seine Hoffnung erfüllte sich nicht. Zunächst ließ Cornelius ihn unverhältnismäßig lange warten, bis er vorgelassen wurde. Dann verlangte er einen schriftlichen Bericht, den er sofort verfassen sollte und beharrte auf einem gemeinsamen Abendessen mit den anderen Offizieren. Philomenus versuchte sich dem zu entziehen, doch Cornelius ließ keine Ausflüchte gelten.

„Wir werden heute Abend im Offizierskreis unser weiteres Vorgehen in der Sache mit dem Moneta falsa festlegen. Ihr seid dabei unabkömmlich! Habt Ihr neue Erkenntnisse, die Ihr mir vorab mitteilen könnt?“, fragte er und schaute ihn durchdringend an.

Sein Blick hatte etwas Forschendes und Philomenus war augenblicklich auf der Hut.

„Nein, seit dem Fund des Ruderbootes hat sich nichts Neues ergeben.“

„So, so“, murmelte Cornelius wenig überzeugt und strich sich nachdenklich über das Kinn. „Dann bis heute Abend.“

Philomenus schickte nach seinem keltischen Informanten

Agio, der seit dem Auftauchen der falschen Denare in seinem Dienst stand und von dessen Existenz weder Kommandant Cornelius noch der Procurator wussten. Sie trafen sich vor dem rückwärtigen Tor, außerhalb der Sichtweite der Wachen. Inzwischen hatte Agio einige wertvolle Informationen gesammelt, die er Philomenus unter vier Augen mitteilte und die sich weitgehend mit dessen eigenen Vermutungen deckten. Ganz allmählich fügte sich alles zusammen, bald schon würde das Bild komplett sein. Doch um letzte Gewissheit zu erhalten, würde Philomenus zu einer List greifen müssen.

Wie Titus war er zu dem Schluss gelangt, dass er – bis auf ein, zwei Ausnahmen – keinem Angehörigen der Garnison trauen durfte. Aber allein konnte er die Fälscherbande nicht überführen, dazu bedurfte er Hilfe, doch er konnte sich weder auf Cornelius noch auf Lucius Nepius verlassen. Allerdings wusste er genau, an wen er sich wenden konnte und wenn er sich die Loyalität dieser Personen gesichert hatte, konnte er die Falle zuschnappen lassen. Er weihte Agio in seinen Plan ein, entlohnte ihn und nannte ihm den Namen jenes Mannes, an den er sich wenden sollte, wenn sein Vorhaben scheitern würde.

Crassus' Nachricht hatte ihren Adressaten erreicht. Mit wachsender Sorge las der Mann das Dokument und geriet darüber ins Grübeln. Gestern noch hatte er sich sicher gewähnt und geglaubt, Philomenus' Nachforschungen würden früher oder später im Sand verlaufen. Aber nun sah alles anders aus. Philomenus' Hartnäckigkeit und sein untrüglicher Instinkt störten ihre Unternehmungen beträchtlich. Er musste gewisse Schutzmaßnahmen ergreifen und würde dabei auch vor einem weiteren Mord nicht zurückscheuen. Sepius hatte sich bisher als gefälliger Erfüllungsgehilfe erwiesen, da er von Natur aus weder vor körperlicher noch vor seelischer Gewalt zurückschreckte. Seine Grausamkeit verschaffte ihm eine gewisse Befriedigung und so war die Ermordung von Titus für ihn ein regelrechtes Stimulans gewesen. Sicherlich war er gern zu einer weiteren Bereinigungsmaßnahme bereit.

Der Mann seufzte. Eigentlich war Titus' Tod mehr als bedauerlich, denn der Quaestor war ein tapferer, integrer Mann gewesen. Warum nur hatte er behaupten müssen, im Besitz bestimmter Beweise zu sein, mit denen er die Fälscherbande überführen konnte? Dadurch war er zum raschen Handeln gezwungen worden, was sich im Nachhinein allerdings als überstürzt herausstellte. Titus‘ Behauptung war nur eine Finte gewesen, weder seine eigenen Leute noch Philomenus hatten irgendwelche Hinweise gefunden.

Danach schien die Sache bereinigt und die Gefahr gebannt. Aber Philomenus hatte sich mit Haut und Haaren der Aufklärung verschrieben und setzte das fort, was Titus begonnen hatte. Und mit jedem Tag kam er ihnen ein gefährliches Stück näher. Alle Versuche, ihm Sand in die Augen zu streuen, scheiterten. Dem musste er ein endgültiges Ende bereiten und heute Abend schien ihm dafür der geeignete Zeitpunkt. Er formulierte ein Schreiben an Crassus, in dem er ihm genaue Instruktionen erteilte, denn es gab noch einiges zu erledigen. Auch wenn sie während der nächsten Tage nicht auf Sepius zurückgreifen konnten, so hatten sie noch immer Scota, der an Aufträgen dieser Art einen ähnlich perfiden Gefallen fand wie der Hispanier. Ob er wohl inzwischen wusste, wer die Person war, die die Misteln geerntet hatte?

Philomenus verlieh seinem Missfallen über die erzwungene Einladung Ausdruck, indem er sich verspätet zur Essensrunde einfand. Die Stimmung am heutigen Abend war gedrückt und keiner wagte ein offenes Wort, denn Philomenus sah in fast jedem von ihnen einen Verdächtigen. Daraus resultierte, dass sie sich gegenseitig misstrauisch beäugten und Philomenus isolierten. Ihn selbst schien das wenig zu kümmern, er tat so, als wäre alles in Ordnung und bestritt einen Großteil der Unterhaltung alleine.

So berichtete er, was der Suchtrupp ausgekundschaftet hatte und dass ein Ruderboot gefunden worden war. Allerdings verschwieg er den Fund der Münze und den des Übergabeortes. Schließlich wollte er wissen, ob die truppeninternen Nachforschungen der Legionskommandeure ein Ergebnis erbracht hatten. Sie verneinten, was ihn nicht sonderlich wunderte, kannte er doch den Zusammenhalt unter Kameraden. Ein Denunziant hatte keinen leichten Stand.

Das Mahl dauerte bereits mehr als eine Stunde, als mit Philomenus plötzlich eine Veränderung vor sich ging. Sein Redefluss war nicht mehr zu bremsen und er lachte zwischendurch ohne ersichtlichen Grund. Urplötzlich verspürte er einen starken Bewegungsdrang. Er erhob sich von der Kline und lief torkelnd hin und her, wobei seine Bewegungen immer unkoordinierter und ataktischer wurden. Seine Umgebung konnte er nur noch unscharf wahrnehmen und alles um ihn herum versank in einem dichtem Nebel, bis er vollends die Orientierung verlor. Zwar hörte er die verzerrten Stimmen der anderen Offiziere, wusste aber nicht woher sie kamen. Sein gesamter Körper verkrampfte sich, er ging in die Knie und sackte vornüber zu Boden. Er verspürte Durst, ekelte sich aber gleichzeitig vor Wasser. Ihm war unglaublich heiß, aber er schwitzte nicht. Ihm schien, als hielte sein Körper die Hitze fest.

Kommandant Cornelius erkannte den Ernst der Lage und handelte rasch. Er kniete sich neben Philomenus und schaute in dessen gerötetes Gesicht. „Schaffen wir ihn so schnell wie möglich ins Valetudinarium. Er wurde vergiftet!"

Wenig später befand sich Philomenus in der Obhut des Medicus, der die Diagnose des Kommandanten bestätigte. Er glaubte auch zu wissen, um welches Gift es sich handelte. Doch bevor er seinen Verdacht äußerte, schickte er die Offiziere weg und zog Theodosius zu Rate.

„Philomenus zeigt eindeutige Vergiftungssymptome. Er ist völlig benommen, seine Pupillen sind geweitet, sein Puls fliegt, sein Atem kommt stoßweise. Seine Haut ist trocken und gerötet. Ich vermute Atropa belladonna", diagnostizierte er.

„Dies sind die typischen Anzeichen einer Intoxikation mit der schwarzen Tollkirsche", stimmte Theodosios ihm zu. „Welche Behandlungsmethode schlagt Ihr vor?"

„Wir sollten ihn zum Erbrechen bringen und anschließend zur Ader lassen."

„Seine Schlundmuskeln sind gelähmt und er kann nicht schlucken, somit könnte das mit dem Erbrechen schwierig werden. Und der Aderlass schwächt ihn nur unnötig", gab er zu Bedenken. „Wichtiger ist es, den Körper zu kühlen. Dem Patienten wird innerlich heiß, aber er kann nicht schwitzen. Er muss in kalte, feuchte Tücher gewickelt werden, damit er nicht überhitzt."

Der Medicus akzeptierte Theodosios' Anweisungen und beauftragte einen Gehilfen, nasse, kalte Laken herbeizuschaffen.

„Wie lange dauert es, bis das Gift wirkt?", fragte der Medicus, während sie den Kranken entkleideten.

„Nicht lange. Er muss es während des Essens zu sich genommen haben."

„Das ist ein ungeheurer Verdacht! Er richtet sich gegen die Offiziere der Legion!", stieß der Medicus hervor.

„Es gibt keine andere Möglichkeit. Die Wirkung setzt fast unmittelbar nach dem Verzehr ein. Wenn er Glück hat, war die Dosis nicht hoch genug und sein Körper kann die Droge alleine verarbeiten. Er schläft dann einfach solange, bis alles herausgeschwemmt wurde. Das Gift verdankt seinen Namen übrigens der griechischen Göttin Atropa, die für ihre Unerbittlichkeit bekannt ist und gern den Lebensfaden durchtrennt."

„Das ist ja passend. Eine Unerbittliche bezwingt einen Unerbittlichen."

Der Gehilfe kehrte mit den Tüchern zurück und sie wickelten Philomenus darin ein.

„Wäre es nicht ratsam, ihn bewachen zu lassen? Derjenige, der ihn töten wollte, wird es vielleicht noch einmal versuchen", äußerte Theodosios vorsichtig.

„Daran habe ich auch schon gedacht. Ich bleibe solange bei ihm, bis sich Puls und Atmung reguliert haben. Dann übernimmt einer meiner Assistenten die Nachtwache."

„Wollt Ihr Cornelius nicht über diese Maßnahme informieren?"

„Doch sicher", zögerte der Arzt. „Ich weiß nur nicht, wem ich noch trauen kann. Wenn es stimmt, dass er während des Essens vergiftet wurde, ist jeder der Anwesenden verdächtig."

„Da pflichte ich Euch bei. Hier gehen seltsame Dinge vor sich und niemand scheint mehr sicher. Ich wollte, wir wären nie hierhergekommen", seufzte Theodosios. „Wenigstens geht es Marius besser."

Der junge Römer hatte bereits am Morgen das Valetudinarium verlassen können. Er hatte zwar noch heftige Kopfschmerzen, aber das Doppelsehen und die Übelkeit waren verschwunden. Nun befand er sich in Lydias Obhut, die ihn geradezu bemutterte.

XLVI: Zwölfter Tag nach den Drususfestspielen, Valetudinarium und Baustelle

Theodosios hatte sich kurz ins Freie gewagt und befand sich hinter dem Valetudinarium vor der hölzernen Umfriedung des Lagers. Die Holzstämme boten keinen sonderlich erbauenden Anblick, aber er wollte allein sein und ging einige Schritte auf und ab, um sich etwas Bewegung zu verschaffen. Er wusste, dass heute der für Claudius alles entscheidende Schicksalstag war. Wenn er jetzt nicht erwachte, würde er es niemals mehr tun. Theodosios hielt es nicht so mit den Göttern, auch wenn sein Name anderes verhieß. Aber in der schweren Nachtstunden hatte er viel gebetet, vor allem zu Aesculapius.

Der Grieche erinnerte sich an die letzten zehn Jahre, in denen er für Claudius gearbeitet hatte. Er war kein Diener im wörtlichen Sinne, viel eher Berater und Freund. Claudius hatte ihm niemals das Gefühl vermittelt, zweitklassig zu sein, obwohl ein Makel an ihm haftete.

Er dachte an seinen Vater, der in Alexandria die Kunst des Heilens erlernt hatte und als junger Mann nach Rom gekommen war. Anfangs hatte er kein leichtes Leben gehabt. Der Beruf des Medicus war im Vergleich zu dem des Advocatus kein angesehener. Allzu oft wurden Ärzte – vor allem wenn sie griechischer Abstammung waren – als geldgierige Scharlatane abgetan. Aber sein Vater hatte Ausdauer und Mut bewiesen. Zunächst hatte er gegen den erheblichen Widerstand alteingesessener Patrizierfamilien die Tochter eines angesehenen Anwaltes geheiratet. Danach hatte er sich Schritt für Schritt eine gute Position innerhalb der römischen Gesellschaft erkämpft. Letztendlich erwarb er sich den Ruf, tatsächlich heilen zu können.

Davon hatte auch Kaiser Augustus erfahren. Er berief ihn zu einem seiner Leibärzte und verlieh ihm das römische Bürgerrecht. Doch schon nach wenigen Jahren fiel er durch Lügen und Intrigen am Hofe in Ungnade und wurde ins nördliche Afrika verbannt. Überraschenderweise ließ Augustus dennoch eine gewisse Milde walten und entzog ihm trotz der harten Strafe nicht die römische Staatsbürgerschaft. Aber sein Vater durfte niemals wieder nach Rom zurückkehren. Seine Mutter, die sich nicht von ihrem Mann trennen wollte, teilte sein Schicksal und folgte ihrem Gatten samt dem gemeinsamen Sohn.

Theodosios war zu diesem Zeitpunkt acht Jahre alt gewesen, aber er erinnerte sich an die Schmach, als sei es erst gestern geschehen. In der Verbannung hatte sein Vater weiter als Arzt gearbeitet und die ägyptische Heilkunst studiert. So vermehrte er sein Wissen und erweiterte seine Sichtweise. All seine Kenntnisse gab er an seinen Sohn weiter, der bald ebenfalls zu einer gewissen Berühmtheit gelangte. Aber er hatte einen Schwur abgelegt, weder dem Kaiser noch dem Reich zu dienen. Obwohl er Bürger des Imperium Romanum war, sah er sich nicht als solchen. Und er fühlte sich auch nicht wirklich als Grieche, da er keine Sympathie für das Land seiner Ahnen aufbringen konnte, denn selbst in der Heimat seines Vaters wurde er niemals richtig anerkannt.

Von innerer Unruhe getrieben und ohne tiefergehende Bindungen zu haben, begab er sich auf Reisen und gelangte in die entlegensten Winkel des Reiches. Seinen Lebensunterhalt verdiente er sich mit seiner Heilkunst. Nie hielt es ihn lange an einem Ort, zumal er bald erkannte, dass er niemals eine Familie haben würde. Er fühlte sich zu Männern hingezogen und konnte die intime Nähe einer Frau einfach nicht ertragen.

Schließlich traf er in der Provinz Syria auf Claudius und seine Familie und freundete sich mit ihnen an. Claudius war damals bereits ein angesehener Generalbaumeister und wechselte aus beruflichen Gründen oft seinen Wohnort, sehr zum Leidwesen seiner Frau, deren Herz an Rom hing. Er bot Theodosios überraschend eine dauerhafte Stellung als Hauslehrer für seine halbwüchsigen Kinder, einen Sohn und eine Tochter, an und zahlte ihm ein großzügig bemessenes Gehalt. Eigentlich hatte er nur drei, vier Jahre bei seinem Dienstherren bleiben wollen, letztendlich wurden es dann einige mehr.

Schon vor dem Überfall auf Claudius hatte sich Theodosios vermehrt nach seiner Unabhängigkeit gesehnt und gehofft, einen günstigen Zeitpunkt zu finden, um sich wieder auf Wanderschaft begeben zu können. Nun schien dies in weite Ferne gerückt. Doch bei der Vorstellung, dass er seine Freiheit zum Preis von Claudius' Tod zurückerlangen könnte, zog sich sein Herz zusammen.

Seine Gedanken wanderten weiter zu Philomenus, der die Nacht überlebt hatte. Laut Medicus lag er noch immer im Delirium, aber seine Körperfunktionen hatten sich reguliert. Auch wenn er dieses Mal mit heiler Haut davonkommen sollte, bestand weiterhin die Gefahr eines erneuten Anschlags. Im Valetudinarium wurde Philomenus rund um die Uhr bewacht und war für den Moment in Sicherheit. Aber er würde nicht ewig hier bleiben.

Mit einem Seufzer kehrte er in das Gebäude zurück, es war Zeit für Claudius' Morgentoilette. Theodosios trat an das Bett und deckte ihn auf. Da Claudius seit Tagen kaum Nahrung zu sich genommen hatte, schied er auch fast nichts mehr aus, so dass das Laken nach dieser Nacht sauber war. Um aber die schlechten Dünste zu vertreiben und zu verhindern, dass sie auf den Patienten übergriffen, würde er es später trotzdem wechseln. Zuerst tauchte er einen Schwamm in eine Schale mit frischem Wasser und begann den ausgemergelten Körper mit reibenden Bewegungen zu waschen. Er begann am Kopf, wusch Brust und Beine und dann die Füße. Den Genitalbereich würde er erst ganz am Schluss reinigen. Als er die Zwischenräume zwischen den Zehen säuberte, glaubte er ein Zucken zu spüren. Zunächst dachte er, er bilde sich das ein, doch der Zeh zuckte ein zweites Mal. Sein

Herz schlug schneller vor Freude. Rasch beendete er die Prozedur, trocknete Claudius ab und rief den Medicus.

„Was höre ich? Er hat sich bewegt?“, fragte er erfreut.

„Er zuckte mit dem Zeh, als ich ihn wusch.“

Der Medicus lupfte die Augenlider und kontrollierte die Pupillen, dann prüfte er die Körperreflexe. Als er mit einem dünnen Spatel über die Fußsohle strich, zeigte Claudius tatsächlich eine Reaktion. Sie war zwar nur schwach, aber sie gab ihnen Anlass zur Hoffnung.

„Er soll auf einem Wagen herumgefahren werden. Heute habe ich große Hoffnung, dass er dadurch erwacht“, meinte er.

Kurz darauf wurde Claudius in mehrere Decken gehüllt auf ein Fuhrwerk gebettet. Während Theodosios neben ihm saß als es über das holprige Pflaster des Lagers hinaus in die Siedlung ging, lenkte ein Legionär den Wagen. Er ließ den schaukelnden Körper seines Herrn keine Sekunde aus den Augen und registrierte jedes Zucken mit einer gewissen Befriedigung. Die Sonne brach durch die Wolken und wärmte Claudius klamme Haut. Sie schien in sein Antlitz und er begann zu blinzeln. Für einen kurzen Moment öffnete er die Augen und sah Theodosios an.

Er beugte sich zu ihm hinab. „Weilt Ihr wieder unter den Lebenden?“

Claudius erwiderte nichts, aber auf seinem Gesicht zeichnete sich der Ausdruck des Wiedererkennens ab. Dann schlief er erneut ein. Theodosios ließ den Wagen wenden und sie kehrten ins Valetudinarium zurück. Dort angekommen schickte er einen Boten zu Marius, der nur wenig später den Kranken besuchte. Auch wenn Claudius wieder zu Bewusstsein gekommen war, musste das nicht bedeuten, dass er ganz genesen würde. Manchmal geschah es, dass die Patienten nach einem solchen Vorfall ihre Sprache oder ihr komplettes Gedächtnis verloren. Bangen Herzens warteten sie auf sein erstes Wort.

Zur gleichen Zeit wurden die Arbeiten auf dem Fluss wieder aufgenommen. Noch gestern waren der Senkkasten geborgen, die Lastkräne repariert und das Sühneopfer abgehalten worden. Glücklicherweise war es zu keinen schwerwiegenden Schäden gekommen, so dass sie mit dem Einschalen fortfahren konnten. Auch wenn Tullius auf die Mithilfe von Claudius und Marius verzichten musste, ging es zügig voran. Bereits um die Mittagszeit waren die Caissons des ersten Pfeilers gesetzt.

Nun kamen die Plattformen mit den großen Handpumpen

zum Einsatz. Lange Schläuche aus Leder wurden in die Verschalung hinuntergelassen und je vier Mann begannen zu pumpen. Die Arbeit war mühsam und die Arbeiter wurden regelmäßig ausgewechselt. Nach etlichen Stunden war der hölzerne Aufbau geleert und Arbeiter kletterten über Leitern hinein. Am Boden versanken sie knöcheltief im Schlick des Flusses, störten sich aber nicht sonderlich daran, denn sie hatten ihre Füße bis über die Knie hinauf mit Tierhäuten umwickelt, was ihnen einen gewissen Schutz gegen Nässe und Kälte bot. Sofort begannen sie mit Letten und Steinen den Zwischenraum zwischen Flussgrund und dem untersten Rand des Kastens abzudichten. Weitere Arbeiter dichteten die Fugen im Holz mit Werg ab. Erst wenn kein Wasser mehr eindrang, würden sie mit dem Bau des Pfahlrostes beginnen können.

Marius verweilte mit Theodosios weiterhin an Claudius' Bett. Sein Kopf schmerzte zwar immer noch, doch das verdrängte er. Inzwischen hatte er seine Scheu, mit einem Bewusstlosen zu reden, überwunden und berichtete ihm von dem Unfall, den er nur um Haaresbreite überlebt hatte. Dabei hielt er Claudius' Hand. Plötzlich spürte er, wie Claudius' Finger sie leicht drückten. Nun strich Marius mit seiner freien Hand über den Unterarm des Patienten. Dabei fiel ihm auf, wie blass und durchscheinend seine Haut geworden war. Sie erschien ihm dünn wie Papyrus und aufgrund des Flüssigkeitsmangels hatten sich tiefe Falten in ihr eingegraben. Claudius' Mund zuckte und er bewegte seine Lippen, dann öffnete er langsam seine Augen, deren Pupillen noch seltsam starr wirkten. Es dauerte einen Moment, bis er sein Gegenüber fokussieren konnte.

„Marius, Theodosios", sagte er mit krächzender Stimme. „Ich habe Durst!"

Theodosios hatte längst einen Löffel parat, mit dem er dem Kranken Wasser einflößte.

Marius war erleichtert, dass Claudius weder Sprache noch Gedächtnis verloren hatte. Nach mehreren Schlucken schloss er wieder die Augen. Vorausschauenderweise hatte Theodosios eine stärkende Fleischbrühe gekocht, die er auf einem kleinen Dreifuß warm hielt. Als der Kranke erneut die Augen aufschlug, fragte er ihn, ob er Hunger habe. Claudius nickte und Theodosios füllte einen Becher zur Hälfte mit der Brühe. Als die Flüssigkeit entsprechend abgekühlt war, hieß er Marius Kopf und Schulter des Patienten anheben und führte das Gefäß an seine Lippen. Claudius leerte es mit kleinen Schlucken, dann legte Marius ihn wieder zurück auf das Kissen. Kurz darauf schlief Claudius wieder ein, doch dieses Mal war es der Schlaf der Genesung.

Marius, der von der Sorge um Claudius befreit war, sich aber dennoch erschöpft fühlte, stand auf. Er hatte genug von Anschlägen aller Art und soeben eine schwerwiegende Entscheidung gefällt. Claudius war noch einmal mit dem Leben davon gekommen, er selbst hatte sein Versprechen Titus gegenüber erfüllt und war nun bereit, sein Geheimnis zu lüften. Er musste Philomenus einweihen.

„Ich muss mit Philomenus reden", meinte er zu Theodosios.

„Du weißt ja noch gar nicht, dass er selbst Opfer eines Anschlages wurde."

„Was ist passiert? Ist er tot?", fragte er erschrocken.

„Nein, aber er wurde letzte Nacht vergiftet. Bis jetzt hat er überlebt, nur weiß ich nicht, wie es ihm geht. Das musst du mit dem Medicus klären."

Marius war kurz davor, die Hoffnung zu verlieren. Philomenus, der Mann, dem er zwar am liebsten aus dem Wege ging, den er aber für unbestechlich und integer hielt, war selbst zur Zielscheibe geworden. Nun musste er ihn erst recht sprechen. Marius suchte den Medicus und erkundigte sich nach Philomenus' Befinden, doch er erhielt nur eine vage Antwort.

„Er ist noch ohne Bewusstsein!", behauptete dieser.

Marius blieb hartnäckig. „Ich muss mich selbst davon überzeugen! Ich habe etwas über den Unfall erfahren, das er unbedingt wissen muss", forderte er vehement, ließ aber den Arzt über seine wahre Absicht im Ungewissen.

Dabei erregte er sich so, dass der Medicus fürchtete, seine angegriffene Gesundheit könnte weiteren Schaden leiden. „Also gut, Ihr könnt Euch selbst überzeugen", beschwichtigte er.

„Claudius ist übrigens erneut zu sich gekommen. Vielleicht solltet Ihr nach ihm sehen."

Der Medicus begleitete Marius zuvor zum Zimmer von Philomenus. Dort gab er dem wachenden Assistenten Bescheid, den jungen Römer mit dem Patienten allein zu lassen, verlangte aber von dem Gehilfen, vor der Tür zu warten. Marius trat dicht an das Krankenbett, Philomenus lag da wie tot.

Zunächst traute Marius nicht, ihn anzureden, doch schließlich flüsterte er leise: „Seid Ihr wach? Ich bin es, Marius. Ich muss Euch dringend etwas mitteilen."

Ruckartig richtete sich Philomenus auf. „Endlich. Redet!"

Marius zuckte zurück, Philomenus wirkte nicht so, als hätte er vor kurzem noch gegen den Tod gekämpft. „Nun starrt mich nicht so an. Wie Ihr seht, geht es mir gut."

„Ich war an einen Eid gebunden, deshalb habe ich solange geschwiegen", rechtfertigte sich der junge Römer stammelnd.

„Es geht sicher um Titus!", riet Philomenus munter drauflos.

„Genau. Er lebte noch, als ich ihn fand. Er rang mir das Versprechen ab, mit keinem darüber zu reden. ‚Ne credideris alicui' waren seine eindringlichen Worte. Und er gab mir den Auftrag, eine Nachricht dem Kaiser zukommen zu lassen."

Dann erzählte er ihm ausführlich, wie er in deren Besitz gelangt war. „Es handelte sich um zwei Pergamentrollen, deren Inhalt ich nicht kenne, und um zwei falsche Denare."

„Und Ihr könnten den Mann nicht identifizieren, der in den Wagen eindrang?"

„Leider nicht. Aber er trug Sandalen mit Nagelsohlen."

„Ein Soldat also. Ihr wisst wirklich nicht, was in dem Schreiben stand?", beharrte Philomenus.

„Nein", beteuerte Marius.

„Ihr seid entschieden zu wenig neugierig. Und wo ist diese Botschaft jetzt?"

Über Marius' Gesicht huschte ein stolzes Lächeln. „Auf einem sicheren Weg nach Rom und sie wird Tiberius persönlich überreicht", sagte er und erklärte ihm, wie er das bewerkstelligt hatte.

„Ihr seid wirklich findig. Selbst ich hätte keine bessere Lösung gewusst."

Marius schaute Philomenus nachdenklich an. „Denkt Ihr, dass derjenige, der Euch vergiftete, derselbe Mann ist, der Titus ermordete?"

Nun grinste Philomenus zufrieden. „Ich weiß, dass es ein anderer war."

„Wie könnt Ihr so sicher sein?"

„Weil ich mir das Gift selbst verabreichte."

Marius war fassungslos. Wie konnte Philomenus nur auf eine solche Idee kommen?

„Es war eine reine Vorsichtsmaßnahme. Ich glaube zu wissen, wer hinter allem steckt. Nachdem es zu dem Unfall auf der Baustelle kam und ich gewisse Erkenntnisse erlangt habe, ist es an der Zeit zu handeln. Und dazu muss ich mich frei bewegen können."

Marius stierte ihn an, er verstand überhaupt nicht, worauf Philomenus abzielte. „Und das geht am besten wenn Ihr tot seid?", fragte er ungläubig. „Das ist doch widersinnig."

„Wenn jeder annimmt, ich sei tot, wiegen sich die Fälscher in Sicherheit und zeigen kein Interesse mehr an mir. Außerdem kenne ich die richtige Dosis des Giftes, mir wäre nichts geschehen. Versteht Ihr immer noch nicht, was ich vorhabe?"

Marius schüttelte begriffsstutzig den Kopf „Aber nun seid Ihr doch wieder gesund."

„Das wisst bisher nur Ihr und das sollen auch nur ausgesuchte Personen erfahren. Ich bin auf Hilfe angewiesen und nachdem Ihr Titus die Treue gehalten habt, werdet Ihr es bei mir sicherlich genauso tun."

„Ihr könnt auf mich zählen."

„Ist Theodosios loyal?"

„Unbedingt, aber ich weiß, dass er gewisse Vorbehalte gegen das Imperium und den Kaiser hat. Und Ihr arbeitet für Tiberius."

„Lasst das meine Sorge sein. Mir wird es schon gelingen, ihn zu überzeugen. Bald werde ich Euch in meinen Plan einweihen, bis dahin schweigt. Schickt mir bitte Theodosios und den Medicus."

Philomenus' Stimme klang ungewohnt freundlich und die unerbittliche Strenge der vergangenen Tage war verschwunden. „Nun geht, alles Weitere erfahrt Ihr später."

„Übrigens ist Claudius erwacht."

„Das ist eine gute Nachricht. Sorgt dafür, dass er nie allein ist. Es könnte sein, dass sein Angreifer fürchtet, erkannt worden zu sein und nicht will, dass er sich erinnert", warnte er ihn im Hinausgehen.

„Das werde ich tun."

„Ihr werdet übrigens auch bewacht", meinte Marius.

„Davon gehe ich aus."

XLVII: Derselbe Tag, Valetudinarium

Als Marius an Claudius' Bett zurückkehrte, war der Medicus noch anwesend. Er verband gerade wieder die Kopfwunde. „Er befindet sich auf dem Weg der Besserung. Seine Wunden heilen gut. Gebt ihm zunächst nur flüssige Nahrung und nicht zu viel auf einmal, sein Körper muss sich erst wieder daran gewöhnen", meinte er zu Theodosios, der zustimmend nickte. „Wie geht es Philomenus?", fragte er Marius.

„Er ist wach und bittet Euch und Theodosios zu ihm zu kommen."

„Dann hat er sich aber rasch erholt!", stellte der Medicus erstaunt fest.

„Ihr werdet Euch noch wundern", gab Marius ihnen mit auf den Weg.

Als die beiden Männer eintraten, saß Philomenus angekleidet auf seinem Bett.

„Ihr scheint wieder völlig hergestellt", sagte der Medicus, nachdem er den Puls gefühlt hatte. „Ihr könnt das Valetudinarium verlassen, wenn Ihr wollt."

„Zunächst meinen Dank an Euch, dass Ihr mich gerettet habt. Aber ich werde noch hier bleiben, denn ich plane anderes. Kann ich Euch vertrauen?"

Der Medicus nickte, doch Theodosios zögerte. Er befand sich im Zwiespalt. Philomenus war ein Vertrauter des Kaisers und wenn er mit ihm kooperierte, arbeitete er indirekt für Rom, was wiederum bedeutete, dass er seinen Schwur brechen musste.

Philomenus erkannte, dass der Grieche einen inneren Konflikt ausfocht. „Wollt Ihr denn keine Gerechtigkeit?"

Theodosios lachte hart. „Was ist schon Gerechtigkeit, wenn sie mit Füßen getreten wird? Ich habe mit einem Kaiser meine Erfahrungen gemacht und daraus meine Lehren gezogen."

„Tiberius ist nicht Augustus! Augustus ist tot. Und bedenkt, dass das Verhältnis zwischen Vater und Sohn nicht ungetrübt war! Ich kann Euch nicht zwingen, aber tut es für Claudius und Marius. Die beiden sind immer noch in Gefahr."

„Sagt Ihr das nur so dahin oder seid Ihr wirklich davon überzeugt?"

„Ich denke tatsächlich so. Erst wenn die Mörder gefasst sind, werden sie sicher sein."

Dieses Argument stimmte Theodosios milder. Er dachte an die Ereignisse der vergangenen Tage und an das Unheil, das über sie hereingebrochen war. Ein Unheil, das andere verursacht hatten. Beide hatten dem Tod ins Angesicht geschaut. Er wog das Für und Wider ab und warf seine Prinzipien schließlich über Bord. Die Freundschaft, die ihn mit den beiden verband, war größer als seine Verachtung für einen inzwischen verstorbenen Kaiser. Diejenigen, die das Leid zu verantworten hatten, sollten dafür auch zur Rechenschaft gezogen worden.

„Ihr habt mich überzeugt, ich stehe zu Eurer Verfügung."

„Das ist gut. Ich muss nämlich Eure medizinischen Kenntnisse in Anspruch nehmen“, meinte er geheimnisvoll und schilderte den beiden, was er vorhatte.

Theodosios und der Medicus hörten ihm aufmerksam zu. Sie zeigten sich erschüttert darüber, dass er den Giftanschlag auf sich selbst verübt hatte. Und das, was er als nächstes plante, klang noch verwirrender.

„Ich kann nur im Verborgenen agieren. Die Täter sollen glauben, ihr ärgster Widersacher sei aus dem Weg geräumt und sie kämen davon.“

„Ich ahne, worauf Ihr hinauswollt“, meinte der Medicus. „Ich soll Euren Tod bescheinigen!“

„Exakt.“

„Das bedeutet aber auch, dass es eine Beisetzung geben muss“, bemerkte Theodosios.

„Das lässt sich sicherlich mit Eurer Hilfe bewerkstelligen. Gibt es einen Trank, der mich so tief schlafen lässt, dass ich wie ein Toter erscheine?“, wandte er sich an den Griechen.

„Ja, den gibt es, aber seine Anwendung ist nicht ungefährlich. Wenn die Dosierung zu stark ist, könntet Ihr tatsächlich sterben. Sein Hauptbestandteil ist der Saft des Schlafmohnes.“

„Ich vertraue ganz auf Eure Kunst. Wie lange hält die Wirkung an?“

„Einige Stunden.“

„In dieser Zeit müssen mich Kommandant Cornelius und der Procurator zu Gesicht bekommen“, sagte er zum Medicus. „Außerdem brauche ich einen Unterschlupf für die Zeit danach. Eure Villa scheint mir recht geeignet“, meinte er zu Theodosios.

„Sie wird aber doch den ganzen Tag bewacht.“

„Eben! So kann niemand eindringen. Und ich weiß, dass es eine Möglichkeit gibt, sich ungesehen davonzuschleichen. Da müsst Ihr nur Marius und seinen Freund Primus fragen“, meinte Philomenus wissend. „Ihr braucht Euch nicht zu sorgen. Es wird niemandem etwas geschehen. Aber ich brauche Männer, denen ich vertrauen kann. Und die finde ich nicht in der Legion.“

„Wie ist das weitere Procedere?“, fragte der Medicus.

„Ihr lasst verlauten, dass ich nach einer kurzen Phase der Erholung einen Rückfall erlitten hätte und es mir deutlich schlechter gehe. Dazu muss ich auch wirklich krank aussehen, falls Cornelius oder Lucius Nepius mich zu sehen wünschen. Wenn möglich verhindert, dass einer der anderen Ärzte zu Rate gezogen wird.“

„Ich kann Euch eine Medizin verabreichen, die ähnliche Symptome auslöst wie bei Eurer Vergiftung. Selbst, wenn ein anderer

Medicus Euch sieht, käme er nicht auf den Gedanken, dass Eure Krankheit eine andere Ursache hat", versicherte ihm Theodosios. „Für den Schlaftrunk brauche ich bestimmte Ingredienzien. Wenn ich sie alle beisammen habe, ist der Sud schnell gebraut. Dann kann die Inszenierung beginnen."

„Ich verlasse mich auf Euch", beteuerte Philomenus.

„Wie gelangt Ihr ungesehen aus dem Lager?", erkundigte sich der Medicus.

„Das weiß ich noch nicht, aber wir werden schon eine Lösung finden."

Theodosios kehrte zum Krankenbett zurück. Da er nicht wusste, wie viel Zeit er für die Beschaffung der Zutaten benötigte, wollte er das direkt in Angriff nehmen. Der Medicus hatte ihm einige Adressen genannt, wo er die Drogen erstehen konnte, die sie in ihrer eigenen Apotheke nicht vorrätig hatten.

„Marius, kannst du bei ihm bleiben? Ich muss Besorgungen erledigen", sagte er verschwörerisch.

Marius, der sich nach dem Gespräch mit Philomenus besser fühlte, war gern dazu bereit. „Hat das mit Philomenus' Plan zu tun?"

„Genau, aber kein weiteres Wort", sagte Theodosios und legte den Finger auf seine Lippen.

In Claudius' Gegenwart wollten sie nicht darüber reden, er musste sich erholen und jede Aufregung sollte von ihm ferngehalten werden.

Der Grieche durchstöberte erst die Apotheke des Valetudinariums und nahm einige Kräuter und Essenzen mit, dann suchte er die Händler auf. Unterwegs vergewisserte er sich, dass ihm niemand folgte. Schließlich kehrte er zur Villa zurück und erklärte Lydia, dass Claudius mehrmals kurz erwacht war. Er müsse ihm allerdings eine stärkende Medizin brauen, wozu er ihre Küche benötige. Lydia räumte freiwillig das Feld und schon bald zogen Geruchsschwaden durch das Haus, die nicht unbedingt appetitanregend waren. Aber Lydia wagte nicht ihn zu stören, auch wenn dies bedeutete, dass die Cena verspätet auf den Tisch kam. Wenn nur Claudius wieder völlig genas!

Theodosios stellte beide Säfte gleichzeitig her. Die krankmachende Arznei war schnell gemischt, aber der Schlaftrunk musste einige Stunden einkochen und würde erst am späten Abend fertig sein. Theodosios überwachte den Vorgang genau und als die Medizin hergestellt war, füllte er sie in eine Phiole und verbarg diese in seiner Kammer. Die andere nahm er mit ins Valetudinarium und gab sie Philomenus, der sie am nächsten Morgen einnehmen wollte. Er erklärte ihm die Dosis, dann löste er Marius ab, der ziemlich erschöpft wirkte.

„Geht es dir gut?"

„Nicht sonderlich. Die Schmerzen in meinem Kopf sind wieder schlimmer geworden."

„Du weißt ja, wo das Mittel gegen die Schmerzen ist. Verdopple die Dosis vom letzten Mal und leg dich dann schlafen. Morgen erkläre ich dir alles Weitere."

„Claudius war mehrmals wach. Er hat sogar ein paar Worte geredet. Allerdings konnte er sich nicht entsinnen, was an jenem Abend geschah."

„Das ist eine normale, zeitlich begrenzte Amnesie. Viele Menschen verdrängen ein solch schreckliches Erlebnis. Vielleicht wird er sich nie mehr daran erinnern."

„Vale, Theodosios, ich wünsche eine angenehme Nacht."

„Das wünsche ich dir auch."

XLVIII: Vierzehnter Tag nach den Drususfestspielen, Mogontiacum

Claudius genas erstaunlich rasch. Zwei Tage nach seinem Erwachen bestand er darauf, das Bett zu verlassen. Zwar war er noch etwas wackelig auf den Beinen, aber mit der Hilfe von Theodosios und eines Gehilfe schaffte er die wenigen Schritte zum Fenster, wo ein Stuhl stand, auf dem er sich niederließ. Theodosios hüllte ihn in ein Laken ein und ließ frische Luft herein. Claudius atmete tief und fest ein.

„Es riecht nach Herbst", stellte er fest.

„Ja. Die Ernte ist inzwischen eingebracht und die Blätter der Bäume beginnen sich zu verfärben. Schmerzt Euer Kopf?"

„Nein, es geht mir gut. Ich bin nur noch etwas schwach und fühle mich alt."

„Wenn Ihr wieder bei Kräften seid, ändert sich das."

„Theodosios, ich bin alt! Schau dir meinen Körper an, er ist eingefallen, meine Haut ist faltig und mein Kinn wackelt. Aber das stört mich nicht. Ich bin froh, noch am Leben zu sein. Und nun erzähl mir, was geschah, seitdem ich hier bin", räusperte er sich und lehnte sich zurück.

Theodosios hatte durch das ständige Wachen am Bett des Kranken selbst nicht viel erlebt. Aber er berichtete von dem ermordeten Legionär, Marius' Unfall und dem Giftanschlag auf Philomenus.

Claudius konnte nur staunen, Mogontiacum schien ein wahre Brutstätte des Bösen zu sein. „Wie sieht es auf der Baustelle aus?"

„Darüber habe ich mit Marius nicht geredet. Das müsst Ihr ihn selbst fragen."

„Hilf mir wieder ins Bett, ich werde müde", meinte Claudius.

Kurz darauf schlief er ein. Theodosios nutzte die Gelegenheit und sah nach Philomenus. Im selben Tempo, in dem Claudius genas, verschlechterte sich dessen Zustand. Er fühlte sich zittrig und sein Gesicht hatte eine ungesunde Farbe. Ihm wurde ständig übel und er konnte keine feste Nahrung bei sich behalten.

„Diese Medizin ist überaus effektiv", stellte er matt fest.

„Ihr müsst viel trinken, damit ihr nicht zu schwach werdet", riet ihm der Grieche. „Wie lange wollt Ihr diese Komödie noch spielen?"

„Bis morgen. Dann kehrt die Centurie, der einer der Verdächtigen angehört, zurück."

„Verratet Ihr mir seinen Namen?"

„Nein, man soll Euch nicht anmerken, dass Ihr ihn kennt, falls Ihr ihm begegnet. Ist alles vorbereitet?"

„Ja. Lydia weiß, dass sie bald einen zusätzlichen Gast beherbergen muss."

„Kann ich ihr trauen?"

„Absolut, sie weiß auch, wer der Gast ist. Anfangs war sie nicht sonderlich angetan, da sie Euch für unhöflich hält. Aber als ich ihr versicherte, dass Ihr Claudius und Marius schützen wollt, zeigte sie sich versöhnlicher."

„Dann werde ich wohl an meinem Ruf arbeiten müssen, wenn ich bei Euch weile", entgegnete Philomenus.

Der Kommandant wurde über den sich verschlechternden Gesundheitszustand von Philomenus informiert. Und als der Medicus andeutete, dass er durchaus sterben könnte, zeigte sich Cornelius besorgt. Gemeinsam mit Lucius Nepius vergewisserte er sich, wie es um ihn stand. Ihre Sorge schien echt, denn sie wirkten sehr betroffen, als sie den Kranken besuchten. Philomenus sah auch wirklich erschreckend aus und befand sich anscheinend bereits im Delirium. Ob dem tatsächlich so war oder ob er nur eine gute schauspielerische Leistung bot, vermochte selbst der Medicus in diesem Augenblick nicht zu sagen.

„Unternehmt alles, um ihn zu retten", trug Cornelius dem Medicus auf. „Ich weiß nicht, wie ich dem Kaiser erklären soll, dass ein weiterer seiner engen Vertrauten direkt vor meinen Augen ermordet wurde."

„Auch meine Heilkunst stößt an ihre Grenzen, aber ich tue mein Bestes", versicherte er dem Kommandeur.

„Wisst Ihr denn, womit er vergiftet wurde?"

„Mir ist das ein Rätsel. Zunächst dachte ich, es sei eine Tollkirschenvergiftung, aber die müsste inzwischen längst auskuriert sein."

Nach diesem Besuch setzte Philomenus das Medikament ab und Theodosios verabreichte ihm ein Gegenmittel, so dass es ihm rasch besser ging. Marius, der immer noch nicht ganz in Philomenus' Plan eingeweiht worden war, ging an diesem Abend zu ihm. Als der Agent ihm seinen Plan erläuterte, wagte er es nicht ihn zu unterbrechen. Aber Marius war skeptisch. Ihm erschienen drei Personen zu wenig, um es mit einer ganzen Fälscherbande aufzunehmen. Deshalb schlug er Philomenus vor, Primus und Gesima hinzuzuziehen.

„Sind sie zuverlässig?"

„Absolut", meinte Marius, ohne eine Sekunde zu zögern.

„Nun ich vertraue Eurem Urteil, zumal ich weiß, wie eng Ihr befreundet seid."

Marius war überrascht. „Woher wisst Ihr das?"

„Mir sind nicht viele Eurer Schritte verborgen geblieben. Ich habe meine Informanten sowohl in Mogontiacum wie auch im keltischen Vicus."

„Und warum unterstützt uns keiner von ihnen?"

„Ich traue ihnen nicht ganz, sie könnten ein doppeltes Spiel treiben. Nur auf einen ist wirklich Verlass. Er heißt Agio. Ich kenne ihn seit Jahren. Falls mir etwas zustößt, wendet Euch an ihn. Wie ich hörte, soll Gesima eine außergewöhnliche Person sein."

„Sie weiß eben, was sie will."

„Und das bekommt sie in der Regel wohl auch. Wie damals, als Marcellus gefunden wurde. Auf Primus' Hilfe greife ich gern zurück, ob ich aber auch die von Gesima benötige, wird sich erst noch erweisen."

„Und Ihr plant Euren Tod für morgen früh?", wechselte Marius das Thema.

„Ja, Theodosios verabreicht mir den Trunk heute Nacht. Er bleibt bei mir und kontrolliert, dass es keine Probleme gibt."

Marius kam ein unangenehmer Gedanke. Was geschähe, wenn Philomenus tatsächlich stürbe? Wie ginge es dann weiter?

Der Agent schien seine Gedanken erraten zu haben. „Es wird alles gut verlaufen, mir geschieht nichts. Falls aber doch etwas Unvorhergesehenes eintritt, geht nur zu Agio und unternehmt keine weiteren Schritte. Ihr seid hier, um die Brücke zu bauen, nicht um Verbrecher zu überführen. Sobald ich wieder an meinem angestammten Posten bin, werde ich mir für den Kaiser eine gute Antwort über Eure Verstrickung in dieser Sache zurechtlegen müssen", lächelte er vielsagend. „Aber wer weiß, vielleicht tretet Ihr ja noch eine ganz andere Karriere als die eines Baumeisters an."

„Ihr seht mich als Agenten? Nein, das könnt Ihr Euch aus dem Kopf schlagen. Ich bleibe bei meinem Beruf."

„Das muss sich ja nicht gegenseitig ausschließen."

„Wie gelangt Ihr ungesehen in unser Haus?"

„Mit Hilfe von Claudius, aber das erfahrt Ihr, wenn es soweit ist. Er wird in wenigen Tagen entlassen und das werde ich mir zunutze machen ", deutete er an.

„Ich gehe ihn jetzt besuchen. Dafür, dass er so lange ohne Bewusstsein war, erholt er sich sehr schnell."

„Das ist wohl der guten Pflege von Theodosios zu verdanken."

Scota versuchte seit Tagen herauszufinden, wer die Person war, die nachts am Ufer des Rhenus Misteln schnitt. In Mogontiacum war ihm nichts zu Ohren gekommen, deshalb konzentrierte er sich nun auf die keltische Siedlung. Aber er tat sich ungewöhnlich schwer damit. Üblicherweise hatte er keine Probleme, gewisse Dinge in Erfahrung zu bringen, aber die Angehörigen seines Stammes mieden ihn, seitdem ihn der Stammesälteste vor mehreren Jahren wegen bestimmter Delikte aus der Gemeinschaft ausgeschlossen hatte. Nun war er ein Ausgestoßener, vor dessen Nase sich nahezu jede Tür des Dorfes schloss. Deshalb lebte er schon lange nicht mehr hier, sondern in Mogontiacum.

Dabei waren seine damaligen Verfehlungen im Vergleich mit den heutigen geradezu harmlos gewesen. Da er ehrliche Arbeit scheute, trotzdem aber viel Geld verdienen wollte, war er sich inzwischen für keine Schandtat zu schade. Nur den Mord an Titus hatte er als feige empfunden. Er hätte einen offenen Kampf bevorzugt, aber Sepius hatte den Quaestor in eine Falle gelockt. Dabei stammte die Idee nicht einmal von ihm, sondern war dem Hirn ihres Anführers entsprungen. Dieser Mann schien noch weniger Skrupel zu haben, als er selbst.

Scota unternahm einen letzten Versuch, die Identität des Beobachters zu erfahren. Er war mit einem alten Bekannten verabredet, der bis zu einem gewissen Grad mit ihm sympathisierte. Früher hatte er ihn ab und zu für kleinere Botendienste angeheuert und ihn gut dafür bezahlt, das dankte er ihm nun. Als es dunkel wurde, schlich Scota, in Mantel und Kapuze gehüllt, über eine Seitenstraße zu dessen Lehmhütte. Dabei kam er an einem Haus vorbei, aus dem die Schreie einer Frau erklangen. Es hörte sich an, als läge sie in den Wehen. Er blieb stehen und lauschte. Seine Vermutung schien sich zu bestätigen. Ein Mann rief den Namen eines Kindes und schickte es mit dem Auftrag los, Gesima zu holen.

Als er diesen Namen hörte, erinnerte er sich wieder daran, dass sich diese junge Keltin auf das Heilen von Frauenleiden verstand. Benötigte sie dazu nicht auch Misteln? Mit diesem Hintergedanken im Kopf suchte er seinen Kumpan auf. Bei einem Krug Cervisia erhielt er die Bestätigung. „Sie genießt einen untadligen Ruf als Geburtshelferin und Heilerin, auch wenn sie als eigenwillig gilt“, teilte ihm sein Zechgenosse mit.

Scota, der Blussus und jeden, der mit ihm in irgendeiner Beziehung stand, abgrundtief hasste, kam diese Neuigkeit gelegen. Er machte den Bootsführer für seinen Ausschluss aus der Gemeinschaft mitverantwortlich, denn sein Einfluss auf den Stammesältesten war nicht unerheblich und er hatte damals ausgiebig davon Gebrauch gemacht. Jetzt schien der Zeitpunkt gekommen, sich an ihm rächen zu können.

Scota hielt sich nicht mehr lange auf, sondern machte sich auf den Weg zu Crassus. Zwar konnte er nicht mit Bestimmtheit sagen, dass Gesima tatsächlich die gesuchte Person war, aber diese Information war besser als nichts. Wenig später saß er bei einem weiteren Krug Cervisia in der Taberna, in der er mit Crassus verabredet war.

„Die Person, die wir suchen, ist eine junge Keltin, die angenommene Tochter des Blussus“, behauptete er selbstsicher.

Diese Neuigkeit ließ Crassus aufhorchen. „Das ist ja interessant. Es dürfte kein Problem sein, mit ihr fertig zu werden. Mir ist bekannt, dass sie mit diesem Marius verkehrt. Sie besuchte ihn zweimal, einmal in seiner Villa, einmal auf der Baustelle. Und sie war anwesend, als Marcellus gefunden wurde.“

„Sie war diejenige? Man erzählt, sie hätte unbedingt die Leiche sehen wollen.“

„Ja, und sie ertrug den Anblick besser als ihr Bruder Primus.

Wir sollten sie im Auge behalten. Momentan haben wir wieder etwas Spielraum, da Philomenus außer Gefecht gesetzt ist. Und so wie es den Anschein hat, wird das auf Dauer auch so bleiben", sagte er und fuhr mit seiner ausgestreckten Hand quer über seine Kehle. „Er liegt im Sterben. Bis der Kaiser davon erfährt und einen neuen Agenten schicken, vergehen Wochen."

„Was geschieht mit der Frau?", wollte Scota wissen, in der Hoffnung, dass er zum Zuge käme.

„Momentan noch nichts. Sie hat ihr Wissen bisher niemandem mitgeteilt. Entweder sie ist nicht die Gesuchte oder sie ist sich der Bedeutung ihrer Beobachtung nicht bewusst."

„Wir können also weitermachen wie bisher?"

„Genau", grinste Crassus.

„Ich werde sie trotzdem beobachten. Sicher ist sicher."

XLIX: Fünfzehnter Tag nach den Drususfestspielen, gegen Abend, Valetudinarium

Als Sepius mit seiner Centurie der Legion XIV Gemina aus dem Manöver zurückkehrte, war Philomenus bereits ‚verschieden'. Sein ‚Tod' wirkte durchaus überzeugend. Der Puls schlug nur wenige Male in der Minute und seine Atmung war so schwach, dass nur das geschulte Auge erkannte, wenn er aus- oder einatmete. Seine Haut fühlte sich kalt an und seine Pupillen waren wie im Tod geweitet.

Vor der Aufbahrung des ‚Leichnams' wickelten ihn der Medicus und Theodosios in mehrere Laken ein, so dass die Atmung nun überhaupt nicht mehr auszumachen war. Sie beschwerten die Augenlider mit zwei kleinen Steinen, so dass eine eventuelle Bewegung der Augäpfel nicht auffiel. Den Rest seines wächsernes Antlitzes ließen sie frei, damit sich jeder von seinem Tod überzeugen konnte. Dann informierte der Medicus den Garnisonskommandanten, der sofort in Begleitung von Lucius Nepius erschien. Sie betrachteten den Toten lange und stellten sein Ableben nicht in Frage.

„Schade um ihn, er war ein guter Mann", sagte Lucius Nepius mit Bedauern.

„Da pflichte ich Euch bei. Wäre er noch am Leben, hätte er sicher die Verbrechen aufgedeckt."

Der Medicus meinte aus Cornelius' Stimme eine gewisse Befriedigung zu hören, aber sein Gesichtsausdruck ließ keinerlei Gemütsregung erkennen.

„Sein Tod kostet das Imperium wertvolle Zeit. Der Falschgeldberg wächst unterdessen weiter und die Währung verliert immer mehr an Wert", äußerte Lucius Nepius nachdenklich.

„Ich sende noch heute einen Boten an den Kaiser."

„Da meine Aufgabe hier nun so abrupt endet, werden meine Familie und ich sofort nach Rom reisen. Ich werde Tiberius persönlich über die kritische Situation informieren."

Cornelius wandte sich ab. „Ihr könnt nun sein Gesicht bedecken", sagte er zum Medicus. „Das Begräbnis findet morgen statt", legte Cornelius fest. „Werdet Ihr ihm beiwohnen?", fragte er Lucius Nepius.

„Natürlich erweise ich ihm diese Ehre."

Nur wenig später fand die Todesnachricht den Weg über den Rhenus. Crassus nahm sie mit Erleichterung auf. Heute Abend war ihm nach Feiern zu Mute. Er ging in eine Taberna und begoss diese frohe Botschaft mit mehreren Krügen Cervisia.

Als es dunkelte, weckte Theodosios den Scheintoten auf. Zuerst befreite er ihn von den Verbänden, dann flößte er ihm ein Antidot ein und hielt ihm eine scharf riechende Flüssigkeit unter die Nase, um seine Sinne anzuregen. Das Gegengift ließ sein Herz kräftiger schlagen und Philomenus kehrte ins Reich der Lebenden zurück. Anfangs waren seine Körperreaktionen noch deutlich verlangsamt, aber sein Verstand arbeitete präzise. Nach mehr als einer Stunde konnte er aufstehen und umherlaufen.

Bereits vor seinem Ableben hatten sie den Plan ausgearbeitet, wie er unbemerkt hinausgelangen konnte. Da Claudius' Genesung weit vorangeschritten war, konnte dieser morgen das Valetudinarium verlassen. Er würde mit einem Wagen zur Villa gebracht werden, auf dem sich auch Philomenus verstecken konnte.

Erfahrungsgemäß wurden Krankentransporte, die das Lager verließen, von den Wachposten an der Porta kaum kontrolliert. Schwieriger war es dagegen, die Wachen vor dem Haus der Architekten abzulenken. Aber da sie immer zu festen Uhrzeiten abgelöst wurden, würden sie genau diesen Zeitpunkt abpassen.

Ein Problem galt es noch zu lösen, denn für die Bestattung war unbedingt eine ‚Leiche' vonnöten. Aber Theodosios hatte gemeinsam mit dem Medicus bereits einen Ersatz konstruiert. Aus Decken, Laken und Schnüren hatten sie den Unriss einer menschlichen Gestalt geformt. Um dem Körper das entsprechende Gewicht zu verleihen und damit bei der Verbrennung des Leichnams auch der typische Geruch entstand, hatten sie große

Fleischstücke eines frischgeschlachteten Schweines hinzugefügt. Der Kopf des Tieres ersetzte das Haupt des angeblich Toten. Zuletzt hatten sie den Kunstkörper mit Binden und Laken umwickelt und ihn auf einer hölzernen Trage festgebunden. Als sie ihn anhoben, um das Gewicht zu prüfen, waren sie mit dem Ergebnis zufrieden. Niemand würde die Täuschung bemerken.

L: Sechzehnter Tag nach den Drususfestspielen, Mogontiacum

Claudius war inzwischen ebenfalls in ihren Plan eingeweiht. Er verstand zwar nicht alle Zusammenhänge, aber er verließ sich ganz auf Theodosios. Ihm war alles recht, wenn er nur wieder endlich in seinem eigenen Zuhause war und in den Genuss von Lydias Kochkünsten kam. Im Morgengrauen begannen sie mit den Vorbereitungen. Eine drei Fuß hohe Trage wurde mit Tüchern bedeckt, die so ausgebreitet waren, dass sie am Kopf- und Fußende und an den Seiten bis auf den Boden hingen. Claudius legte sich darauf und hüllte sich in ein Laken ein. Theodosios holte das Fuhrwerk und fuhr es so dicht wie möglich an den Eingang des Valetudinariums. Gemeinsam mit dem Medicus brachte er die Trage auf das Gefährt und fixierte sie, um ein Verrutschen zu verhindern.

Zu dieser frühen Stunde hatten die anderen Ärzte ihren Tagdienst noch nicht angetreten und der Medicus sorgte dafür, dass seine Assistenten anderweitig beschäftigt waren. In einem günstigen Moment, in dem der Flur verwaist war, huschte Philomenus unbemerkt aus dem Gebäude, kletterte auf das Fuhrwerk und zwängte sich unter das Gestell. Das alles geschah in wenigen Augenblicken. Theodosios umrundete das Fuhrwerk und vergewisserte sich, dass er auch nicht zu sehen war. Danach bestieg er den Kutschbock und lenkte den Wagen zur Porta Praetoria. Die Wachhabenden waren informiert, dass der Patient heute nach Hause gebracht wurde und als der Transport das Haupttor erreichte, schenkten sie ihm nur einen oberflächlichen Blick. Theodosios‘ Nervosität legte sich, nachdem diese erste Hürde überwunden war. Nun musste er nur noch Philomenus ungesehen in die Villa schmuggeln.

Sie erreichten das Anwesen kurz bevor der Wachwechsel anstand und der Grieche stellte den Wagen rückwärts vor der Haustür ab. Marius und Lydia positionierten sich so, dass der Eingang einigermaßen verdeckt war. Der Architekt verfolgte die Ablösung und gab in einem geeigneten Moment Philomenus das verabredete Zeichen, indem er an die Planke klopfte. Philomenus kroch unter der Trage hervor, sprang leise von der Ladefläche hinunter und rettete sich ins Hausinnere. Danach schafften Marius und Theodosios den Patienten hinein. Kaum schloss sich die Tür hinter ihnen, befahl Claudius ihn abzustellen.

„Ich will selbst gehen."

Lydia strahlte ihn an. „Wie ich sehe, seid Ihr schon wieder fast ganz der Alte. Habt Ihr Hunger?"

„Und ob! Ich habe Eure Kochkunst vermisst", meinte er.

Theodosios stützte ihn, als er unsicheren Schrittes ins Triclinium ging. In einem Lehnstuhl saß Philomenus, er lächelte Lydia zu, als sie das Frühstück auftrug. Sein Gesichtsausdruck war ungewohnt milde, jede Härte war aus seiner Miene verschwunden und die Antipathie, die sie für ihn bei ihrer ersten Begegnung empfunden hatte, fiel bei seinem Anblick von ihr ab.

„Ich bitte Euch, absolut nichts über meine Anwesenheit verlauten zu lassen und verspreche Euch, Eure Gastfreundschaft nicht länger als nötig in Anspruch zu nehmen", sagte er.

Nach dem Essen brachte Theodosios seinen Herrn in dessen Schlafgemach. Er versorgte die Wunden, die gut heilten und gab ihm eine stärkende Medizin. „Nach dem Begräbnis kommt der Medicus und schaut nach Euch. Ich werde mit Marius hingehen, denn Philomenus will wissen, wer alles bei der Bestattung anwesend ist."

Als Marius und Theodosios sich an der Begräbnisstätte einfanden, war die Trauergemeinde bereits versammelt. Neben dem Medicus, dem Procurator, dem Garnisonskommandanten, Tullius, den beiden Legionskommandeuren, den Militärtribunen und den Aquilifern waren noch einige Legionäre erschienen, die Marius nicht kannte. Er prägte sich ihre Gesichter ein, um sie Philomenus später beschreiben zu können. Zu seiner Überraschung entdeckte er Gesima und Primus, die über Gräberstraße kamen, und sich zu ihm gesellten. Ihr Erscheinen löste unter den Offizieren Überraschung aus. Sie rätselten, welcher Art ihre Beziehung zu Philomenus gewesen war, sodass sie an der Zeremonie teilnehmen wollten. Da sie aber mit Marius befreundet waren und die Familie des Blussus beim Kommandanten einen guten Ruf genoss, wagte keiner, sie anzusprechen. „Wir müssen nachher mit dir reden!", flüsterte Primus Marius verschwörerisch zu und zog so nur noch mehr Aufmerksamkeit auf die kleine Gruppe.

Marius blieb gelassen und ignorierte die kritischen Blicke, die ihnen zugeworfen wurden. „Dann begleitet mich nach Hause."

Der Priester sprach das Eröffnungsgebet und Schweigen senkte sich über die Anwesenden. Marius folgte der Prozedur nur oberflächlich, denn Philomenus hatte ihm eingeschärft, jede Reaktion der Anwesenden zu registrieren. Aber es geschah nichts von Bedeutung und keiner verhielt sich auffällig. Kommandant Cornelius hielt eine kurze Lobrede und betonte die Vorzüge, die der Verstorbene besessen hatte. Danach wurde der Scheiterhaufen entzündet und Philomenus' vermeintliche Überreste gingen unter dem Gejammer der Klageweiber den Weg alles Irdischen. Schließlich löste sich die Trauergemeinde auf.

Tullius kam zu Marius. „Der Tod von Philomenus ist wirklich tragisch. Wie ich hörte, verdächtigte er eine Person von hohem Rang. Er kam wohl der Wahrheit zu nahe. Ob der Mord an ihm jemals aufgeklärt wird?"

„Wahrscheinlich so wenig wie der an Titus. Hoffentlich hat das Töten jetzt endlich ein Ende", seufzte Marius.

„Wie ich sehe, habt Ihr Euch erholt? Wann werdet Ihr wieder auf die Baustelle kommen?"

„Die Beule am Kopf schmerzt noch bei bestimmten Bewegungen. Aber ich denke, dass ich in ein, zwei Tagen einsatzbereit sein werde. Claudius ist wieder zu Hause."

„Das ist eine erfreuliche Neuigkeit. Wenn er wieder ganz bei Kräften ist, besuche ich ihn."

„Tullius, könnt Ihr nicht veranlassen, dass meine Begleiteskorte abgezogen wird? Am besten noch heute. Ich denke nicht, dass mir noch Gefahr droht. In den letzten Tagen ist nichts Gravierendes mehr vorgefallen."

„Und was ist mit dem Unfall?"

„Das war ein Sabotageakt gegen den Brückenbau und nicht gegen mich."

„Wie Ihr meint. Aber warum werdet Ihr nicht persönlich bei Cornelius vorstellig?"

„Eure Meinung hat mehr Gewicht und wenn Ihr ihm versichert, dass Ihr meine Ansicht teilt, lässt er sich bestimmt schneller überzeugen."

„Ich werde es versuchen. Was ist mit der Bewachung Eures Hauses?"

„Die sollte vielleicht noch einige Zeit aufrecht erhalten bleiben, bis wir ganz sicher sind, dass endgültig Ruhe eingekehrt ist. Ich danke Euch", sagte er in der Hoffnung, dass seine Bitte

Gehör fand. In Wahrheit wollte Marius sich nur frei bewegen können, wenn sie ihren Köder auswarfen, dabei aber den Schutz ihrer Villa nicht aufgeben.

Gesima, Primus und Theodosios hatten etwas abseits gewartet und als Marius zu ihnen stieß, wollte Primus ihm gleich die Neuigkeiten erzählen, aber Marius unterbrach seinen Redefluss. „Warte, bis wir in unserem Haus sind. Vielleicht haben diese Gräber ja Ohren."

Seine Warnung war begründet, denn kaum gingen sie weiter, verließ der Treverer sein Versteck. Er hatte hinter einem großen Grabmonument gekauert und Gesima nicht aus den Augen gelassen. Seit gestern beobachtete er sie und auch wenn sich sein Verdacht bisher nicht bestätigt hatte, übte sich Scota weiterhin in Geduld. Es wunderte ihn, warum sie und ihr Bruder hier waren. Er ließ sich zurückfallen, dann folgte er ihnen in sicherem Abstand.

LI: Derselbe Tag, Villa der Architekten

Nach der Bestattung besuchte der Medicus Claudius, der gerade aus seinem erholsamen Mittagsschlaf erwacht war.

„Ihr habt den Transport unbeschadet überstanden, wie ich sehe."

„Und nicht nur ich", lächelte Claudius. „Philomenus ebenfalls. Wisst Ihr, ob Marius und Theodosios zurück sind?"

„Ja. Gesima und Primus sind mit ihnen gekommen."

„Dann lasst uns zu ihnen gehen."

Marius hatte seine Gäste ins Triclinium geführt. Er stellte Gesima Claudius vor, da die beiden sich bisher noch nicht begegnet waren. „Nehmt Platz. Ich muss Euch etwas zeigen, aber erschreckt nicht."

Er verließ das Zimmer, um Philomenus zu holen. Als er mit ihm eintrat, entfuhr Gesima ein Schreckenslaut. „Ihr seid gar nicht tot?"

Primus starrte ihn nur ungläubig an.

„Nein, es war aber notwendig, meinen Tod vorzutäuschen. Ich erkläre es Euch später."

„Nun erzählt, was so wichtig ist", forderte Marius die Kelten auf.

Primus schaute skeptisch in Richtung Medicus. Bisher hatte Marius die Mahnung des Quaestors befolgt, keinem aus der Legion zu vertrauen, aber nun verstieß er gegen diese Regel.

„Der Medicus ist eingeweiht, er hat uns bei allem geholfen. Also sprich!“, beruhigte ihn Marius.

Primus berichtete von ihrer Entdeckung auf der anderen Rheinseite. „Wir haben den Übergabeort der Falschmünzer entdeckt“, sagte er und beschrieb die Stelle.

„Ich kenne den Ort, auch ich war dort und fand sogar eine Münze“, äußerte Philomenus.

„Jemand hat uns allerdings beobachtet. Wir taten so, als seien wir ein Pärchen, das angelt“, meinte Primus.

„Habt Ihr die Person erkannt?“

„Nein, wir sahen nur ihren Umriss. Aber es war ein Mann und er hielt sich im Dickicht verborgen.“

„Sind Euch seitdem ungewöhnliche Dinge widerfahren?“

Beide schüttelten bestimmt den Kopf.

Marius zeigte sich besorgt. „Gesima, versprich mir, so etwas nicht wieder zu tun. Du riskierst dein Leben. Das gilt natürlich auch für dich, Primus. Ab jetzt sprechen wir alles gemeinsam ab, es gibt keine eigenständigen Erkundungen mehr.“

Eigentlich hatte Marius mit Widerspruch von Gesima gerechnet, aber sie war erstaunlich zurückhaltend und nickte nur stumm.

Philomenus schaute sie nachdenklich an. „Ihr verschweigt doch noch etwas“, meinte er auf gut Glück.

„Ich weiß nicht, ob es von Bedeutung ist, aber Scota zog in unserem Vicus Erkundigungen über Personen ein, die sich in Heilkunde auskennen. Ich erfuhr es von einer der Frauen, die ich betreue“, sagte sie mit leiser Stimme.

Primus fuhr an ihrer Stelle fort. „Dieser Mann ist gefährlich. Ich habe dich schon einmal vor ihm gewarnt, als er euer Haus beobachtete“, sagte Primus zu Marius.

„Scota?“, fragte Philomenus erstaunt.

Primus erzählte ihm alles, was er über den Mann wusste. Philomenus wurde nachdenklich. Bisher war er dem Treverer noch nicht begegnet, aber er war für ihn kein Fremder. „Ich kenne ihn dem Namen nach. Früher wurde er von unserer Seite als Spion eingesetzt. Aber seit längerem nicht mehr, denn er wurde immer unzuverlässiger und seine Informationen waren ohne Wert. Marius hat Recht, wenn er Euch bittet, vorsichtig zu sein“, belehrte er Gesima. „Warum denkt Ihr, dass er sich für Euch interessiert?“

Gesima schluckte schwer. Philomenus wusste noch nicht, dass sie die Person gewesen war, die Sepius und Servius beobachtet hatte. Sie fürchtete seine Reaktion, denn er war ein Mann des

Gesetzes. Auch wenn sie keine Druidin war, so konnte doch die Tatsache, dass sie Misteln schnitt, falsch gedeutet werden. Sie schaute unsicher in die Runde und knetete ihre Hände.

„Ihr müsst nichts befürchten. Es wird schon kein Sakrileg sein, das Ihr begangen habt", ermunterte Philomenus sie.

„Ich habe Euer Wort?"

„Das habt Ihr. Nun?"

„Ich war es, die in jener Nacht die Misteln schnitt und sah zwei Legionäre, die Seltsames taten."

Diese Neuigkeit ließ Philomenus aufhorchen. Er hielt aber Wort und ersparte sich einen Tadel. „Berichtet mir jede Einzelheit!"

„Schon seit längerem beobachte ich Lichtsignale, die von einer bestimmten Stelle am anderen Ufer kommen und von denen ich vermute, dass sie jemandem auf der hiesigen Seite gelten", meinte sie, bevor sie ihm die Vorgänge erzählte.

Philomenus hörte ihr geduldig zu. „Habt Ihr die Männer erkannt?"

Als Gesima sie beschrieb, lächelte Philomenus zufrieden. Ihre Schilderung passte auf Sepius. Seine Vermutungen wurden immer mehr zur Gewissheit.

„Es fügt sich alles zusammen. Ich weiß auch, wie wir die Verbrecher aus ihrem Versteck locken. Wir dürfen nicht mehr lange zögern. Lucius Nepius reist morgen ab und ich will, dass er das miterlebt."

„Ihr verdächtig ihn?", fragte der Medicus überrascht.

„Das habe ich nicht behauptet. Aber jemand in einer gehobenen Position beschützt die Falschmünzer."

„Ihr haltet Lucius Nepius für diesen Mann? Das erscheint mir wenig plausibel. Er residierte in Augusta Treverorum. Das ist viel zu weit entfernt."

„Er könnte zumindest ein Mitwisser sein und die Ermittlungen behindern und da spielt die Entfernung nur eine untergeordnete Rolle. Immerhin ist er ein Mann der Finanzen und kennt sich daher nur zu gut mit Geld aus. Vergesst das nicht!"

„Warum aber gehen sie für den Austausch nicht einfach über die Brücke, sondern setzen per Boot über?", rätselte Claudius.

„Der Hafenbereich wird von Benefiziariern bewacht. Zwar sind die Kontrollen nicht sonderlich streng, da sie nur dazu dienen, für Ruhe zu sorgen, aber die Wachen sind alle ehrgeizige Legionäre und nehmen ihre Aufgabe ernst. Sie könnten deshalb die Männer erkennen. Und vielleicht wäre früher oder später einer von ihnen misstrauisch geworden. Und da die Bande so wenig Aufsehen wie möglich erregen will, wählten sie vermutlich den beschwerlicheren, aber sichereren Weg", mutmaßte Philomenus. „Und nun beratschlagen wir über die weiteren Schritte. Claudius, Ihr bleibt aus verständlichen Gründen in der Villa. Aber Ihr seid derjenige, bei dem die Informationen zusammenlaufen, wenn wir anderen unterwegs sind. Gesima, Ihr eröffnet das Spiel und legt heute Abend den Köder aus, indem Ihr Eure nächtliche Beobachtung im Castrum publik macht. Dann kehrt Ihr wieder hierher zurück, ohne dass es von jemandem bemerkt wird. Der Medicus begleitet Euch, damit Euch unterwegs nichts geschieht. Wir anderen erledigen den Rest."

Gesima und der Medicus stimmten ohne Zögern zu, allerdings waren Primus und Marius mehr als besorgt. Sie bangten um Gesimas Leben. Wenn sie erst einmal in dem Praetorium war, befand sie sich in der Höhle des Löwen.

Aber, falls Philomenus' Theorie stimmte, gab es kaum eine andere Möglichkeit, den Kopf der Bande aus der Reserve zu locken. Sie mussten wohl oder übel darauf vertrauen, dass sein Plan nicht fehlschlug und Gesima wieder wohlbehalten in die Villa gelangte.

Lydia trat ein. „Es ist bald Abend. Wann soll ich das Essen zubereiten?", fragte sie.

„Am besten sofort", meinte Claudius.

Gesima erhob sich. „Ich helfe Euch dabei."

Lydia nahm ihre Hilfe gerne an. „Ich dachte an etwas Deftiges und wollte einen Eintopf mit lucanischen Räucherwürsten, kleingeschnittenem Schweinefleisch und Schinken machen. Es ist ein Rezept von Apicius und heißt Concicla Apiciana."

„Mir ist diese Speise unbekannt."

„Dann wird es Zeit, dass Ihr sie kennen lernt. Der Eintopf schmeckt sehr gut und hält den Hunger lange fern."

Die beiden Frauen verschwanden in der Küche, während die Männer sich ausruhten, um Kraft für ihr Vorhaben zu schöpfen.

Kurz vor dem Essen klopfte ein Legionär der Wache an der Haustür. Philomenus verbarg sich rasch in einem Gästezimmer, bevor Marius öffnete.

„Kommandant Cornelius hat Order gegeben, dass der Begleitschutz für Euch eingestellt wird. Die Bewachung der Villa bleibt aber bestehen", sagte er und kehrte auf seinen Posten zurück. Marius nahm diese Mitteilung mit Erleichterung auf. Bedeutete dies für ihn, dass er das Haus durch die Vordertür verlassen konnte und sich nicht heimlich davonstehlen musste. Auch Philomenus zeigte sich darüber erfreut.

Nachdem sie alle zusammen die Cena eingenommen hatten, setzten sie ihr Vorhaben in die Tat um.

„Gesima, Ihr solltet jetzt aufbrechen. Cornelius speist um diese Stunde meist im Kreis einiger Offiziere. Lasst Euch nicht wegschicken, beharrt darauf, ihm die Botschaft an Ort und Stelle zu übermitteln“, forderte Philomenus die junge Keltin auf.

Dann wandte er sich an den Medicus. „Falls Cornelius wider Erwarten allein speist, sorgt dafür, dass auch die Legionskommandeure, ihre Stellvertreter und die Aquilifer dazu geholt werden oder zumindest davon erfahren.“

Der Medicus nickte. „Ihr verdächtigt wirklich fast das gesamte Offizierskorps.“

„Je mehr wir aufscheuchen, umso größer die Aussicht auf Erfolg!“, entgegnete Philomenus bestimmt.

„Das lässt sich bewerkstelligen“, sagte der Medicus und erhob sich. „Kommt Ihr?“, fragte er Gesima.

Gesima folgte ihm, obwohl sie sich nun doch etwas bangefühlte.

„Keine Sorge, ich bleibe bei Euch“, versicherte er.

„Ich lasse Gesima nicht allein gehen!“, sagte Primus schnell.

„Das hatte ich fast erwartet“, bemerkte Philomenus. „Marius, Ihr sucht mit Theodosios den Procurator auf und berichtet ihm von Gesimas Entdeckung. Er hat euch gemeinsam bei der Bestattung gesehen und wird deshalb Eure Aussage nicht anzweifeln. Wenn er sich dennoch über Euer Anliegen wundert, behauptet einfach, Ihr hieltet es für Eure Pflicht, ihn sofort darüber in Kenntnis zu setzen. Nachdem Ihr die Botschaft überbracht habt, beobachtet das Haus. Wenn er es verlässt, folgt ihm. Theodosios kann mich im Notfall benachrichtigen, während Ihr Lucius Nepius weiterhin observiert. Ich warte hier, bis die Zeit reif ist.“

Die kleine Gruppe löste sich auf. Der Medicus, Gesima und Primus gingen zum Garnisonslager, Theodosios und Marius sattelten ihre Pferde und ritten dann zum Haus des Lucius Nepius. Fortuna war auf ihrer Seite, denn die Nacht war sternenklar und der Mond schenkte ihnen, obwohl er im Abnehmen begriffen war, ausreichend Licht.

Der Treverer hatte die ganze Zeit in sicherer Entfernung gewartet und wunderte sich, dass Gesima, Primus und der Medicus gemeinsam das Anwesen verließen. Diese Konstellation stimmte ihn nachdenklich und als sie den Weg zum Castrum einschlugen, warnte ihn eine innere Stimme. Rasch schwang er sich auf sein Pferd und galoppierte hinunter zum Hafen, wo er sich für den Abend mit Crassus verabredet hatte. Was sich hier ereignete, dürfte ihn ganz gewiss interessieren.

LII: Derselbe Tag, nachts, Castrum

Philomenus' Annahme bestätigte sich. Als der Medicus im Praetorium eintraf, speiste Cornelius mit den Offizieren. Es herrschte eine bedrückte Stimmung, denn sie waren sich bewusst, dass ein Verräter und Mörder unter ihnen weilte. Seit dem Giftanschlag misstrauten sie sich gegenseitig noch mehr und beargwöhnten jeden Schritt ihrer Kameraden. Auch wenn Philomenus tot war, änderte dies nichts an der Situation. Als er noch lebte, hatten sie ihn wegen seiner Verdächtigungen abgelehnt, jetzt aber machte sich Resignation breit. Sie fürchteten, dass die Verbrechen wohl nie aufgeklärt werden würden und konnten die Konsequenzen für sich und die Garnison nicht abschätzen.

„Wie geht es nun weiter?", fragte Kommandeur Crispus den Kommandanten.

„Ich weiß es nicht. Der Bote an Tiberius ist unterwegs. Wir werden wohl abwarten müssen."

„Das dauert Wochen und dieses Nichtstun wird dem Kaiser missfallen!"

„Meinst du, das wüsste ich nicht selbst?", erwiderte der Kommandant missgestimmt. „Ich wollte, das wäre endlich aus der Welt geschafft und wir könnten uns wieder ganz unseren Aufgaben widmen, ohne uns gegenseitig ständig zu verdächtigen."

In diesem Augenblick wurden der Medicus und seine Begleiter gemeldet. Cornelius zögerte keinen Augenblick und ließ sie eintreten.

Der Medicus stellte die Kelten vor und sagte dann: „Diese junge Frau hat eine wichtige Entdeckung gemacht."

„Salvete! Brauchen wir einen Übersetzer?" wollte der Kommandant wissen.

„Nein, wir sind beide Eurer Sprache mächtig", antwortete Primus rasch.

„Das ist gut. Es muss wichtig sein, wenn Ihr um diese Zeit erscheint", sagte der Kommandant und deutete mit einer Geste an, dass sie sich setzen sollten. „Wollt Ihr mit uns speisen?"

„Wir haben bereits bei Marius gegessen", ergriff Primus das Wort. „Meine Schwester hat Euch etwas mitzuteilen, das im Zusammenhang mit dem Fund der Feuerstelle unweit unseres Dorfes steht.“

Die Anwesenden unterbrachen die Mahlzeit und richteten sich auf. Alle Augen ruhten nun auf ihr.

Gesima, die züchtig zu Boden geblickt hatte, hob den Kopf und begann zu reden. „In dieser Nacht war ich beim Mistelschneiden. Ich versichere, dass ich keine druidischen Riten vollziehe. Sie dienen mir nur zur Arzneiherstellung“, meinte sie ängstlich.

Sie machte eine Pause und schaute zu Cornelius. „Ich werde darüber hinwegsehen“, beschwichtigte er und machte eine abwehrende Geste mit seiner Rechten. „Fahrt fort!“

Gesima atmete erleichtert auf. „Zwei Legionäre verbrannten Fischerwerkzeug und Kleidung und ließen ein Ruderboot zu Wasser und davontreiben. Im Schein des Feuers konnte ich ihre Gesichter sehen.“

„Sind sie Euch bekannt?“

„Nein, aber ich würde sie wiedererkennen. Zumindest den dunkleren der beiden.“

„Gut. Beschreibt sie uns.“

Gesima tat dies mit stockender Stimme. Primus studierte währenddessen die Gesichter der Offiziere und registrierte jede noch so kleine Regung. Aber sie alle hatten ihre Gefühle unter Kontrolle und auf keinem von ihnen entdeckte er Anzeichen des Erkennens.

Cornelius wandte sich an die Kommandeure. „Ermittelt diejenigen aus eurer Truppe, auf die die Beschreibungen passen. Ich weiß, dass einige dafür in Betracht kommen, aber dies ist unser einziger Ansatzpunkt.“ Zu Gesima sagte er: „Morgen Mittag wird es zu einer Gegenüberstellung kommen. Findet Euch dann hier wieder ein. Wünscht Ihr eine Eskorte für den Nachhauseweg?“

Primus, der dies mit allen Mitteln verhindern wollte, versicherte schnell, dass dies unnötig sei. „Außer den hier Anwesenden weiß niemand von diesem Gespräch. Ich denke nicht, dass uns von Euch Gefahr droht.“

„Seid Ihr zu Fuß?“

„Ja.“

„Dann geht zum Stallmeister und lasst Euch Pferde geben. Der Medicus zeigt Euch den Weg. Nun seid Ihr entlassen“, meinte der Kommandant ohne ein Wort des Dankes an Gesima zu richten.

Der Medicus begleitete sie nach draußen und führte sie zu einem der Pferdeställe. Dort verhandelte er mit dem Stallmeister.

Es dauerte einige Zeit, bis zwei entsprechende Tiere gefunden und gesattelt waren. Der Medicus brachte sie zur seitlichen Porta und ließ sie hinaus. „Soll ich nicht mit Euch kommen?"

„Nein, das ist nicht nötig. Ihr müsst doch sicher Eurer Arbeit nachgehen", meinte Primus.

„Allerdings. Bringt die Pferde morgen wieder mit, wenn Ihr zur Gegenüberstellung erscheint. Falls es dazu kommt ...", murmelte er noch leise und schaute ihnen nachdenklich hinterher, bis die Dunkelheit sie verschlang.

Gesima und Primus ritten ein gutes Stück weit und vergewisserten sich, dass niemand ihnen folgte. Dann änderten sie ihre Richtung und kehrten durch die schmalen Gassen der Canabae zur Villa der Architekten zurück.

Gesimas Aussage hatte unter den Offizieren für Aufruhr gesorgt und gewisse Erwartungen geweckt. Jetzt, da sie eine glaubwürdige Zeugin hatten, konnten die Ermittlungen vielleicht doch noch zu Ende gebracht werden. Wenn die Identifizierung positiv ausfiele, kamen sie einen gehörigen Schritt voran. Die Kommandeure, ihre Stellvertreter, aber auch die Aquilifer ergingen sich in Spekulationen, an denen Cornelius sich allerdings nicht beteiligte. Kaum waren der Medicus und die Kelten gegangen, verließ er ohne Begründung und raschen Schrittes den Raum. Auf seinem Gesicht zeichneten sich Sorgenfalten ab. Nur wenig später löste sich die Tischrunde ganz auf.

„Hoffentlich ist diese Sache bald geklärt", seufzte Vincius auf dem Weg in sein Quartier.

„Das hoffe ich auch. Ich habe von diesen ganzen Intrigen genug", entgegnete Crispus.

„Intrigen wirst du nie ausrotten, sie werden weit länger bestehen als Rom", bemerkte Vincius mit einem harten Lacher.

LIII: Dieselbe Nacht, Villa des Lucius Nepius

Zum gleichen Zeitpunkt erfolgte eine Unterredung zwischen Marius und Lucius Nepius. Auch der Procurator und seine Familie speisten gerade, als der Hausdiener Marius und Theodosios in das Triclinium führte. Julia saß wie üblich in einem Sessel und kaute gelassen auf einem Stück Brot, das mit Moretum bestrichen war. Doch ihr bohrender Blick, den sie Marius zuwarf, sprach Bände. Wahrscheinlich spürte sie, dass er der Überbringer einer schlechten Nachricht war. Aber er ignorierte sie, Julia spielte in seinem

Leben keine Rolle und ihre Meinung war ihm gleichgültig.

„Ich bitte Euch um eine Unterredung. Allein“, sagte Marius, mit einem Seitenblick auf die beiden Frauen, woraufhin sich Julias Miene noch mehr verdüsterte.

Mit einem Schlag verschwand der gelangweilte Ausdruck aus ihrem Gesicht und eine kleine Zornesfalte zwischen ihren zartgeschwungenen Brauen war zu erkennen. Sie ahnte wohl, dass die morgige Abreise gefährdet sein könnte.

Lucius Nepius, erstaunt über dieses Ansinnen, erhob sich und führte beide in den Raum, der als Dienstzimmer fungierte. Mit knappen Worten schilderte Marius Gesimas Entdeckung. Lucius Nepius hörte interessiert zu und blieb erstaunlich gelassen. Er wirkte auf Marius wie ein Mann, der sich eine baldige und vor allem endgültige Lösung eines Problems erhofft. „Das ist endlich eine gute Neuigkeit. Weiß schon der Kommandant davon?“

„Gesima hat ihn aufgesucht und Bericht erstattet.“

„Er wird hoffentlich eine Gegenüberstellung veranlassen. Ich werde die Abreise wohl etwas verschieben müssen. Das gefällt zwar weder meiner Frau noch meiner Tochter, aber falls es zu einer Verhaftung kommt, kann ich den oder die Täter direkt dem Kaiser überstellen. Ich danke Euch, Marius“, sagte er und klopfte ihm anerkennend auf die Schulter. „Ich will nun offen zu Euch reden. Lange Zeit hegte ich den Verdacht, dass Ihr etwas verschweigt. Das beeinflusste mein Verhalten Euch gegenüber. Falls ich es an Respekt mangeln ließ, seht mir das nach.“

Diese großmütigen Worte beschämten den jungen Römer. Wenn einer von ihnen Respektlosigkeit an den Tag gelegt hatte, dann war er das gewesen. Es sprach für Lucius Nepius‘ Charakter, dass er bereit war, Fehler einzugestehen und sich zu entschuldigen.

„Ihr habt mich nie abschätzig behandelt, und dass Ihr in dieser Situation jeden verdächtigt, ist nachvollziehbar.“

„Ich werde meine Entscheidung, die Abreise zu verschieben Serena und Julia mitteilen“, sagte er und wollte Marius und Theodosios zur Tür begleiten.

Doch dazu kam Lucius Nepius nicht. Julia hatte ihre altbewährte Methode angewandt und gelauscht. Wutentbrannt stürmte sie in das Zimmer und baute sich vor Marius auf. Sie stützte die Arme in die Seiten und geiferte ihn an. „Ich verfluche dich, Marius, und die ganze Brut in Mogontiacum. Mögest du in der Hölle schmoren und mögen dich Folterqualen stündlich heimsuchen, schlimmer als Tantalus sie im Tartaros ertragen muss. Möge diese Siedlung im Erdboden versinken und ihr Name in Vergessenheit geraten ..."

Weiter kam sie nicht, denn Lucius Nepius gab ihr eine schallende Ohrfeige. „Das hätte ich schon früher tun sollen. Was erdreistest du dich, mich, den Pater familias, zu belauschen und unsere Gäste so despektierlich zu behandeln? Du entschuldigst dich auf der Stelle!"

Julias Zorn war noch nicht verraucht. Auf ihrer Wange zeichnete sich deutlich der Handabdruck ihres Vaters ab, aber in ihrer Wut spürte sie den Schmerz nicht. Immer noch starrte sie Marius hasserfüllt an. Er fürchtete schon, sie würde ihm ins Gesicht speien, aber ihre Mutter war inzwischen herbeigeeilt, fasste sie am Arm und redete beruhigend auf sie ein. Erst jetzt kam sie etwas zur Besinnung. Danach kam sie der Aufforderung ihres Vaters nach und stammelte eine Entschuldigung, aber ihre Worte klangen hohl. Schließlich wandte sie ihnen den Rücken zu und verließ schluchzend das Zimmer.

„Wir waren wohl etwas zu nachsichtig mit ihr. Verzeiht bitte, ihr Verhalten ist unserer Familie nicht würdig."

Marius und Theodosios akzeptierten die Entschuldigung und verließen das Anwesen. Draußen suchten sie Deckung und warteten, was geschehen würde. Nach einiger Zeit vernahmen sie Hufgetrappel und sahen den Procurator, der in wildem Galopp davonpreschte. Theodosios und Marius folgten ihm, trennten sich aber am Forum. Der Grieche ritt zur Villa, um Philomenus zu informieren, während Marius dem Procurator hinauf zum Lager folgte. Lucius Nepius wurde augenblicklich eingelassen, doch Marius verbarg sich unweit der Porta Praetoria und wartete. Bald stieß Theodosios wieder zu ihm.

„Was meint Philomenus?"

„Wir sollen weiter auf dem Posten bleiben. Er vertraut deinem Instinkt."

LIV: Dieselbe Nacht, Hafenbezirk von Mogontiacum

In der schmierigen Taberna im Hafen brüteten Crassus und Scota über einem Krug Cervisia, wie es weitergehen sollte.

„Kaum haben wir eine Sorge weniger, gibt es neue Probleme", seufzte Crassus.

„Droht uns denn von Gesima Gefahr? Sie ist eine Peregrine keltischer Herkunft", versuchte Scota abzuwiegeln.

„Natürlich! Aufgrund deiner Beobachtung können wir wohl annehmen, dass sie den Kommandanten aufsucht. Wäre ihre Mitteilung ohne Bedeutung, würde sie das nicht tun. Vermutlich hat sie in jener Nacht einen der beiden Schwachköpfe erkannt. Du kennst Sepius! Wenn es für ihn brenzlig wird, handelt er ohne zu zaudern."

„Denkst du, er wird uns ausliefern?"

„Sepius? Nein, damit würde er verraten, dass wir gemeinsame Sache machen."

„Ihn meine ich nicht", entgegnete Scota und spielte auf ihren Hintermann an.

Crassus grübelte einen Augenblick. „Höchstwahrscheinlich. Er kennt uns, wir aber nicht ihn. Das macht es für uns gefährlich. Wenn es für ihn eng wird, opfert er uns, um sich zu retten. Wir müssen geeignete Maßnahmen zu unserem Schutz ergreifen."

„Ich könnte Gesima mundtot machen."

„Das ist jetzt reine Zeitverschwendung. Ich kehre nach Hause zurück und treffe gewisse Vorkehrungen. Lass uns noch diese Nacht abwarten. Sepius meldet sich bestimmt bald. Vor morgen geschieht sicher nichts. Er erhält die Informationen doch immer aus erster Hand und wird uns dann neue Anweisungen geben. Wenn er sich allerdings bis morgen Mittag nicht mit uns in Verbindung setzt, riskiere ich nichts und verschwinde. Das solltest du auch tun, wenn dir deine Haut lieb ist."

„Mich hält hier nichts. Das, was mir wichtig ist, trag ich am Leib und mein Geld habe ich rasch geholt. Ich gehe zum Treffpunkt, falls Sepius kommt. Vielleicht ist alles ja nur falscher Alarm."

LV: Dieselbe Nacht, Castrum

Der Mann, über den Crassus und Scota in diesem Moment sinnierten, verfolgte sein eigenes Ansinnen und die beiden spielten darin keine wichtige Rolle mehr. Nun, wo es eine Zeugin gab, die behauptete, einen der Legionäre wiedererkennen zu können, musste er handeln.

Während der letzten Tage hatte er einen Plan ausgearbeitet, der seine Rettung garantierte, diesen aber nach dem Tod von Philomenus zurückgestellt. Aufgrund des Gesprächs war es aber nun doch an der Zeit, ihn umzusetzen. Er schickte nach Sepius, damit er ihm bei der Umsetzung half.

Wenig später stürmte Lucius Nepius ins Praetorium und forderte, den Kommandanten zu sehen. Kaum wurde er vorgelassen, ergoss er sich in einer Schimpftirade. „Warum erfahre ich von dieser Zeugin nicht durch Euch, sondern aus anderer Quelle? Seht Ihr es nicht als Eure Pflicht an, mich als Ersten zu informieren?"

„Ich habe soeben erst davon erfahren und bin gerade dabei, ein Schreiben an Euch aufzusetzen. Hier, überzeugt Euch", sagte er und schob ihm ein Pergament hin, das zur Hälfte beschrieben war.

Lucius Nepius überflog die Zeilen. „Warum kamt Ihr nicht persönlich zu mir, um mich zu unterrichten oder schicktet einen Boten?"

„Ich habe meine Gründe und bin nicht bereit, mit Euch darüber zu diskutieren. Ich bin der Verwalter dieser Garnison und der Hauptverantwortliche. Es gibt Prioritäten, nach denen ich handeln muss."

Welche das waren, sagte er nicht. „Woher wisst Ihr von Gesimas Aussage?"

„Marius, der Gesima und Primus nach der Beerdigung zu Besuch hatte, kam zu mir. Die jungen Leute tauschten sich untereinander aus."

„Sie war in Begleitung Ihres Bruders und des Medicus. Welche Rolle spielt er wohl dabei?", kam es Cornelius erst jetzt in den Sinn.

„Er wird nach Claudius gesehen haben. Immerhin ist er sein Patient. Aber fragt ihn doch selbst. Wo ist Gesima jetzt?"

„Ich nehme an zu Hause."

„Ihr gabt ihnen doch Geleitschutz?", fragte der Procurator schnell.

„Nein, das lehnten beide strikt ab."

„Ihr befürchtet nicht, dass der jungen Frau noch in dieser Nacht etwas zustoßen könnte? Immerhin ist ihre Aussage von einiger Bedeutung."

Cornelius tat erstaunt. „Warum sollte ihr etwas geschehen? Bisher wissen doch nur ein paar Offiziere und wir davon."

„Eben. Das ist ja das Gefährliche. Philomenus vermutete einen Verräter in Euren Reihen. Auch mich hat er verdächtigt."

„Ihr glaubtet ihm? Ich hielt seine Annahmen immer für übertrieben", wiegelte er ab.

Lucius Nepius schaute Cornelius nachdenklich an. Der Kommandant hatte einen wichtigen Posten inne, der politisches Kalkül, Weitsicht, ein gewisses Maß an Bodenständigkeit und Führungsstärke erforderte. Diese Tatenlosigkeit passte nicht zu einem Mann mit solcher Verantwortung. Sollte er nach eigenen Prämissen handeln, die konträr zu denen des Imperiums standen?

„Nachdem Philomenus seinen Verdacht erstmals äußerte, bin ich ihm sehr gewissenhaft nachgegangen. Ich habe nichts gefunden, was ihn rechtfertigen würde", fuhr Cornelius fort.

„Vielleicht habt Ihr nur das zu sehen bekommen, was Ihr sehen solltet. Immerhin wurde Philomenus im Offizierskreis vergiftet."

„Das ist nicht bewiesen. Er könnte das Gift auch kurz vor dem Essen verabreicht bekommen haben. Ich dulde diese kollektiven Verdächtigungen nicht!", beharrte er mit fester Stimme.

Lucius Nepius erkannte, dass er nichts erreichen würde, da Cornelius in dieser Angelegenheit stur auf seiner eigenen Meinung beharrte. Er beschloss, sich selbst zu vergewissern, ob es Gesima gut ging. Aber er würde den Kaiser über das absonderliche Verhalten des Kommandanten unterrichten, sobald er wieder in Rom war. „Ich warte die Entwicklung der Dinge ab und verschiebe deshalb meine Abreise um eine Woche", meinte er im Gehen.

„Tut, was Ihr für richtig haltet."

Lucius Nepius handelte unverzüglich. Die Untätigkeit des Kommandanten konnte er nicht akzeptieren. Deshalb ritt er zur Villa der Architekten, um sich dort nach dem Weg zum Haus des Blussus zu erkundigen, da er nicht wusste, wo er es finden konnte. Bevor Lydia die Tür öffnete, verbargen sich Philomenus, Primus und Gesima im Gästezimmer.

„Wollt Ihr Euch von Claudius verabschieden?", fragte sie den nächtlichen Besucher.

Dieser Vorwand kam ihm gelegen. Die Frau musste den wahren Grund seiner Anwesenheit nicht erfahren.

Er bejahte und sie führte ihn zu Claudius, der auf einer Kline ruhte.

„Darf ich Euch etwas anbieten?", fragte er den Procurator.

„Verzeiht, aber ich habe wenig Zeit. Wie ich sehe, scheint Ihr rasch zu genesen. Das freut mich. Ich hörte von Gesimas Entdeckung und muss unbedingt mit ihr reden. Da ich mich in der keltischen Siedlung nicht auskenne, bitte ich Euch, mir Theodosios als Führer mitzugeben."

„Ich bedaure, aber er ist noch nicht zurückgekehrt und ich weiß nicht, wo er sich befindet. Doch Ihr könnt das Haus gar nicht verfehlen, es ist die größte Villa im Vicus", sagte Claudius.

„Vale, Claudius. Vor meiner Abreise besuche ich Euch nochmals“, meinte Lucius Nepius und verließ ihn wieder.

Unterdessen erhielt Sepius zwei Aufträge. Obwohl die Situation sich gefährlich zuspitzte, zeigte der Hispanier während des Gespräches keine Anzeichen von Beklemmung. Im Gegenteil, ihn schien die Entwicklung zu stimulieren. Er würde die Sache noch heute Nacht bereinigen, diese Keltin käme nicht mehr dazu, ihn zu identifizieren. Zärtlich strich er über sein Kurzschwert. Nie hätte er gedacht, dass es so schnell wieder zum Einsatz kommen würde. Aber zuerst musste er Scota und Crassus aufsuchen.

Theodosios war Lucius Nepius gefolgt, während Marius weiterhin vor dem Lager ausharrte. Erstaunt über das Ziel des Procurators wartete der Grieche, bis dieser die Villa verließ, und trat dann ein, um sich von Philomenus neue Anweisungen zu holen. Inzwischen hatten sich alle drei wieder im Triclinium eingefunden.

„Die Dinge beginnen sich zu entwickeln“, bemerkte Philomenus frohlockend. „Die Angel ist ausgeworfen. Lucius Nepius ist bereits aufgeschreckt und verhält sich so, wie ich vermutete. Da wir wissen, was sein Ziel ist, braucht Ihr ihm nicht zu folgen. Primus wird Euch jetzt begleiten. Geht zu Marius und konzentriert Euch wieder auf das Lager. Ich denke, dass dort bald etwas geschieht. Holt mich, sobald es vonnöten ist, aber nicht vorher! Ich will mich erst zeigen, wenn es unausweichlich ist. Es ist wie im Krieg, das Überraschungsmoment birgt Vorteile. Wir müssen zuschlagen, wenn der Gegner es am wenigsten erwartet. Ich vermute, dass das letzte Gefecht am rechten Ufer stattfindet“, deutete er geheimnisvoll an.

Gesima nahm ihren Bruder in den Arm. „Pass auf dich auf und auf Marius!“

„Keine Sorge, uns geschieht nichts“, versicherte er ihr, obwohl ihm doch etwas bange war.

Theodosios und Primus ritten davon und fanden Marius in seinem üblichen Versteck nahe der Porta Praetoria. Sie banden ihre Pferde an und hofften, dass sie ruhig blieben. Zwar barg ihre Anwesenheit ein gewisses Risiko, aber sie waren bei einer eventuellen Verfolgung auf die Tiere angewiesen. Flüsternd berichteten sie, was sich inzwischen ereignete hatte.

Doch Marius unterbrach sie. „Still!“, zischte er. „Da kommt Sepius. Er ist zu Fuß.“

Sie drückten sich noch tiefer in das Gebüsch und ließen ihm etwas Vorsprung. „Primus und ich folgen ihm ohne die Pferde. Sie machen zu viel Lärm. Theodosios, du informierst Philomenus und nimmst die Tiere mit. Ich glaube, ich weiß, welche Richtung er einschlägt. Er geht in die Taberna „Zum Thor"", sagte er und schilderte dem Griechen den Weg. „Dorthin bin ich ihm schon einmal gefolgt. Dieses Mal entwischt er mir allerdings nicht."

Theodosios wartete ab, bis sie außer Sichtweite waren, dann ritt er zur Villa zurück.

Unterdessen folgten Marius und Primus dem Hispanier, der tatsächlich zunächst den Weg zur Taberna nahm. Doch bald änderte er unvermittelt die Richtung und beschleunigte seine Schritte. Seine Verfolger mussten sich sputen, um ihn nicht zu verlieren. Schließlich gelangten sie in einen Bezirk, der Marius unbekannt war.

„Das hier ist eine der finstersten Gegenden von Mogontiacum. Hier verkehrt nur fragwürdiges Volk. Wir sollten achtsam sein", belehrte ihn Primus. „Hast du eigentlich eine Waffe dabei?"

„Einen Dolch. Und du?"

„Ich auch. Hoffentlich benötigen wir unsere Waffe nicht. Sehr effektiv sind unsere Waffen ja nicht."

„Das wird sich zeigen."

Je weiter sie in das Viertel vordrangen, umso unerträglicher wurde der Gestank. Marius war hier bislang noch nicht gewesen. Es roch nach Fischabfällen, Abwässern und Exkrementen. Doch sie schenkten ihrer Umgebung kaum Beachtung. Sepius bewegte sich mit einer Sicherheit, als wäre er hier geboren und dies sein Zuhause.

„Er nimmt eine Abkürzung zum Fluss", stellte Primus wenig später fest. „Bald sind wir am Ufer."

„Da ist die Luft hoffentlich erträglicher", keuchte Marius.

LVI: Dieselbe Nacht, Ufer des Rhenus

Kurz darauf erreichten sie tatsächlich den Rhenus. Sie stellten fest, dass sie sich ein gutes Stück außerhalb der Siedlung an einem verwaisten Uferstreifen befanden. Eine langgezogene Insel lag inmitten des Stromes ihnen genau gegenüber. Sepius schaute sich um und ließ einen gellenden Pfiff ertönen. Marius und Primus verbargen sich hinter Gestrüpp und verfolgten von dort das Geschehen. Sepius blieb nicht lange allein, ein Mann kroch umständlich die Uferböschung hoch und legte ihm zur Begrüßung die Hand auf die Schulter. Er hielt eine Laterne in der Hand, die ihm Licht spendete und leuchtete dem Hispanier damit ins Gesicht.

„Das ist Scota. Sie scheinen sich gut zu kennen. So wie er wankt, ist er wohl betrunken“, bemerkte Primus.

Der Hispanier nahm dem Treverer die Lichtquelle ab und stellte sie neben sich auf den Boden. Die Männer unterhielten sich angeregt aber so leise, dass Marius und Primus nicht verstehen konnten, was sie sagten. Zunächst verlief alles friedlich, aber plötzlich änderte sich der Ton. Ihre Stimmen wurden lauter und der Wind trug einige Wortfetzen zu ihnen hinüber. Scota trat zwei Schritte zurück und machte eine Geste, deren Bedeutung unmissverständlich war. Er rieb Zeige- und Mittelfinger seiner rechten Hand am Daumen, während seine linke Hand auf seine Börse klopfte, die am Gürtel hing. Doch Sepius schüttelte nur den Kopf. Er schien erzürnt, denn er erhob seine Stimme und so hörten sie die beiden Lauschenden den Namen „Crassus“ und „Mattiacorum“.

Dann geschah alles sehr schnell. Ohne Vorwarnung zog Sepius sein Kurzschwert aus der Scheide und stieß es dem überraschten Scota in den Bauch. Er traf ihn an genau der Stelle, wo auch Titus seine tödliche Verletzung erlitten hatte. Marius und Primus wurde in diesem Moment bewusst, dass sie den Mörder des Quaestors vor sich hatten. Der Treverer wurde von dem Angriff so überrumpelt, dass ihm keine Zeit zur Gegenwehr blieb. Seine Arme verloren an Spannung und hingen schlaff herab. Mit geöffnetem Mund und weit aufgerissenen Augen starrte Scota erst in das grinsende Gesicht seines Gegenübers, dann auf die Waffe in seinem Bauch. Der Treverer wollte einen weiteren Schritt zurück machen, doch Sepius ließ das nicht zu. Er schien die Situation zu genießen. Mit der einen Hand hielt er sein Opfer an der Schulter fest, mit der anderen stieß er die Waffe noch tiefer in dessen Körper.

Marius fasste den Arm seines Freundes. „Wir müssen hier weg“, flüsterte Marius. „Wenn er uns entdeckt, sind wir auch bald tot. Los komm!“

Doch Primus war wie gelähmt. Er starrte noch immer auf das mörderische Szenario und beobachtete, wie Scota in die Knie ging. Erst jetzt zog Sepius das Schwert aus dem Bauch und der Verwundete sackte vornüber zu Boden. Sepius wischte sein Schwert an dessen Rücken ab und steckte es in die Scheide. Dann gab er ihm einen Tritt und der Körper rollte bis an den Abhang.

Nun war es höchste Zeit zu verschwinden. Während Sepius sich weiterhin am Sterben des Treverers ergötzte und ihn schließlich ganz die Böschung hinunterstieß, zog Marius Primus mit sich, der endlich aus seiner Starre erwachte. Sie rannten ein gutes Stück, bis sie sich in Sicherheit glaubten. Außer Atem hielten sie schließlich an.

„Was tun wir jetzt? Philomenus informieren?", stammelte Primus leichenblass.

„Das dauert zu lange. Wir dürfen ihn nicht aus den Augen verlieren. Sie redeten doch über das Castellum Mattiacorum. Du wirst sehen, das dortige Lagerdorf ist sein Ziel. Wie kommen wir am schnellsten zur Pfahljochbrücke?"

Primus stand noch immer unter dem Eindruck des entsetzlichen Erlebnisses. Bei dem Gedanken an die Kaltblütigkeit des Hispaniers jagten ihm immer wieder Schauer über den Rücken und seine Zähne schlugen klappernd aufeinander. Er schaute verloren um sich.

Marius schüttelte ihn heftig. „Primus, komm zu dir!"

„Hier entlang", sagte er schließlich und deutete in eine Richtung, blieb aber stehen.

Marius ergriff seinen Arm und führte ihn hinter sich her. Schließlich gelang es ihm, Primus zum schnellen Laufen zu bewegen und sie erreichten endlich die Brücke. In ihrer Mitte entdeckten sie Sepius, der sich raschen Schrittes entfernte. Er hatte die Laterne von Scota mitgenommen und war deshalb gut auszumachen.

„Sein Vorsprung ist bereits sehr groß", stellte Marius fest.

„Er kennt hier sicherlich jeden Winkel und somit jede Abkürzung. Und ich habe in meiner Panik wohl einen Umweg gemacht", entschuldigte sich sein Gefährte. „Sollen wir ihm folgen?"

„Natürlich, sonst finden wir die Fälscher nie. Ich habe mich dort schon einmal umgeschaut, aber nur eine kleine Kunstschmiede entdeckt, die eventuell in Frage kommt. Ich gehe ihm nach, während du zu Philomenus zurückkehrst und ihn holst."

„Ich lasse dich nur ungern allein."

„Es gibt keine andere Möglichkeit", sagte Marius und hatte die Brücke bereits betreten. „Ich achte auf mich und nun spute dich! Wir treffen uns im Viertel der Schmiede", meinte Marius auf gut Glück.

LVII: Dieselbe Nacht, keltische Siedlung

Inzwischen hatte Lucius Nepius das Haus des Blussus gefunden und sich unterwegs eine Erklärung zurechtgelegt, wie er sein plötzliches Erscheinen begründen konnte. Aber das war nicht vonnöten, denn in Blussus' Villa herrschte gewaltige Aufregung. Ein Hausdiener öffnete ihm mit sorgenvollem Gesichtsausdruck.

„Bring mich zu deinem Herrn!"

„Das geht nicht, er ist unpässlich."

„Ich bin Procurator Lucius Nepius, Befugter des Kaisers, also widersetz dich nicht. Was ist geschehen, dass dein Herr unpässlich ist?"

„Der junge Herr und seine Schwester sind verschwunden."

„Ich weiß etwas darüber, das Blussus erfahren muss."

Der Diener trat beiseite. „Folgt mir."

Lucius Nepius verschwendete keinen Blick auf die Schönheiten des Hauses. Er wurde in das Triclinium geführt, wo er auf eine aufgelöste Menimane und einen erregten Blussus traf.

„Wo sind meine Kinder? Sie wollten am Abend zurück sein", jammerte die Frau.

„Das weiß ich nicht. Aber ihnen droht Gefahr."

„Wie entsetzlich", schrie Menimane. „Sie sind doch nicht tot?"

„Frau, beruhige dich. Sie sind beide erwachsen. Sicherlich gibt es eine gute Begründung für ihre Abwesenheit. Lass den Procurator erzählen", sagte er zu ihr und drückte sie sanft in einen Sessel.

Lucius Nepius berichtete, was sich während der letzten Stunde ereignet hatte. „Ihr seht, bis vor kurzem erfreuten sie sich bester Gesundheit."

„Das ist typisch für Gesima. Ständig sucht sie die Herausforderung und gerät deshalb in Bedrängnis. Ich wollte, ein Mann würde sie endlich bändigen und in die Ehe führen, so dass wir uns nicht weiter um sie sorgen müssten!"

Blussus schaute seine Frau streng an. Er wusste, dass sie das nicht ernst meinte, sondern die Angst aus ihr sprach.

„Was gedenkt Ihr zu tun?", fragte er Lucius Nepius.

„Sie suchen lassen. Wie viele Diener hat Euer Haushalt?"

„Fünf."

„Das ist nicht viel, aber immerhin etwas. Stattet sie mit Fackeln aus und schickt sie los. Sie sollen sich auf Euren Vicus und die Gräberstraße konzentrieren. Im Legionslager sind sie nicht, das bestätigte mir der Kommandant. Ich kehre nach Mogontiacum zurück und lasse dort suchen."

„Ich werde die Angehörigen unsres Stammes um Hilfe bitten."

Kurz später brach der erste Suchtrupp auf, Blussus führte ihn an. Zwei weitere folgten.

Lucius Nepius trieb sein Pferd an. Er hatte zwei Drittel des Weges zurückgelegt, als ihm Kommandant Cornelius entgegenkam. „Was tut Ihr hier?", fragte er erstaunt.

Lucius Nepius hielt an. „Ich sorgte mich um die jungen Kelten und wollte mich vergewissern, dass es ihnen gut geht. Sie sind verschwunden."

Diese Nachricht überraschte Cornelius. „Sie kamen nicht zu Hause an? Dann ist mein Plan wohl fehlgeschlagen."

„Welcher Plan?"

„Direkt nachdem sie uns verließen, gab ich geheime Order, das Haus des Blussus zu überwachen. Ich habe die vertrauenswürdigsten Männer meiner persönlichen Wache ausgewählt. Deshalb konnte ich Euch auch nicht sofort informieren. Ich wollte das so geheim wie möglich halten, denn ich hoffte, der Verräter würde die Gunst der Stunde nutzen und versuchen, Gesima zum Schweigen zu bringen. In diesem Moment hätten meine Männer ihn ergriffen."

Lucius Nepius leistete Cornelius im Stillen Abbitte. Er hatte wohl doch der Situation entsprechend gehandelt und sogar eine gewisse Raffinesse bewiesen, auch wenn er es nicht gutheißen konnte, dass er die junge Frau als Lockmittel benutzte.

„Ich weiß, was Ihr jetzt denkt", meinte Cornelius. „Aber mir blieb nicht viel Handlungsspielraum. Hättet Ihr an meiner Stelle anders agiert? Ich bot ihnen Pferde an und so gewann ich Zeit. Ich hoffte, dass meine Männer ihr Haus zuerst erreichten und Gesima und Primus dann in Sicherheit wären. Ihnen muss unterwegs etwas zugestoßen sein. Ich kann mir nur nicht erklären was."

„Ihr ließet Ihnen auch niemand zum Schutz heimlich folgen?"

„Nein, Ihnen wäre das sicher nicht entgangen. Sie waren ziemlich argwöhnisch. Ich musste eben ein gewisses Risiko eingehen, aber es schien mir kalkulierbar. Ich war immerhin der Erste, der den Raum verließ und schickte meine Wache sofort los. Es war niemand schneller als ich."

„Damit habt Ihr Recht. Aber Primus und Gesima sind nicht dumm!", bemerkte Lucius Nepius schließlich. „Es gibt einen Ort in Mogontiacum, an dem sie unter römischem Schutz stehen und der absolut sicher ist. Die Villa der Architekten. Lasst uns nachschauen, ob sie sich dort aufhalten."

Auf dem Weg dorthin geriet Lucius Nepius ins Grübeln. Zwar war die Erklärung des Kommandanten schlüssig, aber entsprach sie auch der Wahrheit? Cornelius könnte sich diese Geschichte auch zurechtgelegt haben, als sie sich unvermutet begegneten. Vielleicht hatte er ja selbst vorgehabt, Gesima und Primus zum Schweigen zu bringen. Wenn er es sich recht überlegte, hatte Lucius Nepius niemanden, geschweige denn Wachen, in der Nähe von Blussus' Anwesen bemerkt. Misstrauisch betrachtete er den Kommandanten, behielt aber seine Mutmaßungen für sich. Die ganze Angelegenheit war inzwischen so verwickelt, dass er keinem mehr traute.

Als sie die Villa erreichten, wurden sie von einem verdutzten Legionär gegrüßt.

„Salvete! Kommandant, hier gehen merkwürdige Dinge vor, von denen Ihr wissen solltet."

„Redet!"

„Hier herrscht ein reges Kommen und Gehen. Aber nicht nur das, ich könnte schwören, soeben einen Geist gesehen zu haben!"

Cornelius, der die Existenz von Geistern anzweifelte, wies ihn barsch zurecht. „Es gibt keine Geister!"

„Dann ist Philomenus also nicht tot?"

„Wieso Philomenus?"

„Er verließ vor kurzem das Haus gemeinsam mit dem griechischen Diener."

„Das war kein Trugbild? Bist du sicher?", fragte Cornelius verwirrt. „Wir haben uns doch selbst von seinem Tod überzeugt und waren bei seiner Bestattung."

„Nein", versicherten die anderen Wachen. „Er war es leibhaftig."

„Philomenus ist ein Fuchs, er hat uns alle genarrt", stellte Lucius Nepius mit einer gewissen Anerkennung fest. „Sind der Sohn und die Tochter des Blussus hier?"

„Die Frau ja, der Mann ist vorhin weggeritten."

Das Gezeter war Lydia nicht entgangen. Sie öffnete entrüstet die Haustür. „Was soll der Lärm? Hier gibt es einen Kranken, der Ruhe braucht."

Als sie jedoch Cornelius und Lucius Nepius erkannte, erschrak sie.

„Bringt uns zu Gesima!“, herrschte Cornelius die Wirtschafterin an. „Wir wissen, dass sie hier ist.“

Kleinlaut führte sie den Kommandanten und den Procurator ins Triclinium, wo sich Claudius und Gesima aufhielten. Der Architekt wirkte erschöpft, aber er weigerte sich, ins Bett zu gehen und bestand darauf, der jungen Frau Gesellschaft zu leisten, bis die anderen zurückgekehrt waren.

„Nehmt Platz“, forderte er die Gäste auf. „Gesima kann Euch alles erklären.“

„Für Erklärungen ist später Zeit. Lebt Philomenus?“, wollte Cornelius von ihm wissen.

„Ja. Er täuschte seinen Tod vor, um die Verräter in Sicherheit zu wiegen“, entgegnete Claudius matt.

„Das ist ihm gelungen“, stellte Lucius Nepius ernüchternd fest. „Wir alle sind auf seine Inszenierung hereingefallen.“

„Wo ist er hin?“, bellte Cornelius.

„Marius beobachtet einen Verdächtigen und schickte Theodosios zurück, damit dieser Philomenus informiert. Sie sind zu einer Taberna mit dem Namen „Zum Thor“ unterwegs. Bevor er wegging, deutete er allerdings noch an, dass ihr Weg sie unter Umständen auch in das Lagerdorf auf der anderen Uferseite führen könnte“, sagte nun Gesima.

„Wieso denn das?“

„Er vermutet dort die Fälscherwerkstatt.“

„Philomenus ist ganz schön gewieft. Davon werden wir uns selbst überzeugen. Ich kenne die Taberna, sie ist bei den Soldaten beliebt. Wenn er nicht dort ist, reiten wir über den Rhenus. Begleitet Ihr mich?“, meinte Cornelius zu Lucius Nepius.

„Selbstverständlich.“

Bevor sie aufbrachen, sandte Cornelius einen Legionär zu Blussus, damit er ihm mitteilte, dass ihre Kinder in Sicherheit waren und sie die Suche einstellen konnten. Auch wenn das nur auf Gesima zutraf.

Theodosios und Philomenus hatten die Taberna längst gefunden und erfuhren dort, dass der Hispanier heute Abend nicht zu Gast gewesen war. Rasch lenkten sie die Pferde hinunter zum Fluss. Unterdessen hatte Marius das andere Ufer erreicht. Ihm war es nicht gelungen, den Abstand zu Sepius zu verkürzen, aber er war auch nicht entdeckt worden. Der Legionär schien sich absolut sicher zu fühlen, denn er hatte sich bisher nicht einmal umgedreht. Bald erkannte Marius, dass er mit seiner Vermutung richtig gelegen hatte, Sepius steuerte das Viertel der Schmiede an. Schließlich blieb der Hispanier vor der Schmuckschmiede stehen, die bei Marius' Erkundungszug verschlossen gewesen war, in der aber jetzt Licht brannte. Nachdem Sepius bestimmte Klopfzeichen an der Tür gemacht und eine Parole genannt hatte, öffnete sie sich. Im Türrahmen erschien ein Mann, der Marius unbekannt war.

„Ich habe dich bereits erwartet", hörte er ihn sagen, als er beiseite trat, um Sepius einzulassen.

Dann wurde die Tür geschlossen und der Riegel vorgeschoben. Der junge Römer schlich vorsichtig näher an das Gebäude und vernahm Geräusche aus dessen Innern. Er vermutete, dass die Männer etwas in Kisten verstauten. Er hoffte inständig, dass sie noch einige Zeit beschäftigt sein würden. Er brauchte die Zeit, denn er wollte zurück an die Brücke, falls Philomenus und seine Begleiter kommen sollten.

Primus dachte unablässig an den Mord, den er soeben beobachtet hatte. Die Gefühllosigkeit, mit der Hispanier getötet hatte, erschreckte ihn noch immer. Auf der Hauptstraße waren noch einige Menschen unterwegs, aber Primus bemerkte sie nicht, zu sehr bedrängten ihn die Bilder des Grauens. Plötzlich wurde sein Name gerufen und er entdeckte Philomenus und Theodosios, die auf ihn zugeritten kamen.

„Wo ist Marius?", fragte Philomenus.

„Im Lagerdorf, im Viertel der Schmiede."

„Steigt auf, Ihr könnt mir unterwegs alles erklären."

„Er ist tot", sagte Primus mit seltsamer Stimme, als er sich auf das Pferd schwang.

„Wer? Marius?", rief Theodosios erschrocken.

„Nein, Scota. Sepius tötete ihn, dann ging er über die Brücke. Marius folgt ihm immer noch."

„Wir müssen uns beeilen", meinte Philomenus voller Sorge und trieb sein Pferd an.

„Wieso seid Ihr eigentlich schon hier?", wollte Primus wissen.

„Ich habe die Mosaiksteinchen zusammengefügt. Es gibt nicht viele Möglichkeiten. Als Sepius nicht in der Taberna war, schlussfolgerte ich, dass er hierher unterwegs ein musste."

Marius erwartete sie am Ende der Behelfsbrücke. „Ihr seid schnell!"

„Wir waren bereits auf dem Weg hierher und trafen Primus auf der Hauptstraße", entgegnete Philomenus. „Wisst Ihr, wo Sepius ist?"

„Ja, in einer Schmiede. Ich führe Euch hin. Sie sind zu zweit und packen Kisten."

„Macht schnell, sie dürfen keine Zeit haben, die Beweise zu beseitigen. Steigt bei Theodosios auf."

Marius dirigierte sie durch das Straßengewirr. „Es ist nicht mehr weit. Wir sollten die Pferde hier lassen, um sie nicht zu warnen."

In der Schmiede brannte noch immer Licht, aber es herrschte Totenstille. Die Stube war verwaist.

„Sie sind uns entwischt", bemerkte Philomenus enttäuscht.

„Vielleicht wollen sie sich ja nur des Falschgeldes und ihrer Gerätschaften entledigen", bemerkte Theodosios.

„Und das ist am einfachsten, wenn man alles in den Rhenus wirft. Lasst uns zum Ufer gehen, vielleicht ist uns Fortuna geneigt", schlug Philomenus vor.

Sie bestiegen wieder die Pferde und wählten den kürzesten Weg zum Wasser.

In Ufernähe banden sie die Tiere fest und gingen das letzte Stück zu Fuß. Kurz darauf entdeckten sie einen Wagen, auf dem zwei Laternen brannten, und Sepius und Crassus, die mit einer schweren Kiste ins Wasser wateten. Als es tief genug war, warfen sie diese hinein. Sie versank sofort. Philomenus, Primus, Theodosios und Marius beschlossen abzuwarten und suchten Deckung hinter einem großen Stein. Sie befanden sich in Hörweite und da Sepius und Crassus glaubten, allein zu sein, sprachen sie mit normaler Stimme.

„Was geschieht als nächstes?", wollte Crassus wissen.

„Du verschwindest. Geld hast du wohl genug."

„Willst du mir nicht den Namen unsres Hintermannes verraten?", fragte Crassus.

„Das bedeutete unser beider Tod."

„Was ist mit Scota? Ist er gewarnt?"

„Sehr eindrücklich", meinte der Hispanier mit einem hämischen Grinsen.

Crassus hörte den lauernden Ton in dessen Stimme. „Hast du ihn etwa getötet?"

Der Hispanier zuckte nur mit den Schultern. „Er war gierig und forderte mehr Geld, sonst würde er unsere Identität preisgeben. Ich handelte auch in deinem Sinne."

„Was ist schon „in meinem Sinne". Du gehst sehr leichtfertig mit dem Leben anderer um, mit dem von Titus, von Marcellus und nun von Scota", sagte Crassus.

Der Hispanier wurde zunehmend wütender, denn Kritik ertrug er nicht.

„Es ist wohl besser, ich drehe dir meinen Rücken nicht mehr zu", stellte Crassus bitter fest.

Diese Bemerkung brachte Sepius vollends zur Raserei. Er zog sein Kurzschwert, zielte auf Crassus' Oberkörper und stach zu. Doch die Klinge prallte ab.

„Ich bin ein altgedienter Legionär und kenne dein Wesen", verspottete er ihn. „Unter meiner Kleidung trage ich mein Kettenhemd. Hast du es beim Entladen nicht klirren gehört, oder dachtest du, es seien die Münzen?", meinte Crassus und zog ebenfalls sein Gladius, das er beim Ausscheiden aus dem Dienst behalten hatte.

Der Hispanier geiferte vor Wut. Nun standen sie sich von Angesicht zu Angesicht gegenüber. Der Abstand zwischen ihnen betrug keine vier Fuß. Beide beugten ihre Oberkörper, schauten sich lauernd an und drehten sich im Kreis, wobei sie sich nicht aus den Augen ließen. Der Hispanier holte erneut zu einem Stoß aus, doch Crassus wich trotz seines fortgeschrittenen Alters geschickt aus. Dafür zielte er auf Sepius, traf ihm am Oberarm und versetzte ihm ein klaffende Wunde. Doch statt innezuhalten, schien der Schmerz Sepius nur mehr anzustacheln. Seine Attacken erfolgten immer schneller, noch konnte Crassus sich ihm widersetzen, aber seine Kräfte erlahmten zusehends.

Marius und die anderen verfolgten alles aus ihrem Versteck heraus. Primus, der weiterhin unter dem Eindruck des Mordes stand, hielt der Anspannung kaum noch stand. „Wollt Ihr nicht einschreiten?", bat er Philomenus.

„Warum? Vielleicht löst sich das Problem ganz von selbst."

„Das ist nicht Euer Ernst", entsetzte sich der Kelte.

„Nein, natürlich nicht, ich warte nur ab, bis sie ermüden. Dann haben wir leichteres Spiel."

„Wir?", hauchte Primus. „Ich habe nur einen Dolch dabei, der gegen ein Gladius kaum etwas auszurichten vermag."

„Ich habe ein Kurzschwert, vertraut mir."

Doch dazu sollte es nicht mehr kommen. Plötzlich vernahmen sie einen lauten Ruf. Während sie die Szene beobachtet hatten, waren Cornelius und Lucius Nepius eingetroffen. „Haltet ein!"

„Bei Jupiter, woher kommen die beiden so plötzlich", entfuhr es Philomenus.

Die beiden Streithähne unterbrachen den Kampf und schauten in die Richtung, aus der der Ruf erfolgt war.

Crassus blickte verächtlich zu Sepius. „Verräter! Du wolltest mich wohl ans Messer liefern, um davon zu kommen“, schrie er erzürnt.

Diese Anschuldigung wollte Sepius nicht hinnehmen. „Ich bin genauso überrascht wie du und weder ein Verräter noch ein Feigling!“

Bevor Crassus reagieren konnte, machte Sepius einen gewaltigen Satz auf ihn zu und versetzte ihm noch im Sprung einen Schnitt quer über seine Kehle. Crassus ließ mit einem gurgelnden Geräusch sein Schwert fallen und presste beide Hände auf die Wunde. Dunkelrotes Blut quoll zwischen seinen Fingern hervor und lief seinen Oberkörper hinunter. Er wankte, fiel zu Boden und wand sich dort unter Zuckungen. Unter seinem Körper breitete sich unaufhaltsam eine Blutlache aus. Sepius stand mit gezückter Waffe vor dem Sterbenden, bereit, jeden Helfenden abzuwehren. Das alles geschah binnen weniger Augenblicke, so dass keiner der Anwesenden Zeit hatte zu reagieren.

„Habt Ihr den Verstand verloren?“, brüllte Lucius Nepius den Hispanier an.

Sepius hob seinen Kopf. Auf seinem Gesicht lag ein grausames Lächeln und aus seinen Augen sprach blanke Verachtung. „Ich lasse meine Ehre nicht beschmutzen, schon gar nicht von einem wie Crassus.“

Philomenus unternahm einen Versuch, sich ihm zu nähern. Nun verließen auch Marius, Primus und Theodosios die Deckung.

„Gebt auf. Es ist doch sinnlos!“

„Oh, hier sind noch mehr ungebetene Zuschauer! Ich hoffe, Euch hat die Vorstellung bisher gefallen“, höhnte er mit kalter Stimme.

Seine Äußerung ließ keine Zweifel aufkommen, Sepius hatte eine Entscheidung gefällt. Jedem hier war die Ausweglosigkeit seiner Lage bewusst, vor allem ihm selbst. Der Hispanier duldete keine Schmach und noch weniger, dass andere über ihn triumphierten. Lieber starb er durch eigene Hand, als vor ein Tribunal gestellt und in aller Öffentlichkeit gerichtet zu werden. Sepius richtete sich zur vollen Größe auf. Dann hob er in einer dramatischen Geste sein Schwert senkrecht auf Augenhöhe und senkte die blutgetränkte Klinge vor seinem Bauch.

Mit lauter Stimme sagte er noch: „Missio inhonesta“, bevor er es mit voller Wucht in seine Eingeweide rammte.

Das alles geschah so schnell, dass keiner eingreifen konnte. Primus schrie laut auf vor Schreck, ging in die Knie und verbarg seinen Kopf zwischen den Händen. Theodosios legte seinen Arm um ihn und redete beruhigend auf ihn ein. Marius war unfähig, sich zu bewegen. Dieser schauerliche Moment rief ihm den letzten Satz des sterbenden Titus ins Gedächtnis: „Er ist schwarz." Damals hatte er dessen Bedeutung nicht erkannt und geglaubt, er beziehe sich auf den Wagen mit dem Pferd. Nun wusste er, dass er seinem Mörder gegolten hatte. Warum war ihm das bisher entgangen? Sepius, der Schwarze, dessen Spitznamen sich von der Tinte des Octopus ableitete.

Inzwischen waren Philomenus, Cornelius und Lucius Nepius zu den am Boden Liegenden geeilt. Crassus war bereits verschieden, aber in Sepius glomm noch ein schwacher Lebensfunke.

Philomenus kniete nieder. „Erleichtere dein Gewissen, gibt es einen Mitwisser?"

Sepius grinste schmerzverzerrt und nickte kaum merklich. Sein Blick wanderte die kleine Gruppe entlang und blieb auf dem Antlitz des Kommandanten haften. Philomenus deutete dies als Eingeständnis, auch wenn er wusste, dass dieser Fingerzeig niemals für eine Verurteilung ausreichen würde. Ohne Zeugenaussage würde der Kopf der Falschmünzer niemals enttarnt werden.

„Ihr seid der Ermittler", waren Sepius letzte Worte.

Noch im Sterben verhöhnte er ihn. Philomenus war gescheitert. Zwar gab es noch einen letzten Hoffnungsschimmer, dass die Nachricht von Titus den Namen des Hintermannes enthielt, aber er glaubte nicht daran. Resigniert erhob er sich. Sie wandten sich ab, überließen die Toten sich selbst und kehrten zu den Lebenden zurück.

„Woher kommt Ihr eigentlich so plötzlich?", wandte er sich verärgert an Cornelius und Lucius Nepius, denen er eine gewisse Mitschuld an der tragischen Wendung zuschrieb.

„Wir waren bei Claudius. Dort erfuhren wir, dass Ihr lebt, und Gesima meinte, Ihr könntet hierher geritten sein. Als wir ankamen, zeigten uns die Götter den Weg hierher", entgegnete Cornelius feierlich.

„Soso, die Götter", meinte Philomenus mit leisem Spott. Er vermutete vielmehr, dass Cornelius genau wusste, wohin er sich zu begeben hatte. „Euer unbedachtes Eingreifen hat zwei Männer das Leben gekostet."

„Sie wären sowieso gerichtet worden", sagte Cornelius ohne Mitgefühl.

„Hätte ich ihrer habhaft werden können, wäre die ganze Sache zur allgemeinen Zufriedenheit aufgeklärt worden."

„Glaubt Ihr wirklich? Vermutet Ihr immer noch diesen ominösen Mann im Hintergrund? Ich nicht", beharrte Cornelius.

„Sepius deutete aber Entsprechendes an."

„Das war doch nur die dramatische Geste eines um seinen Lohn gebrachten Mannes. Ihr solltet dem nicht zuviel Bedeutung beimessen."

„Ich glaube ihm", meinte Philomenus scharf. „Sein letzter Blick galt Euch!"

Cornelius straffte sich und sagte mit stolzgeschwellter Brust: „Ich bin ein Ehremann und gebe Euch mein Wort."

„So schnell wie Ehrenworte ausgesprochen sind, so schnell sind sie gebrochen und vergessen. Meist erfüllen sie doch nur den Zweck, Ruhe zu schaffen", bemerkte Philomenus zynisch.

Cornelius überhörte diesen Vorwurf mit der Gelassenheit eines Staatsmannes. „Was wollt Ihr mehr? Eure Mission war doch erfolgreich. Den Fälschern wurde das Handwerk gelegt und Nachahmer sind gewarnt. Der Strom der falschen Caesaren ist versiegt. Damit ist jetzt wohl alles zu Ende, oder?"

„Es sieht danach aus. Der Inhalt der Kisten wird den letzten Beweis liefern. Eine ist zwar versenkt, aber die kann geborgen werden und auf dem Wagen befinden sich auch noch welche."

„Für mich ist die Sache aufgeklärt. Ich bedaure nur, Tiberius die Fälscher nicht persönlich ausliefern zu können", stellte Lucius Nepius abschließend fest.

„Ich frage mich, ob sich der Kaiser mit dieser Erklärung zufriedengibt", murmelte Philomenus.

„Sobald ich in Rom bin, werde ich ihn davon überzeugen. Ihr habt gute Arbeit geleistet, Philomenus", lobte ihn Lucius Nepius.

Der Procurator und der Kommandant bestiegen ihre Pferde. „Ich sende Euch Hilfssoldaten aus dem Castellum Mattiacorum. Sie dürften bald hier sein und werden Euch beim Abtransport der Verräter und der Kisten helfen. Die Toten sollen als warnendes Beispiel dienen", sagte Cornelius.

„Was habt Ihr vor?"

„Ihre Häupter aufspießen und zur Abschreckung neben der Porta Praetoria aufstellen", meinte Cornelius kühl und ritt mit dem Procurator davon.

„Wird Cornelius das wirklich tun?", fragte Primus schwach.

Philomenus zuckte nur mit den Schultern. Er war mit dem

Ausgang unzufrieden, weil seiner Ansicht nach der Kopf der Fälscherbande wohl mit heiler Haut davonkommen würde. „Ich traue es ihm zu. Ob es aber von Nutzen ist, bezweifle ich“, äußerte er resigniert.

Theodosios, Primus und Marius wollten Philomenus nicht allein lassen und warteten noch, bis der Hilfstrupp kam. „Wenn Ihr wollt, könnt Ihr weiterhin unser Gast sein. Ich denke, unter den gegebenen Umständen ist das für Euch angenehmer“, schlug Marius Philomenus vor.

„Das Angebot nehme ich gerne an.“

Dann kehrten sie zur Villa zurück, um Gesima alles zu berichten. Claudius, den die Müdigkeit übermannt hatte, war auf einer Kline eingeschlafen, aber Gesima erwartete sie voller Ungeduld. Als sie Marius sah, rannte sie freudestrahlend auf ihn zu, umschlang ihn und küsste ihn innig. Primus stand einigermaßen verdutzt daneben und schaute betreten zu Boden. Theodosios übersah diesen emotionalen Ausbruch geflissentlich und weckte Claudius vorsichtig. Er überredete ihn, umgehend zu Bett zu gehen. Auf dem Weg ins Schlafgemach schilderte er ihm kurz die Ereignisse der Nacht. Auch Lydia hatte gewacht und kam nun aus ihrer Küche, um sich zu den jungen Leuten zu gesellen. Sie hatte angewärmten Würzwein mitgebracht, den die Männer dankbar annahmen. Marius und Primus erzählten abwechselnd und allmählich wich die Blässe aus ihren Gesichtern. Und als der Morgen graute, kam noch Philomenus hinzu und vollendete ihren Bericht. Er bestätigte, dass sich in den Kisten tatsächlich Fälscherutensilien befunden hatten. Somit war die Bande überführt. Nur wer der Mann im Hintergrund war, blieb im Ungewissen.

LVIII: Fast ein Jahr später, zehn Tage vor den Drususfestspielen, Brückenbaustelle

Claudius, Tullius und Marius standen am Ufer und betrachteten stolz ihr bisheriges Werk. Die Brücke war noch lange nicht vollendet, aber gut die Hälfte der gemauerten Pfeileranteile ragte bereits aus dem Wasser. Die Architekten hofften, dass sie in spätestens zwei Jahren ihre endgültige Decke erhielt. Sie dachten an die zurückliegenden Monate und an die noch zu bewältigenden Aufgaben. Nach den anfänglichen Ereignissen hatte es keine größeren Verzögerungen mehr gegeben und seitdem verlief auch ihr Leben in deutlich ruhigeren Bahnen.

Claudius war inzwischen zwar physisch genesen, aber nicht

mehr der tatkräftige Mann wie bei ihrer Ankunft vor fast einem Jahr. Der Überfall zehrte noch immer an ihm, auch wenn er sich nach außen nichts anmerken ließ. Aber Claudius war nicht sentimental und gewann der Situation sogar Positives ab, indem er bewusster lebte als jemals zuvor.

Marius hatte lange um Gesima geworben und schließlich nach zähem Ringen ihr Herz erobert. Vor kurzem hatten sie sogar beschlossen zu heiraten. Diese Entscheidung löste bei Blussus und Menimane zunächst Skepsis aus, denn sie hielten die Unterschiede zwischen ihren beiden Völkern für beinah unüberbrückbar. Doch Gesima hatte auf ihrer Herzensentscheidung beharrt und aufgrund ihrer sprichwörtlichen Sturheit letztendlich deren Zustimmung erhalten. Nun erwarteten sie bangen Herzens Marius‘ Eltern, die zu den diesjährigen Festspielen anreisten. Noch wussten diese nichts von den Plänen der jungen Leute, aber die beiden hofften inständig, dass sie ihr Einverständnis nicht verweigerten.

Marius und Gesima waren sich bewusst, dass sie es nicht leicht haben würden, denn auch in Rom wurden Mischehen noch immer schwer akzeptiert. Aber da inzwischen fast alle Patrizierfamilie durchmischt waren und ihnen dieses ‚frische‘ Blut sichtlich gut tat, sprach alles zu ihren Gunsten. Und wenn Kaiser Tiberius mit Marius‘ Arbeit zufrieden war, würde er seinen Segen wohl nicht verwehren und sie unter seinen persönlichen Schutz stellen.

Primus war nach der Schreckensnacht lange krank gewesen und hatte sich in einem Zustand der Katatonie befunden. Er litt über Wochen unter schwerem Gemüt, magerte ab und wurde lange von Alpträumen heimgesucht. Theodosios braute ihm heilende Tränke und fertigte ihm stärkende Pillen, Gesima pflegte ihn aufopfernd und Marius hielt treu zu ihm und so kehrte er schließlich mit Beginn des Frühjahres in sein altes Leben zurück.

„Bald werden an dieser Stelle Truppen den Rhenus gen Osten überqueren“, bemerkte Tullius, als er auf die Brückenfragmente schaute.

„Werdet Ihr dabei sein?“, fragte Marius.

„Nein, ich bekomme bis dahin meine Missio honesta. Meine Absichten haben sich nicht geändert. Ich werde mich hier ansiedeln, heiraten und somit meine Familie legitimieren. Wie sehen Eure Pläne aus?“, fragte er die Architekten.

„Ich weiß es noch nicht“, meinte Marius. „Alles hängt davon

ab, ob der Kaiser meine Dienste weiter in Anspruch nehmen wird."

„Ich mache es wie Ihr und bleibe hier. Ich bin des Umherziehens müde und werde mir ein Haus bauen. Lydia wird mit mir kommen und den Haushalt führen. Ich bedaure nur, dass Theodosios sich wieder auf Wanderschaft begeben hat. Er war ein treuer Gefährte, ich vermisse ihn", stellte Claudius fest.

„Er weiß das und so kommt er sicher irgendwann wieder", tröstete ihn Tullius.

Marius erinnerte sich an das Gespräch, das er mit Lucius Nepius vor dessen Abreise nach Rom geführt hatte. Der Procurator hatte keinen Hehl daraus gemacht, dass auch er gerne das Haupt der Fälscher überführt gesehen hätte und ihn die jetzige Situation nicht wirklich befriedigte. Marius nutzte die Gunst der Stunde und fragte ihn nach der Übergabe der Schriftrolle an Titus, die er am ersten Tag der Drususfestspiele heimlich beobachtete hatte. Falls Lucius Nepius überrascht gewesen war, ließ er sich nichts anmerken und erteilte Marius bereitwillig Auskunft.

„Ihr Inhalt war nicht von allzu großer Wichtigkeit. Ich wusste seit längerem über das Moneta falsa Bescheid und gab dem Kaiser eine Einschätzung der politischen Lage in diesem Teil des Imperiums. Das war Tiberius wichtig, damit er im Falle einer Währungsinstabilität Gegenmaßnahmen hätte ergreifen können. Um sicherzugehen, dass Tiberius die Nachricht auch erhalten würde, fertigte ich für Titus eine Kopie an."

Marius wanderte in Gedanken nach Rom. Bisher hatte er weder erfahren, ob Titus' Botschaft den Kaiser erreicht hatte, noch ob ihr Inhalt von großer Bedeutung war. Diese Ungewissheit hatte während der letzten Monate an ihm genagt, aber er hatte nicht gewagt, bei Philomenus, der längst wieder in Lugdunum weilte, oder an noch höherer Stelle nachzufragen.

Allerdings gab es Hinweise, dass der Kaiser sehr wohl über die Vorkommnisse informiert und somit der Quaestor in gewisser Weise doch seinen Auftrag erfüllt hatte. Denn nur wenige Wochen nach den tragischen Ereignissen hatte es eine eingehende Prüfung der Soldkasse durch unabhängige Beamte gegeben, die extra aus Rom angereist waren. Und zu ihrer aller Erstaunen war Kommandant Cornelius vor Ablauf seiner regulären Amtszeit von seinem Posten abberufen und vor den Senat zitiert worden. Bisher gab es noch keine offizielle Verlautbarung über seinen weiteren beruflichen Werdegang, aber es wurde viel über sein Schicksal spekuliert.

„Ich habe heute erfahren, welche neuen Aufgaben Cornelius Lentulus erwarten", äußerte Tullius unvermittelt, wobei er ein gefälliges Grinsen auf seinem ansonsten beherrschten Gesicht nicht verbergen konnte.

„Verläuft sein Cursus honorum etwa wie geplant und er bewirbt sich als Konsul?", fragte Marius arglos.

„Das hätte er wohl gern! Kaiser Tiberius hat anderes mit ihm vor. Er muss nach Judäa, um die Aufständischen zu bezwingen."

„Meint Ihr, Philomenus hat diese Versetzung erwirkt? Er hegte ja gewisse Zweifel an Cornelius' Integrität", mutmaßte Marius.

„Das wissen nur er selbst, der Kaiser und die Götter", entgegnete Tullius.

„Ist dort nicht Pontius Pilatus Statthalter?", stellte Claudius fest. „Ich hörte, es gäbe Ärger mit einem einfachen Mann aus dem Volk. Man nennt ihn, glaube ich, Jesus, den Nazaräer."

„Ja, mir kam Ähnliches zu Ohren. Mal sehen, was sich alles daraus entwickelt. Ob es ihm gelingt, dort Frieden zu schaffen?", rätselte Tullius.

Ihre Gedanken wanderten wieder zur halbfertigen Brücke.

„Es wird wirklich ein Prachtbau, unser Pons ingeniosus", meinte Claudius zufrieden.

„Da stimme ich mit Euch überein", pflichtete Tullius ihm bei.

Auch Marius zeigte sich zufrieden. Die Zweifel, die ihn vor gut einem Jahr geplagt hatten, waren verschwunden.

Voller Zuversicht blickte er in die Zukunft.

ad fontes: „bei den Quellen"; das heutige Mainz-Finthen
Advocatus: Rechtsgelehrter
Aesculapius: griechischer Gott der Heilkunst, Sohn des Apollo und der Nymphe Koronis
Alba: Elbe
Amphitheater: Rundtheater ohne Dach, in dem Gladiatoren- und Tierkämpfe stattfanden
Antidot: Gegengift
Apicius: voller Name: Marcus Cavius Apicius, römischer Koch und Feinschmecker, der Selbstmord beging, weil er fürchtete, sein Geld reiche nicht aus, um seinen Gaumen für den Rest seines Lebens zu verwöhnen
Apodyterium: Umkleideraum in einer Therme
Armamentarium: Waffenkammer
Asklepiades von Prusa: geboren 124 v. Chr. in Bithynien (Kleinasien), kam 91 v. Chr. nach Rom, u.a. Begründer der Wasserheilkunde (Balneotherapie)
Atropa belladonna: schwarze Tollkirsche, pflanzliches Gift
Augusta Treverorum: das heutige Trier
Auxiliartruppen: römische Hilfstruppen, deren Soldaten nicht im Besitz des römischen Bürgerrechtes waren, es aber im Anschluss an ihre Dienstzeit erwerben konnten
Aquädukt: ober- oder unterirdische Wasserleitung, die in Mainz 7000 Kubikmeter Wasser pro Tag von Quellen aus Finthen über sieben Kilometer transportierte. Heute sind noch die oberirdischen Pfeiler als „Römersteine" im Zahlbachtal zu sehen, die einen Höhenunterschied von 25 Metern überbrückten
Aquila: Legionsadler
Aquilifer: Feldzeichenträger der 1. Kohorte einer Legion
Aquitanien: Provinz im südwestlichen Gallien, wurde von den Pyrenäen und dem Atlantik begrenzt
Benefiziarier: Elitäre Legionäre, die nur für sechs Monate polizeiliche Aufgaben wahrnehmen und dann abgezogen werden
Bracae: gallische Hosen
Buconica: das heutige Oppenheim, damals Straßenstation
Bucina: gerades Hirtenhorn aus Metall, wurde zu Beginn der Nachtwache geblasen
Caisson: Senkkasten, der für Unterwasserarbeiten benötigt wurde
Caldarium: Heißbaderaum mit Heißbadebecken
Calluna: Heidekraut

Canabae legionis: zivile Ansiedlung rund um ein Legionslager, in dem Handwerker, Händler und auch die Familien der Legionäre lebten
Castellum Mattiacorum: rechtsrheinischer Brückenkopf, der von Auxiliartruppen gesichert wurde
Castrum: Legionslager von Mainz
Cave: Vorsicht
Cena: Mahlzeit, Gastmahl
Centurio: Hauptmann, Anführer einer Centurie
Centurie: Teil einer Legion, umfasst 80 bis 100 Soldaten
Cervisia: alkoholisches Braugetränk, Vorläufer des heutigen Bieres, in Gallien weit verbreitet
Civitas: wörtlich: Bürgerschaft; Verwaltungseinheit, Gemeinden
Chatten: germanischer Volksstamm, der in Teilen des heutigen Hessens siedelte
Chamisia: langärmeliges keltisch-germanisches Hemd, mit charakteristischen Ärmelaufschlägen
Congius (pl. Conguii): aus dem Griechischen übernommenes römisches Hohlmaß, entsprach 3,275 Litern
Contubernium: Zelt- bzw. Schlafgemeinschaft aus acht Mann, die zusammen in einer Wohnbaracke leben, essen und schlafen
Cornu (pl. Cornua): etwa 2,5 Meter langes, kreisförmig gewundenes Blasinstrument, das im Heer als Signalhorn oder bei Zeremonien wie etwa bei Leichenzügen eingesetzt wurde
Cursus honorum: erfolgreiche Ämterlaufbahn in Rom
Custos: Aufseher, Wächter, Beschützer
Decursio: wörtlich: Umlauf, Teil der Drususzeremonie, Umrundung des Drusussteins
Denar: römische Silbermünze mit dem Abbild des Kaisers
Dies festis: Festtag
Dionysos: griechischer Gott des Weines und des Rausches
Dura mater: harte Hirnhaut, umgibt schützend das Gehirn
Excursio: Streifzug, Ausfall
Fabrica: Produktionsstätten von Ausrüstungsgegenstände, Handwerksbetriebe innerhalb eines Lagers
Fibel: Gewandspange
freies Germanien: gern auch als „Barbaricum“ bezeichnet, da dort die ‚unzivilisierten‘ Stämme der Germanen lebten
Fresco: Wand- oder Deckenmalerei, bei der die Farben auf den frischen Putz aufgetragen werden, verbinden sich unlöslich mit dem Untergrund
Frigidarium: Kaltbaderaum

Frumentarius: war ein ursprünglich in der Proviantbeschaffung eingesetzter Soldat, agiert im späteren Zeitalter als kaiserlicher Bote, Kurier oder Spitzel
Gallia Belgica: Provinz im Norden Galliens, Teile des heutigen westlichen Belgiens, der Westschweiz und des Jura bis zum Genfer See
Gallia Lugdunensis: Provinz Galliens, die in der Mitte des heutigen Frankreichs liegt, diese umfasste die Bretagne, die Normandie, den Einzugsbereich der Flüsse Loire und Seine bis ins Rhonetal bei Lyon
Gallia Narbonensis: Provinz in Südfrankreich, deshalb wird heute noch ein Teil Provence genannt
Garum (auch Liquamen): Standardwürzsoße, die durch den enzymatischen Abbau von Fischeiweiß gewonnen wird; dazu werden Teile von Fischen über Monate der Sonne ausgesetzt, wird zum Würzen von Speisen benutzt.
Gladius: römisches Kurzschwert
Groma: Vermessungsinstrument zur Berechnung rechter Winkel
Hispanien: iberische Halbinsel
Hispanier: Einwohner Hispaniens
Horreum: Kornspeicher
Hygieia: Tochter des Aesculap, Göttin der Gesundheit und Schutzpatronin der Apotheker; davon leitet sich ‚Hygiene' ab
Hypocaustum: Fußbodenheizung
In ovis hapalis: gekochte Eier mit würziger Pinienkernpaste
Ituräer: vorderasiatischer Volksstamm
Jupiter: Göttervater, vergleichbar mit Zeus
Kalenden: erster Tag eines Monats
Kalfater und Werg und Hanffasern: Abdichtmaterial zwischen hölzernen (Schiffs-)Planken
Kenotaph: Ehrenmal
Kline: Ruhemöbel in Form einer Liege, auf der zwei, maximal drei Personen Platz fanden
Kohorte: militärische Untereinheit der römischen Legion, ca. 600 Mann
Laconicum: Schwitzraum mit trockener Hitze
Legatus legionis: Legionskommandeur, befehligte die mobilen Truppen; eine Legion umfasst 6000 Soldaten und besteht aus 10 Kohorten zu je drei Manipeln aus zwei Centurien
Leuge: keltische Längeneinheit, beträgt 2.450 Meter
Libum: Opferbrot in Fladenform aus Mehl und Schafskäse, wird auch bei profanen Anlässen gegessen – Liquamen: s. Garum

Lugdunum: das heutige Lyon, Provinzhauptstadt der Provinz Gallia Lugdunensis
Manen: waren in der römischen Religion die Geister der Toten, die meistens feindlich gesinnt waren und deshalb durch Opfer und Riten besänftigt werden mussten
Manipel: taktische Untereinheit der Legion, bestand aus zwei Centurien
Mars: römischer Kriegsgott
Mattiacer: germanischer Volksstamm, der in der Umgebung des heutigen Wiesbadens siedelte
Mediolanum: das heutige Mailand
Missio honesta: ehrenhafte Entlassung aus der Legion
Missio inhonesta: unehrenhafte Entlassung, hier als Wortspiel gebraucht im Gegensatz zur Missio honesta
Moenus: der Main
Moneta falsa: Falschgeld
Mogon: Keltischer Gott des Lichtes, kein Beleg, ob er der Namensgeber der Siedlung ist
Mogontiacum: lateinischer Name für Mainz
Moretum: Paste aus Schafskäse (ersatzweise Walnüssen), Olivenöl, Knoblauch, Zwiebeln und diversen Kräutern
Morpheus: Gott des Traumes
Mulsum: Weißwein, der mit Honig und Gewürzen versetzt ist
Natatio: Schwimmbecken
Nauta: Seemann, Bootsführer
Ne credideris alicui: Vertraue keinem
Negotiator: Kaufmann
Neptun: Gott des Meeres
Obergermanisches Militärterritorium: unterstand dem Statthalter der Provinz Gallia Belgica; wurde erst 85 n. Chr. unter Domitian eigenständige Provinz, grenzte im Norden an Untergermanien, im Westen an die drei gallischen Provinzen, im Südosten an Raetien, das vom Bodensee zum Inn reichte, im Osten an das freie Germania
Opus caementicium: Gemisch aus Steinen und Mörtel, das unter Wasser im Beisein von Ziegelmehl bindet, Vorläufer unseres heutigen Zements
Opus signium: Mörtelgemisch mit rötlicher Färbung für Wannen, Becken und Rinnen
Ordo senatorius: Senatorenstand
Ordo equester: Ritterstand

Palaestra: Ringer-, Gymnastikhalle
Pater familias: männliches Familienoberhaupt
Peplos: keltisches Frauengewand, das aus zwei rechteckigen Stoffstücken besteht, die an den Schultern mit Fibeln gehalten werden. Es wird um die Hüften gegürtet
Peregrini: Einheimische, die zwar im Imperium Romanum leben, aber nicht im Besitz des römischen Bürgerrechtes sind; sie tragen die Hauptsteuerlast
Placet: wörtlich: e gefällt; hier im Sinne von Zustimmung
Pons ingeniosus: genial konstruierte Brücke
Porta Decumana: rückwärtiges Tor eines Lagers
Porta Principalis Dextra: rechtes seitliches Tor eines Lagers
Porta Principalis Sinistra: linkes seitliches Tor eines Lagers
Porta Praetoria: Haupttor eines Lagers
Posca: mit Essig versetzter Soldatentrunk
Post mortem: nach dem Tod
Praefectus castrorum: Kommandant, der die Liegenschaften eines Militärlagers oder einer Garnison verwaltet, aber keine Truppen befehligt
Prahm: speziell konstruierter Frachtkahn
Praetorium: Kommandeursgebäude
Princeps: der Erste, der Fürst
Principia: Stabsgebäude
Procurator: Verwalter, der für die Steuergelder einer Provinz zuständig ist
Puls Punica: Punischer Brei aus Emmer- oder Dinkelgraupen mit Frischkäse, Ei und Honig
Quaestor Augusti: niedrigstes Amt in der Beamtenlaufbahn, seit Augustus auf 20 Beamte begrenzt, arbeiten u.a. als Untersuchungsbeamte, auch mit Verwaltung der Staatskasse betraut
Rhenus: der Rhein, wird als Gott verehrt
Römischer Fuß: maß ca. 30 Zentimeter; somit ergab sich für die Römerbrücke eine Länge von 420 Metern und eine Breite von 12 Metern; ihre Pfeiler waren 7 Meter breit und in der Mitte an der längsten Ausziehung 16 Meter lang. Die Größe der Arbeitsplattformen ist nicht belegt und wird hier auf 6 mal 9 Meter geschätzt
Saturnalien: römisches Fest zu Ehren des Gottes Saturn, wurde am 17. Dezember gefeiert
Serena: die Heitere
Sermones: satirische Verse von Horaz
Sesterzen: Münze und Hauptrecheneinheit des röm. Reiches, bestand seit Kaiser Augustus aus einer Kupfer-Zink-Legierung

Signifer: Feldzeichenträger einerKohorte
Status laxus: Zustand der körperlichen Erschlaffung
Sueven: Stammesgruppe germanischer Völker
Taberna: Taverne
Tantalus: eigtl. Tantalos (griechisch), Stammvater der Tantaliden; beging einen Götterfrevel und wurde in den Tartaros verstoßen, wo er Hunger und Durst litt; zudem schwebte ein mächtiger Felsbrocken über ihm, der jeden Moment herabzustürzen und ihn zu erschlagen drohte
Tepidarium: Raum in einer Therme mit milder Hitze, separierte die kalten von den heißen Räumen
Terra sigillata: römisches Tafelgeschirr mit Manufakturstempel versehen
Theatrum Mogontiacensium: Mainzer Bühnentheater, in dem Schauspiele oder Kulthandlungen stattfanden. Es fasste cirka 10 000 Zuschauer und war somit eines der größten nördlich der Alpen
Trepanation: chirurgischer Eingriff um die Schädeldecke zu öffnen
Tribunus militum: Militärtribun entstammte dem Senatorenstand und war Stellvertreter des Legionskommandeurs, nahm halbberuflich auch Verwaltungsaufgaben wahr
Triclinium: Speisezimmer, in dem drei Klinen hufeisenförmig um einen Tisch (mensa) gruppiert waren
Tumulus Drusi: Drususstein
Tunika: römisches Kleidungsstück, das unmittelbar auf dem Körper getragen wurde
Tunica laticlavia: wurde von Senatoren getragen, sie hatte von der Mitte der Brust bis zum Saum einen breiten Purpurstreifen
Tunica angusticlavia:: Tunica des Ritterstandes, besitzt statt des einen breiten zwei schmale Streifen
Torques: keltischer Halsring
Untergermanisches Militärterritorium: umfasste die heutigen Niederlanden, Teile des heutigen Belgien und das nordwestliche Deutschland, beginnt südlich der Ahr; wurde 89 n.Chr. zur eigenständigen Provinz
Valetudinarium: Krankenhaus, in dem mehrere Ärzte Dienst taten; die Leitung hatte ein erfahrener Verwaltungsbeamter inne
Vangionen: germanischer Volksstamm
Verum falsum: das Echte ist das Falsche
Via Praetoria: Straße, die innerhalb eines Lagers verlief und vom Haupttor bis zum Praetorium führte

Via Principalis: Straße, die innerhalb eines Lager die seitlichen Tore miteinander verband
Vicus: Dorf, Ansiedlung
Villa rustica: Landgüter, die Nahrung für sich und die Legionäre erwirtschafteten
Villa urbana: vornehmes Stadthaus
Vulnerarius: Wundarzt
Werg: s. Kalfater

Danksagung

Literarisch einen Kriminalfall zu konstruieren, ist schon dann ein weithin unterschätztes Unterfangen, wenn die Handlung in der Jetztzeit angesiedelt ist.
Um ein Vielfaches schwieriger ist es, wenn der Roman in einem Zeitalter spielt, über das man vermeintlich Vieles weiß, um dann bei der Recherche festzustellen, wie groß die eigenen Wissenslücken sind, und dass diese nur teilweise durch das Studium wissenschaftlicher Literatur gefüllt werden können.
Von der ersten Idee zu diesem Roman vor rund sieben Jahren, die ich meinem Ehemann Guido Platz bei der Besichtigung der Ausgrabungsstätte des römischen Theaters in Mainz verdanke, bis zu seiner Vollendung war ich deshalb auf die Mithilfe vieler Menschen angewiesen.
Danken möchte ich an erster Stelle meiner Verlegerin Angelika Schulz-Parthu, die nach anfänglicher Skepsis gegenüber dem schwierigen Thema die Entstehung des Buches am Ende mit großem Engagement unterstützt hat.
Birgitte Blähr danke ich für das professionelle Lektorat sowie die sehr positive Beurteilung des Romans, die genau zum richtigen Zeitpunkt kam, um meine eigenen Zweifel zu zerstreuen.
Mein Dank gilt auch Frau Kosa für die graphische Umsetzung des historischen Themas auf dem Einband.
Dankbar bin ich Gabi Göpel und Brigitte Bauer, die mich nach dem Durchlesen des Rohentwurfs zum Weitermachen anspornten; meiner Mutter Jutta Fischer und meiner Schwester Moe Boutros-Fischer für die kritische Durchsicht des Manuskriptes und meiner Freundin Dagmar Reifenberger, die das Skript mit sehr vielen wichtigen Hinweisen versah.
Ein herzliches Dankeschön geht an Elisa Reifenberger, die meine Rettung in allen lateinischen Fällen war.
Vor allem aber danke ich Herrn Dr. Gerd Rupprecht, Landesarchäologe in Mainz, der trotz seiner sehr knapp bemessenen Zeit mit wissenschaftlicher Akribie auch noch die letzten römischen und keltischen Details überprüft und mir in Gesprächen sowie in den legendären meterlangen Faxen erläutert hat. So kann ich sicher sein, dass die bekannten historischen Fakten korrekt im Roman verarbeitet wurden. Bei allem, was derzeit durch wissenschaftliche Quellen nicht belegt werden kann, ließ er mir die notwendige künstlerische Freiheit: Schließlich sollten „Die falschen Caesaren“ ein lebendiger Ro-

man und kein Sachbuch werden – so viel akademische Souveränität ist selten.
Zuletzt danke ich meiner Familie für die mir entgegengebrachte Geduld und den Mut, das eine oder andere römische Kochrezept am eigenen Leibe zu erproben ...
Gratias vobis ago!

Claudia Platz
Gau-Bischofsheim im März 2008

Lieben Sie Krimis? Wir haben noch mehr! Und: Alle spielen bei Ihnen um die Ecke!!

Claudia Platz: Der zweite Blick. Tod in Nahaufnahme

In ihrem Krimi verwebt Claudia Platz das Thema Stalking und die Frage nach der Resozialisierbarkeit von Sexualstraftätern mit einer dramatischen Handlung. „Spannung, Gänsehaut und eine gut erzählte Story – für den Krimi von Claudia Platz lohnt sich der Weg in die Buchhandlung: Ein Wochenende Lesespaß, samt Kino im Kopf." (Ulrike Alex, SWR 1)

Und Andrea Fischer schreibt im „Tagesspiegel" (Berlin): „Claudia Platz erfindet den Kriminalroman nicht neu, das ist auch nicht ihr Anspruch. Aber sie kann die spannende Geschichte einer Verfolgung gut erzählen und verbindet sie geschickt mit einigen scharfsinnigen Beobachtungen über einen Journalismus, der seine eigenen Schamgrenzen immer weiter absenkt. Das ist solide Krimikunst, mit der Platz das Genre „Regionalkrimi" deutlich hinter sich lässt und zeigt, dass auch in kleinen Verlagen Schriftstellerinnen heranwachsen können. (Claudia Platz: „Der zweite Blick. Tod in Nahaufnahme",
ISBN 978-3-937782-51-5, 263 S., Broschur, 10,90 €

Antje Fries: Stille Wasser mahlen langsam.

Eine Kellnerin, erst leichtlebig, dann mausetot, ein Mühlenstein, der verschwindet und später doppelt wieder auftaucht, ein Toter, der schon über 200 Jahre tot ist, und ein stilles Wasser – das sind die Zutaten für Antje Fries' spannenden Mühlenkrimi. Mit viel Lokalkolorit erzählt sie vom ersten Fall ihrer sympathischen Kommissarin Anne Mettenheimer.
ISBN 978-3-937782- 28-7, 208 S., Broschur, 9,90 €

Antje Fries: Kaltgestellt oder: Die Rechte des Fälschers

Ein Kunstfälscher, fies und erfolgreich, wird brutal ermordet. Eine Spur führt in eine Mainzer Galerie, eine andere in ein Frankfurter Museum. Und was wissen der Bruder und die Ex-Frau über seine Fälschungen? – Spannend bis zur letzten Seite! – Zweiter Mettenheimer-Krimi!
ISBN 978-3-937782-43-0, 252 S., Broschur, 10,90 €

Antje Fries: Knielings Garten oder: Gegen jeden ist ein Kraut gewachsen

Knielings Garten liegt in Osthofen und ist einer der schönsten in Rheinhessen. Aber in ihm blühen nicht nur bunte Blümchen, sondern auch Giftpflanzen wie Fingerhut, Tollkirsche und Eisenhut.

Als unter spektakulären Umständen die Leiche des Winzers Karl Knieling in den unterirdischen Gängen unter Osthofen gefunden wird, gehören deshalb auch bald seine Frau Gitte und sein Sohn Markus zu den Verdächtigen. Aber der Winzer bleibt nicht der Einzige, gegen den ein Kraut gewachsen ist …

Im ihrem dritten rheinhessischen Fall muss sich Kriminalkommissarin Anne Mettenheimer mit Giftpflanzen befassen und eigene Magenprobleme bewältigen. Auch diesmal wird sie von ihrem Chef Norbert Olmer, dem Pathologen „Kippe" und ihrer Freundin Dr. Julia Weißbach bei den Ermittlungen unterstützt.

ISBN 978-3-937782-69-0, 240 Seiten, Broschur,
€ 10,90

Andreas Wagner: Herbstblut. Ein Wein-Krimi

Nach einer gescheiterten Beziehung und von einem ehrgeizigen Jungjuristen als neuem Chef aus seiner Position bei der Polizei in Dortmund vertrieben – so kommt Paul Kendzierski mitten in der Weinlese als neuer Bezirkspolizist zur Verbandsgemeinde-Verwaltung nach Nieder-Olm.

Der gebürtige Sauerländer mit der polnischen Großmutter fühlt sich überall fremd: In seinem Büro nicht weniger als in seiner – wie er sie nennt – „gefliesten" Zwei-Zimmer-Wohnung. Kein Wunder also, dass er den grausamen Tod des polnischen Saisonarbeiters Jozef im Essenheimer Weingut Bach zu seinem persönlichen Fall macht – der ihn von Rechts wegen nichts angeht, denn zuständig ist die Mainzer Kripo. Und für die ist es ein bedauerlicher Gärunfall, wie er immer mal wieder bei der Kellerarbeit vorkommt …

Der Essenheimer Winzer Andreas Wagner erzählt in seinem ersten Krimi überaus spannend von einem Fall, der neben Paul Kendzierski noch einen zweiten Helden hat: den Wein!

ISBN 978-3-937782-62-1, 192 S., Broschur, 9,90 €: 2. Auflage 2007!

Leinpfad Verlag –
der kleine Verlag mit dem großen regionalen Programm!

Leinpfad Verlag, Leinpfad 5, 55218 Ingelheim,
Tel. 06132/8369, Fax: 896951, www.leinpfad-verlag.de, info@leinpfadverlag.de